西北民俗文化研究丛书　赵宗福　主编

# 《格萨尔王传》史诗歌手研究
## ——基于青海玉树地区史诗歌手的田野调查

央吉卓玛　著

中国社会科学出版社

# 图书在版编目（CIP）数据

《格萨尔王传》史诗歌手研究：基于青海玉树地区史诗歌手的田野调查／央吉卓玛著．—北京：中国社会科学出版社，2015.6

（西北民俗文化研究丛书）

ISBN 978-7-5161-5929-3

Ⅰ．①格… Ⅱ．①央… Ⅲ．①藏族—英雄史诗—歌手—调查研究—中国 Ⅳ．①I207.22②K825.76

中国版本图书馆 CIP 数据核字（2015）第 075049 号

| | |
|---|---|
| 出 版 人 | 赵剑英 |
| 选题策划 | 刘 艳 |
| 责任编辑 | 刘 艳 |
| 责任校对 | 陈 晨 |
| 责任印制 | 戴 宽 |

| | |
|---|---|
| 出　　版 | 中国社会科学出版社 |
| 社　　址 | 北京鼓楼西大街甲 158 号 |
| 邮　　编 | 100720 |
| 网　　址 | http://www.csspw.cn |
| 发 行 部 | 010-84083685 |
| 门 市 部 | 010-84029450 |
| 经　　销 | 新华书店及其他书店 |
| 印　　刷 | 北京市大兴区新魏印刷厂 |
| 装　　订 | 廊坊市广阳区广增装订厂 |
| 版　　次 | 2015 年 6 月第 1 版 |
| 印　　次 | 2015 年 6 月第 1 次印刷 |
| 开　　本 | 710×1000　1/16 |
| 印　　张 | 17 |
| 插　　页 | 2 |
| 字　　数 | 301 千字 |
| 定　　价 | 58.00 元 |

凡购买中国社会科学出版社图书，如有质量问题请与本社联系调换
电话：010-84083683
**版权所有　侵权必究**

# 总　序

赵宗福

2011年秋天，在印第安纳举行的美国民俗学会年会和在潍坊举行的中国民俗学会年会上，我提出了推进"地方民俗学"的学术设想，意在实实在在地发展繁荣区域民俗文化学事业。

中国民俗文化不仅源远流长，而且由于地域辽阔，民族众多，文化样式繁多，民俗文化更是丰富多彩，多元一体是中国民俗文化的一大特色。正因为此，钟敬文先生在20世纪90年代就总结出了中国民俗学的独特性格是"多民族的一国民俗学"[①]。即使是分布区域很广，人数近十亿的汉族，也由于极为广泛的分布与地方化，其民俗文化也具有极强的地方性。所以各地民俗文化的地方性特点极其明显，不可一概而论，或者说一言以蔽之，需要更有针对性地对具体对象进行研究。这就需要有地方民俗学的存在。我理解的"多民族的一国民俗学"就是我国诸多地方民俗学的整体概括。

由于各地的民俗学研究队伍状况和学术兴趣点不同，逐渐就形成了富有地域性的学术个性和研究倾向，形成了不同风格的地方民俗学。特别是已经成立了地方民俗学学会和有高校民俗学学科点的地区，往往在学会或学科点的主导下，基本上有自己的学术侧重点和表述风格，成果也相对集中在某些方面。如青海民俗学界的成果往往集中在6个世居民族的民俗文化和在青海具有代表性的民俗文化上，古老的昆仑神话、多民族民歌花儿与花儿会、土族狂欢节纳顿、藏族史诗格萨尔、热贡文化、各民族婚礼以及歌舞风情等等，是当地学者特别关注的研究对象。这也说明事实上具有

---

[①] 钟敬文：《建立中国民俗学派》，黑龙江教育出版社1999年版，第29页。

地域特色的"地方民俗学"是客观上已经存在的。

但是，不论地方民俗学如何发展与繁荣，都不可能与全国民俗学界绝缘，孤立地闭关而自得其乐。而是作为中国民俗学的有机组成部分，自愿地聚集在中国民俗学的大旗之下，至少与国内同行频繁交流，相互切磋，共同进步。同时，不同风格、多彩多姿的地方民俗学，也有力地支撑了中国民俗学这座学科大厦，丰富了中国民俗学的学术内涵，其地位贡献是不可忽视的。

正是以上这种局面，才形成了真正意义上的中国民俗学学科建设与学科繁荣。这里借用日本学者佐野贤治教授的一句话："21世纪的民俗学应当在乡土、国家、世界三者的关联中推进自己的学科研究。"[①] 我暂且把他说的"乡土"理解为地方民俗学。就是说中国民俗学的繁荣发展离不开地方层面的民俗学研究和民俗文化土壤，同时也离不开国家层面如中国民俗学会及其相关学科点的整体发展规划、组织协调和引领指导，以及世界前沿的学术眼光和理论方法创新。

事实上三者之间是相互交叉甚至融汇的，因为民俗文化资源是大家共享的，同时地方的民俗文化所面临的问题和价值基本上也是全国性的甚至是国际性的。所以对某一地方的民俗文化研究不仅仅是本地区的学者，往往有外地（特别是北京）甚至国外的学者来直接研究，其成果既是全国性的，也是地方性的。比如青海的花儿、格萨尔、黄南六月会、土族纳顿会等，国内外的学者都在研究，而且与地方学者相互借鉴，甚至相互合作，共同建构起了青海民俗文化研究的事业。

民俗文化是我们的父老祖辈们在生产生活中创造的最具有历史底蕴和生活气息的文化。她既是历史的，也是现实的，还是未来的；既是传统的，也是现代的，更是我们的文化 DNA。自从我们降临到这个世界上，就被自己所处的民俗文化所熏染、所教化、所塑造，最终把我们社会化成了一个民族文化的享用者、传承者和创造者。而我们作为民俗文化工作者，不仅仅是一个个民俗生活者和文化传承者，还是一个个民俗文化的田野者、探索者、诠释者，我们肩负着重要的历史责任和学术使命。

---

① 佐野贤治、何彬：《地域社会与民俗学——"乡土研究"与综合性学习的接点》，《民间文化论坛》2005年第4期。

地方民俗学者研究的对象虽然大多是地方的民俗文化，但其意义不凡。一是科学地挖掘地方民俗文化内涵，弘扬地方优秀传统文化，为保护发展民族文化传统尽到一个地方学者的责任；二是通过民俗学的学术资源，参与和支持地方文化建设，发挥民俗文化在构建和谐社会与促进文明进步方面无可替代的作用；三是通过民俗研究与学科建设业绩，推助中国民俗学科的发展和国家学术事业的繁荣。这就是作为一个地方民俗学者对民俗文化应有的情感认知和责任担当。

作为地方民俗学者要真正实现以上的目标，首先必须要遵循学术规范，追求学术品质。唯其如此，方有可能以优异的业绩来实现学术愿望，否则就只能是理想上的巨人，成果上的矮子。

学术品质基于学术规范，而学术规范对学术来说就是道德品格，学术与非学术的最大区别在于是否遵循学术规范。就跟一个人一样，对社会对他人没有诚信，没有感恩之情，没有敬畏之心，没有正确的耻辱感和是非观，这个人就不可能是一个有道德的人，他所做的事情也就不可能真正有益于社会，他也不可能得到绝大多数人的认同。所以，人品是一个有道德的人的基本保证，而学术规范就是学术品质的基本保证。我们的民俗文化研究必须要自觉遵守学术规范，不断提升学术品质。

这些年来，由于整个社会大环境的影响，学术浮躁之风盛行，一些人把天下利器当成了"不食人间烟火"的玄学游戏，从概念到概念，不切实际，洋洋数十万言，管用的没几句；有的人把学问当成了坑蒙拐骗的黑市场，复制加粘贴，抄袭加改编，洋洋万言不见一个文献出处，不见自己一点个人见解，人云亦云，甚或以讹传讹，严重影响了社会科学应有的学术严肃性和文化软实力。这种现象自然也不免污染到了民俗学界，"民俗主义"乃至伪学术甚至部分地占据了神圣的学术殿堂。这是值得警惕防范的。我们主张在民俗文化研究中要"仰望星空，脚踏实地"，提倡经世致用的学术价值取向和扎实严谨的学风文风，坚决反对学术不端，严格遵守学术伦理。我相信学问无愧我心，公道自在人心。

在我们的民俗文化研究中，不仅要自觉遵守学术规范，还要大力鼓励学术创新精神。文化的发展繁荣要靠创意，科学的发展繁荣要靠理论观点方法的创新。创新是人文科学的使命和责任，人力、物力、财力的投入必须要有理论观点上的新收获，没有创新的科研过程实际上就是一种资源的全方位浪费，甚至是一种犯罪。所以我们的地方民俗学者必须要始终不渝地追求学术创新，以创新的高质量的成果来为民俗学学科建设和文化强国建设增光添彩。具体地说，就是要坚持立足地方民俗文化的实际，放眼国内国际的学术语境，以地方民俗文化研究为内核，运用学科前沿的理论方法，推出一批代表地方学术水平乃至在全国具有一定影响，能够经得起实践和历史检验的民俗文化调查研究的优秀成果，让我们的民俗文化研究走出地区，走向全国，在国内外学术平台有一席之地，从而体现出地方民俗学者应有的价值。

青海民俗学会推出这套《西北民俗文化研究丛书》，就是以严谨的学术态度，在学术规范和学术品质上下功夫，试图从较高学术层次来展示青海地方民俗学的业绩，同时也从地方民俗学层面来为中国民俗学学术事业添砖加瓦，共同推进"多民族的一国民俗学"建设。

青海是中华民族文明的发祥地之一，是中华民族文化的交融地之一，是中华民族精神的展现地之一。而以昆仑文化为主体的多元一体民族民俗文化就是这三个"之一"的鲜活表征。从古老的昆仑神话到丰富多彩的各类非物质文化遗产，都给世人留下了神圣、神奇、神秘而令人神往的大美青海印象，同时也彰显出了极为丰厚的文化内涵和十分鲜明的文化特色。因此历来得到学人们的关注和重视，至少在唐宋以来的大量古籍文献中就有对青海民俗事象的诸多记载，而在20世纪前叶，出现了像杨希尧的《青海风土记》、逯萌竹的《青海花儿新论》、李得贤的《少年漫谈》等民俗志记录和评论文章。新中国成立后，民族民俗文化得到了空前的重视，英雄史诗《格萨尔王传》、青海花儿、藏族拉伊、各民族民间叙事诗、民间故事、民间歌谣以及其他民俗文化的搜集整理出版卓有成效，至今惠及学界。特别是改革开放的30多年里，不仅整理出版了"民族民间文化十套集成"等大型资料丛书，而且高层次高质量的学术研究成果也不断涌现，呈现出了前所未有的繁荣局面。尤其是近年来，青海民俗学者先后推出了《青海花儿大典》、《昆仑神话》、《土族民间信仰解读》以及《青海省非物质文化遗产丛书》等一批富有特色的成果；还连续举办了"昆仑文化与西王母神话国际学术论坛"、"昆仑神话与世界创世神话国际学术论坛"、"昆仑神话的现实精神与探险之路国际学术论坛"、"格萨尔与世界史诗国际学术论坛"、"土文化国际学术研讨会"等高端学术会议。

而青海民族大学民族学学科点、青海师范大学民俗学学科点的建设，为青海民俗文化研究队伍的学历层次提升、学术成果的规范起了重要的作用。

特别是我们多年来对昆仑神话和昆仑文化的研究与论证，得到了青海省委省政府的认可和采纳。2011年11月召开的全省文化改革发展大会上，把青海文化定位为"以昆仑文化为主体的多元一体文化"，正式开启了建设青海文化名省的新征程。这既是对青海民俗学界研究成果的认同，同时也为青海民俗文化的研究带来了历史性的发展机遇。

于是，青海省民俗学会在2012年5月应运而正式成立。中国民俗学会、美国民俗学会、日本民俗学会、中国社会科学杂志社、台湾"中国民俗学会"、"中华民俗文化研究会"、中国少数民族文学学会、中国艺术人类学会等国内外50多家学术单位以贺信贺函方式进行了支持。学会的成立，为青海民俗文化研究从零散无依、各自为阵形成学术合力、走向集约化发展奠定了良好的学术环境和组织基础。

青海省民俗学会是目前青海省各学会中学历层次和学术阵容最强大的学会，目前有会员100多人，其中拥有民俗学或相近专业的硕士博士学位者近80人。理事会27人中，博士8人，硕士16人。在地方学会队伍中，这无疑是一支专业素养很高、学术研究潜力很大的难得的精良部队。如何调动全体成员的积极性，真正形成具有团队精神的地方民俗学学术力量，充分展现他们民俗文化研究的优势，发挥为地方文化建设服务的功能，为中国民俗学学科建设和中国的学术大厦实实在在地尽一份力量，这是我重点思考的问题。

青海的民俗文化是青海乃至国家的重要文化资源，是青海文化软实力的组成部分，发展文化产业离不开民俗文化，"非遗"保护离不开民俗文化，建设文化名省离不开民俗文化，建设新青海也离不开民俗文化。青海民俗文化的研究任重而道远，民俗学会当然要顺应时代，乘势而上，发挥自己的学科优势和学术优势，在文化名省建设中积极进取，做出应有的贡献。

在我看来，青海民俗学会作为本土的地方民俗学会，首先立足于青海的民俗文化实际，以青海民俗文化为研究对象，以田野作业为基本功，深入基层调查研究，推出为地方文化建设服务的调查研究力作，这是毋庸置疑的。但是，立足于青海不等于学术视野局限于青海地域，而是要把青海民俗文化放置在全国乃至全世界的民俗学学术视野中。惟其如此，才能做出具有国内国际水准的学术成果来，也才能真正建设好具有青海特色的地方民俗学，在学坛上才能赢得话语份额。事实证明，没有自己的学术话语，就没有相应的学术竞争能力和文化输出能力，就不可能成为一个有实力的学科或学术团体。所以，必须立足青海民俗文化实际，面向国内外民俗学领域，追踪本学科前沿，了解相关学科及整个学术界的发展动态，兼容并蓄，提升品质，努力形成具有青海特色的理论表述风格和学术研究实绩，不断增强学术软实力，不断赢得学术话语权，真正树立起青海地方民俗学者的形象，树立起以昆仑文化为主体的多元一体民俗文化形象。

正是出于这样的思考，自学会成立之日起，我就把学会的奋斗目标定为立足青海，放眼国内国际学术语境，努力推进具有青海特色的地方民俗文化研究。也就是在采用民俗文化学及其相关学科的普遍性学术理论方法的同时，坚持青海民俗文化研究的本土化与民族化，致力于青海特色、民族特色、时代特色的民俗文化研究，以独到而不俗的学术业绩来形成具有青海特色的地方民俗学。这样的定位也得到了同仁们一致的认同。

按照学会"开展学术活动，追求卓越品质"的原则，学会对学术发展做出了具体安排。一是以不同形式不同规模开展民俗文化田野工作，摸清青海民俗文化家底，重点研究具有代表性的民俗文化事象；二是每年至少召开一次年会，选择某一主题进行民俗文化研讨，力求推出一批新成果；三是积极参与青海省各级各类学术活动，多方位地为地方文化建设服务；四是积极策划主办或者协办全国性乃至国际性的学术会议，借以提升学术层次和学会影响力；五是积极与其他学会合作开展民俗文化调查和学术研究。同时提出集中力量办几件学术实事。其中之一就是在会员成果中精心遴选组织，争取由国家级出版社出版"民俗文化研究丛书"。这套丛书就是根据这一思路，从会员中的国家社科基金项目结项课题、优秀的硕博论文和个别确有前期研究基础的自选项目中筛选，然后统一规划，统一目标，并根据出版社和编辑的要求进行修改完善，再统一推荐出版。我们的目标是做成一套具有较高品质和学术含量的纯学术丛书，计划出版20本左右。

需要说明的是，这并非是简单的把大家的成果集中出版。这些年来，我们以学会筹备组和青海师范大学民俗学学科点、青海省社会科学院为核心，每年积极组织省内民俗学者高标准地策划申报国家社科基金项目，从选题确定到申报文本写定，从获批立项到开题论证，做了大量艰苦细致的工作。比如在2012年青海民俗学者获批国家基金项目10余项，几乎无一例外地是通过我们的"民间"形式组织学者反复开会论证申报文本的，一遍遍地修改完善，个别文本甚至经过了三到五次论证才完成，最后以学者所属各单位的"官方"程序上报获批。这就是有同仁开玩笑的"辛苦归我们，荣誉归别人。"作为民间团体的工作，不仅仅是开会的费用，还有到处找会议场所、邀请专家学者、牺牲大家的休息时间、一次次地修改和打印文本，其中的酸甜苦辣，只有当事者才能体会到。当然天道酬勤酬善，多年来我们帮助策划论证后申报的民俗文化方面的项目也几乎是"无一漏网"地被获批立项。几年来的会员课题研究中，我们也是多次以不同形式参与讨论，甚至相互合作，共同完成。而一些优秀硕博论文，也基本都是在学会学术骨干的指导或协助下完成的。因此，可以问心无愧地说，我们组织出版这套丛书，在一定意义上是青海民俗学会（前期为筹备组）多年来学术成果的一次集中展示，也是我们从一个侧面对"多民族的一国民俗学"做出的一点微薄贡献。

丛书的策划在青海民俗学会成立之前就已经开始，我在2011年5月应中国社会科学出版社领导的邀请赴该社座谈中，就提出了出版青海民俗文化研究丛书的设想，得到社长总编们的赞同，回青海后与同仁们开始商量具体的丛书规划。之后在曹宏举副社长的关心下，我与编辑刘艳女士多次沟通协商，同时各位同仁按规划进行撰写或修改。2012年5月，我拜访了赵剑英社长和曹宏举副总编，正式汇报丛书立意和学术标准以及进展情况，两位领导听后大加鼓励，于是进入了正式实施阶段。在编辑出版过程中，刘艳女士认真负责，一丝不苟，专业素养和敬业精神令人钦佩；宏举副总编多次过问，具体指导，关心支持学术事业和西部文化的情怀也让我感动。所以我当然无法脱俗地要真诚感谢中国社会科学出版社的领导和刘艳女士，同时也感谢多年来与我兄弟姐妹般亲密合作的青海民俗学界同仁和本丛书的各位作者。

2012年9月20日于西宁上滨河路1号

# 目　录

**绪论** ………………………………………………………………… (1)
 第一节　选题的提出背景及意义 ………………………………… (1)
  一　史诗歌手的研究对英雄史诗研究的独特价值 ………… (2)
  二　史诗歌手对于藏族文化传承系统的独特价值 ………… (3)
 第二节　学术史综述 ……………………………………………… (3)
  一　国外史诗歌手研究 ……………………………………… (3)
  二　国内史诗歌手研究 ……………………………………… (6)
 第三节　研究理论、方法及资料来源 …………………………… (15)
  一　研究理论 ………………………………………………… (15)
  二　研究方法 ………………………………………………… (16)
  三　资料来源 ………………………………………………… (18)
 第四节　研究的重点、难点及学术目标 ………………………… (18)

**第一章　藏族说唱艺术概况** ……………………………………… (21)
 第一节　藏族说唱艺术和艺人分类 ……………………………… (21)
  一　仲与仲哇（故事及故事讲唱者） ……………………… (22)
  二　古尔鲁（道歌） ………………………………………… (23)
  三　堆巴与堆巴谐巴（颂赞词和颂赞者） ………………… (24)
  四　百（壮威歌） …………………………………………… (25)
  五　岭仲与仲肯（《格萨尔王传》与史诗歌手） ………… (25)
  六　喇嘛嘛尼与嘛尼巴 ……………………………………… (27)
  七　折嘎（道具说唱） ……………………………………… (28)

八　夏与扎年弹唱（对歌与六弦琴弹唱） ……………………(29)
　第二节　格萨尔史诗歌手分类 ……………………………………(31)
　　一　神授史诗歌手 ………………………………………………(31)
　　二　掘藏史诗歌手 ………………………………………………(33)
　　三　圆光史诗歌手 ………………………………………………(35)
　　四　习得史诗歌手 ………………………………………………(36)
　　五　依物史诗歌手 ………………………………………………(37)
　第三节　说唱艺术以及艺人之间的关系分析 ……………………(38)
　第四节　史诗歌手的生境 …………………………………………(44)
　　一　自然空间 ……………………………………………………(45)
　　二　文化空间 ……………………………………………………(48)
　　三　社会空间 ……………………………………………………(53)

第二章　《格萨尔王传》史诗歌手展演的基本形态 ………………(58)
　第一节　史诗歌手演述的基本类型 ………………………………(58)
　　一　单口演述 ……………………………………………………(59)
　　二　对口演述 ……………………………………………………(59)
　　三　群口演述 ……………………………………………………(60)
　　四　类型划分的意义 ……………………………………………(61)
　第二节　史诗歌手演述的仪式过程 ………………………………(64)
　　一　请神 …………………………………………………………(64)
　　二　降神 …………………………………………………………(65)
　　三　求告及送神 …………………………………………………(66)
　　四　过渡仪式 ……………………………………………………(67)
　　五　认证仪式 ……………………………………………………(69)
　　六　仪式意义 ……………………………………………………(71)
　第三节　史诗歌手演述中的信仰与禁忌 …………………………(71)
　　一　史诗歌手的信仰 ……………………………………………(71)
　　二　史诗歌手的禁忌 ……………………………………………(80)
　　三　史诗歌手中的性别构成 ……………………………………(94)

## 第三章　史诗歌手的传统文化内质与功能 ……………………… (99)
### 第一节　千面英雄——格萨尔王的多面性 …………………… (100)
　　一　超凡性 ……………………………………………………… (102)
　　二　反经济性 …………………………………………………… (102)
　　三　革命性 ……………………………………………………… (102)
　　四　不稳定性 …………………………………………………… (103)
### 第二节　梦的解析——神奇传闻叙事分析 …………………… (109)
　　一　史诗歌手的说唱经历 ……………………………………… (109)
　　二　史诗歌手的认同表达 ……………………………………… (118)
### 第三节　远古余响——古老民族的信仰崇拜 ………………… (131)
　　一　蛙崇拜——史诗歌手的图腾记忆 ………………………… (131)
　　二　史诗歌手的"巫"面孔 …………………………………… (146)
　　三　史诗歌手的神力崇拜 ……………………………………… (160)
### 第四节　他者的扮演——史诗歌手的表演艺术 ……………… (168)
　　一　政府层面的影响 …………………………………………… (170)
　　二　文化研究及咨询机构的影响 ……………………………… (175)
　　三　民间传统文化保护组织的影响 …………………………… (179)
　　四　以民众为基础的文化共同体的影响 ……………………… (180)

## 第四章　史诗歌手面对的困境与未来 …………………………… (184)
### 第一节　史诗歌手面临的挑战与危机 ………………………… (184)
### 第二节　史诗歌手的保护与未来 ……………………………… (187)
　　一　中央政府的职能 …………………………………………… (190)
　　二　咨询机构的职能 …………………………………………… (191)
　　三　民间组织的职能 …………………………………………… (191)
　　四　社区民众的自发保护 ……………………………………… (194)

## 结论 ………………………………………………………………… (197)

## 附录
　　附录一 …………………………………………………………… (202)

附录二 …………………………………………………… (211)

附录三 …………………………………………………… (213)

附录四 …………………………………………………… (216)

附录五 …………………………………………………… (218)

附录六 …………………………………………………… (226)

附录七 …………………………………………………… (228)

**参考文献** …………………………………………………… (249)

**后记** …………………………………………………… (255)

# 绪　论

## 第一节　选题的提出背景及意义

作为我国民间文学艺苑中一朵历久弥香的文学奇葩，史诗《格萨尔王传》一直以来备受民间传统文化研究者的青睐，其研究成果也堪称丰硕。

在蔚为大观的史诗研究队伍中，有的研究者将侧重点放在史诗文本研究之上，并力求发现史诗在思想、修辞、情节等方面的超凡魅力；而有的研究者将着眼点放在史诗所处的历史文化语境中，努力发掘史诗中所蕴藏的历史文化讯息。

笔者发现，在拥有史诗传统的国家和民族中，史诗研究的范畴和角度在很长一段时间内都陷入"见物不见人"的怪圈。大家在惊叹古巴比伦史诗的悠远、荷马史诗的恢宏和印度史诗的深邃的同时，对那些传唱史诗的歌者却没有给予太多的关注。这些歌手的身世、经历都被淹没在历史的长河中，鲜为人知。直到"荷马问题"的研究者发现史诗所面临的萎缩乃至消亡的状况，才意识到歌手的重要性。帕里和他的学生洛德得知在南斯拉夫尚有演述史诗的歌手存在，马上赶往那里进行调查，用自己的调研成果，为史诗歌手正名。虽然自此以后史诗歌手的研究开始进入研究者的视野，口头程式理论、表演理论、民族志诗学等都从不同角度对史诗歌手进行了解读，但仍未形成一定的研究规模。

随着世界史诗研究进入反思修正和学科范式转型的历史阶段，中国的史诗研究专家，也将自己的研究触角深入到史诗研究的各个层面，尝试从不同的角度对史诗做出全新的尝试。然而经过几十年来的努力，我们虽然在史诗研究理论、方法和切入视角等方面取得了一定的成绩，但总体而言还是存在史诗研究视野缺乏开放性、理论观点存在片面性和研究方法缺乏系统性等问题。其中对史诗的表演者——史诗歌手的研究也处于研究理论与调查实际不能有效衔接的困境中。因此，对史诗歌手进行全新的研究具有一定的学术价值和现实意义。

## 一 史诗歌手的研究对英雄史诗研究的独特价值

以往对《格萨尔王传》史诗的研究一直以史诗的书面文本研究为主，对史诗的文学属性、语言特色、历史面向和审美特色等关照史诗文本自身的内容进行解析，历来被视为史诗研究的正统，而具有优先研究的特权。近年来史诗研究的视角有了较大的突破，从民俗学和人类学的角度对史诗进行分析的研究开始异军突起，并得到了长足的发展。然而遗憾的是，在史诗《格萨尔王传》漫长的研究历程中，作为史诗的传承主体的史诗歌手，却一直未受到应有的重视，他们被当成远古文化的"留声机"，仅作为研究者了解史诗的辅助工具。20世纪80年代以前，鲜有专门研究史诗歌手的论著问世。且在史诗歌手研究的初期，对史诗表演者的研究也被划归到史诗文本研究的名目之下，研究者认为史诗歌手的存在依托于史诗，没有史诗便没有史诗歌手。20世纪80年代末期，随着民间文学的学科范式从研究文本向研究讲述主体，即研究故事讲述家和民间歌谣之歌手的转变，在史诗研究的学者队伍中也逐渐出现探讨史诗歌手的学者，但他们的研究重点还是以文本研究为主，对史诗歌手生命史的介绍也仅停留在人物背景介绍的层面。

进入21世纪以来，史诗文本研究遭遇瓶颈，研究者为了克服这一难关将史诗歌手研究作为突破口之一，试图从史诗歌手表演性的角度，对史诗文本动态生成过程做出解释，这类研究也渐渐成为国内各民族史诗研究的主流。这一时期出版的一系列著作，为后人研究史诗歌手奠定了良好的基础，也提供了一定的理论储备。

难以否认，在史诗歌手研究服务于史诗文本研究的学术宗旨下，关于史诗歌手生命史叙事中很多具有历史文化价值的叙述被学者遗忘了。这些生命史叙事的特殊价值被湮没在史诗宏大叙事的背后，而失去了其应有的研究地位。在田野调查过程中，笔者发现史诗歌手的生命史叙事恰恰是揭开史诗历史文化价值的关键点之一，对史诗歌手本身的关注和研究对拓宽史诗研究视野，促进史诗研究向多向度、多层次的方向发展都具有重要的意义。

### 二　史诗歌手对于藏族文化传承系统的独特价值

被誉为藏族文化百科全书的史诗《格萨尔王传》，几乎包罗了藏民族文化的所有精髓。史诗自诞生以来，以其生动的故事情节、富有民族传统的叙事内容以及优美的唱词和唱腔吸引着无数史诗爱好者阅读史诗、感悟史诗和研究史诗。作为表演史诗的史诗歌手，被民众视为向世人介绍史诗文化和诠释藏族文化的"活字典"。史诗研究者认为，史诗歌手不仅是史诗传承中的重要一环，同时也是传播民族文化、守望民族文化的地方文化精英。

藏族文化的记录和传承方式主要包括三个方面，即文献资料的记载、民族口头传统和传统节日及仪式行为。其中民族口头传统作为民间历史记忆的保存和传承方式，最为民众所熟知和喜爱。史诗歌手作为藏族口头传统的"集大成者"，不仅对史诗《格萨尔王传》有较好的掌握，对藏民族其他民间叙事传统和文化传统也非常熟悉。笔者认为对史诗歌手进行有效保护和研究，是传承和发扬藏族传统文化、完善藏族文化传承系统的关键点之一。

## 第二节　学术史综述

### 一　国外史诗歌手研究

从笔者所掌握的资料看，国外对《格萨尔王传》史诗歌手的研究明显滞后于史诗文本的研究。造成这种现象的原因是多方面的：首先，这种现象是受国外传统史诗研究方法和研究视角的影响；其次，原始文献资料缺乏、不能进行实地考察，特别是缺乏同民间艺人的密切联系等问题也造成了国外对《格萨尔王传》史诗歌手研究不足的情况。这些因素使得许多国外史诗歌手研究成果或言之草草或流于表面，最终导致其对史诗歌手的研究明显落后于国内。

目前，就笔者目力所及，国外最早谈及《格萨尔王传》史诗歌手的是弗兰格，他在1914年加尔各答版《印度、西藏的古籍》一书第一卷中介绍了史诗歌手。

此后，较为敏锐地注意到史诗歌手的是西方学派①的代表人物之一大卫·妮尔。她在1931年出版的《由当地说唱艺人演唱的藏族英雄岭格萨尔超人的一生》的《导言》中说："每支歌都有没完没了的开场白：召请要说话的人物的保护神，列举他全部族的英雄名字和头衔，他的族谱，复述他的丰功伟绩，以东方说书人的方式，不厌其烦地重复，说了再说已经说了的事情。"同时她还注意到了这些艺人的神奇行状："他（德谦）目不识丁，演唱时手举一张纸，声称能从纸上读到他要唱的内容；他在冰天雪地中能从'王'那里得到一枝仲夏时节的花。"她注意到说唱艺人的种种认同表达："如果谁对那些演唱艺人说他演唱这些歌的本领是由学习而来，他们之中的大多数人会感到亵渎，他们标榜自己是格萨尔或其他神圣人物所直接感召的人，是这些人授予他们必须吟诵的词句……说唱艺人希望听众要保证尊重地听他的吟唱，而且不得以任何方式冒渎格萨尔。最后，这位'德谦'就坐了，就像进入催眠状态一样，面对着一张纸，以持续的高度兴奋的神情朗诵着，歌唱着……我了解到许多演唱艺人被认为是受格萨尔本人激发的，他们歌唱英雄的业绩，漫游于高原各地，而且有些歌子是有手抄本的。"②虽然这篇《导言》只是大卫·妮尔在多年探险、旅行生涯中对《格萨尔王传》史诗搜集、整理的一份简要报告，并不能成为严格意义上的学术论文，但她敏锐地注意到了史诗的演述人及其演述行为，并有意识地将这种行为现象进行介绍和简单的评述，这在当时已经是难能可贵的了。

1931年，贝尔（Charles bell）在其《西藏的宗教》（牛津1931年版）第11—15页对有关格萨尔史诗的时代和地点、说唱的方式进行了记述，并对一名少女从父亲处学唱《格萨尔王传》的情况进行了简要介绍。

1942年，罗列赫在其《岭格萨尔王的史诗》③一文中介绍了他收集到的有关史诗歌手的新资料，在罗列赫的文章中我们看到了同一个史诗歌

---

① 西方学派：根据我国学者降边嘉措的分类，将国外研究《格萨尔王传》的学者分为东方学派和西方学派。

② [法]大卫·妮尔：《岭超人格萨尔王传》，陈宗祥译，杨元芳校，西南民族学院民族研究所铅印本，1984年，第1—39页。

③ [俄]罗列赫：《岭格萨尔王的史诗》，杨元芳译，转引自赵秉理《格萨尔学集成》1—5卷，甘肃人民出版社1990年版，第220—242页。

手的史诗口头文本与书面文本之间存在差异的情况以及史诗有其不同于其他口头传统的"史诗语域"的记载。

西方学派的另一位代表人物，同时也是具有国外《格萨尔王传》研究里程碑意义的法国汉学和藏学专家石泰安在他的博士论文《西藏史诗与说唱艺人研究》①一书中系统地探讨了史诗歌手，他认为史诗歌手确实具有通灵人的特性，但他还是相信，史诗歌手在通灵状态下所演唱的《格萨尔王传》仍然是他们在长途旅行中所学习到和掌握到的一切向他们提供的，而不是那些定本的简单化。这一切包括：经验、其诞生地、旅行、拜会者或其师傅提供的不同内容，这些新内容随时都在进入他们的说唱中。此外书中还探讨了说唱艺人的宗教特征、社会功能、说唱艺人与其他杂耍艺人的异同、说唱艺人的表演工具等内容。石泰安最终认为：1. 说唱艺人兼有宗教工作者、诗人特色；2. 史诗起源于民间节日和山神崇拜；3. 英雄格萨尔具有双重角色特征——国王与小丑。虽然身处20世纪四五十年代，但石泰安还是点出了今后史诗研究的视野和走向，并为这种研究视野的发展铺平了道路。通读这部专著，我们不难看出石泰安对史诗歌手的基本观点是结合了"荷马问题"研究中"神赋论"、"不可知论"、"客观描述论"和现代马克思唯物主义对史诗演述者的解释，他极为敏锐的学术触角还涉及了当时尚未发端的表演理论和口头程式理论。石泰安专著中浩如烟海的文献资料、敏锐的学术头脑和谨慎的研究结论令人钦佩。他的著作几乎穷尽了《格萨尔王传》史诗研究的方方面面，后人很难再有所超越。在这之后，法国另一位藏学家艾尔菲女士从史诗的歌曲论证其口头文体风格，她的巨著《藏族格萨尔王传的歌曲》就是她在采访了8位藏族艺人之后写出的。她最终认为史诗在尚未脱离口传范围、成为定型文本之前，充满着"口述文体的风格"。在《格萨尔王传》史诗的研究过程中，海希西教授非凡的母题研究、罗伯特·保罗在人类学方面的探讨、米勒赫尔弗对史诗演唱方式的研究以及澳大利亚谢泽福关于史诗社会地位的研究都在国际上引起巨大反响，为史诗研究的多向度发展指明了道路、打开了局面。

---

① ［法］石泰安：《西藏史诗与说唱艺人研究》，耿昇译，陈庆英校，西藏人民出版社1993年版。

以上是国外对《格萨尔王传》史诗歌手研究的基本概况。我们必须承认，《格萨尔王传》史诗歌手是随着西方学者的足迹进入人们视野的。首先是拉达克谢村的那位16岁的姑娘，接下来是安多的德谦贤巴，之后是受到摄政王热振活佛宠爱，后来成为石泰安的优秀资料员的吕巴桑塔以及曾由希腊彼得王子询问过的苏鲁克的岗布占都和囊谦的任钦达结等。但同时，纵观国外对《格萨尔王传》史诗歌手的研究成果，其中仍然存在文献资料零散、研究缺乏系统性以及结论流于表面等致命的缺点。

## 二 国内史诗歌手研究

### （一）20世纪五六十年代

20世纪三四十年代，《格萨尔王传》史诗的突出成绩主要在资料学建设方面。这一阶段虽然也涉及了史诗的属性、英雄人物的真实性等问题，但相对于史诗研究的整体发展脉络而言，仍处于起步阶段，它对于后世史诗的研究主要还是在资料借鉴方面。当然这一阶段的燎原之势和对史诗研究的开拓性意义是不容忽视的。

1956年2月27日—3月6日，北京召开中国作协第二次理事会，老舍在会上把《格萨尔王传》定性为史诗。这是我国对史诗《格萨尔王传》的最早定性。这也标志着《格萨尔王传》研究进入了正轨，摆脱了以往把它当作研究藏族历史、社会、文化和民俗的工具书的状况。在会上，《格萨尔王传》研究的先驱徐国琼用国外学者的资料，尤其是经过白歌乐转述的策·达木丁苏荣的观点（即史诗最初是由格萨尔同时代的诗人写成）为依据，提出了自己独到的看法："从这一事实来看，很有可能在诗人还没有用文字记述以前，民间就流传着格萨尔的故事，或至少流传着能够用来作为充实诗人记述不足的，有关格萨尔祝福的颂词了。"从中我们不难看出作者的表述与希腊史诗起源于祭祀节庆之颂词的提法之间的联系，同时作者也承认民间文学与俗文学之间存在的互动和交流。此外，他还以《格萨尔王传·赛马称王》存在多个部本为据，提出史诗《格萨尔王传》出自民间艺人之口，后来"文人从民间口头上获得材料，经过加工、整理，再流传于民间"[①]。这种提法既源于作者多年的田野调查实践，

---

[①] 徐国琼：《〈格萨尔王〉考察纪实》，云南人民出版社1993年版，第1页。

同时也表现了作者深厚的民间文学功底。

1962年，时任青海省省委宣传部副部长的黄静涛，在为由青海省民间文学研究会整理翻译，并由上海文艺出版社于当年5月出版的《格萨尔王传·霍岭大战》（上部）所作的序言中，对《格萨尔王传》"仲肯"（史诗歌手）做出高度评价："很多'宗垦'——民间艺人，都以说唱《格萨尔》为职业，他们带着自己的琴弦（甚至与格萨尔有关的画轴），从一地流动到另一地，自弹自唱换取牧民的报酬。他们不但为广大的劳动群众说唱，而且也为上层阶级说唱（有些上层阶级就专门收养说唱《格萨尔》的人）。在说唱中，他们随时根据听众的不同，当时的环境以及自己的记忆，增减内容，变化细节。在说唱的时候，他们不但力求语言通俗，而且往往根据故事的情节、人物的性格变换曲调，用喜怒哀乐激动听众。由于《格萨尔》主题鲜明，使说唱艺人拥有无数的藏族听众，而由于说唱艺人的表演魅力，又使《格萨尔》更具广泛影响。可以说，民间艺人不仅是《格萨尔》的集体传播者，同时也是使《格萨尔》不断丰富、不断提高的创作者。"[①]

这几乎是国内学界第一次正视史诗歌手，正视由史诗歌手演绎的这类民间说唱传统的存在。虽然早在40年代韩儒林在其论文《关羽在西藏》中，已经通过说唱来确定史诗性质，但他注意了史诗的形式，却忽视了史诗歌手这个创作史诗的主体。而在黄静涛的这篇序言中，基于50年代对民间文学的认同，他注意到史诗歌手的职业化；注意到史诗歌手在说唱时，根据听众、环境以及自己的记忆这样一些因素的影响，也就是语境的影响，来"增减内容、变化细节、变化曲调"等，使共享这一口头传统的双方同时获益，最终使《格萨尔王传》"更具广泛影响"。从这个意义上他得出结论，民间艺人不仅是《格萨尔王传》的集体传播者，也是其创作者。这篇序言的意义是重大的。如果说徐国琼的论著拉开了我国史诗研究的序幕，黄静涛的这篇序文则标志着我国史诗学形成的开始。

从这篇序言中，我们看到他已经对民俗学、口头传统后期学派所建构的语境、传承与接受、表演中创作等理论进行了最初的学术表达，从而使我国对《格萨尔王传》演述主体——史诗歌手的研究，前进了一大步。

---

[①] 黄静涛：《格萨尔王传·霍岭大战》，上海文艺出版社1962年版，第2页。

50年代后期"文化大革命"开始,《格萨尔王传》被打成封、资、修俱全的大毒草,说唱《格萨尔王传》的史诗歌手几乎都被批斗。这期间,史诗的研究工作没有任何实质性的进展,只有个别热爱史诗的学者,在史诗的资料收集和整理方面得到些许成果。直到1978年,《格萨尔王传》史诗和史诗歌手才得以平反。这之后,民间文学又进入另一个研究高峰期,但这时有关《格萨尔王传》史诗的思想性、艺术性、审美性、历史性等关照文本自身的研究内容覆盖了学术研究的主要领域,对于史诗歌手的研究成为当时的研究冷门。然而得益于20世纪50年代国际人文学科的学科范型的转变和国际学术交流的开放潮流,一些国外流行的理论,如接受美学、精神分析学、传统人类学传入中国;到80年代,我国对于史诗歌手的研究被提上日程,并逐渐成为史诗研究的重要阵地,同时也成为检验学者民俗学和民间文学理论素养的重要标准。

(二) 20世纪最后二十年

诚如我们所提到的,20世纪60年代,《格萨尔王传》史诗歌手的学术地位和学科贡献被学界初步认可,但直到20世纪70年代末,才有人再一次提出史诗研究中史诗歌手的重要性和研究的紧迫性,但鉴于当时民间文学的各项工作都面对内容多、任务重、时间紧的困难,对史诗歌手的研究和探讨直到20世纪80年代末才开始真正意义上的崭露头角。

就国内史诗歌手研究而言,首先撰文对此进行介绍和研究的先驱当推徐国琼。徐国琼于1955年毕业于云南大学。他从《民间文学》上读到老舍撰写的《关于兄弟民族文学工作的报告》一文,知道藏族有《格萨尔王传》史诗后,立刻从北京调到青海,参加史诗的发掘搜集工作。1958年,徐国琼结识了藏族老艺人华甲,听到了活生生的史诗演唱,震撼于史诗的博大与神奇,开始了他长达30余年的搜集抢救生涯。在田野中,他对史诗歌手,特别是其中的神授史诗歌手进行了长期的追踪调查,力图揭示其"神授之谜",并有大量研究成果问世。如,《论〈格萨尔〉"仲肯"的"博仲"》[①]、《再论〈格萨尔〉艺人的"神授说"》[②] 以及他的《〈格萨

---

[①] 徐国琼:《论〈格萨尔〉"仲肯"的"博仲"》,转引自赵秉理《格萨尔学集成》1—5卷,甘肃人民出版社1990年版,第1796—1880页。

[②] 徐国琼:《再论〈格萨尔〉艺人的"神授说"》,转引自赵秉理《格萨尔学集成》1—5卷,甘肃人民出版社1990年版,第1854—1859页。

尔〉考察纪实》。

他在《论〈格萨尔〉"仲肯"的"博仲"》一文阐述了其主要观点："在多年的实地考察中，虽然有少数艺人自称他们是'神授'的，但多数艺人则承认他们会唱《格萨尔王传》，是从小喜爱这一史诗，向别的艺人学习来的，并非完全'不用口讲笔授'。有的是自己依照《格萨尔王传》唱本的格式自己编唱的。少数识字的艺人，则是看了民间流传的抄本以后，靠自己的记忆，陆续背下来，再进行说唱的。这种'仲肯'，如青海化隆的合尔纳，黄南的南木欠加、海南的喇果，等等，他们都承认自己是向别人学来，或既向别人学习，同时自己也进行编创，然后陆续进行说唱的。"① 在对有的艺人确实有做梦能唱、能写出《格萨尔王传》史诗的事实进行了心理学分析后，徐国琼认为，这些艺人确实具有特殊的记忆功能和非凡的创作才能，他们演唱的史诗，无论是平时创作或是在特殊情况下"梦"出来的，都是在平时对故事有所了解的基础上，在迫切期望的心理作用下，通过大脑的思维活动产生出来的。至于"神授"说，则是因为艺人们深受宗教意识的影响，认为自己的梦境是神授的，因而自己所唱的故事也是神授的了。此外徐国琼在自己的论文中还有许多有关史诗文本自身的精彩论断，在此不一一赘述。从上面的引文中我们不难看出徐国琼是部分地赞同石泰安的观点的，即史诗歌手是通过学习，结合自己的阅历，在自小耳濡目染的民间故事的基础上创编史诗的，二人之间的理论承继关系也是比较明显的。

20世纪80年代是史诗研究的新纪元，一些曾经被忽视的研究课题被越来越多的人注意到。虽然这是对史诗传统研究面临的瓶颈现状所做出的消极反应，但从客观上却促进了史诗歌手研究的发展。

1984年，藏族学者降边嘉措推出了他的专著——《格萨尔初探》②，这也是国内第一部系统地解读史诗《格萨尔王传》的著作。这部专著成为后来研究史诗《格萨尔王传》的奠基之作。

降边嘉措在论著中将前人的研究成果综合提炼成18个相互交叉、互

---

① 徐国琼：《论〈格萨尔〉"仲肯"的"博仲"》，转引自赵秉理《格萨尔学集成》1—5卷，甘肃人民出版社1990年版，第1796页。
② 降边嘉措：《格萨尔初探》，青海人民出版社1986年版。

为因果的专题，建构起自己的理论框架。如他对"说唱艺人"的研究，就与"流传与演变"、"结构艺术"、"语言艺术"等密切联系、互为参照。具体而言，他从民间艺人的一般情况、说唱时的仪式、不同寻常的艺术才华、卓越的人民艺术家四个方面，提出了旧时代的藏族社会，由于艺人地位低下，使得许多历史上优秀说唱艺人在文人的典籍中没有丝毫提及，而喜爱他们说唱的广大劳动人民也因为没有书写能力，只能为艺人留下一些传说，对于他们的艺术活动和经验则不能诉诸文字的观点。他在文中指出："史诗最直接的创作者、继承者和传播者"、"真正的人民艺术家"和"最优秀、最受群众欢迎的人民诗人"——仲肯对史诗的贡献被埋没是历史造成的。因此"爱护和尊重民间艺人，就是爱护和尊重知识，爱护和尊重民族文化遗产，爱护和尊重劳动人民的聪明才智和伟大的创造力"[1]。

随后，降边嘉措先后出版了《〈格萨尔〉与藏族文化》[2]、《格萨尔论》[3]等著作和多篇论文。文章从理论的高度对史诗进行时间与空间相结合的全方位展示。并从遗传基因、潜意识和集体无意识等角度对史诗歌手进行分析，特别是从集体无意识的角度对"仲肯"进行了深入浅出的解读。揭示了史诗歌手——仲肯的灵魂观和创作观。降边嘉措对于艺人的研究，始终以"人民艺术家"的论述一以贯之，体现了其对史诗歌手的高度关注和积极肯定。

首次对分布于藏区的史诗歌手进行分类的是《格萨尔王传》研究专家杨恩洪，她在1988年发表的论文《〈格萨尔〉艺人论析》[4]中，将史诗歌手分为：神授艺人、闻知艺人、掘藏艺人、吟诵艺人和圆光艺人五大类，并从藏族的社会背景、藏区特殊的地理环境和宗教信仰等方面全方位、立体式地反映了史诗歌手的生存现状和历史沿袭。

她在1986年发表的《格萨尔艺人"托梦神授"的实质及其他》[5]一文中，首次着手研究史诗歌手的神奇特征——托梦神授。她用心理学理论

---

[1] 降边嘉措：《格萨尔初探》，青海人民出版社1986年版。
[2] 降边嘉措：《〈格萨尔〉与藏族文化》，内蒙古大学出版社1994年版。
[3] 降边嘉措：《格萨尔论》，内蒙古大学出版社1999年版。
[4] 杨恩洪：《〈格萨尔〉艺人论析》，转引自赵秉理《格萨尔学集成》1—5卷，甘肃人民出版社1990年版，第1867—1872页。
[5] 杨恩洪：《格萨尔艺人"托梦神授"的实质及其他》，转引自赵秉理《格萨尔学集成》1—5卷，甘肃人民出版社1990年版，第1789—1795页。

批驳了"特异功能"说与家传和师传说，并从心理学的角度对艺人的超常记忆能力予以解释，认为这些现象与心理基础有关。她进而对史诗歌手成功的条件进行了分析，并以歌手所处的社会历史背景为分析基点，指出传统社会的宗教氛围以及家庭和周围环境的影响是主要原因。最后，她总结道："根据以上的分析，我们可以说，民间艺人的知识积累是经历了一个量变的过程，即由少到多、由劣到优、从渐变到突变的过程。不能否认梦在记忆格萨尔故事中所起的作用，而经常地梦到史诗的情节和唱词，则有助于对史诗的记忆。同时，那富有幻想的奇特的梦，无疑为艺人说唱增添了传奇色彩，也体现了民间艺人对史诗的丰富和发展所做的创作性贡献。"[1] 杨恩洪一直坚持这个观点，并在此后发表的论文和专著中对这一观点进行了进一步的修正和补充。该观点的巨大影响力使得后来许多学者的研究论著大多停留于对这一观点的借鉴和证实层面，而未有更大的突破。

这期间开展的一些艺人讲唱活动也促进了对史诗歌手演唱技巧等方面的研究。特别是1985年在拉萨召开的全国史诗歌手演唱大会，影响深远。另外，1986年在总结表彰"六五"计划的优秀成果时，对史诗歌手进行表彰以及1991年对史诗歌手授予称号等都从客观上促进了史诗歌手研究的深入。1986年著名史诗歌手扎巴老人辞世，学者们深刻体会到史诗演唱传统"人亡歌息"的特点，进一步强化了抢救、记录和研究史诗的紧迫感。除此之外，各地举办的有关史诗歌手的演唱会，特别是青海省举办的几次史诗歌手演唱活动，也起到了不小的作用。这类活动既促进了对新史诗歌手的发掘工作，也推进了对现有史诗歌手的研究。

这期间，在青海省开展的史诗抢救整理和史诗歌手推介工作中，涌现出了一大批专家学者和一直以来默默地支持和关注这一事业的民间工作者。他们对史诗的贡献不仅表现在史诗的搜集整理方面，还体现在他们在资料收集的基础上所作出的理论探索。比如，1989年，官却杰在介绍青海著名的史诗歌手才让旺堆时，总结了史诗歌手的艺术特点。他将"巴仲"的演唱特点总结为四个方面：演唱有说、唱、跳融为一体的形象性，

---

[1] 杨恩洪：《格萨尔艺人"托梦神授"的实质及其他》，转引自赵秉理《格萨尔学集成》1—5卷，甘肃人民出版社1990年版，第1789—1795页。

演唱不受时空限制,演唱的迷狂性和史诗的丰富性①。他的总结虽然存在只注重史诗传承的共时性而忽视其历时性的缺陷,但还是将史诗演唱的基本特点进行了简明扼要的介绍,不能不说是史诗演唱中关于语境研究的一种突破。其他的研究者虽然具备资料方面翔实可靠的优势,但基本上还处在继承前辈学者的研究思路,补充修正前辈学者研究结论的阶段。也就是说,这一阶段的史诗歌手研究还是侧重于史诗歌手与传统文化的关系、史诗歌手的梦境心理学分析、史诗歌手的宗教情结等方面。值得一提的是,藏族本土学者东噶·洛桑赤列在其论文《论世界奇宝巴仲艺人的神奇特色》中,总结了"巴仲"的一些共同的生活经历:1. 他们在9、10岁左右失去双亲,成为孤儿过着乞讨的生活。2. 他们都曾去过大部分藏区。3. 迫于生计,他们都曾唱过《格萨尔》史诗和民歌等其他民间文艺。4. 他们都在9、10岁左右做过神奇的梦,并因此而常病,之后一下子会唱很多史诗。5. 具有超乎常人的记忆能力②。这些特点都告诉我们史诗歌手们神秘的面具背后都有一张为常人熟悉的面孔。而恰恰是这些面孔,才使史诗歌手的研究有可能向多层次、多向度发展。90年代,何天慧、孟慧英、闫振中等前辈学者从萨满教、潜意识、气功和人体特异功能等角度对史诗歌手进行了探索,开辟了史诗歌手研究的新天地。虽然,他们的研究极易遭到学界的质疑,也有可能被认定为史诗歌手神秘论的复苏,但恰恰是他们的探索启发了很多史诗爱好者和研究者。当然,其他史诗研究者如恰噶旦正、索略、索代、角巴东周等人也在20世纪90年代发表了自己的论文、阐述了自己的观点,这里不再赘述。

  回顾20世纪最后20年的史诗研究成果,在理论建树方面具有代表性的学者主要有降边嘉措和杨恩洪两位研究员。继这两位之后,绝大部分研究者对史诗歌手的探讨从总体上来说没有太大突破。

  (三) 新世纪10年

  进入21世纪,"后现代性"、"第二轴心时代"、"文化多元"等成为时代的主旋律。在这样一个万象更新的时代,人文科学的各个学科都进入

---

① 官却杰:《略论〈格萨尔〉史诗说唱艺人才让旺堆演唱形式及特点》,转引自赵秉理《格萨尔学集成》1—5卷,甘肃人民出版社1990年版,第1876—1884页。

② 扎西次仁编《格萨尔论文集》,中国藏学出版社1996年版,第25页。

了全面反思和整体解构的历史时期。史诗《格萨尔王传》的研究也开始进入理论反思与创新的历史阶段。对史诗《格萨尔王传》的保护和研究在这一历史和文化背景下也受到了前所未有的关注。2009年10月1日，史诗《格萨尔王传》被列入人类口头和非物质文化遗产保护名录，既标志着《格萨尔王传》自此成为全世界亟待保护和发扬的优秀文化遗产之一，同时也标志着史诗研究进入多视角、多层次的研究领域。作为对这一标志性事件的回应，史诗歌手作为传承史诗文化的主体和核心，受到各方关注，对史诗歌手的研究也渐渐成为史诗研究领域的热门课题。

21世纪，史诗歌手的研究确实取得了巨大的进步。中国的三大史诗都在史诗演述主体的研究方面取得了丰硕的成果。从降边嘉措到杨恩洪，从朝戈金再到阿地里·居玛·图尔地，史诗歌手的研究俨然成为学术赛场上后来者居上的黑马。

2000年，李连荣提交了自己的博士论文《中国〈格萨尔〉史诗学的形成与发展》[1]，论文全面而详尽地梳理了几百年来史诗在国内外的研究状况，作者在文中以80年代为界，将中国的史诗研究分为两个阶段三个时期。他认为史诗歌手的研究主要是在第二个阶段。虽然文中作者只安排了一节的内容梳理学界对史诗歌手的研究，在文末的结论中也认为80年代后期掀起的史诗歌手研究热，是一种对史诗传统研究的偏离。但论文还是如实地介绍了史诗歌手研究的历程和它对史诗研究积极的一面，认为这一方面的研究确实使史诗更具深度和广度。

2003年，周爱民提交了他的博士论文《格萨尔—口头诗学——认同表达与藏族民族民俗文化研究》[2]，论文主要运用口头程式的相关理论详细分析了史诗歌手从一个史诗狂热爱好者到优秀的史诗歌手的成长过程。论文基本上赞同洛德在《故事的歌手》中所得出的研究结论，即每一个歌手必须经历：学习—创编—在实践中不断练习这一过程。文中还引述了许多史诗歌手对"神授"经历的描述，认为这是歌手认同表达的途径之一，并将这种认同表达与藏族的传统文化联系起来进行解读和分析，提升

---

[1] 李连荣：《中国〈格萨尔〉史诗学的形成与发展》，博士学位论文，中国社会科学院，2000年。

[2] 周爱民：《格萨尔—口头诗学——认同表达与藏族民族民俗文化研究》，博士学位论文，中国社会科学院，2003年。

了论文的高度和深度。

2003年，杨虎彪继承了20世纪何、闫二人的思想在《西藏艺术研究》上发表了论文《格萨尔说唱探秘》①。文中，作者借鉴近些年国内外对有关"再生"和"转生"等现象的研究成果，认为神授史诗歌手对于自己身世和神授经历的说法具有一定的合理性。

2006年，索南措从史诗歌手的表演程式和展演形态出发，对史诗歌手进行了研究，在她的硕士论文《神授史诗艺人表演的口头程式——以藏族史诗〈格萨尔〉为个案的研究》中，她指出："《格萨尔》作为卷帙浩繁的口头英雄史诗，具有鲜明的口头传统。而唯有研究其艺人表演中的口头程式，方能真正揭示其史诗艺人创编演唱和数百年传承不息的文化密码。"②文章以史诗的母题、唱词、叙事方式、句式和道具等作为研究的突破口，对史诗及史诗歌手进行分析。作者肯定了史诗的口头性和民间性，认为史诗具有程式化特色。这是一篇通过借鉴口头程式的相关理论，考察《格萨尔王传》史诗歌手表演性的论文。

21世纪前10年，学者和史诗研究爱好者或从口头程式理论出发，或从史诗歌手神奇的说唱经历出发，得出了迥然不同的结论，从而使这一时期的史诗歌手研究呈现出"百家争鸣、百花齐放"的良好态势。

这一时期的研究者不仅注重史诗歌手研究的理论建设，在新一代史诗歌手的发掘方面也不遗余力。2006年，边巴占堆在《西藏研究》上发表了题为《〈格萨尔〉说唱艺人斯塔多杰》③的论文，文中介绍了生于西藏昌都地区年仅15岁的神授史诗歌手斯塔多杰。从该论文中我们了解到，斯塔多杰性格腼腆木讷，成绩平平，但每每谈起《格萨尔王传》，他就会变得异常兴奋，滔滔不绝。年幼的他不仅会说唱史诗的18大宗，甚至还能简明扼要地概括史诗各部本的主要内容，当别人对史诗的某一情节感到困惑时，他还能作出自己的解释。

总之，进入21世纪，史诗《格萨尔王传》的研究总体呈现出：总结为主、挖掘为辅、研究并重的良好态势，这不仅为以后的史诗研究工作提

---

① 杨虎彪：《格萨尔说唱探秘》，载《西藏艺术研究》2003年第2期。
② 索南措：《神授史诗艺人表演的口头程式——以藏族史诗〈格萨尔〉为个案的研究》，硕士学位论文，青海师范大学，2006年。
③ 边巴占堆：《〈格萨尔〉说唱艺人斯塔多杰》，载《西藏研究》2006年第2期。

供了便利，也为史诗研究在今后取得更大的进步夯实了基础。

## 第三节 研究理论、方法及资料来源

### 一 研究理论

史诗《格萨尔王传》拥有漫长的资料积累史和学术研究史，为了更好地梳理前辈学者的研究成果，并在此基础上提出自己的研究重点和创新点，笔者在本书中运用和借鉴了以下研究理论：

（一）中国民间故事讲述的相关理论

许钰教授毕生从事民间故事研究，在其专著《口承故事论》中专门辟出"讲述论"一编，把"讲述"作为一个主要的概念，集中表达了他的故事讲述的民俗学研究思想。他把民间故事的民俗学研究设定为三个层面：1. 故事讲述活动；2. 故事内容反映的民俗事项和历史文化；3. 故事对其他民俗活动进行解释。还深刻地指出"讲述"活动是民间故事的基点。他说："从民俗学的角度看，各类民间故事本来都活在人民群众的口头上，各族人民在日常生活中讲故事，也像其他习俗一样，是一种长期流行的约定俗成的生活惯制，因此，作为民俗学对象的民间故事，我们首先看到的是它的讲述活动，这是民间故事之民俗含义的第一层面，也是确定民间故事性质的基点。"[①] 许钰的研究具有重要的方法论意义，开拓了我国故事学树立自我风格的新的研究历程。笔者在本书中借鉴了这种理论和方法，试图从史诗歌手的生命史叙事中透析出其中的民俗本质。

（二）表演理论

表演理论作为多学科、多视角共同作用下产生的理论，活跃于民俗学、人类学、文学批评等诸多领域，但其出发点和落脚点还是旨在解释口头艺术中显现的以往被民族志学者所忽视的"表演"成分。与以往民俗学研究领域中盛行的以抽象的、往往被剥离了语境关系的民俗事象为中心的观点不同，表演理论是以表演为中心，关注民俗事象在特定语境中的动态形成过程和其形式的实际运用。具体来讲，表演理论特别关注以下一些话题：1. 特定语境中的民俗表演事件。2. 交流的实际发生过程和文本的

---

① 许钰：《口承故事论》，北京师范大学出版社1999年版，第172页。

动态而复杂的形成过程，特别强调这个过程是由诸多因素（个人的、传统的、政治的、经济的、文化的、道德的等等）共同参与，而且也是由诸多因素共同塑造的。3. 表演者、听众和参与者之间的互动交流。4. 表演的即时性和创造性。5. 表演的民族志考察，强调在特定的空间和时间范畴中理解表演，将特定语境下的交流事件作为观察、描述和分析的中心[①]。可见，表演理论是深深扎根于田野考察的带有方法论性质的理论体系。笔者在实际的田野访谈中，发现史诗歌手的生命史叙事是随着特定语境的变化而产生相应变化的，鉴于此，笔者运用表演理论的相关研究对史诗歌手的生命史叙事展开分析。

（三）民间信仰相关理论

笔者在访谈中发现，史诗歌手尤其是神授史诗歌手、圆光史诗歌手、掘藏史诗歌手的"神奇"经历与藏民族传统的民间宗教信仰构成一幅绵密有致的关系网。在这张错综复杂的关系网中，藏族本土的原始信仰始终是史诗歌手构建其"神奇"经历的重要支撑。笔者通过借鉴民间信仰的相关理论，意在辨析史诗歌手的信仰体系。

除此之外，在关于史诗歌手的原型及演述机制的探讨中，笔者借鉴了神话—原型批评理论、马克思·韦伯社会权威理论、阈限理论和叙事学理论等相关理论，以期达到对史诗歌手较为全面的认识。

然而正如学者指出："像藏族、蒙古族、彝族这样一些民族，他们的口头传统各有其独特性的方面。对独特性的解释要充分考虑到民族文化传统，不能照搬和套用西方的某个理论，要建立自己的阐释学模式，史诗研究需要本土化，包括对现有西方的口头诗歌研究中提出的概念，要进行修正和扬弃。"[②] 笔者在借鉴和运用上述相关理论解读藏族史诗《格萨尔王传》之史诗歌手时，也难免遇到现成理论对具体田野作业资料缺乏阐释力的问题，在本书的具体撰写过程中，笔者也试图对相关理论进行力所能及的修正和补充。

## 二　研究方法

研究方法的准确运用对把握和理解研究课题至关重要，为了更好地理

---

[①] 杨利慧：《表演理论与民间叙事研究》，载《民俗研究》2004 年第 1 期。
[②] 尹虎彬：《古代经典与口头传统》，中国社会科学出版社 2002 年版，第 7 页。

解史诗歌手的多面性,进而对他们做出合理的理论阐释,本书采用以下研究方法:

(一)田野作业与文献分析相结合的方法

田野调查作为民俗学、人类学和民族学等学科的立论之本,是学者们了解一个民族传统文化的基本方法。

自 2010 年 2 月以来,笔者对活跃于青海省玉树藏族自治州的三位史诗歌手进行了多次访谈。在此过程中,笔者采用参与式观察的方法对史诗歌手的日常工作进行考察,认识到史诗歌手所处的社会文化语境对其生命史叙事的重要意义。此外,在梳理田野调查所得的基础上,笔者查阅了前辈学者所记载的关于老一辈史诗歌手的相关信息,试图从共时和历时两个维度,对老一辈史诗歌手的生存状况和新生代史诗歌手的生活现实进行今昔对比,借此考察史诗歌手的传统文化内质和社会功能。

(二)质的研究方法

质的研究方法是一个具有漫长建构过程的研究方法,它受到很多不同思潮、理论和方法的影响,起源于很多不同的学科。它同时跨越人文科学、社会科学和物理科学,具有多重面相和多种焦点的特色。质的研究方法以研究者本人作为研究工具,在自然情境下采用多种资料收集方法对社会现象进行整体性探究,使用归纳法分析资料和形成理论,通过与研究对象互动,从而对其行为和意义建构获得解释性理解的一种活动[1]。

笔者在实际的田野调查中,注重运用这种方法。在调查中始终注意调查者与被调查者的互动关系,注意调查者个人与被调查者以及调查情景的关系对研究课题的影响,注重归纳和反思被调查者在不同情境下的表现,总结并反思史诗歌手生命史叙事行为的意义,并试图对其做出解释。

(三)口述史研究方法

从进化论的角度看,人类社会的发展经历了从蒙昧、野蛮到文明的演进过程,而承载人类文明的媒介也自口头、书面向多媒体过渡。作为人类最初的记录和记忆手段,"口传心授"、"口耳相传"在人类文明的发展之初发挥了重要的作用。伴随着 21 世纪历史学的学科转向,对口述资料的关照和阐释成为历史学新的学术增长点。民俗学作为一门始终扎根民间、

---

[1] 陈向明:《质的研究方法与社会科学研究》,教育科学出版社 2000 年版,第 12 页。

始终与民众同呼吸的学科，对民间的口碑文献具有明显优于其他学科的天然敏感度。结合口述史的相关研究方法，对民俗生活中的口碑资料进行梳理和解读，是对民俗学研究方法的一种新突破。

在本书中，笔者始终将史诗歌手以生命史叙事为主要内容的口述材料作为资料学基础，并在此基础上，借鉴口述史研究的相关方法对史诗歌手的生命史叙事进行解读，从而达到对隐藏在史诗歌手生命史叙事背后的文化内质进行探究的研究目的。

（四）整体研究方法

整体性研究方法拒绝将文化事项从其赖以生存的生活整体中剥离的做法，强调对文化事项进行全面的关照和整体性的考量。换言之，整体性研究方法注重对文化事项与生活整体的关系研究，要求对文化事项的研究兼顾民俗的文化面和生活面。

笔者在以史诗歌手的生命史叙事作为研究立足点的同时，力求对史诗歌手的生境、史诗歌手的文化内质与功能和史诗歌手的现状与保护模式等予以关照，试图在针对史诗歌手的微观研究与史诗存续的文化空间的宏观整体研究之间建立联系，从而达到对史诗歌手进行整体性把握的研究目的。

### 三 资料来源

本书的研究资料来源：

1. 前人搜集整理的《格萨尔王传》史诗歌手资料。
2. 前人研究《格萨尔王传》史诗歌手的相关著述和论文。
3. 国内外对于史诗以及史诗歌手的研究成果。
4. 笔者的田野作业资料。自 2010 年 2 月以来，笔者陆续采访了玉树著名的史诗歌手旦巴江才、土丁久耐（已故）、才仁它次等人，并且采访了玉树《格萨尔王传》抄本世家的第三代传承人，本书依据的第一手资料主要是田野对话的录音和笔记记录资料。

## 第四节 研究的重点、难点及学术目标

《格萨尔王传》史诗的研究史可谓源远流长。古今中外，许多前辈学

者对史诗的保存和发展都做出了突出的贡献。由于不同研究者的研究视角和学科背景不尽相同，致使史诗研究呈现出多角度、多面向的研究态势。我们甚至可以说史诗文化的方方面面在几代史诗研究者的共同努力下，几乎都得到了较为全面的展示和诠释，其中包括史诗的传承者——史诗歌手。

在史诗研究之初，这些被誉为活着的"荷马"的史诗歌手就与史诗一同进入了人们的视野。只是当时的研究主要以搜集和整理史诗文本为主，对保存、传承、创编史诗的歌手未能进行深入的研究。然而，到了20世纪80年代这种现象得以逆转，史诗歌手研究逐渐成为史诗研究的热门领域，且大有赶超史诗书面文本研究之势。

在学习和梳理前辈学者的史诗研究成果时，笔者发现有相当长的一段时间，研究者都将侧重点放在了史诗歌手"神授说"是否真实这一方面，学者试图运用心理学等相关理论对这一问题做出阐释，然而所得到的结论却缺乏说服力。笔者认为，"神授说"的真实与否，并不是史诗歌手研究的重点。我们似乎更应该认真思考史诗歌手的"神授故事"背后所蕴藏的深刻内涵。因为"神授说"的荒诞不羁，就忽略史诗歌手以自我的亲身经历为主题的内叙事是史诗研究的一大失误。

基于上述认识，本书将研究重点放在了拥有"神奇赐授"经历的史诗歌手以及他们看似"荒诞"，实则意蕴深刻的生命史叙事上，同时史诗歌手那近乎疯狂的演绎方式也是本书试图解读的内容。在本书的撰写过程中，我们首先遇到的问题是如何剥离民间信仰、民族宗教的层层包裹，透视史诗歌手"神授说"的内核。其次，面对史诗歌手对史诗"创编说"和"演绎说"的一再否认，如何解读他们对史诗演述所进行的深描。最后，对于史诗歌手的原型探讨在学界一直未引起重视。对于谁最初宣讲了史诗《格萨尔王传》——这一问题如何得出合理而准确的结论，也是文章的一大重点考察对象，同时也是撰文的一大难点。

诚如大家所了解的，《格萨尔王传》是中国的三大史诗之一，她被誉为东方的《伊利亚特》、世界文化的奇迹。仅西藏的扎巴老人说唱的《格萨尔王传》，就相当于25部荷马史诗、15部印度史诗《罗摩衍那》、3部《摩诃婆罗多》，在这样一部令世人惊叹的巨著中，人们所看到的不只是藏民族璀璨的传统文化，其中也蕴含着许多后人无法厘清的"神秘现象"。她的魅力不仅体现在史诗优美的唱词中，同时也体现在其深邃的哲思中。而今，当我们细细品读这部具有千年历史的史诗时，仍然被她多义的气质所打动。

笔者认为，这部史诗能流传至今，不仅得益于史诗"酒香不怕巷子深"的自身魅力，世世代代为史诗的保存和传承进行不懈努力的史诗歌手也是功不可没的。正是因为他们的存在，才使史诗有机会历经千年，从远古款款走来；也正是因为他们的存在，才使史诗得以在沧海桑田、斗转星移、瞬息万变的现代社会仍然屹立不倒。我们在为史诗歌手致敬的同时，也应该真正地把目光投向他们的灵魂深处，倾听他们的故事，见证他们的辉煌。

笔者访谈了一批目前仍活跃在青海省玉树藏族自治州的史诗歌手，在对他们的生命史叙事进行记录的过程中，体验到史诗歌手在脱离史诗演述、脱离吁请叙事后，对自身人生观、世界观和价值观的表达。笔者希望通过记录和复述史诗歌手的思想观念，达到对其深层生命体验的了解。

通过与史诗歌手的交流互动，笔者发现，史诗歌手在藏族文化发展史上具有重要的历史地位。作为一个拥有非凡技能的社会群体，史诗歌手通过灵活运用各种策略使自己被社会认可、接纳，并在此基础上在社会群体中发挥自己的功能、行使自己的权利，史诗歌手的生存智慧超越了藏民族其他类型的说唱艺人。本书旨在从史诗歌手与藏族传统社会中其他说唱艺人的渊源关系、史诗歌手的传统文化内质、史诗歌手的现状、史诗歌手的功能以及史诗歌手的保护措施等方面入手，在前人研究成果的指引下，走进史诗歌手迷雾重重的世界，并从中找到一条从"他者"通向"我们"的通途。

# 第一章

# 藏族说唱艺术概况

在藏民族盛大的节庆场合，除了激扬的歌舞、热闹的竞赛，最为吸引人眼球的当属庆典中口若悬河、巧舌如簧的说唱表演。优美的唱腔、华丽的辞藻和恰如其分的比拟让说唱者俨然成为庆典的宠儿。庆典中，说唱者的表演不时将节日的气氛推向高潮。他们"运用特殊的符码（如赞词中古语）、比喻性的语言（如赞词中的比喻性语言）、平行关系（如语音的重复、语法的重复、语义的重复或者韵律结构的重复）、特殊的辅助语言特征（如速度、长度、停顿时间的长短、音高的升降、语调、响度、重音等）、特殊的套语（如折嘎和喇嘛嘛尼说唱前的开场白）和诉诸传统（如古尔鲁的悠久历史）"[1] 等方式来标定表演、宣告个体的存在。说唱者在庆典等仪式场合中将自在文本转化为非自在文本的演绎过程不仅是说唱艺术得以产生的必要条件，同时也是藏民族的说唱艺术日臻成熟的前提。

在丰富多彩的藏族传统说唱艺术的滋养下，史诗演述作为一支新兴的生力军，迅速占领了民间艺术的舞台，并逐渐发展出多样的演述风格和传承方式，成为藏族说唱艺术中影响最为深厚、传播最为广泛、发展最为完备的艺术形式。作为史诗演述的主体——史诗歌手也凭借他们的"通灵"特质、生花之笔和如簧之舌，在社会中得到人们普遍的尊敬，甚至是顶礼膜拜。

## 第一节 藏族说唱艺术和艺人分类

综合藏族说唱艺术和艺人的历史发展与实际现状，笔者认为藏族的说

---

[1] ［美］阿尔伯特·洛德：《故事的歌手》，尹虎彬译，中华书局2004年版，第45页。

唱艺术及艺人大致可分为八类。

## 一　仲与仲哇（故事及故事讲唱者）

藏族的"仲"（即故事），主要包括两个方面的内容：第一，在民间口头流传的"仲"，如神话、传说和故事；第二，书面记录整理或讲述撰写的故事，如《西藏王统记》、《红史》、《青史》等史书中记载的史事和故事。鉴于本书主要探讨藏族的口头传统，故在此主要介绍第一类"仲"的基本情况，对第二类不做详细说明。

神话是远古先民了解自然、理解生命之原初的圣典，先民怀着虔信的情感去聆听神话、怀着崇敬的心情去宣讲神话，神话以神或半人半神为叙事主题。民间传说和民间故事以人们耳熟能详的人物和家庭邻里琐事为模板，对历史或现实进行或褒或贬的叙事，传说与故事是以人为主角的叙事。时至今日，神话的神圣地位已让位于理性主义，而传说和故事则以坚实的群众基础一直在民间流传着、创造着。今天，当我们试图去追溯这些口头传统的历史，不禁为它们曾在社会中发挥过的重大作用而感慨。

五世达赖喇嘛在其所著《西藏王臣记》中记载：松赞干布以前，"王族世系共有二十七代，其在位时，咸以苯、仲、德乌三法治理王政"[1]。这里的"仲"，据学者考证包括：神话、圣人传说、英雄事迹等口头传统。类似的记载也出现在《贤者喜宴》中："以上赞普世系二十七代，其政权由神话、谜语及本教所护持"[2]。这些记载说明在松赞干布以前的吐蕃早期王政时代，王政的统治与苯教、仲、德乌这三者存在一种至为密切的特殊联系。子曰："圣人以神道设教"，这里的"神"显然要求助于古老的神话而得以再现，而"道"则与口头传统有着一脉相承的亲缘关系。

在藏区，人们喜欢故事，更喜欢以说唱的形式演绎故事的精彩内容。人们称这种故事说唱艺术为"仲鲁"。"仲鲁"指在讲故事的过程中介入吟唱，使得故事不仅充满了趣味性，也具备节奏感和音律美，同时注重针对不同的人物性格谱以不同的曲种，不同的情境变换不同的曲调，在交错的音符中将故事的感人力量推向高潮（然而，在民间"仲"主要以散文

---

[1] 五世达赖喇嘛：《西藏王臣记》，刘立千译，西藏人民出版社1992年版，第11页。
[2] 巴卧·祖拉陈哇：《贤者喜宴》，黄颢译，载《西藏民族学院学报》1980年第4期。

讲述为主，韵散结合的说唱属少数）。而在民间，民众称演唱这种说唱艺术的艺人为"仲哇"（即讲唱故事的人）。"仲哇"在藏族民众中受到普遍欢迎，成为民众喜闻乐见的艺人之一。他们在村落、社区中也有较高的声誉，被民众视为见多识广、博闻强记的人。

## 二 古尔鲁（道歌）

在藏族漫长的佛教发展史中，有一个以苦修著称的高僧。他得道后，寓教理于歌，以歌劝世，赢得了大批信众。在藏族说唱艺术中，有据可查的最早的说唱艺人当属这位苦修僧——吉尊·米拉日巴。其创作的《米拉日巴道歌》也成为历代藏文文献中再版次数最多的文献之一。尊者米拉日巴借古老的说唱形式宣讲佛教教义，劝善劝德。后世把这种宗教意味浓厚的说唱艺术称为"古尔鲁"即道歌。

"古尔鲁"大概诞生于公元5世纪，"古尔鲁"这种藏族民间说唱艺术的形式，起源于藏人所称"第一个吐蕃藏王来到的地方，天空的中心、大地的中央、州邑的心脏、雪山围绕之地、江河的源头、山高地净处、良人的出生地、束装美好、骏马奔驰的地方——雅隆"[①]。据敦煌出土的藏文史料记载，第九位吐蕃王布德贡杰时期，就有许多"古尔鲁"（指"古尔鲁"的雏形）传世。据学者推断，"古尔鲁"当是藏族先民早期用以祭天祈神的仪式歌。

吐蕃王松赞干布时期，藏文字的创造，不仅使口头流传的"古尔鲁"得到了推广，还出现了文人创作的新的文学作品。这时由于印度的佛教文化开始传入藏区，为了宣传新教，上层贵族和僧侣阶层开始利用这种古老的艺术样式寓教于歌。至此，古尔鲁形成了具有民间意义的和具有宗教意义的"古尔鲁"两大支流。随着佛教在藏区的势力不断扩大，具有宗教意义的"古尔鲁"的影响明显超过了具有民间意义的"古尔鲁"。到了佛教后宏期，以"古尔鲁"的表现形式拯救佛教、恢复佛教正统地位的道歌逐渐增多，从而巩固了"古尔鲁"的宗教属性，使"古尔鲁"成为诠释佛理的主要手段之一。由于说唱"古尔鲁"的大多为具有较高社会地位的僧侣，加之"古尔鲁"这种口头传统具有个性鲜明、辨识度高的特

---

① 索次：《藏族说唱艺术》，西藏人民出版社2006年版，第28页。

点，因此民众采用"以艺术类型来命名表演者"的方法，直接称说唱"古尔鲁"的人为"古尔鲁"或"古尔鲁哇"，即演唱"古尔鲁"的人。

### 三 堆巴与堆巴谐巴（颂赞词和颂赞者）

"国之大事，在祀与戎"。"祈"，在远古时期是一项十分重要的仪式过程。它不仅包括烦琐的仪式前的准备工作，还包括仪式中请神、降神、求告和送神等一整套严谨而周密的仪式过程。直接肇始于这些祈神祭祀仪式且至今仍在民间流传的赞词和颂词，对我们而言并不陌生，它们是远古时期巫祭咒语的未来形式。现当代仍有许多少数民族在仪式中高声念诵神赞，它们成为人类学家、民族学家、民俗学家抒写人类文明史的田野根据之一。

"堆巴"作为藏族的赞词说唱艺术，大概形成于公元7世纪。"公元6世纪初，居住在山南雅隆河谷的雅隆部落兴起，先后兼并邻近各部落，逐步统一藏区，到公元7世纪初，建立了强盛的吐蕃王朝。藏王松赞干布继任赞普后，平息内乱，迁都拉萨，建立各种制度，巩固了统一的王朝。"[①] 由于治国有方，赞普松赞干布时期，吐蕃进入了全盛时代，科学、文学、艺术各方面都进入了全面发展的阶段。就是在这一时期，出现了两种对后世产生重要影响的说唱形式，即"堆巴"（赞词）和"百"（壮威歌）。据藏族许多史料记载，藏王和王子嫔妃会在盛大的庆典场合以赞词献礼，祈愿国运昌隆、臣民安居。下层民众也钟爱这种象征吉祥的说唱形式。在各个阶层的婚礼、诞生礼等庆典场合也有专门受邀表演的颂赞者。这些颂赞者不仅得到主人的热情款待，在村落社区中也十分受欢迎。

赞词的内容可谓无所不包：有对人生礼仪的赞词，如新郎赞、新生儿赞；有对具体事物的赞词，如刀赞、马赞、弓箭赞；有对人物的赞词，如圣王赞、英雄赞等。赞词最为突出的特点是其令人叫绝的比喻性语言。由于赞词说唱在社区中是"获得公众高度尊重的道路之一"[②]，因此，无论是在仪式场合还是在日常生活中，人们都会即兴表演一把。概言之，如果

---

① 索次：《西藏说唱艺术》，西藏人民出版社2006年版，第13页。
② [美]理查德·鲍曼：《作为表演的口头艺术》，杨利慧、安德民译，广西师范大学出版社2008年版，第68页。

说赞词的说唱者在古代曾是由"位高权重"的人充任（如巫师或首领），那么如今，它已成为普通民众的"专利"。可以说喜欢说唱"堆巴"（赞词）的人上至贵族僧侣下至平头百姓不一而足，人们称这些说唱赞词的人为"堆巴谐巴"即说唱赞词者。此外，在藏族史诗《格萨尔王传》中，几乎所有的分章本和分部本都以赞词开场，并以赞词结尾，且优秀的史诗歌手同时也是卓越的"堆巴谐巴"。可见"堆巴"和"堆巴谐巴"在藏族口头传统中的重要地位。

## 四 百（壮威歌）

两军交锋且势均力敌，成败的关键就在于两军将领的士气和斗志。古时以擂战鼓作为鼓舞大军士气的重要手段。士兵在擂鼓时发出振聋发聩的吼声，以达到鼓舞我军、威慑敌寇的目的。在一方得到胜利后，胜者也以共同演唱这种壮威歌的形式来庆祝胜利，分享胜利的快感。据《卫藏通志》记载，西藏地方的正规军队创建于公元1729年（清乾隆十七年）。在此之前西藏地方政府实行的是"向来分派，有战则调集为伍"的一种分派制度。在吐蕃王朝时期，整个藏区以拉萨为中心，组织了"次如"（外翼）、"帕如"（中翼）、"囊如"（内如）等三部分军队组织。吐蕃王松赞干布为了更有力地控制整个青藏高原，制定了行政区域和兵制。"国之大事，在祀与戎。"每当国中有战事，出征前都要举行盛大的祭祀仪式，在仪式中和仪式后都要高声说唱这种地域色彩、民族色彩极强的壮威歌，仪式结束后信心十足地去参加战争。"百"的内容大致是表达士兵出征或凯旋时的激扬情感以及赞美自己手中的武器和褒扬英勇无畏的精神。而演唱"百"的人也以集体为主，个人演唱"百"的情况较为少见。

"百"这种说唱形式至今仍在西藏各地流传，只是随着历史的沿革，其意义已发生不同程度的变化。在西藏望果节期间，民众骑着骏马，身穿古藏装，腰系藏刀弓箭，在长辈的带领下高声说唱"百"，并进行绕田地活动，为来年丰收祈福。

## 五 岭仲与仲肯（《格萨尔王传》与史诗歌手）

如果有人问在藏区，流传最为广泛的民间故事（这里指广义的民间故事）是哪一则？藏族民众一定首推《格萨尔王传》，藏族民众将有关格萨尔王的故事称为"岭仲"。

　　脱离史诗的诗性语言、脱离史诗歌手的忘我表演，格萨尔王的传说以朴实的民间白话形式在藏区的每一个角落落地生根。民众以谦卑的态度仰望他，以虔诚的信念颂扬他，以独具地方特色的语言塑造他。在西藏、在青海、在四川、在甘肃、在云南，格萨尔王以其传奇的人生经历、代表正义的光辉形象、无所不能的超人特质唤醒了古老民族的英雄崇拜情结。故事讲到：执掌三界的白梵天王看到世间灾难重重、民不聊生，决定派一位有胆有识的勇者去解救万民。经过层层选拔，白梵天王的幼子顿珠嘎尔宝技压群雄、拔得头筹。于是，天王决定让他在一个极为殊胜的日子投身到一个富贵人家。然而神子即将投身的显贵之家，内部却暗藏杀机、纷争不断。格萨尔王的母亲虽然贵为主母，但仍避免不了遭人妒忌、被人诽谤的命运。格萨尔王的父亲年过半百，仍膝下无子，为了继承香火，他前后娶了三个妻子，当盼子心切的他终于得到格萨尔王的母亲怀孕的消息时，他喜悦非常。然而，格萨尔王的母亲怀孕的消息在这个大家庭里，对于不同的利益集团而言，意义是迥异的。格萨尔王诞生后，以母舅晁同为首的恶势力，屡施毒计，再三加害母子俩。岭国总管和格萨尔王的哥哥嘉嚓为了让母子俩远离危险，将计就计地把他们送到偏远的地方，并决定等时机成熟，再把他们接回岭国。格萨尔王在13岁之前与母亲相依为命，过着食不果腹、衣不遮体的生活，母子俩靠幼年的格萨尔王挖蕨玛、打地鼠为生。我们在绘有史诗内容的唐卡中可以看到，幼小的格萨尔王，形象十分潦倒。但外表的不堪并不能埋没他惊人的智慧和勇敢。（格萨尔王在襁褓中就曾惩治过母舅晁同。）与幼年的不济相反，在格萨尔王13岁那年，岭国举行赛马大会，岭国的所有青年无论贫富贵贱都能参加。比赛的冠军不仅可以夺得王位还可以娶回貌美的岭国首富嘉洛家族的长女珠牡。格萨尔王不负众望，夺得冠军，成为岭国的君主。从此，格萨尔王带领以花花岭国三十英雄为首的众将领，开始了他除暴安良、惩恶扬善的戎马生涯。没有人能统计出，格萨尔王到底经历了多少战争、征战过多少地方。因为，每当发现一个新的史诗歌手，在他的演述名目中，总会有新的战争回目出现。或许正是由于史诗整体的"不可知"性，才使它具有其他说唱艺术所不具备的听众的相对稳定性和经久的吸引力。据学界推测，关于《格萨尔王传》的内容梗概大概形成于公元11—13世纪之间（或较早），而史诗的传唱活动也在这一时期开始了。我们无法推断究竟是拥有史诗属性的《格萨尔王传》的广泛传播诱发了后来民间以白话的形式讲述格萨尔王故事的传统，还是民间口头讲述传统经过"有心人"的加工、整理和创编，从而使它们具备诗性，然后由民间艺人进行演述？口头程式理论认为，史诗的创作并非一蹴而就，而是随着时代的演进，根据一定的创作模式，即根据一组相同且不断重复的词汇、典型的话题或场景以及普泛化的故事形式等来完成史诗的宏大叙事。该理论认为史诗拥有不同时代、不同地域的印记，但却能严丝合缝地与整个史诗融为一体，其原因是史诗的"创作者"对史诗中由小及大的程式的成功运用。历史将创编史诗的任务交给了传承—承传史诗的史诗歌手。关于演述《格萨尔王传》的史诗歌手及其不同类型，我们在下述中将着重谈到，这里不再赘述。

### 六　喇嘛嘛尼与嘛尼巴

"夏不畏大风大雨的嘛尼巴，冬不畏寒冬腊月的嘛尼巴，不畏高山大河的嘛尼巴，不计较听众贫富的嘛尼巴，明世间良知的嘛尼巴，只重人间因果的嘛尼巴。"在拉萨街头，以"嘛尼巴"自称的艺人，以一套固定的套语作为开场白开始了他的表演。这些嘛尼巴的说唱活动非常具有规律性，农闲时节、藏历新年前后、萨嘎达瓦节、大法会和酷暑时分，他们的身影在拉萨的大街小巷并不鲜见。

在适宜的场合和时间，嘛尼巴选好一处人流密集的好地段，便认真地准备起本场演述的一应所需：他在墙上挂起唐卡，唐卡左边摆上一座白塔，唐卡右边摆上一尊度母像，并在唐卡前供摆净水、供灯和藏香，然后身披喇嘛袈裟，吹起象征吉祥的海螺召集听众，最后在"唵嘛尼叭咪吽"的开讲词后，以棍指画讲起了关于佛陀本生的故事以及在藏区家喻户晓的民间神话、民间故事。因为喇嘛嘛尼的演唱常常以念诵分别代表神、神人、人、畜生、饿鬼、地狱的六字箴言——"唵嘛尼叭咪吽"为"开讲词"，民间都称他们为"喇嘛嘛尼"或"嘛尼巴"。

喇嘛嘛尼一般都以世袭的方式进行传承，传男传女皆可。这种世袭的传承带给他们的不仅是从父辈传承下来一整套据说具有神力的说唱行头，更为重要的是家族的良好声誉。

嘛尼巴这类说唱艺人的产生得益于藏民族能歌善舞的民族特点、乐观积极的民族性格以及底蕴深厚的民间传统文化。据学者研究,首先"从喇嘛嘛尼的说唱本、唱腔、服装和道具等来看,喇嘛嘛尼的基本说唱形式是从藏族原始宗教仪式的酬鬼娱神等各类不同的民间艺术土壤中逐渐成长起来的"①。其次,公元7世纪佛教传入吐蕃,赞普赤松德赞为了推行新教,从印度请来著名的佛教密宗大师莲花生,据说最早的嘛尼巴是接受莲花生大师密咒的出家人。从此之后,喇嘛嘛尼这一说唱艺术便传播开了。最后,唐代是我国宗教活动最为活跃的时代,特别是佛教在唐代得到了很大的发展,为了使佛教的影响深入民间,佛教的"俗讲"活动十分活跃。由唐朝来吐蕃讲经布道的文素、良琇二僧也以唐代变文②的形式在藏地弘扬佛法。这种图文并茂的讲经形式,规避了佛教教义抽象深奥的缺点,很快在普通民众中得到认同,嘛尼巴也将其活用到喇嘛嘛尼的讲唱程式中,从而使喇嘛嘛尼这种说唱艺术具备了多种表演特质。11世纪前后,西藏讲唱佛经蔚然成风,并且大多与僧侣有密切的关系,有些讲唱者就是僧侣,他们被称为流浪说唱者或游吟诗人,他们的说唱题材和绘图内容也由最初的佛教故事,发展为民间故事、史诗和大德传记等。

到了公元14世纪,对藏族民间文艺有着里程碑意义的噶举派高僧唐东杰布,对喇嘛嘛尼说唱艺术进行了改造和创新,还亲自去说唱实践,使喇嘛嘛尼说唱艺术得到了很大的发展。随着时间的推移和历史的沿革,这种宗教意味较浓的说唱艺术开始走向民间,讲唱者不仅借此宣扬佛教教义,也开始带有"招募钱财"的意味。为了吸引更多的观众和听众,喇嘛嘛尼不断提高自己的技艺和口才,故后世称这些喇嘛嘛尼为善说者或善巧者。

### 七 折嘎(道具说唱)

"身白犹如雪山,心白犹如牛奶,意白犹如酸奶,是具备三白的化身,这就是我们折嘎。"在婚礼和藏历年的聚会现场以及藏区各大法会庆典期间,我们总会看到这些手持五色棍、身背假面具、怀揣大木碗的道具

---

① 索次:《西藏说唱艺术》,西藏人民出版社2006年版,第33页。
② 变文:是指变深奥的经文为通俗文。变文的特点是文与图像结合,在讲演时,以文为主,以图为辅。

说唱艺人。在这些庆典场合，他们的不期而至被视为吉祥的征兆，会得到主人的热烈欢迎和盛情款待。这些社会地位相对较低的说唱艺人也不负众望，环顾四周后自信地举起象征万事如意的五色棍开始讲唱他那"说到高兴处可以让人心里喜开花，说到甜蜜处，给人舌头抹酥油"的讲唱词。折嘎艺人的说唱一般是因时因地的即兴表演。韵散结合、且歌且舞的表演方式，常常让现场的气氛达到高潮。"折嘎"，藏语字面意为"白米"或"洁白的果实"。在折嘎表演中，"折"是指在喜庆的聚会场合所说唱的赞词；而"嘎"是指祝福主人未来得到幸福健康的溢美之词。两字结合则是"吉祥的祝愿"之意。人们也常以这种说唱类型指称说唱者，也就是说"折嘎"一词是这类说唱艺术及其说唱者所共享的。

"折嘎"脱胎于部族时代为祈求部落安宁、族人健康而念诵的具有"驱邪禳灾"功能的祭祀祷言，它受赞词的影响较大，大概产生于公元7世纪左右。"折嘎"在开唱伊始，首先介绍演述道具——一根五色棍、一个白色羊皮面具、一个木碗。五色棍名为"桑白轮珠"，意为万事如意。这个名唤"桑白轮珠"的木棍是艺人的宝贝，艺人介绍时说它是"想到什么就能巧妙地说出来的稀世宝贝。"其次是白色羊皮面具，"折嘎"艺人的假面具与藏戏中的面具不同，藏戏中的面具一般是顶在头上的，而"折嘎"艺人的面具则是搭在左肩的。艺人解说毕五色棍，就开始介绍面具的种种特征和来历，并称这副面具是善缘齐聚、吉祥殊胜的珍宝。而属于"折嘎"艺人的木碗在主人的眼里亦是让他"如愿以偿"的罕物，折嘎艺人称木碗可大可小、可深可浅，有求必应。艺人将一套行头介绍完之后，文辞优美、形容贴切、唱腔丰富的折嘎演唱便开始了。

## 八 夏与扎年弹唱（对歌与六弦琴弹唱）

"你来我往、你问我答"。在众多民间歌谣表现形式中，对歌作为一种在互动中即兴创编且在即兴创编中完美呈现民间智慧的表演方式，在藏区十分流行。它被认为是所有歌谣表演中最为灵活、最能透彻地表达表演者真情实感和表演者聪明才智的艺术形式。这也正是民间常以这种对歌的形式演绎情歌——这类饱含激情却暗含演唱者"得之我幸，失之我忧"之爱情隐忧的歌谣的原因。

"夏"（即藏族对歌）的起源，可以追溯到藏族原始宗教和苯教时期主持祭祀的祭司们对唱颂赞词的传统。然而，随着文明的演进，原始宗教中的祭司逐渐走下神坛，这种"你来我往"的对唱形式也慢慢成为遗留在民间的一颗明珠，成为民众"传情达意"的艺术形式。由于"夏"主要在民间流传，贵族和僧侣阶层很少染指，所以"夏"未被苯教以及后来传入藏区的佛教思想影响，在历史的沿革中，它循着自己的路子一直流传至今。

"夏"的表现形式十分灵活，"一般在藏族舞蹈的开头，藏戏中间、结尾，婚礼举行时演唱，词的内容大多在几百句之间，词意通俗易懂，词句朗朗上口，唱腔旋律性不强，多属吟诵性；唱时音调低，声音小，到高潮时声音洪亮，十分有规律，一般分男女两组，每组单口群口都有，也有两男相互对唱。表演时多为站立着相向面对而说唱，同时手中挥舞着酒具或彩箭。如果参加说唱的人比较多，男女两组分两边站好，相向面对，一般为男女齐说唱，接着由女组唱"[①]。随着时代的发展，"夏"的表演内容不断得到充实和发展，其内容几乎涉及民众生活的方方面面。此外，在"夏"的表演中，还加入了乐器伴奏，弥补了"夏"缺乏旋律感的缺陷。这里的乐器指藏族传统的六弦琴，这种六弦琴源于藏族古代的一种弹拨乐器，乐器由木材和皮革制成。琴长100—120厘米，由半圆形、雕成鹿头或龙头的琴头、琴杆、葫芦形琴箱等构成。其音分为高中低，声音优美动听。六弦琴由六根弦所组成，一般采用坐姿或立姿演奏。立姿演奏时，表演者可以边奏、边舞、边唱。坐姿演奏时，表演者将琴箱斜置于右腿上。在藏区这种乐器被称为"扎年"，意为"美妙悦耳的声音"。据传"扎年"已有600—700年的历史[②]。"扎年"不仅为"夏"等藏族民间歌舞伴奏，它还"自成一体"地形成扎年弹唱的表演形式。扎年弹唱是融合藏族激扬的踢踏舞步和多样的口头传统，在扎年的伴奏下演绎的歌、舞、乐三位一体的民族艺术。2007年中央电视台春节联欢晚会就曾邀请西藏著名的民间舞蹈团队表演这种欢快奔放、特色鲜明的民族音乐艺术。

关于扎年的记载最早见于8世纪桑耶寺建造时的壁画和后来出现的妙音天女演奏扎年的壁画。民间认为"扎年"最早流行于西藏与阿里相邻

---

[①] 索代：《藏族说唱艺术》，西藏人民出版社2006年版，第39页。
[②] 关于扎年的起源至今尚无定论：一为"古代印度传入说"，一为"西藏本土起源说"。

地区，后来慢慢流传到其他藏区。据笔者所知，2005年的西藏雪顿节期间，由"扎年"伴奏的史诗《格萨尔王传·门岭之战》说唱表演，曾广受各界好评，反响巨大，被认为是历届雪顿节中最大的亮点。

附　　　　　　　　说唱艺术的别名以及形成的年代

| 说唱艺术类型 | 别名 | 形成期 | 附注 |
| --- | --- | --- | --- |
| 仲 | 说唱故事 | 公元三四世纪 | |
| 古尔鲁 | 道歌 | 公元5世纪 | |
| 堆巴 | 赞词和祝颂 | 公元7世纪 | |
| 百 | 壮威歌 | 公元7世纪 | |
| 折嘎 | 道具说唱 | 公元7世纪 | |
| 喇嘛嘛尼 | | 公元9世纪 | |
| 岭仲 | 史诗说唱 | 公元11—13世纪 | |
| 夏 | 对歌 | | |
| 扎年弹唱 | 六弦琴弹唱 | | |

## 第二节　格萨尔史诗歌手分类

对《格萨尔王传》史诗歌手的分类，学界有多种分法，但都难以科学概括或不切实际。笔者认为史诗歌手可以分为五大类。

### 一　神授史诗歌手

"由来本一梦，谁言作者痴。"有人将大观园里的是是非非以这首不无哀怨的诗句作为总结，"人生由来一梦"的虚无主义在充满悬念的社会中滋生。"梦文学"的大量存在或许就是想道破：现实与理想的距离遥不可及，真真假假不过是黄粱一梦的禅机。但在史诗《格萨尔王传》的传承系统中，我们却发现了悖论：梦是完成"神"与史诗歌手"神秘互渗"的媒介。梦在某种程度上，是比真实更为重要的一种存在形式。在梦中，史诗歌手得到了神谕和演述史诗的超凡技能，在梦中史诗歌手见证了史诗的壮阔场面，也只有在梦中，历史记忆和信仰实践才会表达得那么富有情节性和戏剧性。在2010年"4·14"玉树地震中不幸罹难的年轻史诗歌手土丁久耐,是一位非常优秀的神授史诗歌手,由于年龄相仿且在他搬到玉树州结古镇不久就与笔者成为邻居,笔者时常有机会现场聆听他演唱的史诗。笔者在他演唱间隙,还听他讲述了自己的神授经历:

> 记得我12岁那年,家乡(玉树州杂多县)下了好大的雪,天气异常的冷,由于害怕严寒危及人和牲畜的生命,我就去坐落于家乡神山上的寺庙祈愿,记得当时很冷,在燃着上千盏酥油灯的佛殿内,我感到很温暖、很安逸、很舒服,不觉中我睡着了。梦中,我看见一个青面青衣、威武无比的神人在众多随从的陪伴下,从空中缓缓地来到我面前,我当时欣喜无比,想到这一定是佛祖对我虔诚祈祷的某种回应。这时只见那位青面青衣的人将一本装帧精美的书交给我,当我正准备用手去接时,奇怪的事发生了,那本书竟慢慢地自我的胸口隐入我的体内,然后一种奇异的感觉涌遍全身,然后我就醒了。此时,我的心情非常好,从来没有过的满足感让我有一种想与他人分享的冲动,在这种莫名的美妙感的陪伴下,我回到了家里。①

这种梦授的故事,不是史诗歌手的专利。曾奉吐蕃王松赞干布之旨,规范和创制藏文字、翻译梵文佛经的藏族学者吞米·桑布扎也曾借梦境之力,完成了文字的创制。传说吞米·桑布扎在创制藏文字的过程中,遇到难关,一直无法逾越,筋疲力尽的他不知不觉睡着了,在梦中他得到灵感,醒来后运用梦中的启示,终于成功创制了藏文字。传说的真实性留待以后讨论,但梦在创作中的巨大作用已经得到很多人的证实。正因为如此,梦授经历成了史诗歌手表达认同的主要途径。

我们以往探讨这些神授史诗歌手似乎都不自觉地将他们被动化,将他们视为被"神"操控的傀儡。实际上,史诗歌手在进行史诗演述时,也将自己的演述个性融入其中,代"神"而言实际上是"神我共言"。我们发现这种"神"与"我"之间的互渗主要表现在史诗歌手的演述行为中。也就是说史诗歌手在演述史诗的过程中,既具备了故事主人公勇敢睿智的鲜明个性,同时其自身的精神气质和独特的演述特质也融入到讲唱活动

---

① 2010年2月11日采访青年史诗歌手土丁久耐录音。

中，形成史诗歌手、史诗主人公和史诗内容之间密不可分的融合。史诗歌手代表"神"，他们是"神"的代言人，而且其终极目的就是让听众认同他就是"神"本身，但同时他以独特的演述风格宣告个体的存在。在这里必须强调一点，我们对于史诗歌手口中"神"的理解，既不必完全站在理性主义的角度，一再强调它的荒谬性，亦不必与"神秘主义"为伍。著名的人类学家杜尔凯姆认为宗教就是社会本身，民众对宗教的虔信其实质即是对社会的敬畏，民众相信"神"的存在，正如人们相信社会的真实存在一样。我们认为，这里的"神"是一种社会隐性力量的显性再现（这种力量包括社会的威慑力、社会的控制力和社会的维系力等）。

### 二 掘藏史诗歌手

没有"藏宝图"的指引，亦没有"知情者"的提示，掘藏史诗歌手宣称：由于与格萨尔王之间的神秘缘分，使他们可以获得史诗《格萨尔王传》的知识。掘藏史诗歌手获得史诗的途径主要有两条，一为通过"神"的指引，得到很久以前封存于神山溶洞中的《格萨尔王传》史诗抄本或刻本，二为史诗歌手通过"神"的启示，看到其意念中显现出的史诗文本。有学者曾根据得自掘藏史诗歌手的史诗文本形态（意藏本或掘藏本），将掘藏史诗分为物藏和意藏史诗两类。由于史诗的文本形态存在意藏本和掘藏本两类，相应地掘藏史诗歌手也被分为两类。具体来讲，物藏史诗歌手指史诗的传承依靠有"缘分"的人去挖掘埋藏在地洞或岩洞里的史诗抄本，然后挖掘者依照这些挖掘出的抄本进行说唱，这类既是挖掘者又是说唱者的人，被称为物藏史诗歌手。意藏史诗歌手则指一些自称得到神谕并具备识文断字能力的人，在某种机缘的促使下，发现自己只要执笔静坐片刻，便可在纸上写出史诗《格萨尔王传》任何一个章节或部本的人。他们称，当他们拿起笔，端坐于桌前，经过片刻的思考，史诗中的内容就会以文本的形式显现于意念中，他们只需"笔随心动"，照"本"抄写即可（在以往的史诗歌手分类中，学者们大多将这类史诗歌手单独列出，并将他们称为撰写史诗歌手，但笔者认为撰写史诗歌手属于掘藏史诗歌手的子类，本无须单独列出）。神奇的掘藏史诗歌手将史诗的古老文本整理示人或将意念中的史诗文本抄录示人，以此宣告自己是神谕使者。其实，在翻阅藏族的古代典籍的过程中，我们不难发现，这种以掘藏的形式将濒临失传的"知识"再次激活的"文化复兴"方法，不乏其例。

据史书记载，"在公元9世纪初藏王朗达玛灭佛期间——此乃藏传佛教史上第一次最大的劫难。大约有七十年，西藏成为没有佛教的地方，但是它仍然存在于已皈依的人心中——被四处逃散的僧人及时地隐藏才得以保存下来。但更为普遍的说法认为，在公元8世纪，藏传佛教创始人、金刚乘之宗师、有'第二佛陀'之誉的莲花生大师在藏地弘法时，预见到无常和业力将使佛法在未来的岁月中不断地遭到劫难，为了使佛法的精髓保留在世间，拯救蒙昧的众生于无边的苦海，命弟子将许多佛教经典埋藏于神山岩洞之中，待将来被有佛缘之人挖出，以使圣法永传"①。可见，这种掘藏宣法的传统在藏区古已有之，一首载于《莲花生大师本生传》的诗句，扼要地诠释了这种文化传承方式："我要书记佛法，然后进行伏藏，劫末众生难调伏，不能没有伏藏，这类书籍一书写，佛法就能得以发展，如果离开慈悲之钓钩，浊世众生去求谁。"② 掘藏师宣称自己与莲花生大师之间有特殊的缘分，其所得的史诗是根据莲花生大师指引找到的。且在《莲花生大师本生传》中，莲花生大师对何种人可以得到伏藏有具体的说明："……遭到敌人迫害者、仁爱沉默者、麻风病患者、贫穷但修行者、遭仇人追杀和负债累累的人、受到威胁又没有权力的人有发掘伏藏的缘分；与伏藏无缘的是五种人：占据王位握有权力的人、享尽荣华富贵的人、人财两旺不愁衣食的人、欲壑难填心烦意乱的人、手巧眼快心细的人，这些人没有伏藏的缘分。"③ 通过与老一辈史诗歌手的生命史叙事（如扎巴、桑珠）进行比较，伏藏师多舛的命运与史诗歌手的"游方乞讨"生涯，似存在某种暗合。

这里值得一提的是，2009年，史诗《格萨尔王传》研究专家诺布旺丹在《西藏研究》上发表了一篇题为《〈格萨尔〉伏藏文本中的"智态化"叙事模式——丹增扎巴文本解析》的文章。文中，作者提到，掘

---

① 唯色：《伏藏与伏藏师》，载《香格里拉》1998年第1期。
② 洛珠嘉措、俄东瓦拉译：《莲花生大师本生传》，青海人民出版社1990年版，第334页。
③ 唯色：《伏藏与伏藏师》，载《香格里拉》1998年第1期。

藏史诗歌手中还有一种"将自己的生命意志倾注于史诗撰写中,将佛教的智态化视角纳入史诗的创作中,将现实与理想、战争与和平、慈悲与无情融为一体,在创作过程中心灵的激情自由穿梭于虚实、空灵,古今、时空之间。对情节的提炼采用了类似于符号学和象征学的原理……"①的史诗歌手。如果情况属实,我们可以想见这类不同于"照本宣科"的"智态化"掘藏史诗歌手在不久的将来必将成为史诗歌手研究的突破点和热点。

### 三 圆光史诗歌手

一面铜镜、一杯净水或一张白纸,圆光史诗歌手宣称他们从中看到了雄狮大王的英姿、看到了波澜壮阔的征战场面、看到了盛大的祭祀场景、看到了众将领在宴会上的高诵赞词的盛况,他们俨然是穿越时空的"目击者"。我国著名的亚里士多德研究专家陈中梅通过对"荷马问题"的研究,提出"史诗故事来源于缪斯的赐教,而缪斯叙事的真实可信得益于她们'在场'。但'荷马'似乎还相信,凡人也可以'在场',凡人目击者也可以为史诗的故事提供素材。"②她认为"目击者"是解决史诗"神赋论"之困境的一个重要途径。

出身于青海省玉树藏族自治州结古镇巴塘乡的著名史诗歌手丹巴江才就是一位"慧眼"独具的圆光史诗歌手,每当有人要求他演述史诗,他都会从兜里翻出他的电话本或是一张白纸,然后照着本子"煞有介事"地演述起来。他说:"我要演述的或是别人要求我演述的史诗部本就在上面写着,你们看不到,可是我确实可以看得一清二楚。"③较之"梦授","圆光"似乎更加贴近现实,虽然从铜镜、净水、白纸等演述道具中看到史诗文本甚至是史诗的"实况转播"仍然有些不可思议,但这种神奇的见证方式,在藏族历史和民间传说中却不乏其例。活佛转世制度作为藏传佛教的一大特色,一直以来备受关注。据说,活佛在圆寂前,总会给值得信任的侍僧或其他高僧留下一个密封好的信件,并指明何时才能打开。等

---

① 诺布旺丹:《〈格萨尔〉伏藏文本中的"智态化"叙事模式——丹增扎巴文本解析》,载《西藏研究》2009年第6期。
② 陈中梅:《神圣的荷马:荷马史诗研究》,北京大学出版社2008年版。
③ 2010年8月20日采访青年史诗歌手丹巴江才录音。

到活佛圆寂后，寻访活佛灵童的僧人们打开信件看到已逝的活佛对于自己转世灵童出生时间、出生地点和家世背景的描述，可以对转世灵童的基本状况有初步的了解。在此基础上，一位德高望重的高僧会前往在藏传佛教中拥有很高地位的圣湖，进行"观湖识事"的仪式。据说，高僧会在湖中看到转世灵童出生地区的标志性景观，从而判断出转世灵童所在的具体地点。概言之，圆光作为藏民族古老的占卜方法，拥有悠久的历史。它是占卜者（或修行者）借助铜镜、净水、白纸等外在的器具和内在的学习、修持而获得神谕，以解答求卜者疑难的一种方法。圆光史诗歌手正是借鉴了这种信仰传统，才成功地宣告他们存在的合理性。值得一提的是，对"镜"的钟爱在藏族文化中也十分突出。"镜"，象征着顿悟、睿智、光明、正义、神圣。这种多义的象征含义在藏族学者以"镜"命名文艺理论著述的举动中被鲜明地表现出来，如《诗镜论》就是一本借镜得名的诗歌理论著作。我们认为，净水、白纸等道具是铜镜的民俗变异形式。

### 四 习得史诗歌手

如果一项技艺的传承单靠一些专门的传承人来维系，那么它很有可能面临由专业化而导致的边缘化以及随着传承人的断层而逐渐消失的生存困境。而正是有了众多爱好传统技艺的"票友"的支持和积极倡导，才使得古老文明世代相传。对于史诗《格萨尔王传》而言，这些不具备"神奇经历"的习得史诗歌手，在史诗的保护和传承方面所作出的贡献是不容置疑的。我们知道，故事讲述人分为积极传承者和消极传承者两种。积极的传承者总会认真聆听故事、努力地学习故事程式和故事内容，然后以极富个性色彩的讲述风格与听众分享。而消极的传承者则止步于聆听故事的阶段，他们没有吸收、创编故事的冲动。在口承叙事传统的传承中发挥重要作用的显然是那些积极的传承者。在史诗《格萨尔王传》的传承中，也有一大批认真聆听史诗、刻苦学习史诗和积极创编史诗的人，他们被称为习得史诗歌手。习得史诗歌手在神授史诗歌手相对较少的地区发挥了其扩布与传承史诗的巨大潜能。

松赞干布时期的吐蕃王朝是藏族历史上最为强大的时代，大规模征战和结盟政策，使得吐蕃王朝的影响力不断增大，藏族文化也随之传入许多少数民族地区和中原地区。我们知道"地域间民间文化流动与发展的基本特点是由文化的载体——人的移动，带来文化的移动"①。吐蕃时期，由于征战与驻军的需要，大量藏族先民移居到被征服地，这样就不可避免地将藏族文化带入这些地区。即便是在吐蕃王朝瓦解以后，藏族文化的传播也并未因王朝的衰落而中断，而是在各民族频繁的交往中，不断地得到传播。史诗《格萨尔王传》在许多少数民族地区都有流传就是"人的移动，造成文化移动"的明证之一。在这些少数民族地区，史诗的传承人就多为习得史诗歌手（当然，在藏区，这类史诗歌手也较为多见）。习得史诗歌手在学界被分为闻知史诗歌手（即听别人说唱之后靠耳听心记而学会说唱的艺人）、传承史诗歌手（即将家中祖上所掌握的史诗毫无保留地传授给自己的子孙后代的人）、吟诵史诗歌手（即看着抄本而说唱的艺人）。笔者认为，这样的分类方法极易造成误导。实际上，习得史诗歌手在很多情况下是在父辈的影响下，从小聆听史诗，酷爱史诗，并通过自觉地学习，在实践中不断地练习，逐渐掌握史诗演述技能的。将习得史诗歌手分为以上三种子类型，显然有些刻板。

**五 依物史诗歌手**

曾获茅盾文学奖的著名藏族作家阿来，以史诗歌手为原型讲述了一段别样的格萨尔王故事。在藏族文学史中，以《格萨尔王传》史诗及史诗歌手为背景的文学作品不胜枚举，其中以史诗歌手的主要演述道具——"仲夏"（说唱帽）或"仲唐"（说唱唐卡）作为叙事的切入口，表现故事主人公与祖传说唱道具间深厚感情的作品深受民众喜爱。这类作品向读者传达的不仅是一份"睹物思人"的真挚情感，更为重要的是，作者意在通过作品，展现史诗传唱地区民众对英雄的崇拜情结以及由此塑造的民众的侠骨丹心。

史诗歌手在演述史诗时，时常戴着（或捧举着）"仲夏"（说唱帽）或在身后悬挂着"仲唐"（说唱唐卡）或手持念珠，这类史诗歌手被称为依物史诗歌手。依物史诗歌手的演述道具（一顶说唱帽、一幅唐卡抑或是一串念珠），有的是传自父辈的传家宝，有的是史诗歌手央求能工巧匠

---

① 江帆：《中国口承叙事论》，黑龙江人民出版社2003年版，第123页。

为他们制作的,而有的是富足的人家为了嘉奖史诗歌手的出色表演而赠予他们的。无论史诗歌手是通过什么途径得到的这些演述道具,他们的作用绝不仅仅是一个区别于其他说唱艺人、区别于其他说唱艺术的表演的标定手段。更为重要的是,史诗歌手深信这些道具与雄狮大王有着某种神秘的联系,它们一旦被用于史诗演述就具有了神力,某种可以带给他们智慧、力量的灵性的神力。我们认为这是对原始巫术观念的无意识表达。我们认为,依物史诗歌手在使用这些道具进行表演时,往往是带着一种虔诚崇敬的态度操作表演的。他们相信带上模仿格萨尔王战盔的"仲夏"就可以得到大王的神力,挂上描画有格萨尔王的唐卡,就请到了英雄本人,从而得到了神的智慧和果敢。借助某种道具建立起来的与英雄的仪式性联系,保证了史诗歌手表演史诗的有效性,这中间就存在某种巫术观念。从根本上来说,一切戏装、道具都具有强烈的转喻功用,是成全角色的必然过程。史诗歌手在这些道具的衬托下,扮演英雄本人,其终极目的或许并不是达到某种表演的逼真性,而是在巫术信仰的支配下,宣告英雄的在场和超自然力的存在。我们需要声明的是,这类史诗歌手(即依物史诗歌手),既可以是拥有"神奇经历"的史诗歌手,也可以是通过学习而具备史诗演述能力的习得歌手。

## 第三节 说唱艺术以及艺人之间的关系分析

"问渠哪得清如许?为有源头活水来!"从纵向上来看,多彩丰富的民间叙事传统和历史悠久的民间叙事讲述传统为史诗演述的产生、发展和丰富奠定了坚实的基础,而产生早于史诗歌手且与史诗歌手同时存在的民间说唱艺术,也从横向上丰富、发展、影响了史诗歌手的表演方式。

首先,以折嘎说唱为例,他们总是以铺陈身上的道具为开场白,进而针对所处环境的不同,进行极尽夸张、铺排之能事的即兴的颂赞表演。这一点从某种程度上直接影响了依物史诗歌手的表演方式,也成为史诗歌手标定表演的一种主要手段(依物史诗歌手亦是先介绍说唱帽的来历和配饰的象征意义,进而将表演引入将要演述的具体部本。)。此外,折嘎身上的道具被认为代表不同的人(如羊皮面具象征着猎户。),他们以道具作为依托,宣告被表演者的缺席在场。而在依物史诗歌手的表演中,他们以

"仲夏"（说唱帽）作为雄狮大王缺席在场的象征符号，也起到了异曲同工的作用。

其次，以"堆巴"为例，这种以赞词和祝颂为主要内容的说唱艺术在史诗说唱中可谓俯拾皆是。《格萨尔王传》中不胜枚举的赞词曾以优美的文辞和在史诗中所占的巨大比重引起学界的关注。有些学者甚至据此认定史诗起源于祭祀仪式中的神赞。学者认为史诗中的赞词来源有三个："第一，诸如民间广为流传的酒赞、茶赞等语言艺术较高的赞词。第二，结构较为严谨的作者创作的赞词，如马赞、刀赞、弓箭赞。第三，史诗歌手和整理者们创作的赞词。"[1] 史诗所吸收的这些赞词充实了史诗的内容和结构，深化了史诗的民俗内涵，形成了史诗和民间赞词之间的多层互文关系。而对于这些颂赞者的原型分析也因将他们推上部族时代执掌祭祀大权的巫师或祭司的宝座而达到顶峰[2]。在史诗中，故事的主人公格萨尔王在尚未下凡之前，在天界的名字为"堆巴嘎瓦"，"堆巴"意为赞颂、赞词，"嘎瓦"意为喜欢某类东西的人。"堆巴嘎瓦"合译为闻喜者。在英雄格萨尔王的这个极具象征色彩的天界名字与颂赞者的原型（即部族时代执掌祭祀大权的巫师或祭司）之间，我们或许可以看到颂赞者、格萨尔王与部族时代兼有巫师职能的首领这三类人之间的某种隐秘联系。

再如前述中所提及的藏族民间说唱形式"夏"即对歌，"夏"作为民间口头传统中民众传情达意的方式之一，是在两个或多人参与的情况下展开并完成的。"夏"对于史诗歌手的影响体现在多名史诗歌手同时在场并同时承担演述任务时，所采用的角色扮演和人物互动等形式。2010年，笔者将玉树藏族自治州圆光史诗歌手丹巴江才和神授史诗歌手土丁久耐请至家中，并提出二人是否同意以角色扮演方式共同演述史诗片段的要求，他们欣然应允。然而，在两人的表演过程中笔者发现，他们的互动表演部分始终以韵文唱词为主，很少夹杂史诗散文部分的内容（散文部分或省略，或由一人进行交代），且在表演开始时二人是以民歌对唱作为热身，以民歌"一问一答"、"你来我往"的表演方式缓缓进入史诗演绎阶段。这一现象，似乎可以验证史诗演述受传统说唱形式影响和模塑的假设。

---

[1] 索南卓玛：《〈格萨尔〉文化散论》，甘肃民族出版社2006年版，第53页。
[2] ［苏］梅列金斯基：《英雄史诗的起源》，陈岗龙译，商务印书馆2007年版。

值得注意的是,史诗歌手在演唱史诗韵文部分时,都会字正腔圆地念诵一遍六字箴言——"唵嘛尼叭咪吽",然后才正式进入史诗唱词部分的演唱,这一演唱规范在史诗歌手表演过程中被严格遵守,从而成为判断史诗表演从讲述阶段进入演唱阶段的表征之一。在介绍藏族传统说唱艺术——"喇嘛嘛尼"时,我们曾谈到"嘛尼巴"常常以念诵分别代表神、神人、人、畜生、饿鬼、地狱的六字箴言——"唵嘛尼叭咪吽"为"开讲词"的演述特点。我们认为史诗歌手在演唱史诗韵文部分时所形成的表演规范,是部分地受到"喇嘛嘛尼"表演程式的影响而形成的。这种表演程式之所以被史诗演述形式所接受,是由于史诗在其流布地区被视为具备神力的"圣典"。在史诗演述中加入"六字箴言",显然迎合了听众期待通过聆听史诗得到"神"的护佑的心理需求。

最后,我们有必要谈谈"古尔鲁"对史诗歌手演述行为的影响,我们知道古尔鲁在发展过程中形成了具有民间意义的古尔鲁和具有宗教意义的古尔鲁两种支流,但作为宗教意义的古尔鲁对后世的影响似乎更为深远,这当然归功于佛教在藏区的传播以及一些佛教大成就者借古尔鲁说唱形式宣讲教义的传统。古尔鲁在史诗《格萨尔王传》中也以代表正义的岭国君臣宣讲佛教教义的形式呈现,史诗歌手在演唱这些内容时双手合十、语速和缓、唱词优美,他们用自己的身体和声体语言表达自己对英雄的感恩和敬畏之情,且态度十分虔诚。我们在注意到古尔鲁对史诗以及史诗歌手的影响之时,也不能忽视史诗《格萨尔王传》的演述传统在吸收和借鉴这种说唱艺术的同时,凭借其在民间广泛的传播力和深厚的影响力将这种说唱形式再一次深植于民众的内心深处。从而在某种程度上避免了脱胎于宗教仪轨的古尔鲁在现代社会祛魅化的文化进程中,湮没于历史的长河。

在以往的史诗研究中,我们不难发现研究者将史诗歌手作为文化特例,进行个案研究的学术取向,研究者很少将史诗歌手放回藏民族传统民间说唱艺术的大家庭中进行整体考察(当然,这种研究取向是受"史诗文本研究是史诗研究的正统,史诗歌手研究要为史诗文本研究服务"的学术传统的影响),这种个案研究法不仅割断了滋养史诗的民间文化源头,也否定了史诗作为民间文学的本质属性。与此同时,史诗的传播对民间众多说唱形式的继承、发扬和传承作用也是学界一直忽略的一个问题。

我们可以借史诗歌手在藏族婚礼等仪式场合的具体表现来说明史诗歌手继承、发扬和传承藏族民间众多说唱形式的作用。

在藏族传统社会里，婚礼作为人生礼仪中的重要一环，对当事人及其家人而言具有重要的意义。婚礼中的歌舞表演不仅具有烘托礼仪气氛的作用，同时也寄托了社区、家人、朋友对一对新人的美好祝愿。

在藏族传统的婚礼仪式中，能请到一位史诗歌手表演史诗中英雄技压群雄、荣登宝座和娶妻成婚的内容是新人及其家人的殊荣。然而史诗歌手在婚礼中的表演内容并不局限于演述史诗，史诗歌手还可以唱诵赞词、组织对歌，以此达到祈请上苍保佑和表达人们祝福之情的仪式目的。

从访谈中，笔者了解到，史诗歌手在婚礼等庆典场合具有多重功能。他们既是表演史诗的史诗歌手，同时也是操演赞词的颂赞人，此外在婚礼场合他们还会参与对歌比赛，成为对歌中首位出题者或对答者，且史诗歌手往往能凭借其丰富的艺术武库，获得歌王的称号。从史诗歌手的多重身份中，我们或可看出，作为谙熟民间口头传统的"地方精英"——史诗歌手在传统礼俗场合的民间艺术展演，恰恰体现了史诗歌手对其他民间说唱传统的继承、发扬和传承。

玉树藏族自治州玉树县哈秀乡史诗歌手才仁它次，性格爽利，掌握当地及周边许多地区的民间叙事类型，在继承和承传民族民间叙事传统的基础上，他还常常参与当地人生礼仪的仪式活动。在仪式活动中，他的史诗演述及即兴仪式颂赞表演得到民众的认可。随着知名度的不断提高，当地及周边地区民众总是不远百里请他主持人生礼仪（婚礼居多）。

笔者：才仁大哥，上次听人说您在哈秀乡，我给您打了电话，您说有人邀请您参加婚礼，第二天得去治多（青海省玉树藏族自治州治多县），所以咱们没能遇到哦。

才仁它次：哦，是，是。那次是亲戚家办喜事，所以不能不去，哈哈。

笔者：不是亲朋好友的婚礼，您也会被邀请去吗？

才仁它次：嗯，会啊。他们请我去唱赞哦，有时也会唱仲。

笔者：哦，具体唱什么赞呢？

才仁它次：主要还是唱赞颂新娘、新郎、婚礼场合、双方家庭和吉日吉时之类的赞。

笔者：哦，那仲（史诗）呢？唱哪一段？

才让它次：主要还是唱《格萨尔王传·赛马称王》那段。

笔者：是因为里面有格萨尔王与珠牡王妃大婚的情节吗？

才仁它次：对，这一段比较适合。

笔者：您在婚礼场合唱仲的机会多吗？

才仁它次：以前主要唱赞，现在赞和仲都唱，有时候唱仲比较多。如果婚礼时间允许，我们也会比赛对歌。

笔者：哦，如果唱仲，您大概唱多长时间啊？

才仁它次：这个不一定，有的时候婚礼开始的时候唱几段就可以，有的时候婚礼的每一个阶段都要唱一唱，一直到婚礼仪式结束。

笔者：您是说婚礼的每一个仪式阶段您都要唱一些相应的赞或仲吗？

才仁它次：嗯，有的时候是这样。

笔者：我去过几次结古的婚礼现场，好像都是请一些能演善辩的人主持仪式，从开始说到尾哦。

才仁它次：嗯，也有吧。结古的我也去过，不过我去县上的比较多。治多县是珠牡（格萨尔王的王妃）的家乡，那里的婚礼他们会请我唱仲。[①]

通过在日常及节庆期间的多次演述实践，才仁它次的演述技艺不断提升。他在婚礼等人生礼仪中的职能也随之悄然改变（从仪式的参与者跃升为仪式的主持者和监督者）。笔者曾就才仁它次参与婚礼仪式的情景询问当地民众，民众对其表演可谓啧啧称奇，有些民众甚至表示才仁它次的表演是婚礼中最为吸引人的环节。

婚礼赞词具有多重功能（如祈神功能、祝福功能等），因此赞词表演在婚礼中十分重要。而这种具有重要意义的赞词表演能否顺利完成，就要依赖具备高超史诗演述技能和赞词表演技能的史诗歌手，赞词在当代社会

---

[①] 2012 年 7 月 30 日采访哈秀乡史诗歌手才仁它次录音记录。

的保留在某种程度上得益于史诗歌手的技艺与他们的坚持。

我们看到,史诗歌手在不同的口头传统类型中扮演着不同的表演角色,在人生礼仪场合中,史诗歌手的社会角色是执司仪式的颂赞者,在史诗演述场合,他是表演史诗的史诗歌手。多重身份角色是否能顺利转换和对接取决于他对民间说唱艺术和史诗内容的了解程度和创编能力。换言之,史诗歌手是民间说唱艺术大家庭中的一员,他们继承和借鉴了民间众多说唱艺术的形式,并把它们灵活地运用于史诗演述中,同时他们也积极地传播和发扬这些给予他们养分的民间说唱艺术,并使之发扬光大。

综上所述,我们认为同一个文化系统中的各个文化质素之间具有天然的联系和相同的认同圭臬,这一特质决定了它们之间相辅相成、共存共荣的历史命运。也就是说,史诗的演述形式和史诗歌手的产生绝不是应史诗的需求"应运而生"的,史诗歌手的每一种类型都是背靠传统、背靠历史,在厚重的民族文化母体中孕育成长起来的,这也正是为什么许多史诗歌手既会演述史诗,又会其他的许多民间口承叙事传统的原因。反过来,史诗的结构性完善和成熟也推动了民间说唱艺术的发展,成为民间说唱艺术发展的又一个跳板和契机。

> 在我拜访史诗歌手和搜集整理史诗的过程中,我发现有些史诗歌手并不是单纯的只会演述史诗,他们也会演唱许多藏族民间歌谣、讲述许多民间故事,有些史诗歌手甚至会演唱一些失传已久的藏族古老歌谣和舞曲。①

秋君扎西前辈的叙述似乎也印证了笔者的推断。也就是说,一个史诗歌手不仅专职于对史诗的演述,他还是掌握多种民间说唱艺术及叙事文类的地方文化精英,史诗歌手所表演的史诗是在多种民间叙事文类的滋养下渐趋成熟的,要想了解史诗歌手的表演技巧和表演方式,就必须认识和了解藏族其他民间叙事文类和说唱艺术的艺术特色,这二者之间是密不可分的。

---

① 2010年1月5日采访秋君扎西前辈录音记录。

## 第四节　史诗歌手的生境

上一节中，我们对史诗及史诗歌手与藏族其他说唱艺术和艺人之间的关系问题进行了解析。我们发现，史诗演唱作为藏族说唱传统中的一个"元素"，不仅借鉴和吸收了藏族传统说唱艺术的精髓，同时对传统说唱进行了有效的继承和发扬。而作为史诗"创编者"和"传唱者"的史诗歌手作为史诗传统的核心，对史诗及藏族说唱艺术的传承做出了特殊的贡献。换言之，史诗歌手与藏族其他传统说唱艺人之间存在着天然的联系，史诗歌手作为藏族说唱艺术的集大成者对藏族传统文化的存续至关重要。

然而，随着城镇化和现代化进程的加快，隶属于藏族非物质文化遗产的史诗传统面临多方面的冲击，此时对作为史诗传统核心的史诗歌手进行保护显得格外重要。当然，保护民间口头传统的传承人（其中包括史诗歌手）的倡议早在20世纪90年代末就得到学者的关注，但缺乏对传承人实际生存环境的了解，缺乏对他们现实需要的关注很难达到对其进行有效保护的目的。换言之，只有对民间口头传统传承人的生存环境和现实需要有较为深刻的认识，才能提出行之有效的保护措施和方案。

致力于研究民俗与语境之间关系的学者，对民俗与语境的内在关系（如民族志诗学）、民俗在语境中的意义生成过程（如表演理论）以及语境对民俗的重要意义（如结构功能主义）等问题进行了许多有益的探讨。其中，在由联合国教科文组织拟定的《宣布人类口头和非物质文化遗产代表作条例》中出现的一个专有名词——"文化空间"，也成为学者在阐发和探讨"语境中的民俗"时较为常用的一个词汇。

"非物质文化保护将'文化空间'作为一种文化形式加以特别运用，赋予此名词以特殊的文化指定"①。在联合国教科文组织公布的《宣布人类口头和非物质遗产代表作条例》中，特别指出"文化空间"是指"人类学"的概念，它"被确定为一个集中了民间和传统文化活动的地点，但也被确定为一般以某一周期（周期、季节、同程表等）或是以某一时间为特点的一段时间。这段时间和这一地点的存在取决于按传统方式进行

---

① 向云驹：《论文化空间》，载《中央民族大学学报》2008年第3期。

的文化活动本身的存在"①。简而言之，人类学意义的"文化空间"概念，包含并超越了自然空间的物理属性，而具有体现非物质文化遗产特质的其他含义。从联合国教科文组织为"文化空间"所界定的具有人类学意义的概念中，我们看到，"文化空间"在非物质文化遗产层面可以解读为三层内容，它们分别是自然空间、文化空间和社会空间，这三者也是"文化空间"的三种基本属性。也就是说，只有包含了这三层含义的空间概念，才能称为非物质文化遗产保护体系下的文化空间概念。

对于我们的研究对象——史诗歌手而言，"文化空间"这一概念有益于我们多层次地了解他们的生存环境和生活现状。我们将以"文化空间"这一概念为立足点，探讨史诗传统的传承人——史诗歌手的生境和现状。具体而言，我们将从史诗歌手所处的自然空间、文化空间和社会空间来展开讨论。

## 一 自然空间

"从发生学的角度来看，民间文学是人类的行为和思维在其所直观感知的生活世界的一种构形，人的行为和所处的生态时空背景相互作用，相互阐释，从而才产生民间口承文本的意义"②。对于藏族史诗《格萨尔王传》而言，在有关其生成过程的探讨中，自然环境作为史诗最基本的构形元素早已进入学者的研究视野。学者或以"史诗流传带"为线索，对史诗流布地区的自然地理风貌进行实地考察，概括地介绍史诗流布地区自然生态的整体面貌，或深入到具体的某个具有史诗演唱传统的特殊地区或村落中，对史诗演唱传统的生态文化背景进行描写。如果我们仅就史诗流布地区的自然生态做浮光掠影式的整体关照，会发现"从雄伟壮丽的青藏高原，到辽阔富饶的蒙古草原，从长江黄河源头，到美丽的贝加尔湖畔，从昆仑山下，到喜马拉雅山周边地区"③，史诗《格萨尔王传》始终以顽强的生命力，在这些地区流传。

作为活态史诗而言，在这些地区流传的史诗主要通过史诗歌手进行传

---

① 向云驹：《论文化空间》，载《中央民族大学学报》2008年第3期。
② 江帆：《生态民俗学》，黑龙江人民出版社2003年版，第277页。
③ 降边嘉措：《格萨尔论·绪论》，内蒙古大学出版社1999年版，第1页。

播。值得注意的是，史诗歌手作为史诗的创编者和传播者，在"一方水土，养育一方人"的生存法则下，也成为体现史诗流布地区生存环境特点的载体之一。

史诗研究专家认为：史诗文化（英雄史诗）是游牧文明的一种缩影[①]。换言之，在以草原、河谷和高山为视域的环境中，操持牧业的族群所经历的兴衰史是史诗的叙事原型。史诗所具有的这种"游牧"情结，从某种程度上决定了史诗歌手的"游吟"特质，而这种游吟经历又成为形塑一个优秀史诗歌手的重要条件（即使是对活跃于藏区的史诗歌手进行粗略的身份统计，我们也会发现"史诗歌手大部分为牧民，只有极少数农民"[②]）。

从生态学的角度而言，游牧生产方式受自然条件的限制极大，为了获得足够的生存资源，随着季节的更迭，不断迁移是游牧民族的生存策略之一。孕育史诗《格萨尔王传》的青藏高原是西北游牧民族的主要游牧区域，以高原、高山、河谷为天然牧场的西北牧民，通过"逐水草而居"的生活方式，世代繁衍。

在前人（埃克瓦尔）记载的有关青藏高原的民族志中曾写道："在此地区'高度'是造成人类生态上农牧之分的最主要因素，在牧业上也造成特殊的高原游牧形态。"[③] 也就是说，青藏高原特殊的地理区位和地貌特点致使牧业成为当地民众首选的生产方式。高海拔、高寒以及半干旱、干旱气候使得该地区牧民偏向于蓄养耐寒、耐旱、抗缺氧的牲畜，且游牧路线的海拔高度随着从冬到夏的季节更迭，呈现逐渐增高的态势，复又随自夏至冬的季节变化，逐渐降低（显然，这种游牧的移动方式与高原地区植被垂直分布状况有关）。

总体而言，一座座高山围绕环抱的高原河谷是青藏高原最为显著而普遍的地貌[④]。基于这样的地貌条件，该地区的主要生业——游牧业，便呈

---

[①] 萨仁格日勒：《蒙古史诗生成论》，中央民族大学出版社2001年版，第150页。
[②] 降边嘉措：《格萨尔论》，内蒙古大学出版社1999年版，第158页。
[③] Robert B. Ekvall, Field on the Hoof: Nexus of Tibetan Nomadic Pastoralism, Prospect Heights, Ⅱ, Waveland press, Inc, 1968, p.5. 转引自王明珂《游牧者的抉择》，广西师范大学出版社2008年版，第6页。
[④] 王明珂：《游牧者的抉择》，广西师范大学出版社2008年版，第158页。

现出夏季居山、冬季居于山脚的"山牧季移"态势。

"山牧季移"的生产方式大大增加了人类对自然的依赖程度,"依随水草"的迁徙生活是维持生存的基本途径。迁徙过程中游牧者面对多变的自然环境,需随时观察、搜集各种信息,以做出准确的行动判断。这种判断必须建立在承继自祖辈的关于生产生活的"地方性知识"以及来自外界的最新信息之上。也就是说,为求生存,游牧者不仅要掌握承继自祖辈的生产知识,"每个游牧民还必须随时掌握有关周围环境的最新消息,了解的空间越大越好,信息越新越好"[1]。

外在的自然环境对游牧者近乎苛刻的要求,形塑了一个在恶劣的自然环境中仍能从容面对、积极生存的族群。在这一族群中,个体根据其对生存知识以及信息的掌握程度和敏锐度,在社区中占据不同的地位,发挥不同的功能。在笔者所访谈过的史诗歌手中,其中大多数都有多年放牧的经历,他们对牧业知识也有相当的了解。史诗歌手的生命史以其放牧的经历为主要线索,生命史中与自我身份认同有关的重要事件(如,何时、何地以及如何获得演述技能),都与"山牧季移"中的自然风物密切相关。

青海省玉树藏族自治州杂多县史诗歌手土丁久耐(已故)在讲述自己的生命史时曾提到:那一年,冬季牧场遭遇暴雪侵袭,在畜牧面临威胁,人力难敌时,他遵从养母的建议前往寺庙供养祈福,从而获得"神授"。

青海省玉树藏族自治州玉树县哈秀乡史诗歌手才仁它次讲到:他在放牧途中,在当地的神山山坡休息,不成想违背了传统的禁忌,竟然在神山上睡着了,并在梦中经历了被山神"掳走"并"周游世界"等过程。

青海省玉树藏族自治州杂多县著名史诗歌手达瓦扎巴也是在放牧途中,在野外睡着,并梦遇"白发、白胡和白衣老者",从而获得"神授"的体验。

西藏自治区昌都县著名史诗歌手桑珠,出生在一个贫苦的牧民家庭,自小在家放牧。在桑珠10岁那一年,他像往常一样去放牧,不

---

[1] 王明珂:《游牧者的抉择》,广西师范大学出版社2008年版,第27页。

料在放牧途中下起了大雨，小桑珠跑到山洞中避雨，期间迷迷糊糊在山洞里睡着，醒来回家后，大病一场，自此会演述史诗《格萨尔王传》。

四川省德格县柯洛洞乡色巴沟村史诗歌手阿尼，原名四郎多登，出生于一个普通的牧民家中，由于家境贫寒，很小便担负起放牧等家务。在一次放牧途中，在野外睡着，经历"神授"体验，自此获得史诗演述技能。

青海省果洛州甘德县史诗歌手昂日，出生于果洛州著名的史诗之乡——甘德县柯曲草原的德尔文部落。
……

"一个民族在一种特殊的生存环境中形成了某种应对环境的方式，并在此基础上构成了对宇宙、自然、社会、人生独特的看法"[①]。史诗歌手正是在"所居无常，依随水草"的日常生活中，实践着祖辈关于应对多变的自然生态环境的传统知识，同时他们通过吸收来自各方面的信息，形成自己对自然生态的感性认识和理性总结。这些由外在的自然生态所触发的关于对宇宙、自然、社会、认识的看法，在史诗歌手的生命史叙事中，贯穿始终。

## 二 文化空间

如果说游牧民族应对自然环境的方法基本上是一种被动地接受和适应的过程，那么受外在自然环境制约的传统文化则是游牧民族在与异己力量对话的过程中，构建的"生存策略"和"地方性知识"。

一个民族的传统文化的创作主体和共享群体是该民族的所有成员。群体共享和共创的特质决定了传统文化具有综合性、整体性、交叉性和关联性等属性。换言之，一个民族的传统文化内部的各个要素之间具有不可分离、相生相成的内在关联。任何将传统文化中的某一个质素进行分离、孤立研究的尝试必然遭遇失败。

---

[①] 肖锦龙：《中西文化深层结构和中西文化文学的思想导向》，中国社会科学出版社1995年版，第5页。

传统文化的表现形式庞杂繁复，由传统文化建构的文化空间也具有多样性的表现形态。"从文化空间的文化属性来看，其表现形态有：岁时性的民间节日，神圣的宗教集会纪念日，周期性的民间集贸市场，季节性的情爱交流场所，娱乐性的歌会舞节等。"①

我们认为，以"文化空间"的具体表现形态（如民间节日）为切入点，对史诗歌手的生境进行解读，可以避免在描述浩繁的藏族传统文化时挂一漏万的弊端，同时也可以较为集中地呈现与史诗传统有关的民俗事件，从而使我们对史诗歌手生境的认识更为具体直观。鉴于此，我们选择了与藏族自然、历史和生活文化密切相关的赛马节为参照系，拟通过这一具有周期性、娱乐性和季节性等特点的传统节日来呈现史诗歌手所处的"文化空间"。

对于以游牧为主要生业的民族而言，马具有物质和文化的双重属性。具体而言，马既可以作为载物、交通以及牧者的坐骑；其卓越的移动力也使它们可以利用广大的、远方的草原资源。再者，马乐意帮助人们沟通讯息，并让人们快速远离危机②。此外，马还具备能够认路回家以及能在冬季打开冰层觅食等优点。总之，由于马的习性与游牧民族的生存需要相契合，养马、驯马成为牧人的日常生活内容之一，与马朝夕相处的驯养模式，加深了牧人与马之间的感情，从而使养马逐渐超越"经济"的考虑，而具有许多社会文化意蕴和情感内涵。藏族传统赛马节就是在养马所具有的这种社会文化意蕴和情感内涵的基础上产生的。

藏族传统赛马节举行的时间一般为藏历六月上、中旬。藏族民众形象地将这一时段举行的节庆活动，称为"亚吉"（Dhyar-skyid），意为"夏乐"。由于藏历六、七月正值青藏高原的盛夏时节，牧草青青、百花盛开、气候宜人的高原风光，为民众游玩踏青、欢聚消闲提供了契机，也为举办具有群体性和娱乐性的节庆活动提供了便利，因此民众倾向于在这一时段举办庆典活动。而游牧民族对马的特殊情感及马在社会交际和信息交流等方面的现实功能使以马为主题的节庆活动成为首选的节日方案，从而使赛马节成为一个民族周期性的传统节日，也成为一个民族传达其时间

---

① 向云驹：《论文化空间》，载《中央民族大学学报》2008年第3期。
② 王明珂：《游牧者的抉择》，广西师范大学出版社2008年版，第13页。

观、历史观和民俗观的途径之一。

在民间，关于藏族赛马节的缘起有许多传说，但最为人所熟知的莫过于一则赛马节与英雄格萨尔王之间渊源关系的传说。相传英雄格萨尔王13岁赛马夺魁，成为花花岭国的首领，从此君临天下，带领麾下三十员大将，保卫国土，征战四方，成就一世功业。据说，赛马节就是为纪念英雄格萨尔王赛马登位这一事件而举行的具有纪念和祈福性质的节日。传说的可信程度，自然无从考证，但传说中所流露出的英雄崇拜情结，却使这一节庆活动具备了民间信仰的特质。

赛马节与英雄格萨尔王的关系，不仅体现在其有关节日缘起的传说方面，在节庆活动过程中，英雄格萨尔王的"故事"也始终贯穿于赛马活动中。

我们以青海省玉树藏族自治州的赛马节为例[1]，来看看赛马节中的英雄情结。在玉树，每年的藏历6月上、中旬是各县举办一年一度赛马节的时间。据玉树圆光史诗歌手丹巴江才介绍，这一节日时间的选择也是承袭自史诗中花花岭国举行赛马活动，以确立君王的时间[2]。其实，在牧草青青、气候宜人和牛肥马壮的盛夏时节举行赛马活动，主要体现了游牧民族对青藏高原自然生态环境的一种认识和把握，然而史诗文化的介入，使节日时间的选择具有了某种纪念性和神圣性。

玉树地区传统的赛马节持续时间从五天到十天不等，然而在节日开始前的三四天，来自方圆几百公里的牧民和农户就已汇聚赛马场，他们搭起各式帐篷，等待赛马节的到来。此时的赛马场一洗往日的寂寥，俨然成为一座帐篷城，成为一个展现藏民族帐篷文化的特殊场合。虽然，赛马场在节日期间被大小不一、样式不同的帐篷覆盖，各类商品的摊位也"见缝插针"地"镶嵌"其间，但民众仍会自觉地在赛马场中轴线上预留出一条长约2000米的狭长跑道供赛马之用。

赛马节，顾名思义是以赛马为核心的节日。赛马是一项筹备期较长的比赛项目，从相马、驯马到赛马都有一系列民间惯习的约束。参加赛马首

---

[1] 青海省玉树藏族自治州的赛马节在青海地区享有盛誉，被誉为青海地区规模最大的藏民族盛会。2008年6月入选国务院批准文化部确定的第二批国家级非物质文化遗产名录。

[2] 据丹巴江才介绍，史诗中群龙无首的花花岭国决定以赛马的形式，选择首领，并于藏历6月19号举行赛马活动。

先考验的是牧民的相马知识。游牧民族对与他们朝夕相处的马了解颇深，他们从实践中总结出一整套鉴别马匹优劣的方法，这种在鉴别良驹方面的日常经验从其对马的分类和命名中可见一斑。史诗《格萨尔王传·赛马登位》部中，有一节专门叙述如何鉴别良驹的唱段，集中体现了藏民族对马的认知水平①。

在民间，选手参赛前还会邀请史诗歌手演唱《格萨尔王传·赛马登位》一部。民众认为，邀请歌手演唱史诗既是一种为选手祈福的仪式，同时也是为选手壮行的方式。其实，在赛马节期间，不乏史诗歌手和藏族其他说唱艺人的身影。在笔者的家乡玉树藏族自治州结古镇，赛马节期间是说唱艺人（包括史诗歌手）最为忙碌的时段。他们是歌舞展演、说唱表演和民歌比赛等活动的积极参与者，尤其是史诗歌手，除参与民歌比赛、说唱表演外，还经常被民众请到家中演述史诗。节日的喜庆气氛以及听众的聆听热情使史诗歌手的演唱与日常的表演不同，节日期间史诗歌手的表演愈发精彩和不能自已。腹藏数十部，甚至是上百部史诗的史诗歌手，还会在节日期间通宵达旦地为听众演唱史诗，并将这种长时间演唱史诗的经历作为自己的一种功德和一份殊荣。

值得一提的是，在赛马比赛开始前，选手还会将参赛马的马尾进行编织并系紧，防止马尾散乱。据史诗歌手介绍这一传统也与英雄格萨尔王有关："格萨尔王在征战魔国的途中，遭遇由魔王设置的两座可以不断开合的大山，格萨尔王在穿越这两座大山时，散乱的马尾被大山夹住，险些马翻人仰，从此格萨尔王凡出征，必将马尾编起来并系紧，以防不测再次发生。"②

传统赛马节以赛马活动为核心，并包含有民间舞蹈表演、民歌演唱、说唱艺术展演（包括史诗讲唱）、宗教神舞表演、赛牦牛、举重比赛等节目内容，属典型的兼有悦神和娱人双重功能的民间复合型节日。随着时代的沿革，赛马节还衍生出诸如服饰表演、篝火晚会等新节目，从而使这一节日成为集中立体地呈现藏文化的特殊场域。

---

① 李学琴：《格萨尔王传·赛马登位》，西南民族学院语言文学研究所、四川省《格萨尔》工作领导小组办公室编 1988 年，第 91—105 页。

② 2010 年 2 月 11 日采访史诗歌手土丁久耐录音记录。

传统赛马节的核心理念源于民间，与官方活动的严肃性形成鲜明的对比。虽然，赛马节中也有以当地政府为代表的国家政权的介入（如开闭幕式中的各级领导致辞），但赛马节的基调仍然与官方主办的各类活动形成对比。赛马节强调自由和狂欢，民众不分贫富、无论贵贱，都可以参与到任何形式的活动和比赛中。这种"去阶层"性，既是民间文化运行的主要规则之一，从某种程度上来说，也是对史诗精神的一种继承[①]。

通过对藏族赛马节的生成背景和民间属性的简单勾勒，我们不难发现，赛马节作为一个具有时空规定性的民间节日，其包容性和开放性使藏民族的各类文化品类可以合理地镶嵌其中，且各文化品类之间形成互相阐释、互为生存的关系，从而构成一个典型的"文化空间"。在这一"文化空间"中，史诗作为藏民族文化的有机组成部分，与其他藏民族文化品类相生相成。每一个史诗传统的传承者——史诗歌手，都在这一"文化空间"以及更为广大的藏文化传统中经历了民俗的养成或被习俗化的过程，也就是说，歌手在以赛马节等为参照系的具体民俗语境中，感受、实践并内化本民族传统文化，他们是文化中的人，同时也是文化本身。史诗歌手将游牧民族的生存状态、时空观念、信仰世界、审美体验和日常生活提炼为艺术叙事的元素，将藏民族传统的历史观、时间观、生命观和民俗观作为他们创编史诗的根基和艺库，从而使史诗成为储存和再现藏民族传统文化的"活字典"。正如史诗研究专家所言："史诗传统作为一种口头叙事，与相关族群和社区的人生仪礼、节日庆典、民间信仰和宗教仪式等民俗生活及其文化空间密不可分。各民族的史诗演述大都生动地体现了族群叙事与各民族文化传统之间的渊源关系，不断强化着人们的文化认同与历史连续感。"[②]

从藏民族传统赛马节的角度关注史诗歌手所处的文化空间，我们不难发现，藏民族的传统文化是史诗生成的背景，同时也是史诗得以传承的条件，只有浸润在传统文化的营养液中，史诗才能发育完全，史诗传统的传承者——史诗歌手也才有可能得到学习—实践—学习的机会。

---

[①] 《格萨尔王传·赛马登位》一部中，年轻的格萨尔王就是在"无论贫富贵贱，都可参加赛马比赛"的规则下，获得了参赛权，并取得最终的胜利。

[②] 朝戈金、尹虎彬、巴莫曲布嫫：《中国史诗传统：文化多样性与民族精神的"博物馆"（代序）》，载《国际博物馆》全球中文版，译林出版社2010年版，第1页。

## 三 社会空间

人类学的"文化空间"强调,在一个"自然场、文化场中,有人类的行为、时间观念、岁时传统或者人类本身的'在场'。在某种意义上,也可以说,有人在场的文化空间才是人类学意义的文化空间,才是非物质文化遗产的文化空间"①。

人类学,从其本质而言,是"以人为主体,以人为载体即'以人为本'的学科"②。人类学的"文化空间"概念,将人类学对人的关注包含其中,从而使"文化空间"的概念得以从物质文化遗产的"文化空间"概念中升华,成为见物更见人的多维空间。

那么,如何定义"人"呢?历史唯物主义认为:"人的本质不是单个人所固有的抽象物,在其现实性上,它是一切社会关系的总和"③,这种复杂的社会关系决定了人的本质,形成了人的社会属性。人的社会属性是人之所以为人的本质特点。换言之,生活在现实社会中的人,必然是生活在一定社会关系中的人,也只有生活在社会关系网中的人,才是真正意义上的人。

从历史唯物主义对人的定义出发,反观史诗歌手的生境,我们不难发现,史诗歌手作为社会群体中的一员,也被各种错综复杂的关系包围。此外,由于史诗歌手扮演着多重社会角色,他们的社会关系网也呈现出较为复杂的形态。

首先,史诗歌手作为藏族社会中的普通一员,在其诞生伊始,就已承担相应的社会角色。且按照传统的惯习,随着年龄的增长,作为社会群体中普通一员,史诗歌手被允许参与到各种年龄组的社会活动中,从而与各年龄组的成员结成特定的社会关系,并逐渐在各级年龄组中编织自己的社会关系网。

其次,具有演述史诗潜力的"准史诗歌手"或史诗的积极传承者,在其民俗养成的各项活动中,身边始终活跃着许许多多承载民俗的人,

---

① 向云驹:《论文化空间》,载《中央民族大学学报》2008年第3期。
② 同上。
③ 《马克思恩格斯选集》第1卷,人民出版社第2版,第60页。

"他们以各种各样的身份交流民俗,传习民俗,操作民俗,积累民俗,甚至编制或创造民俗。这些人其实并不是少数人,而是俗民群体中的所有人,他们在民俗活动中都有自己恰当的民俗角色(role)"①。当潜在的史诗歌手与俗民群体交流、互动②时会与之结成不同的社会关系,他们或成为准史诗歌手首次接收史诗信息的信息源,或成为准史诗歌手直接获得史诗演唱经验的传授者,换言之,不同的社会关系对准史诗歌手的影响不尽相同。在前人的田野笔记中我们常看到,藏族史诗《格萨尔王传》的史诗歌手很多并未接受过严格的史诗训练,在他们的生命史叙事中,很少看到"我从某某人那里学习了史诗,并经过多次训练"这样的表述。在他们的生命史叙事中,我们所看到的更多的是诸如:"我的父亲很喜欢格萨尔仲(《格萨尔王传》),他经常捧着一本很旧的史诗抄本反复阅读,有时候也让我给他读"③ 这样的表述。此外,西藏的玉梅,她的父亲是一位在当地颇有名气的《格萨尔王传》史诗歌手;青海果洛的格日尖参从小被寄养在舅舅家里,舅舅昂日是当地著名的史诗歌手。但他们均否认自己的演唱技能来自师传或家传,他们坚称自己的史诗演述技能是在梦中得到神的启示。

> 如果谁对那些演唱艺人说他演唱这些歌的本领是由学习而来,他们之中的大多数人会感到亵渎,他们标榜自己是格萨尔或其他神圣人物所直接感召的人,是这些人授予他们必须吟诵的词句……说唱艺人希望听众要保证尊重地听他的吟唱,而且不得以任何方式冒渎格萨尔。④

可见,藏族史诗《格萨尔王传》的传承体系较为特殊,它既不以师传为主要的传承链条,也不以家传为获得史诗演唱技能的主要途径,他们

---

① 乌丙安:《民俗学原理》,辽宁教育出版社2001年版,第125页。
② 这种交流与互动的实现路径是多方面的,它既可以在长途的旅行、朝拜或流浪过程中实现,也可以在史诗歌手所处的"熟人社会"中实现。
③ 2012年2月11日采访史诗歌手丹巴江才录音记录。
④ [法]大卫·妮尔:《岭超人格萨尔王传·导言》,陈宗祥译,杨元芳校,西南民族学院民族研究所铅印本,1984年。

的史诗演述经历具有一定的传奇性和随机性。因此，对史诗歌手演唱传统的认识，必须超越家传或师传的狭隘理解，而进入更为广阔的传承体系领域。

我们认为，史诗歌手对获得演述技能的单一传承体系的否认，恰恰是对民间复杂的史诗传承语境的一种体认。史诗传承的语境从不同角度有不同的表现形式。如果从史诗表演的共时性角度讲，语境"至少包括以下六个要素：人作为主体的特殊性、时间点、地域点、过程、文化特质、意义生成与赋予"[①] 等，而从史诗传承的历时性角度而言，史诗传统的继承和续延则需要依靠一个个生活在史诗文化氛围中的人。

我们知道文化的传承和扩步主要依靠人的能动作用，没有"文化中的人"，传统文化的继替和传承便无从谈起。对于史诗传统而言，人在其中的作用尤为重要。浸润在史诗传统中的俗民群体是史诗能否"常讲常新"的根本，也只有通过由人和人组成的社会关系网，史诗传统才能纵向传承和横向扩步。在这里史诗的传承方式已不再是简单的家传或师传，也不再是家传和师传的简单叠加，而是更为绵密的传承网络。

我们知道，藏族史诗《格萨尔王传》广泛流布于西藏、四川、青海和云南等藏区和其他毗邻兄弟民族地区。在上述地区，与史诗《格萨尔王传》相关的地方风物、传说故事与史诗一同在民间流传，从而形成一个巨大的史诗传统覆盖区。然而，如果我们采取地图学的相关方法对史诗流布地区的史诗歌手进行数量和密度的统计，会发现史诗歌手的分布及密度呈现一定的规律性，也就是说，史诗歌手总是较为集中地出现在有限的几个地区，如西藏的昌都及那曲、青海的玉树及果洛、四川的阿坝及甘孜等少数地区。而恰恰是在这些地区，出现了许多腹藏数十部乃至上百部史诗部本的优秀史诗歌手。如青海省玉树藏族自治州素有史诗歌手摇篮的称号，史诗歌手达瓦扎巴、土丁久耐、多丁、格勒（除多丁为 70 后外，其余三人皆为 80 后，且年龄差距较小）等都是该州人氏。西藏昌都的边坝县是著名史诗歌手扎巴老人和桑珠老人的故乡，这里还有腹藏十几部史诗部本的年轻史诗歌手斯塔多吉，当地老人亲切地称斯塔多吉为活着的

---

① 朝戈金：《口头史诗诗学——冉皮勒〈江格尔〉程式句法研究》，广西人民出版社 2000 年版，第 97 页。

"仲堪扎巴",即活着的史诗歌手扎巴(扎巴老人于1986年辞世,而斯塔多杰生于1990年)。翻阅记录这些史诗歌手生命史的田野资料,我们看到,史诗歌手承继演述史诗技能的途径,超越家传,也并无系统的师传经历:"玉梅的父亲就是一位著名的说唱艺人,在当地很有影响。她17岁时父亲去世了,正如她自己说的那样,父亲不可能一句一句地教,教了也记不住"①;"扎巴老人的亲属中没有艺人,但他的故乡有一些很优秀的艺人;当地群众很喜欢听艺人说唱;而为他开启'智慧之门'的喇嘛,就是《格萨尔王传》故事的热心提倡者,他经常给艺人们以资助和支持,鼓励他们说唱,所有这些,无不给少年扎巴以深刻影响"②。可见,一个史诗歌手的诞生,需要依靠的是更为广阔的社会关系网。在这一社会关系网中,与该史诗歌手有血缘、业缘以及地缘关系的社会关系丛对塑造一个史诗歌手具有重要意义。

从社会空间(这里主要指社会关系丛)的角度理解史诗歌手的生境,我们发现,一个史诗歌手的"诞生"依赖其在"熟人社会"中结成的各种社会关系,换言之,复杂的社会关系丛所提供的信息以及史诗歌手对信息的接受、内化过程,成为史诗歌手获得并掌握史诗演述技能的关键因素之一。

综上所述,从人类学意义的"文化空间"角度讨论史诗歌手的生境,能够使我们更好地了解史诗歌手的"养成"过程。在史诗歌手的生境描写中,我们似乎又回到了关于民间口头传统本质属性的探讨层面。所谓"一方水土,养一方人",民间口头传统始终镌刻着鲜明的地方烙印,它在以"熟人社会"为主要组织形式的社会结构内,通过由一个个相互关联的民俗事件所构成的文化传统代代相传。在民间口头传统的传承链条中,既有"只听不记"的消极受众,也不乏"边听边记"、"边记边学"的积极传承者,史诗歌手作为史诗这一民间口头传统的传承者,在铸就史诗传统的自然生态、传统文化和社会关系网中,诞生、成长并渐趋成熟,通过他们的努力,史诗讲唱活动得以传承,一个民族的历史记忆得以保存。

---

① 降边嘉措:《格萨尔论》,内蒙古大学出版社1999年版,第519页。
② 同上。

值得一提的是，随着牧区退牧还林、退牧还草、生态移民等城镇化进程的加快，史诗的生成环境正在逐渐发生改变。牧民陆续脱离牧业生产，靠政府发放的退牧补偿款维持生活，脑子活泛或有一技之长的牧民，开始走向城市，他们或从商或打工，经历着与祖辈完全不同的社会化过程。在这一"进城"浪潮中，拥有史诗演唱技能的史诗歌手也逐渐走上职业化的道路，他们中的多数人，主动参与到政府组织的史诗传承人认证"考核"中，成为专职的史诗表演者。游吟或流浪的生活体验离他们越来越远，他们面对的也不再是普通的牧民听众，逐渐占据他们生活的，是与各类专家和学者的交流和访谈，是面对冰冷的录音和摄像设备的"零互动"的表演。可以说，史诗歌手的生境在某种程度上，已经发生质的改变，这种改变对于史诗传统的传承意味着什么，值得每一位学人认真思考。

# 第二章

# 《格萨尔王传》史诗歌手展演的基本形态

《格萨尔王传》史诗歌手与藏族其他说唱艺人之间虽有许多共同点，但二者的差异性也是显而易见的。他们奇异的人生经历、令人费解的演述状态以及庞杂的演述程序时时让我们产生一种"不可知"的神秘感和难以解读的挫败感，然而，通过细致的观察，我们仍然可以从中看到某种规律性和共通性。

## 第一节 史诗歌手演述的基本类型

民间多样的艺术表现形式，总会让我们诧异于民众智慧的博大精深。史诗的民间性或许也因它多样的呈现方式，而再一次得到确认。关于藏族史诗《格萨尔王传》演述的基本类型，就笔者目力所及，目前尚未得到学者的关注。

在田野调查中我们发现，史诗歌手（若无特别说明，下述的所有史诗歌手，皆指具有梦授、圆光和掘藏等神奇经历的史诗歌手）不仅通过个体的演述技艺得到观众（听众）的认可，在多个史诗歌手同时在场的情况下，他们以对唱、合唱等形式，共同承担史诗演述任务。并通过观众（听众）的现场比较和品评，树立自己在史诗歌手中的威信。在采访中，秋君扎西前辈告诉笔者："史诗歌手之间是存在竞争关系的。特别是在多个史诗歌手齐聚一堂的场合。无论他们是否承认个人意志参与史诗演述的行为，他们之间的竞争意识确实存在。"[①] 2010 年藏历新年期间，笔者观

---

① 2010 年 1 月 5 日采访秋君扎西前辈录音。

看了史诗歌手土丁久耐和丹巴江才的史诗表演。表演开始时，他们相对而坐，在各自完成请神、降神仪式后（时间较短），以分别饰演史诗中某个人物的方式演述史诗内容（主要指韵文部分），较之一人分饰多个角色的单人史诗演述方式，这种两人对唱的形式，显然更具有现场感和舞台性。由于学界尚未对史诗歌手的演述类型进行分析，笔者以田野调查所得为根据，拟将史诗歌手的演述类型分为单口演述、对口演述、群口演述三种演述类型。

### 一 单口演述

单口史诗演述形式是目前史诗歌手中最为常见的演述方式。由于史诗歌手在史诗流传地区所占比重较少，加之在社会文明化进程中，以神启和虚幻意识作为演述依止的表演方式，在当今"祛魅"的社会中大势已去，导致很多人不愿意投入到史诗歌手的行列中，因此史诗歌手在社区中可谓凤毛麟角。缺乏"人力资源"的史诗传承系统迫使史诗歌手的演述大多采用单口演述的形式。单口演述史诗是指史诗歌手承担表演内在及外在的一切责任，独自进行演述前的准备，独自完成请神降神仪式，演述史诗内容时采用"无聚焦叙事"[1]的叙事策略，以洞察一切的"上帝视角"交代战争的起因、经过、结果以及对阵双方的战略战术、两军将领的心理活动等。这种演述方式的优点在于可以对史诗的内容进行整体上的把握，可以"细微地描述出人物的思想及其变化，并可以对此进行分析与评论，与人物其他多方面的行动联系在一起，可以使读者对特定人物有一个较好的把握"[2]。然而，该类演述方式存在表演方式过于刻板、很难长时间聚焦听众注意力等缺陷。此外，随着现代的媒体演绎和传播技术的发展，该类演述方式正在面临听众大量流失的困境。

### 二 对口演述

对口史诗演述是指在两个史诗歌手同时在场的情况下，两人各自完成

---

[1] 无聚焦叙事指不突出任何视点，并乐意进入人物的思想领域深处。
[2] 谭君强：《叙事学导论——从经典叙事到后经典叙事》，高等教育出版社2008年版，第93页。

史诗演述前的仪式准备工作和请神、降神仪式,并以二人分别饰演史诗中某两个对立或盟友角色的表演形式,演述史诗。演述的双方仅承担各自的演述责任,由于竞争意识的现实存在,史诗歌手在对口演述中,总会尽力呈现自己最为擅长的演述技法,虽然史诗中不同人物都有固定的曲调和唱腔,但史诗歌手总会在有限的选择权中进行无限的发挥,"戴着镣铐跳舞"是史诗歌手的魅力所在。在对口史诗演述行为中,演述双方采用不定式内聚焦的叙述策略,叙述角度随聚焦人物的变化而变化。不同人物演述所看到的不同事件或者是相同的事件,但由不同的聚焦人物从不同的角度来加以呈现。"在这种情况下,人们往往可以更好地发现事情的原委,获得一幅冲突起源的很好的图画,看到各个人物如何不同地看待同样的事实。"[①] 对口史诗演述在某种程度上修正了单口史诗演述的缺陷,它使史诗演述开始具备一定的矛盾冲突,在一定程度上逆转了史诗观众流失的局面。从发展的眼光看,该演述类型具备了让史诗演述走向舞台、搬上银幕的戏剧性。

### 三 群口演述

由于史诗歌手的数量有限,群口史诗演述在民间较为少见,但在专家组织的史诗歌手表演大会或盛大的节庆场合,这种演述形式有时也会出现。(如1987年9月在青海省举办的全省《格萨尔王传》民间艺人演唱会。)参与群口史诗演述的史诗歌手在各自完成演述前的仪式准备工作和请神、降神仪式后,以共同熟悉的史诗片段作为演述内容进行演述。笔者在2010年2月16日玉树藏族自治州春节联欢晚会上,现场观看了史诗歌手丹巴江才、土丁久耐、达瓦扎巴三人表演的群口史诗演述节目。节目伊始,三位史诗歌手盛装登场。古老的说唱帽、华丽的康巴藏装以及腰间银光闪闪的藏刀瞬间将我们带回英雄时代。他们演述的回目是《赛马称王》,只见三人"你方唱罢我登场",将格萨尔王被珠牡请回岭国、岭国总管王戎查查耿对格萨尔王循循善诱、母舅晁同因赛马失力而妒火中烧的情景刻画得淋漓尽致、入木三分。同时,三位史诗歌手各自的演述特色也

---

[①] 谭君强:《叙事学导论——从经典叙事到后经典叙事》,高等教育出版社2008年版,第93页。

尽显无遗。

群口史诗演述旨在采用多重式聚焦叙述策略,让各个人物——聚焦者从各自的角度演述同一事件。"这种聚焦方式一方面能够产生一种立体观察的效果,使读者从多方面去了解所发生的事件,从而能够对所发生的事件有更为完整的把握;另一方面,由于人们已大体上了解了所发生的事件的种种状况,所以,就可以将注意力更多地集中到人物的感受方式与具体的叙事方式上"[1]。显然,较之对口史诗演述,群口史诗演述成功发挥了史诗之娱人功能并进一步推动史诗向戏剧化或舞台化方向发展。

### 四 类型划分的意义

笔者所划分的史诗歌手演述类型仍有许多未能详尽的部分,且划分类型的标准也有失严谨。但根据田野实践所得,史诗歌手的演述类型从单口到对口,直至具备戏剧基本要素的群口史诗演述的发展过程,恰恰反映了先民以宣讲神圣叙事为主要内容的祭祀仪式向后世的戏剧发展的历程。

我们知道,在先民眼中,包括创世和创生等内容的叙事(如神话)具有神圣的属性,它们被先民视为解释世界、了解世界的"圣典"。在祭祀仪式中,宣讲这些"圣典",不仅具有追述始祖功绩和感恩始祖恩赐的功能,更为主要的是,宣讲行为本身被视为祭祀仪式的仪轨之一。换言之,这些神圣叙事本身就是先民祀神的供品之一,是先民为了取悦诸神而"精心创编"的关于始祖如何创世和创生以及人类如何得以繁衍生息的氏族"历史"。宣讲这一"历史"过程是庄重而激昂的,是充满崇敬而又不失自豪的。

先民在祭祀场合所宣讲或聆听的氏族"历史",在诞生之初就被奉为"圣典",正如人类学家所说,这段"历史"虽然对族群成员来讲是公共知识,但却只有族群中特定人物才能在特定的场合获知并宣讲其具体内容。这一"特定人物"就是族群中的巫师(或祭司)。也就是说巫师(祭司)是演述这段历史的人,且受限于巫师的数量,这一演述任务多由一人承担,其主要功能是悦神献祭。

---

[1] 谭君强:《叙事学导论——从经典叙事到后经典叙事》,高等教育出版社2008年版,第93页。

然而，随着时代的演进和人类心智的不断进化，这种具有祭祀性质的演述行为开始从其原生功能（悦神献祭功能）中发展出包括确证族群制度的合法性、维系族群成员的关系以及振奋族群成员精神等次生功能。由于宣讲族群"历史"的功能不断丰富，且随着人类对自身力量的不断肯定，先民越来越注重宣讲行为的次生功能，也就是说，宣讲族群"历史"的主要目的开始从悦神献祭向悦神娱人、团结成员的方向转变。这种转变随着人类对自身力量的认识不断加深而日益突出。

我们知道，这种转变虽然是循序渐进的但却是不可逆的，巫师的神圣性和权威性也难以逆转这种趋势。在这种情况下，肩负继承和发扬族群"历史"使命的巫师开始从神坛走向人间，寻求更为"亲民"的方式传承族群历史，维系族群感情。在不断地尝试与磨合中，巫师（族群成员也参与选择的过程）选择采用更为灵活多样的方式呈现演述内容，如以两位巫师共同参与演述（由两位巫师分别扮演提问者和对答者）的问答形式来呈现神圣的"历史"（这种以"问答体"的形式呈现神圣"历史"的案例，在我国许多少数民族的口碑及文献资料中并不鲜见，在藏族创新神话《斯巴宰牛歌》中，藏族先民就以一问一答的形式讲述民族的"历史"。我们认为，这种以"问答体"的形式讲述"历史"的现象与"历史"讲述的主体不再是某一个体的现实有关，也就是说，讲述主体已由一人变为两人，甚或多人）。这种呈现方式经实践证明是可行的，因此随着演述经验的丰富，参与演述的巫师人数也慢慢增加，最终形成由多人共同参与并分别承担演述任务的演述形式，这种演述行为客观上加强了演述活动的观赏性和吸引力，我们认为多人演述行为已具备戏剧的雏形，并逐步向成熟戏剧发展。也就是说，演述族群神圣"历史"的祭祀仪式逐渐过渡到具备现场感和矛盾性的戏剧。

如果我们从祭祀仪式中的宣讲活动以及仪式行为本身（从历史记忆的角度出发，仪式本身也具有记忆和叙述历史的功能）向戏剧转变的历史过程看史诗歌手的演述类型变化，我们会发现，史诗歌手从单口到对口再到群口的史诗演述类型发展过程，也经历了复杂的社会选择过程和漫长的自我完善过程。

通过考察史诗歌手在民间的多种职能（如演唱史诗、替人占卜、助人疗疾等），笔者认为史诗歌手具有巫师的特质（在我国北方及南方少数民族中也存在萨满或巫师兼歌手的情况)。史诗歌手所演述的史诗也因其中包含的族群神话和族群发展、迁徙史而具备神圣性。我们有理由相信,具有"巫"(关于史诗歌手的"巫"文化面孔将在下一章进行介绍,这里不再赘述)文化面孔的史诗歌手,在史诗诞生之初,是肩负着传播和发扬英雄祖先业绩的责任感和使命感而投入到史诗演述活动中的。在访谈中,我们也能体会到这种使命感的强大力量:

笔者:唱久了,你也累了,为什么还"有求必应"呢?

土丁久耐:我想我有义务这样做,既然我被赐予这种能力,我就应该唱出来,只要有人想听,我就必须唱。

笔者:哦。那这样连续地唱下来,身体吃不消吧?

土丁久耐:也不会啊。一天连续唱好几个小时是有点累,可是心情真的很好。我觉得唱仲真的是一件功德无量的事,越唱我的心情就越好①,也就不会记得过程中有多累了②。

在这种强大使命感的驱使下,史诗歌手怀着崇敬的心情演述史诗,并把史诗的内容视为神圣的、真实的和不可亵渎的"历史"。在漫长的史诗传唱史中,历代史诗歌手对史诗的崇拜(或者说对祖先英雄的崇拜)可从其演述前烦琐的准备工作中(史诗歌手演述的仪式过程,我们将在下一章着重介绍,这里不再赘述)体现出来。

然而,随着时代的演进,信息接收的渠道进一步拓宽,以互联网、多媒体设备为代表的现代尖端科技对史诗演述活动的冲击是巨大的,"一人讲述,众人听"的故事讲述传统已不能满足人们的精神需求。史诗歌手神奇的生命史叙事,也难以吸引当代人的注意,于是史诗歌手开始寻求多元化的途径传播史诗文化,他们从单人单口演述到两人对口演述,再到多

---

① 如果我们忽略史诗歌手关于"演唱史诗时的喜悦心情"的宗教性解释,在其演唱史诗的过程中,我们也可以观察到由于史诗歌手的专注和投入,他们所经历的类似"天性解放"的过程。演述史诗前的土丁,性格腼腆、不善交际,然而一旦进入演述状态,一个外向开朗、表现力极强的青年歌手形象尽显无遗。史诗演唱作为史诗歌手宣泄情感的途径之一,或许是其在演唱史诗时感到心情愉快的原因之一。

② 2010年2月11日上午采访史诗歌手土丁久耐录音。

人群口演述的尝试就是其史诗传承使命实现的途径之一。也就是说，史诗歌手的演述类型似乎也在遵循祭祀仪式向戏剧发展的轨迹，他们从开始的一人演述，步入"你来我往"的双人共演，再到多人表演，其神圣性与世俗性呈反比消长的态势，在节庆场合多位史诗歌手的演述行为已基本走出一人演述的神秘感和神圣感，反而更多了几分"看戏"的娱乐色彩。

## 第二节　史诗歌手演述的仪式过程

不同类型的史诗歌手，演述史诗前的筹备仪式过程是不尽相同的，从而导致我们无法统一有序地描述仪式的展演过程。然而经过具体的比较，我们发现不同史诗歌手的演述流程异中有同，同多异少。

我们发现，拥有"神奇赐授经历"的史诗歌手，似乎都是根据梦境、铜镜或心脑中出现的意象演述史诗。然而幻境中的史诗现场或史诗文本，并不是招之即来、挥之即去的。史诗歌手必须经过类似于"请神、降神、求告和送神"的仪式过程，才能顺利地演述史诗，也就是说对于史诗演述而言该仪式过程是不可或缺的。由于这个过程对演述史诗极为重要，以至于习得史诗歌手，在无须吁情于"神"时，仍然会模仿这种仪式过程，即象征性地表演请神以及虔诚祈祷的仪式细节。在此，我们将着重讨论具有"神授"经历的史诗歌手在展演前的筹备仪式过程，尤其是该仪式的完全形式，对于被史诗歌手简化的仪式行为，我们将不做重点介绍。

### 一　请神

对于史诗歌手（若无特别说明，下述中所有史诗歌手均指具有"神奇赐授"经历的史诗歌手）而言，他们在演述史诗前，都须供物请神。

首先，在请神前，史诗歌手须设一香案，案前悬挂格萨尔的巨幅画像，格萨尔王唐卡两侧悬挂30位英雄和珠牡等格萨尔爱将及爱侣的画像。香案上供奉一尊格萨尔的塑像，也有供奉莲花生大师或其他英雄塑像的。香案上须燃点酥油灯，供摆"净水"及其他供品。上述供物过程结束后，史诗歌手郑重地戴上"仲夏"（说唱帽），对着画像，焚香祝祷。

其次，史诗歌手演唱请神赞。神赞内容大致为叙述格萨尔王的英雄业绩、大王拯救万民于水火的王者气概、英雄慈悲、无私的高尚品质以及祈请英雄保佑、加持史诗歌手等,神赞的最后是史诗歌手高诵本人将努力弘扬英雄业绩的庄严誓词(许多史诗歌手都会在神赞结尾处大声念诵这样一首类似于誓词的颂词:即使有那么一天,飞奔的野马变成枯木,洁白的羊群变成石头,雪山消失得无影无踪,大江大河不再流淌,天上的星星不再闪烁,灿烂的太阳失去光辉,雄狮大王格萨尔的故事,也会世代相传……)。请神赞之后,史诗歌手手持佛珠,盘腿而坐,双目微闭,双手合十,诵经祈祷。

## 二 降神

史诗歌手在虔诚供物、专心颂赞后,闭目盘腿,正襟危坐。据史诗歌手介绍,此时歌手需将自己的灵魂移到身体的某处(据介绍,此举是为神灵附体腾出空间,如著名史诗歌手达瓦扎巴),并请格萨尔王或某位史诗英雄人物的英灵降于己身。随后史诗歌手就会出现摇头晃脑、全身抖动、手舞足蹈的情况,并进入一种忘我的表演状态。据介绍,此时"神灵"已经附体,史诗歌手将仲夏摘下(或自始至终戴着说唱帽),放在神像前,开始说唱。

对于依物史诗歌手而言,他们在完成请神、降神仪式后,开始或指画说唱或托帽说唱。这里的"画"指藏族传统的"唐卡画",依物史诗歌手带着绘有格萨尔王故事的"唐卡",演唱史诗内容时将画像高悬在演述现场,然后指画说唱。(这类"唐卡"一般都是民间画师绘制的,画作画工精湛,栩栩如生,还有刺绣、堆绣等多种形式,其本身就是很有价值的艺术珍品。)这里的"帽",即指史诗歌手的说唱帽。说唱帽在史诗歌手眼中,具有多重象征意义。首先,它因与史诗中格萨尔王的战盔相似而被视为格萨尔王的神帽甚或格萨尔王本人;其次,它因帽体丰富的象征符号,如海螺、孔雀羽、马耳和锦旗而被视为藏族宇宙观的载体。托物史诗歌手演唱史诗时,把说唱帽摘下,捧于左手,右手依次指向帽子的饰物,用散韵结合的唱词,介绍它们的来历及意义,然后由此过渡到具体史诗部本的演述活动中。

画作(唐卡)和道具(说唱帽)在仪式中具有重大意义。请神、降神仪式中的绘画作品或道具已超出了物质存在的本质属性,而成为某种精神存在的依托,即史诗歌手与神沟通的主要(或唯一)媒介。民众认为

"神"总是先降临到画作、道具或神器（如说唱帽、铜镜等）中，然后再附身于史诗歌手。用图像或神器象征所降之神是巫师举行请神、降神仪式的主要内容。萨满文化研究学者孟慧英认为："祭坛上悬挂的面具是作为萨满神之载体出现的，对萨满沟通神界，降神娱神起着不可替代的作用。"①

史诗歌手演述前的筹备仪式烦琐而不失周密，很快史诗歌手将成为英雄"附体"的代言人，他的变化类似于心理学中双重人格的特质，换言之，史诗歌手变得与平时截然不同（如神授史诗歌手土丁久耐）。笔者认为，史诗演述前烦琐的筹备仪式或许是导引出史诗歌手另一人格的诱因或心理暗示。

仪式的功能是多重的，它不仅能起到心理暗示的作用，即促使史诗歌手顺利完成从人到"神"的过渡，更为重要的是，史诗歌手通过操演包括筹备、请神、降神等一系列内容在内的仪式过程，他已从普通人过渡为"神"。带有"神格"的史诗歌手此时已从仪式的筹备者一跃成为仪式的享用者，其双重身份不仅宣告了英雄的缺席在场、确证了史诗歌手的神圣性，同时也让聆听史诗的听众（观众）在仪式的展演和史诗歌手的忘我演唱中，确证并巩固了对神灵的信仰。

### 三 求告及送神

"求告"在史诗歌手的展演仪式中以史诗歌手举行仪式的目的不同而有所不同。如果史诗歌手是为表演史诗而操弄仪式，"求告"环节即已包含在请神仪式所唱诵的赞词中，即通过赞词的唱诵，祈求得到神灵的护佑，以完成史诗的演述。如果史诗歌手是为预卜禳灾而操弄相关仪式，那么他将在降神以后通过求告所要占卜的事宜或所要祓除的灾异来达到仪式目的（不同类型史诗歌手的占卜手段也有所差异，如圆光史诗歌手通过"观铜镜"来占卜，神授史诗歌手则通过结绳或入梦来占卜等）。

史诗歌手完成史诗演述或得到占卜结果后，会念诵一小段祝祷词。据史诗歌手土丁久耐介绍，祝祷的内容大致为：祈愿演唱史诗的功德可以护佑众生；祈愿格萨尔王护佑演唱和聆听史诗的人；祈愿自己演唱史诗的能

---

① 孟慧英：《萨满服》，载《中国民族报》2004年1月16日第6版。

力越来越强,从而利益众生等。祝祷词的念诵意味着史诗演述结束以及神灵离体,也就是说念诵祝祷词意味着仪式进入最后一个环节,即送神。

### 四 过渡仪式

完整的史诗展演仪式过程,除包括史诗歌手在具备史诗演述技能的前提下,所操演的演述前的筹备工作及此后的演述活动外,同时还包括史诗歌手从尚未掌握史诗演述技能的普通人向具备史诗演述技能的特殊群体过渡的仪式。

史诗歌手过渡仪式的时空性较为特殊。就空间而言,史诗歌手过渡仪式发生的空间是虚拟的,即该仪式主要通过史诗歌手叙述其关于初次获得史诗演述技能的传奇体验来呈现。在由梦境建构的仪式空间中,史诗歌手的过渡仪式具备了分离(入睡,象征与现实世界的分离)、过渡或阈限(在梦中,史诗歌手经历被英雄或其他神祇赋予演述史诗的神奇能力并被要求承担弘扬英雄业绩的重任等过程)和融入(醒来,象征着以新的身份融入社会、融入史诗歌手这一特殊群体)三个仪式阶段。

史诗歌手过渡阶段的延续时间是缺乏衡量标准的,也就是说史诗歌手经历过渡阶段的时间段较为灵活。有时,这一过程仅为"一场梦"的时长,而有时它将延续至史诗歌手整个演述生涯。对于后者而言,每当有新的史诗部本呈现,史诗歌手就会做一段与该史诗内容相关的梦。在梦里,史诗歌手可以得到关于该部本的主题、情节和主要人物等信息。

> 每次有一段新的仲(史诗)时,前一天晚上我都会梦见一个青衣青面的神人,从空中递给我一本书,当我想用双手去接时,这本书就会缓缓地隐入我的胸中。第二天,我就会说唱以前根本不会唱的仲。①

也就是说,史诗歌手的过渡或"阈限"阶段有别于其他(如人生礼仪或季节性节庆)通过仪式。史诗歌手经历的阈限阶段或长或短。有时它不过是"镜中一瞥"、"灵光一闪"或"黄粱一梦",甚至仅仅是经过

---

① 2010年2月11日采访青年史诗歌手土丁久耐录音。

一个"有缘"人无意间的点拨便开始了史诗"意藏"的"挖掘"（有些学者还根据这些特异经历列出"顿悟艺人"这一史诗歌手子类）①。而有时该阶段又会伴随史诗歌手的整个演述生涯。"范·根纳普认为：在一个仪式中，分离、过渡与融入有时仅表现为某个眼神、手势或动作，并非所有的族群、所有仪式都存在繁杂的象征符号的组合与排演"②。关于史诗歌手"梦授"的具体意义我们将在第三章详细介绍，这里不再赘述。

值得一提的是，学者发现，史诗歌手获得"神灵授记"时大多已达到该族群所认同的作为社会人或成年人的年龄，即他们已基本掌握作为社会人的知识技能、伦理规范和族群记忆。他们正在逐渐进入成年人的世界。如果以年龄为界，这一标志成年的年龄段约为13岁③。我们知道，13岁正是高原地区的藏族先民为儿童举行成年礼的年龄。该人生礼仪的主要内容包括赛马、射箭、经受考验以及系统地学习族群历史记忆等内容，我们认为史诗歌手从普通人成为史诗歌手的阈限阶段与藏族先民所崇尚的成年礼仪式之间存在某种承继性关联，也就是说史诗歌手以阈限阶段的体验为主要内容的仪式叙事或许是对藏族成年礼历史记忆的彰显与记取。

对于从小生活在史诗流布地区、对史诗内容十分熟悉的民众来说，作为史诗展演的一个重要组成部分的仪式过程，有时比演述史诗内容本身更为重要。这种重要性主要表现在两个方面。

首先，对于谙熟史诗内容的民众来讲，在史诗歌手的仪式展演行为中，其对仪式细节的娴熟掌握和完美呈现在一定程度上满足了观众（或听众）对展演的期待。通过对仪式过程的关注，族群的自我认同通过各种象征符号得以表达，共享象征符号背后之文化意义的族群成员在仪式展演中升华和强化人与人之间的情感，从而达到维系族群内部关系，团结族群成员的目的。

其次，对于史诗流布地区的民众而言，仪式的展演作为族群文化的构成部分，具有极强的反观性和内省性。史诗受众通过关注史诗歌手的仪式

---

① 降边嘉措：《仲肯：〈格萨尔〉的传承者》，载《中国民族报》2004年1月9日第10版。
② 岳永逸：《范·根纳普及其通过仪式》，载《民俗研究》2008年第1期。
③ 对于逐水草而居的草原民族而言，女子8岁、男子10岁就基本脱离童年生活状态，开始学习操持家务、照料牧群。

过程，了悟仪式所传达的族群价值观和信仰观念，从而进一步巩固族群信仰。史诗歌手在仪式中的忘我表演，被认为是"神"（英雄的升华）的旨意，甚或是"神"本身的附体表演。从某种程度上，我们甚至可以认为仪式行为本身是史诗受众判断史诗歌手是否是"神"之代言人的标准，从而也是史诗歌手是否具有演述合法性的凭依。

## 五　认证仪式

史诗歌手在正式成为史诗演述群体的成员之前，要经历一个认证仪式，即史诗歌手的天赋异能在被发现之后，必须由家长或社区长者，带往当地的寺院，进行"开脉门"仪式。"开脉门"仪式的过程较为简单，只需准史诗歌手虔诚地跪拜在上师前说明自己的情况，并请上师念诵一段消灾启智的经文。上师在会意后，为史诗歌手念诵相关经文并用一个小型佛像或佛经在其头顶点三下，最后，由上师允准该史诗歌手演述史诗即可。这一仪式旨在指导尚不能自如地演述史诗，即未能掌控史诗演述要领的准史诗歌手克服心理障碍，辅助其完成身份转换，从而确保新成员不会因无法理解梦中、镜中或心间的所现之影像和它们的意义，而被突如其来的一系列神秘现象"折磨"得精神错乱，这一仪式过程或存在某种心理暗示作用。这种暗示能否起效，取决于上师的权威性和史诗歌手对上师的虔信度。

笔者认为，"开脉门"仪式对于史诗歌手具有十分重要的意义，它不仅能帮助准史诗歌手顺利地度过身份转换过程中的恐慌阶段，还能使准史诗歌手赢得演述史诗之合法性。在走访中，笔者还发现少数年轻的史诗歌手在被确认为史诗歌手并得到寺院方面的认可后，还会像入寺修行的比丘僧般更名（即另取一个法名），并在短时间内吃素，并戒烟酒。

　　笔者：阿达（大姐），您是杂多县哪里人啊？家里主要是以畜牧为生吗？
　　保索：我是阿多乡人。我们是卓巴（即牧民），家里有牛，夏天也去挖虫草。
　　笔者：哦。好的。阿达（大姐），那你们那儿有仲肯（史诗歌手）吗？

保索：有啊。阿多的仲肯比其他地方的多。

笔者：是吗？那你们听仲（史诗）的机会应该很多吧？您对他们很了解吗？

保索：嗯，遇到的机会是比较多。我也不太了解他们。家里或住得近的亲戚家里有仲肯来，我们就去看看，听听他们唱仲。

笔者：哦，那您觉得仲肯和别人哪里不一样？

保索：也没有哪里不一样。我们本来就是一个地方的人，但他们会唱史诗，我们那儿的人说他们很厉害。我听说谁家出仲肯前，会有一些征兆，比如他家牦牛会产下双头或花色的小牛犊。我们那里对仲肯越了解的人，对仲的喜爱和崇拜就越深。但我觉得他们和唱山歌的人一样，呵呵。

笔者：哦，那还挺神奇的哦！我听说有些地方的仲肯要到寺院去开脉门，你们那里仲肯有去寺院的吗？

保索：这个（指寺院）好像都要去。开了脉门以后，有的还会在寺院里住上一段时间，戒肉、戒烟酒还有换名之类的。

笔者：换名？

保索：就是取一个法名，和尚和尼姑入寺以后不是要换名嘛，和那个一样。他们去了寺院、开了脉门以后才会唱更多、更长的仲。

笔者：还有其他的什么要求吗？

保索：然后就是找一个吉祥的日子，正式开始唱史诗。这之前不能唱，唱了也唱不好。①

取法名仪式显然是史诗歌手完成过渡、确立新身份的表征之一。我们认为史诗歌手在经寺院认证后，再模仿入寺修行的僧侣取法名是佛教势力强势介入史诗演述体系后，史诗歌手为获得认同而采取的策略之一。

我们知道，"佛教化在《格萨尔》史诗中表现为三个方面，即史诗思想内容和故事范型的佛教化、史诗传承形态的神秘化和史诗文本类型的书面化"②。其中，佛教化在史诗思想内容和故事范型等方面的影响表现得

---

① 2012年8月13日采访杂多县阿多乡牧民妇女保索笔记。
② 诺布旺丹：《伏藏史诗：藏族史诗的困境》，载《民族文学研究》2009年第1期。

较为明显。而就传承形态佛教化而言，史诗歌手所经历的上师认证、另取法名等仪式就是佛教介入史诗传承体系的表征之一。通过上述仪式，史诗歌手的佛教徒身份得以确证和加强，换言之，历经上述仪式，史诗歌手从宗教文化（主要指佛教）的被动接受者转变为宗教文化的主动宣传者和践行者。

### 六 仪式意义

上述仪式的意义在于，通过恪守仪式过程，史诗歌手及其家人能够借机调整因家庭成员身份转换而造成的心理及家庭结构的失衡，同时也使以寺院为象征符号的佛教势力在社区中得到巩固和加强。可见，史诗《格萨尔王传》佛教化的路径已从史诗思想内容和故事范型等文本层面延伸到史诗演述和传承的传承层面。我们知道，史诗作为民间叙事传统的题材之一，与民间传统文化之间存在绵密有致的内在关联。这种关联不仅体现在史诗内容和思想的朴野豁达和奇幻遐思之中，还体现在史诗讲唱传统的迷狂奔放和灵活不羁中。然而，对以史诗歌手为媒介的史诗传承形态的佛教化过程割断了史诗歌手与他赖以生存和生活的民间传统和民间智慧之间的联系，从而使充满乡土气息的民间史诗成为佛教文学的附庸，并随着其在民间文化中的式微而最终被边缘化。

## 第三节 史诗歌手演述中的信仰与禁忌

在藏族史诗《格萨尔王传》的流布地区，无论是藏族民间的非制度化信仰还是宗教的制度化信仰对史诗歌手的影响是深远的。具备教育族群成员、规范族群行为、维系族群关系和服务族群利益的特点的信仰及其行为，对于史诗歌手而言不仅是个体得以生存的根本，也是个体区别于"他者"的表征。史诗歌手通过信仰的表达，凸显个体的独特性和文化根性。

### 一 史诗歌手的信仰

"史诗就是一个民族的'传奇故事'、'书'、'圣经'。每一个伟大的民族都有这样绝对原始的书，来表现全民族的原始精神。在这个意义上史诗这种纪念方式简直就是一个民族所特有的意识基础。如果把这些史诗性的圣经搜集成一部集子，那会是引人入胜的。这样一部史诗集，如果不包括后来的人工仿制品，就会成为一种民族精神的展览馆。"① 史诗《格萨尔王传》以其包罗万象的丰富内涵和深邃神秘的精神气质成为展现藏族文化最为全面的"百科全书"。我们知道史诗中丰富的民俗文化事项、优美的语言艺术等，历来都是学界研究的热点。然而将这些热点与史诗的宗教信仰研究相较，我想没有哪一个史诗文化事项能引起如此热烈的讨论。在梳理史诗研究史的过程中，我们发现，在很长一段时间里，关于史诗的思想主题传达的究竟是"扬佛抑苯"的观念，还是"扬苯抑佛"的观点这一问题，曾经一度困扰着史诗研究者。问题的症结在于史诗中多重信仰因素的叠加，使得史诗中既包括藏族先民的原始信仰，也涵盖在民族文化史中发展得相当完备的苯教信仰，同时，佛教信仰在史诗中更是无处不在。最终，史诗形成以原始信仰为基础，"有佛有苯，佛苯互谤"的宗教特征。史诗的这种宗教属性反映在史诗歌手身上则是他们在藏传佛教的强势影响下，坚持着对日月星辰、山川湖泊和动植物的敬畏和膜拜。

在查阅藏族宗教文献的过程中，我们不难发现，无论是苯教还是藏传佛教都是"承袭了古老的藏族先民的文化成果（这是一种普遍的文化现象，如佛教，它吸收了无数先人和同辈人的文明成果——思想形态、神祇、仪式、修行次第），而后继续丰富、发展自己的"②。所以在苯教和藏传佛教中有大量的原始信仰遗存。而这些原始信仰至今仍然存在的明证则是藏民族庞杂的信仰系统。

（一）自然崇拜

藏民族对于自然物的崇拜主要表现在他们对自然万物，如对天体、山水的崇拜。在藏族民间信仰的分类体系中，将自然崇拜有序地划分为对天界、人间以及龙界的三界信仰。在藏区这三界又分别被称为天界、"赞"界（人间）和"鲁"界（龙界）。在史诗歌手的生命史叙事中，我们总能看到歌手与虚空、山川、湖泊之间神秘且密切的联系，他们奇幻的经历

---

① ［德］黑格尔：《美学》，朱光潜译，商务印书馆1996年版，第108页。
② 丹珠昂奔：《〈格萨尔王传〉的神灵系统——兼论〈格萨尔王传〉中的宗教问题》，转引自安柯钦夫主编《中国少数民族三大英雄史诗论稿》，敦煌文艺出版社1991年版，第41页。

大多以藏区的山川湖泽为叙事背景就是其表现之一。在史诗歌手的生命史叙事中,那些宣称是山神①、湖神的神秘人物总是首先出现在高渺的虚空中,然后缓缓地降临到史诗歌手的身边,并将"经典"传授给他们。这些"故事"显然是史诗歌手原始信仰的隐喻表达(因为关于"神"的故事一直以来是外化信仰的主要途径之一)。笔者在田野调查中发现,史诗歌手的生命史叙事大多将某座"神山"设为事件发生地点。"神山"作为史诗歌手自然物崇拜的对象之一较之其他自然物似乎具有不可替代的重要性②。2010年9月,笔者踏上"杂多县史诗歌手探访之旅",期间虽然未能与史诗歌手们一一见面,但与乡民牧户的交谈却让我获益匪浅。坐落于崇山峻岭之中的杂多县,在玉树地区颇负盛名③。当地民众认为杂多县丰富的自然资源和淳朴的民风民情得益于当地"杂杰神山"和"喇嘛诺拉神山"的庇佑④。藏族民众对山的崇拜由来已久,藏文化研究学者也对藏族的神山崇拜和祭山仪式进行过很多有益的探讨。笔者认为与崇山峻岭相伴的藏族民众,将自己对大自然的敬与畏具象化地表现为对高山的崇拜,是该民族的一种生活智慧和生存技巧。以高山的巍峨和雄奇反观人类的渺小与无助似乎也极易产生一种从畏惧到敬重再到依赖的心路历程。笔者在与乡民的交流中发现,凡与史诗歌手相关的内容似乎都与神山紧密相连。

  笔者:阿吾,您是咱们镇子上人吗?
  宗萨:哦,不是,我是阿多乡的。
  笔者:是吗?我听说阿多乡的人生活条件都挺好的哦。
  宗萨:哈哈哈,我们那里牛多,虫草也是全州最好的。
  笔者:杂多的藏獒也很有名哦。咱们杂多县的人肯定特别能干哦,呵呵。

---

  ① 在藏语中并没有"山神"这一词,与神山相关联的人格神在藏区被称为"域拉"(地方神)或"依德"(以山为居所的地方神),此处以及下述中为了叙述的方便,选用"山神"一词。
  ② 虽然,湖泊、寺庙也是史诗歌手神奇传闻的事发地点之一,但笔者从对玉树地区19位史诗歌手的访谈中发现,"神山"仍然是其叙事中最为突出且最为主要的要素。如神授史诗歌手达瓦扎巴、圆光史诗歌手丹巴江才以及神授史诗歌手才仁它次,都称自己是受神山庇护而获得演述技能的。
  ③ 玉树州杂多县拥有"中国虫草第一县"和"藏獒之乡"等美誉。
  ④ 坐落于玉树州杂多县西南方向的"杂杰神山",被誉为藏族的九大主供神山之一。

宗萨：人能干是一方面。我们这里有"杂杰神山"，它是我们的主供神山，我们的一切都多亏有杂杰神山的庇佑。你知道格萨尔仲里的《吉让绵羊宗》、《达色牦牛宗》吧，都发生在我们杂多县境内的，我们杂多以前就是很富有的地方呐。

笔者：我听说，咱们县的仲肯也比较多哦。

宗萨：对啊。我们这里有"杂杰神山"。我们家乡那边（指阿多乡）是杂多县出仲肯最多的地方。

笔者：是吗？阿多乡的仲肯比其他地方多吗？您知道为什么吗？

宗萨：对啊。我们乡可以看到念青唐古拉山啊。那是大神山，我听说念青唐古拉周围的仲肯最多。[1]

在藏学研究领域，神山与藏族文化的关系问题一直是学者关注的热点[2]，许多学者认为神山信仰与藏族文化之间存在绵密的内在联系，有些学者甚至认为对藏族神山体系的深入挖掘是揭开藏族文化内质的关键。

史诗歌手与神山之间的关系表达，是对史诗内容的借鉴和模仿还是一种更为古老的自然崇拜现象？我们知道在史诗文本中，关于礼敬山神得胜、触怒山神降灾的描写非常丰富。如在《格萨尔王传》的分部本《赛马称王》中，就记有一则因触犯山神而遭到冰雹袭击的情节：岭国举行赛马以决定王位，由于这次赛马无意中触犯了"阿韦第青山神"，所以当赛马正进行到"髻索分先后，胜负见高低"的关键时刻，突然"天空中布满绵羊般大小的乌云，然后逐渐扩大，一会儿便电闪雷鸣，天昏地暗，降下了冰雹来。"[3] 史诗歌手对生命史叙事的建构求助于史诗文本的内容，似乎也是成全其叙事的策略之一。然而，作为藏族民众自古以来相沿成习的民间信仰的对象之一，史诗歌手对神山的崇拜，似乎拥有更为深远的传统。在藏族的古老神话中，有"世界形成之九神山"的神话母题，并认

---

[1] 2012年8月13日采访杂多县阿多乡牧民宗萨笔记。

[2] 关于藏族神山与藏文化之间关系的文章十分丰富，如才让太撰写的《冈底斯神山崇拜及其周边的古代文化》，载《中国藏学》1996年第1期；尕藏加撰写的《民间信仰与村落文明——以藏区神山崇拜为例》，载《中国藏学》2011年第4期等都是其中的佳作。

[3] 李学琴：《格萨尔王史诗·赛马登位》，西南民族学院语言文学研究所、四川省《格萨尔》工作领导小组办公室编，第21页。

为由包括"雅拉香波神山"、"念青唐古拉神山"和"库拉日卡神山"在内的九座神山组成了宇宙世界。山神则被视为开天辟地的九大造化神。在藏族地区,除上述九大神山外,还有许多地方性的神山。这些神山以所处地理位置为界,统辖一片具体的区域,该地区内民众负责对神山的日常供养和祭祀,且对神山的祭祀有较为明确的规定,即原则上不允许该地区以外的人祭祀本地的神山。这种传统的规定性是如此之严格,以致史诗要通过刻画一场因霍尔部落违规祭祀岭部落神山"阿尼玛卿山"而导致双方剑拔弩张的情节来表现。反观史诗歌手,在他们生命史叙事中,神山作为一个叙事元素,始终贯穿在史诗歌手的叙事生涯中。来自不同地区的史诗歌手其生命史叙事中的神山是不同的。也就是说,史诗歌手生命史叙事中的关键人物——"山神",一定来自其所属地区的"山神体系",不会或很少出现其他地区的"山神"做出"越界授意"的行为。这种传统的规定性似乎具备"祭祀圈"① 的一些特质。史诗歌手供奉或礼敬当地的命山,命山之"山神"则以"赐予"其史诗演述及其他技艺的方式回报史诗歌手,并通过史诗歌手传达神的旨意(如消灾避祸的方法),以造福一方百姓。而"祭祀圈"以外的民众则既无祭祀该山的义务,也不会或很少得到该神山的庇佑。从社会学的角度来讲,"山神祭祀圈"的建构除在满足地区民众的精神需求、传承地区传统文化、进行社区教化和维系民众感情以御外敌等方面发挥作用外,随着某一"神山"影响力的不断扩大,地方崇拜逐渐升华为区域性的信仰(如西藏山南地区的雅拉香波神山超越地方崇拜,成为全藏区的信仰对象),从而,从根本上起到整合不同地方之间的关系、化解各方矛盾、促进区域和谐的作用。

(二)动物崇拜

关于藏族先民对动物的崇拜,《新唐书》中就有记载:"其俗重鬼右巫,事羱羊为大神"。可见,作为一种显性的信仰对象,藏族先民对动物的崇拜很早就引起了史学家的注意,并作为藏族的族群特征之一被载入史册。对于史诗歌手而言,他们相信自然界中的动物都是属于山神或湖神

---

① "祭祀圈"这一概念首先由日本学者冈田谦提出,他认为,祭祀圈是指"共同奉祀一个主神的民众所住的地域"。后来,中国台湾学者通过与台湾地区民间信仰的田野调查相印证,"祭祀圈"这一概念得到深度阐发。

的，不能随意射杀，否则会遭遇厄运。

玉树藏族自治州杂多县的多丁曾是一名非常优秀的史诗歌手，他演唱史诗时声音洪亮、唱腔圆润饱满，能演唱的史诗回目也比较多。而今，年过四十，本应具备娴熟的史诗演述技能的多丁，却很少演述史诗了。当笔者询问多丁演述中止的原因时，得到的答案似乎说明了史诗歌手的动物崇拜情结。

    笔者询问当地与多丁相熟的老乡，他说："大概是因为藏獒生意太忙，没时间唱吧。"我说如果自己喜欢唱，怎么会没时间。老乡想了想说："我听老人们讲，多丁非常擅长打猎，且枪法极准，弹无虚发。他打的猎太多了，触怒了神灵，所以不太会唱仲了。老人们说，山间的动物是统归神山所有的，有些动物可能还是神的坐骑或家畜，有时'神'本身会幻化为某种动物出现。"
    史诗歌手作为社区中特殊的人群，必须遵守一些特定的禁忌。民众认为被神灵赐予超能力的他，如果触怒了神灵，自然会遭受惩罚。此外，民众相信山间的动物统归神山所有，不允许随意射杀，多丁的狩猎行为，被当地人视为触犯神灵的违禁行为。[①]
    笔者就此询问多丁本人时，他没有直接回答笔者的问题。腼腆的他说："好多故事（指史诗）都忘了，记得的一些故事也唱不连贯了，身体也一直都不太好，我也不知道为什么，可能是我很久都没有唱了，所以忘了。"但是在日常的闲聊中，他总是不无悔意地说自己曾射杀过许多动物，这一定激怒了神灵。[②]

此外，据秋君前辈回忆，20世纪50年代后期，"文化大革命"开始后，《格萨尔王传》就被打成封、资、修俱全的大毒草，说唱《格萨尔王传》的史诗歌手几乎都被批斗。当时，玉树有一位名叫索扎的神授史诗歌手，"文化大革命"前他在玉树地区已小有名气，但"文化大革命"开始后，他便首当其冲地成为被批斗的对象。经历了数次批斗后，索扎不得

---

[①] 央吉卓玛玉树州杂多县田野考察日记，2011年8月17日。
[②] 同上。

不选择中止史诗演唱。然而"神灵赐授"的强制力又岂是他"一介凡夫"能抗拒的。脑际不断闪现的史诗片断和不吐不快的说唱欲望总是"不合时宜"地出现。无奈之下，索扎只得通过猎杀山间的野生动物的方式，来达到触犯神灵以使其收回神力的目的，而在此之前这种行为是索扎绝对不敢做的，当笔者问秋君前辈，为何猎杀野生动物会触怒神灵，他说："猎杀动物就是残害生灵，残害生灵就是作孽，作孽者又怎能获得或维持神力呢？"前辈还说，藏人相信某一地域内的所有野生动物都隶属于该地的地方神或"土地爷"，这些野生动物可能是他们的坐骑，也可能是他们的家畜，甚至有可能是幻化后的"神"本身，猎杀它们就是亵渎神灵。

我们认为，上述访谈中，民众将动物与神灵勾连在一起的观念，恰恰展现了，随着人类社会和人类心智的发展，早期藏族先民因仰慕动物的生存本领而产生动物崇拜的心理向后期将动物视为超自然力显现的载体，将动物崇拜与神灵观念相结合的民间信仰的发展历程。

（三）鬼魂和祖先崇拜

据记载，史诗歌手"在说唱之前，大家要准备一块于其面上撒上糌粑的场地，听众们环场坐成一圈，说唱艺人在数日期间说唱史诗。据说，大家便会在这块场地中见到格萨尔的马蹄印。可见，说唱史诗实际上是人们招请被视为神的史诗英雄，并得到他们的庇佑"[1]。史诗歌手和民众相信史诗演述可以招请英雄的魂灵，且魂灵是否出现，也是"有迹可寻"的。从悬挂格萨尔王的画像、焚香膜拜、宣讲英雄的圣迹等行为中，我们不难看出，在史诗流布地区，藏族民众对格萨尔王的崇拜之情。

此外，学者还发现，在云南、四川等藏区，各地民众称史诗主人公格萨尔王为"阿尼格萨尔"。"阿尼"一词为藏语，意为爷爷，在当地乃至整个藏区，民众一般称呼两类人为"爷爷"。第一：家中（有血缘关系）的祖父，被称为"爷爷"，第二，则是称呼跟祖父辈分相同或年纪相仿的男性为爷爷。其中，第一种称谓法，即称家中祖父为爷爷的方法为该词的本义，第二种为延伸义。从称呼格萨尔王为"阿尼格萨尔"的举动中，我们似可想见，在史诗流布地区，民众将格萨尔王视为他们的祖先，并进

---

[1] 徐斌：《格萨尔史诗说唱仪式的文化背景分析》，载《西南民族大学学报》2006 年第 1 期。

行崇拜的心理。

史诗歌手还坚信自己是与格萨尔王同时代的、与英雄有着密切关系的人或动物的转世。由于对灵魂转世观念的笃信，他们相信自己是跨越了几个世纪并肩负着宣讲格萨尔王事迹之使命的"非凡的人"。

（四）图腾崇拜

图腾，作为一种信仰对象，在史诗《格萨尔王传》中也存在。让我们回归文本去看看这类信仰的存在形式。在《格萨尔王传·仙界遣使》中，尚在天界的格萨尔王向神佛提出自己下界的条件："……慈悲的大师听我言，投身人间要条件，生身父亲要'年'类，凡有祈求皆能如愿；生身母亲要龙类，没有亲疏厚薄在世间。为了降服强大的妖魔，为了除净众生的孽障，慈悲的大师啊，请答允我这些要求"[1]。可见史诗的主人公格萨尔王是"神、龙、年三界精英汇聚而成的、神人相结合的大智大勇的英雄"[2]。我们知道确证图腾信仰是否存在，不仅需要关照该族群是否有对某种动植物或自然物的崇拜，更为重要的是辨析他们是否有鬼魂崇拜和祖先崇拜的潜在意识，也就是说该族群是否将某种动物、植物、无生物或自然现象当做父母、祖父母或兄弟姐妹等血缘亲属，并用相应的亲属称谓称呼它们。例如，以狼为图腾的，便把所有狼看做是自己的亲属，呼牡狼为"父"，称牝狼为"母"。史诗中关于格萨尔王身世的描写与其他原始先民关于个体或族群来源于某种动物的说法异曲同工，都是图腾崇拜的隐性表达。我们相信关于史诗歌手的图腾信仰同样存在。具体内容将在第三章进行介绍，这里不再赘述。

苯教作为藏族本土的信仰体系，就其性质来说，是一种原始宗教，或者说是一种万物有灵的信仰。它所崇拜的对象包括天、地、日、月、星辰、山川、湖泽、冰雹、雷电以及土石、草木、禽兽等一切万物在内。在史诗歌手的信仰中，关于后期制度化的苯教（即雍仲苯教）对史诗歌手的影响似乎并不明显，虽然在史诗歌手的万神殿中，确有苯教信仰对象的存在，但除了我们从苯教神灵系统中分割出去的部分原始神灵外，苯教本身的神在史诗歌手的崇拜活动中并不多见。

---

[1] 降边嘉措、吴伟：《格萨尔王传·仙界遣使》，四川人民出版社1980年版，第38页。
[2] 降边嘉措：《格萨尔初探》，青海人民出版社1986年版，第141页。

## （五）佛教信仰

史诗歌手的佛教（藏传佛教）信仰自不必多言，佛教对史诗及史诗歌手的影响似乎无处不在。史诗歌手对佛教的信仰最为突出的表现就是声称授予自己史诗演述能力的超自然力正是具有"第二佛陀"之称的莲花生大师。"我想授予我这些能力的神，就是莲花生大师，是他委派众神找到我并让我宣讲《格萨尔王传》的。"① 自此，史诗歌手将史诗内容及一切相关的演述活动纳入佛教的势力范围，从而完成对史诗的佛教化。

## （六）精灵崇拜

史诗歌手相信"神灵"无处不在，虚空、山川、湖泊是他们的主要居所，但只要他们愿意，就可以去任何地方。任何事物都可以成为他们的栖身之所。他们可以在一幅画中、一面铜镜中、一杯水中、一顶神帽上、一个动物的体内、一个小小的石头中……关于"神"的这种游移性，最为明显的例子便是藏族对于一种名为"年"的神灵的信仰。"'年'在藏族古时代种类很多。最主要的是黑白两类，居于天空的称为'白年'，有太阳年、月年、星年、云年、虹年、风年等；居于地上的是'黑年'，它游荡于山岭沟谷、石缝、森林之中，主要有：1. 山年，大山有大山年，小山有小山年；2. 萨年（地年），住在地面的年；3. 曲年（水年），住在江河湖泊中的年往往以'鲁'（鲁，包括蛇、蝌蚪、蛙、蟹、鱼、蝎、蚂蚁、蝴蝶、杂虫、龙等。鲁之观念发展到后期主要是龙）的面目出现，若触犯它，必受其惩罚而得水疮、脓疮、皮肤红肿等疾病；4. 朵年（石年），住在石头缝里的年；5.'辛'年（木年），住在森林中的年。古藏人认为，不管是哪一种'年'，都神通广大，能使人畜遭受瘟疫，'白年'还能降下雪、冰雹、暴雨等灾害，具有无穷的威力，只有对'年'进行有效的祭祀，方可平息它给大自然与人类降下灾祸。"② 我们认为，这种无处不在的"神"，虽然以其不同的"宿主"作为名称而为人所知，但实质上却是同一个"神"或是他的"精魂"游走于世间，它暂居于何处便将此处作为自己的神号，这种具有游移和不确定性的"神"或"精魂"正如"玛纳"和"库拉"。它们被早期的西方人类学家所知的原因在于：

---

① 2010年2月11日采访青年史诗歌手土丁久耐录音。
② 扎西东珠：《"年"，汉藏民族的原始信仰及其民俗演化》，载《西藏研究》2010年第1期。

它们在原住民的世界里几乎无处不在，却又无具体的形体；它们拥有决定人类生死的超自然力且有善恶之分，它们被人类学家称为精灵。也就是说，"精灵"作为一种超自然的力量存在于藏族民众的观念世界中。这种对"精灵"的崇拜是"万物有灵"观念的发展，是民间信仰的从杂乱无序走向相对规范有序的表现之一。在这里我们必须注意，这种古老的抽象的精灵崇拜，发展到后期已与具象化的"神"融合，其"游移性"成为神"神通广大"的超能力之一，而其"精灵"本质却逐渐被人遗忘。如果我们承认在藏民族的神灵系统中有精灵崇拜的现象，则在史诗歌手充满幻想色彩的生命史叙事中，我们就会看到无处不在的"神"。

（七）余论

前述中我们对史诗的佛教化过程已有论述。佛教对史诗的"改造"动机在于改变史诗流布地区民众的野性神灵观念，将史诗从野性文化的"地狱"迎往驯性文化的"天堂"。这种驯化过程自史诗诞生伊始（公元11世纪中叶）就已展开，并伴随着史诗创编、发展、流传和扩步的每一步。可见，史诗中的原始野性思维与佛教思想是有矛盾的，而佛教对史诗内容和思想的改造似在进行一场外科手术，它在剔除、保留和移植等一系列操作过程中将史诗慢慢引入佛教驯性文化的领域。

那么对于史诗歌手而言，如何在对山川湖泽的自然崇拜和对佛教的虔诚皈依间找到平衡点呢？当笔者问及史诗歌手的宗教信仰时，他们声称自己是虔诚的佛教徒，但同时他们也敬畏被佛教斥为"六道"之神的自然神。他们将信仰分为不同的层级，认为对藏传佛教的信仰和对自然神以及动植物图腾的崇拜是不同层级的超自然力崇拜。藏传佛教统辖自然崇拜，自然崇拜服务于藏传佛教（自然崇拜以佛教的护法神的身份出现，有些护法神甚至就是某位佛教神佛的化身），与佛教是互为依存的关系，对自然神的虔诚信仰其实就是对藏传佛教的忠诚和虔信。这种对信仰进行层级化处理的方式，显然弥补了佛教因追求"无我利他"和"普度众生"的崇高目标而让信众产生"可望不可即"的挫败感和距离感的弊端，使得信众可以在葆有一份无私博爱的高尚情操的同时，得以兼顾个人的希冀和诉求。

## 二　史诗歌手的禁忌

禁忌，在西方人类学、民族学、民俗学家那里，将之称为"塔布"。

这一学术名称来自南太平洋波黑尼西亚沟加岛人土语，由英国航海家柯克（1728—1779）船长远航返国时带到欧洲。后来，研究者发现，被称为"塔布"现象遍存于世界各民族中。汉语中与其意义相对应的词是"禁忌"。在《礼记·曲礼》中，就有"入竟（境）而问禁，入国而问俗，入门而问讳"①的古训。禁忌涉及人类生活的各个领域，它可分为神圣、圣洁和不纯、不洁两大类，对于前者所涉及的事物不能使用，对于后者所涉及的事物不能接触。禁忌归纳起来可理解为"抑制不祥"。

禁忌作为普遍流行于世界各民族中的言行规范，对社会的存续具有现实功能。禁忌的现实功能也得到民众的认可，从而被民众世代奉行。在奉行禁忌的社区中，但凡有违禁者，都将遭遇轻重不等的责罚。有学者认为禁忌可能是原始先民信仰生成的母体，也就是说，从某种意义上来讲，原始信仰是在禁忌的基础上逐渐形成的，由此可见禁忌对初民社会的重要性。

从目前掌握的资料来看，禁忌是一个具有普世性的文化事项。世代生活于青藏高原的藏民族在适应高原地区生态和人文环境的过程中，也"创造"了许多关乎个人、关乎家庭和关乎整个社区存续的言行规范，即禁忌。

据调查，在藏民族的传统文化中有许多禁忌，一般而言，我们将这些繁杂的禁忌分为生活类禁忌、语言类禁忌和宗教类禁忌三大类。当然，这三类禁忌之间的界限并非泾渭分明、非此即彼。也就是说，生活类禁忌中有对措辞的要求，有些语言类禁忌也深受宗教禁忌的影响。

史诗研究界将藏族史诗《格萨尔王传》誉为藏文化的百科全书，在这部世所罕见的长篇史诗巨著中，藏族传统的各类禁忌民俗在其中均有体现，史诗研究者对史诗文本中的禁忌事项进行了较为系统的梳理和解释，然而对史诗的传承者——史诗歌手所奉行的禁忌却言之草草。这种将研究视野局限于文本中的禁忌事项的学术取向，使相对而言外在于史诗文本的史诗歌手所恪守的禁忌被忽视或误读。

据田野调查所提供的资料来看，史诗歌手确实遵循着一定的有别于他人的禁忌。当然，史诗歌手作为广大的藏族民众中的一员，他们与藏族民众共享族群的禁忌规范，换言之，藏族民众所遵循和奉行的禁忌，作为其

---

① 吴宝良、马飞：《中国民间禁忌与传说》，学苑出版社1990年版，第3页。

成员的史诗歌手也须依例遵守。然而史诗歌手作为担负演述史诗任务的特殊群体，还需额外或特别注意某些言、行、举、止。通过恪守规范，史诗歌手得以避免遭受违禁的惩罚[①]。

(一) 以史诗叙事结构同构的禁忌规范

在田野调查中，通过对史诗歌手的深入访谈，笔者发现在以命令和禁止为主要内容的传统规约中，史诗歌手的禁忌所指有时与史诗的叙事结构之间形成同构的内在关系。

如何理解史诗歌手的禁忌所指与史诗叙事结构的同构关系呢？

首先，让我们一同简要地回顾史诗《格萨尔王传》的主要内容。《格萨尔王传》是藏族人民集体创作并传承的英雄史诗，具有历史悠久、结构宏伟、卷帙浩繁、内容丰富、气势磅礴和流传广泛等特点。史诗主要以英雄格萨尔领受天命、下凡除魔为主要内容，以极富诗性的史诗语言讲述了以格萨尔王为代表的藏族先民追求正义、勇于抗争和寻求和平的民族历史。史诗最后以格萨尔王完成安定三界的使命、返回天界为结尾，形成了有始有终、首尾圆和的圆形结构。在民间，演述《格萨尔王传》的史诗歌手通常用三句话来概括史诗的全部内容，即上方天界遭使下凡，中间世上各种纷争，下面地狱完成业果（史诗的最后部分以格萨尔王完成平定人间纷争的使命，前往地狱拯救母亲以及超度地狱众生，最后返回天界为主要内容）。

史诗《格萨尔王传》作为藏族民间叙事传统的典范之作，其叙事结构必然受到藏族传统的叙事法则的约束，民间叙事传统作为民众思想观念和思维方式的表达途径之一，又势必折射出人们的世界观、人生观和审美观。那么，史诗的叙事为何选择首尾圆和的结构方式，它与藏民族传统观念之间有何关联？这种叙事结构又会对史诗的演唱产生怎样的影响呢？

要解答这一问题，我们就必须将史诗传统放回到史诗存续的文化空间[②]

---

[①] 其实，关于史诗歌手的禁忌在前述中已有所涉及，史诗歌手在被认证之后，他们就被认为与神灵有着密切的联系，与神山、圣湖的关系也发生了质的变化，他们不再前往神山狩猎，不再前往圣湖游泳嬉戏，以免触怒神灵、失去神力、遭受不幸。

[②] 文化空间指的是传统的或民间的文化表达方式有规律性地进行的地方。乌丙安：《〈孟姜女传说〉口头遗产及其文化空间——国家级非物质文化遗产〈孟姜女传说〉述评》，载《民俗研究》2009年第3期。

第二章 《格萨尔王传》史诗歌手展演的基本形态 | 83

中。只有将史诗传统与史诗存续的文化空间视为一个拥有绵密内在联系的文化整体，才能理解史诗叙事结构的构思缘起。

从人类学的角度出发，"文化空间"这一概念涵括自然空间、文化空间和社会空间三个部分。就藏族史诗而言，藏民族世代繁衍生息的自然环境、人文语境与社会环境就是孕育史诗传统的文化空间。我们认为史诗传统存续的文化空间是史诗叙事结构的生成母体。

藏民族主要生活于素有世界屋脊之称的青藏高原，在漫长的人类发展史中，藏族民众形成了与所处环境相契合的宇宙观和人生观。寒暑交替、万物枯荣和生物生死繁衍的外在环境，给人留下了岁月轮转、生死更替和周而复始的心理体验，加之以佛教为指导的信仰观念（如人生唯苦，四大皆空，生死轮回，因果报应[①]）在生产生活中的渗透，藏民族的宇宙观以及人生观逐渐形成了以圆形（或轮回）为基本结构的观念形态。以人生之大事——死亡为例。藏族民众认为：人，不论贵贱，终有一死。然而死并非生的终结，而是生的开始，生与死处于不断循环往复的状态中，即生死轮回，周而复始。这种"生死轮回"的思想被视为生命的真谛，因此藏人对其具有普遍的认同感。

"对于信仰者而言，有什么样的宗教就会有什么样的审美意识；有什么样的审美意识，就会有什么样的审美活动"[②]。民间口头传统作为民众审美意识的产物，负载着民众深层次的信仰观念，藏族民众对"生死轮回"的认同，也就势必会反映在他们的口头传统中。就史诗《格萨尔王传》而言，史诗以英雄格萨尔王来自天界，并最终回归天界的结构方式来彰显民众的信仰观念。

在与史诗歌手的互动交流中，笔者发现史诗的叙事结构对史诗歌手的演述生涯具有某种表演模板的性质。也就是说，史诗的叙事结构对史诗歌手的演述行为和演述策略均产生了不同程度的影响。

1. 史诗叙事结构对史诗歌手演述行为的影响

对于史诗歌手而言，史诗的叙事结构（即有始有终、首尾圆和的圆

---

[①] 丹珠昂奔：《佛教与藏族文学》，中央民族学院出版社1988年版，第8页。
[②] 夏敏：《喜马拉雅山地歌谣与仪式——诗歌发生学的个案研究》，黑龙江人民出版社2005年版，第16页。

形结构）是歌手演述史诗时必须遵循的叙事规范①。这种叙事规范要求史诗歌手在演述史诗时，必须遵循史诗的叙事逻辑和基本结构，不能随意删改史诗内容、混淆角色人物②。此外，听众在史诗演述过程中，若有打断演述、分散史诗歌手注意力等行为，并在事实上造成史诗演述的中断，这种行为也被认为是不祥的征兆和极易触怒神灵的民间禁忌。

笔者：前辈，您好！请您谈谈说唱艺人在演唱史诗的时候是一种什么样的状态，他们是完全进入一种类似"神游"的状态吗？

秋君前辈：在我接触的说唱艺人中，演唱前和演唱中的说唱艺人有时差异是比较大的。比如咱们州（青海玉树州）神授说唱艺人土丁久耐，平时就是一个极其腼腆内向的人，我也是和他有过很多接触后，才能和他比较自由地交谈。但是只要让他演唱史诗，他就会变成一个情感和肢体语言非常丰富的人，他演述史诗时声音洪亮、曲调优美。可能是由于年纪还小，他所演述的史诗内容有时会不太连贯、叙事内容偶尔也会前后颠倒。但我相信只要假以时日，他一定会成长为优秀的说唱艺人。

笔者：哦，您的意思是，神授说唱艺人的演述并非一开始就那么完美，而是需要通过不断地演述实践来完善自己的演述技能？

秋君前辈：嗯。我想是这样。

笔者：哦，那说唱艺人在演述时，需要注意什么问题或遵循哪些规矩呢？

秋君前辈：规矩当然是有的。说唱艺人在演述时，虽然可以任意选取史诗中的一个部本来进行演述，但故事的基本框架结构是不能改变的，他是要遵循故事发生发展的基本顺序的，不能擅自增减或改变史诗的内容。对于观众而言，我们很少去打断说唱艺人的演述，这样做是不好的。该什么时候停，说唱艺人自己是很清楚的。外力的干扰

---

① 藏族史诗《格萨尔王传》既是一部长达百万诗行、以英雄格萨尔王出生、成长、征战和复命为主要内容的史诗作品，同时史诗各分部本、分章本又独立成篇，具有内容完整、结构圆满、情节丰富的特点。

② 口头程式理论认为史诗遵循一定的创编规范，即史诗歌手善于积累和运用程式套语创编史诗，笔者认为程式套语不仅是史诗创编的必要条件，同时也是史诗创编必须遵循的传统规约。

## 第二章 《格萨尔王传》史诗歌手展演的基本形态 | 85

反而不好。

笔者：为什么呢？

秋君前辈：我听一些说唱艺人讲，他们的演述如果被别人打断，他们会很难受，有时还会因此生病，情绪也会受到影响。其实，说唱艺人在不同的人群面前演唱史诗时，会自己去判断是该详尽地长时间演唱，还是以概括的形式快速完成演唱。为什么要去打断他呢？其实我们很少这样做。

笔者：您是说说唱艺人在演述中不喜欢被别人打断，是因为这样会对他的身心健康造成影响吗？

秋君前辈：对。他们是不愿被打断的，我想演述被终止，可能会对他们的心理造成影响，继而影响他们的身体健康。而且史诗不像别的，不到一定年龄不能演述。

笔者：哦。我想在说唱艺人眼里，史诗演述与一般的民间故事讲述一定有所差别，他们或许把史诗演述当做一种神圣的事，在史诗演述伊始就有一定的演述压力和心理压力。

秋君前辈：史诗演述在史诗流布地区确实是一件神圣的事，人们认为史诗演述可以祈福禳灾。其实，在民间还有一种说法，民众认为在史诗演述现场，除可见的人类观众外，还有不可见的四方之神，这些神灵被史诗演述所吸引，也如人类般从四面八方赶来，围坐在说唱艺人周围聆听史诗。如果有人打断了史诗演述，岂不是惹怒这些远道而来的神灵？！其实，在民间还有一种说法，就是有些说唱艺人在被神授以后，不会马上演述，会过几年甚至是十几年才会开始在众人面前演述。据说，这种推迟演述的做法是说唱艺人害怕自己在刚刚拥有史诗演述能力时不能很好地演述而触怒神灵，遭遇惩罚或不测。

笔者：对的，我想这或许就是说唱艺人在演述史诗时，内心充满压力的原因。毕竟在人神共享的史诗演述空间里，说唱艺人担负的责任比在场的任何人都大。在歌手演述史诗的过程中，这种心理压力一旦被放大，并超出了歌手的心理承受力，就有可能作用到其身体上，从而影响他们的身体健康[①]。

---

[①] 2010年2月11日采访玉树《格萨尔王传》抄本世家第三代传承人秋君扎西录音记录。

秋君前辈：嗯！其实，在史诗流布地区，民众也会尽量不去打断史诗演述，他们会坚持听完完整的一部史诗。据说，在史诗演述过程中或史诗演述结束前，去做别的事或离开史诗演述现场会遭遇不好的事，甚至会折寿。反过来，如果说唱艺人能完整唱完一部史诗，听众也能完整地听完，就是一件很好的事，可以消灾驱邪，招福纳吉。

从上述访谈中我们看到，史诗有其内在的叙事结构，演述史诗也有其必须遵循的叙事规则。这些结构和规则始终为"史诗必须完整地（或者说完满地）呈现"① 这一目的服务。当然，对于史诗的完整性，民众有自己的认识和理解。必须说明的是，民众对史诗完整性的认识不能与学者或学术界对史诗完整性的理解画等号，民间对史诗完整性的认识建立在"传统"② 之上（而学者眼中"完整的史诗"则包含许多学理性的思辨③）。为了达到完整呈现史诗的目的，"传统"调用了一切行之有效的手段。

从史诗歌手的角度而言，史诗作为一种描写英雄祖先业绩的叙事文类具有神圣性，史诗与其他民间叙事文类的差异性也因其神圣性而得到凸显（实际上，关于史诗神力崇拜的探讨，一直以来是史诗研究界的热点之一）④。"如果我们承认圣洁的根本意义是'分别出来'，那么下一个出现的问题就是认为圣洁具有整体性和整全性"⑤。史诗歌手对史诗神圣性的体认，使其在演述史诗时，始终严格遵循"完整地演述史诗"的叙事规则。在史诗歌手眼中，史诗演述一经开始就必须遵照其叙事逻辑和叙事结构进行完整演述，即有始有终、首尾圆和，任何破坏史诗完整性的行为都是危险的，解决或防止这种危险（或不祥）的方案就是设立禁忌。史诗

---

① 这里必须说明的是，"史诗的完整演述"并非指从史诗的第一部讲到最后一部，实际上史诗具体有多少部本也尚无定论，这里的"完整性"主要针对史诗的某一部或某一部的分章本而言。
② 朝戈金：《千年绝唱英雄歌——卫拉特蒙古史诗传统田野散记》，广西人民出版社 2004 年版，第 91 页。
③ 这种认识的差异性从史诗歌手与史诗研究学者关于同一部史诗在多次演述中是否发生变异的争议中可见一斑。
④ 郎樱：《史诗的神圣性和史诗的神力崇拜》，载《民间文学论坛》1998 年第 4 期。
⑤ ［英］玛丽·道格拉斯：《洁净与危险》，黄剑波等译，民族出版社 2008 年版，第 65 页。

歌手在演述史诗的过程中，始终遵循"不增删史诗内容，不改变史诗结构"的传统禁忌，其原因是为了防止"危险"的发生。这种对"危险"的恐惧既建立在史诗歌手对史诗的神力崇拜之上，同时也建立在民间传统文化对违禁者的"恐吓"或惩罚之上。

在田野调查中我们发现，史诗演述并非一项自足的、超机体的文化事项和封闭的形式体系，史诗传统的存续也需依赖藏民族文化空间[①]内相应文化质素的协助和支撑。换言之，如果我们将藏族文化空间视为一个具有绵密内在结构的有机整体，在该整体内，藏族传统文化中的信仰观念、信仰行为、审美意识以及叙事传统等文化质素不仅参与史诗创编的每一个过程，且在史诗演述过程中，也通过调用其内部包括民间信仰及其信仰行为（如禁忌）等在内的文化质素来保障史诗的时代传承。

值得关注的是，在"时移事易"的今天，由民间信仰（其中包括对史诗的神力崇拜）日渐式微导致的禁忌约束力下降，使得在史诗演述中出现"演唱高潮部分以符合听众（其中包括专家、学者）的需求"或"在演述中途停下，来解答现场听众（包括专家、学者）问题"等演述现象。这种演述现象从某种程度上表明，史诗正在经历从神圣叙事向日常叙事的转向。

史诗作为一种具有神圣性的叙事文类，对流布地区的民众而言具有重要意义。史诗的积极承继者——史诗歌手通过遵守"完整地演述史诗"这一"规矩"以表达对史诗神力的敬畏和崇拜，并期待因此得到史诗神力的护佑。然而，就史诗传统的有效传承而言，仅仅依靠史诗歌手的"循规蹈矩"，显然难以达到预期的目的，只有将"史诗演述的完整性"要求以及相关禁忌延伸到史诗传统的各个层面，才能形成一股传承史诗的合力。

我们认为对于史诗的传承而言，至关重要的因素除史诗歌手外，还有史诗的广大听众。作为史诗生存发展的基础和土壤，史诗听众对史诗存续具有决定性影响。以马克思关于生产与消费的论述为依据，消费是生产的

---

[①] 我国非物质文化遗产中的"文化空间"可以来自不同的途径，其中包括由不同的民族及其文化形成的不同的"文化空间"。参见向云驹《论"文化空间"》，载《中央民族大学学报》2008年第3期。

目的和动力。唯有确保史诗听众的存在,才能保证史诗的有效传承。因此,在由史诗歌手和史诗听众共同构筑的史诗演述场内,史诗的有效传承"有赖于某种形式的团体性共谋"①,而这种"共谋"只有通过禁忌——这一具有强制性和威慑力且体现共同体价值观的规则才能实现。

从田野访谈中我们发现,史诗听众在史诗演述现场也要接受传统的约束,遵循传统的禁忌。传统所规定的"不能打断史诗演述"、"不能中途离开"等禁忌的约束力,有赖于听众对史诗神圣属性的认同。史诗是具有神圣性的,这一点我们可以从学界对史诗的演述者——史诗歌手的神奇梦授经历、史诗歌手的多重身份、史诗演述的仪式和史诗的神力崇拜等探讨中管窥一斑。在《格萨尔王传》史诗流布地区,听众在开始聆听史诗时,他们的演述期待并不仅仅在于聆听一首关于英雄祖先事迹(或神迹)的歌,对于谙熟史诗内容的听众而言,尤为重要的是,通过聆听史诗获得英雄祖先、神性人物的护佑和加持,并借此抵御现实生活中的天灾人祸。史诗不同于其他叙事文类,其神圣性本质使史诗演述一经开始,听众就已从世俗世界过渡到神圣世界,从俗民成为英雄祖先、神性人物的子民。在神圣叙事开始后或尚未结束前,或者说在史诗演述"达到成熟或是它被完成前,过早地破坏它,就涉及严重的罪过"②。

在民间信仰里,遵守—护佑、违背—惩罚是相生相成的矛盾统一体,这是民间信仰功利性的表征之一,也是民间信仰的生命力所在。听众对史诗神力的笃信,致使他们在演述史诗的过程中,始终严格遵守相关禁忌。因为听众相信,遵守禁忌一定会得到护佑。

总之,史诗流布地区民众对史诗神圣性的体认,使得在史诗演述过程中,无论是史诗的演述者——史诗歌手还是史诗的聆听者——听众都始终遵循史诗叙事结构和叙事规则,任何对史诗完整性造成破坏的行为,都被认为"不祥",并通过设立禁忌的方式来达到"抑制不祥"的目的。

2. 史诗叙事结构对史诗歌手演述策略的影响

在上述中我们曾谈到,史诗的叙事结构对史诗歌手的演述生涯具有某种表演模板的性质。也就是说,史诗的叙事结构对史诗歌手的演述行为和

---

① [英]玛丽·道格拉斯:《洁净与危险》,黄剑波等译,民族出版社2008年版,第75页。
② 同上书,第67页。

演述策略均产生了不同程度的影响。

如何理解史诗的叙事结构影响史诗歌手的演述策略这一问题呢？我们知道史诗的整体叙事结构和宏观故事梗概可以"上方天界遣使下凡，中间世上各种纷争和下面地狱完成业果"[1] 三言来概括。史诗歌手在演述史诗时，也始终遵循史诗的内在叙事逻辑和叙事结构。然而，这里需要再一次声明的是，史诗歌手对史诗之完整性的实践以史诗的某一分部本或分章本为单位，而非史诗的整体叙事内容，实际上也只有建立在分部本和分章本基础上的史诗演述，才有可能在有限的时空范围内达到史诗演述"完整性"的目的。

然而，在史诗歌手所选择的史诗演述部本中，却很少触及史诗《格萨尔王传·地狱之部》（或译为《岭与地狱大功告成》），从目前所收集到的史诗部本来看，《地狱之部》大概为整部史诗的最后环节，史诗演绎至此，即将"大功告成"。史诗歌手何以对这一部本讳莫如深，其原因或许只有回归文本才能得到满意的解答。

《格萨尔王传·地狱之部》讲到：英雄格萨尔王远征印度并凯旋后，"发现母亲已死并堕入地狱。格萨尔入地狱救母升天。自己也大功告成，带着王妃珠牡与骏马兵器，重返天界"[2]。从史诗的整体叙事结构来看，史诗自英雄天界下凡到回归天界形成了一个有始有终、首尾圆和的圆形叙事结构。我们认为史诗的叙事结构是史诗流布地区民众集体意识的一种反映，这种集体意识受包括信仰观念在内的各种潜在的、外显的观念形态的模塑，并内化为民众的一种思维模式，支配着民众的日常行为和思考方式。

从史诗的整体叙事结构出发，史诗的结尾一环，即《岭与地狱大功告成》属史诗的终结部分。英雄回归天界，预示着一段历史或一个时代的结束。史诗的结局没有以英雄永驻人间、寿与天齐并统领岭国作为结尾，而是以英雄回天复命作为结局，其背后隐含着史诗创编者（同时也是史诗的接受者）内在的深层的逻辑惯性。这种逻辑惯性来自藏民族传统的"生死轮回，周而复始"的宇宙观和人生观。

---

[1] 降边嘉措：《格萨尔论》，内蒙古大学出版社1999年版，第44页。
[2] 段宝林：《中国史诗博览·神话与史诗》下，民族出版社2010年版，第87页。

在史诗流布地区，谙熟史诗叙事结构的史诗歌手不愿主动演述《岭与地狱大功告成》部，也不愿应邀演述该部本。换言之，史诗歌手将《岭与地狱大功告成》之部视为会危害自身的"不祥"之事，并通过回避或拒绝演述的策略达到"抑制不祥"的目的①。

> 笔者：前辈，您说史诗歌手把演述史诗作为一件神圣之事，史诗听众也认为史诗的演述可以消灾驱邪。史诗的这种神力在演述任何史诗篇目时都被认为有效吗？
>
> 秋君：嗯，我想是的。不过有一些史诗篇目史诗歌手不会去讲，大家也不会要求史诗歌手唱。比如《霍岭之战·上部》在藏区就很少有人提起，大家也很少收藏与之相关的抄本。再比如，《岭与地狱大功告成》也是史诗歌手不愿意讲的一部。据说史诗歌手唱完这一部本，不久就会离开人世。
>
> 笔者：有这种说法？能具体讲讲吗？
>
> 秋君：《霍岭之战·上部》讲的是格萨尔王在北地魔国降魔期间，霍国入侵岭国，抢走王妃珠牡，残杀岭国百姓，格萨尔王的哥哥嘉嚓和大将也战死沙场的内容。总之，这是一部讲述花花岭国遭遇灭顶之灾、生灵涂炭的部本，藏区民众认为这一部本不吉利，会招致不幸，所以人们一般不讲也不收藏这一部。
>
> 《岭与地狱大功告成》作为史诗的最后一部，内容主要讲的就是格萨尔王完成安定三界的使命，回天复命的事。我听老人说，演唱完这一部，就意味担负史诗演唱使命的史诗歌手完成了他此生的任务，就会离开人世。②

从上述访谈中我们看到，在史诗流布地区，民众相信史诗的"神力"能招福也能招灾。为了获得史诗神力的庇佑，民众逢年过节邀请史诗歌手演述史诗，为了避免"不祥"（或"不幸"）发生，民众与史诗歌手之间

---

① 这种与史诗叙事结构同构的生命意识给史诗流布地区民众留下了对该史诗结尾部本只知梗概，而难晓精髓的遗憾。

② 2012年12月22日电话采访玉树《格萨尔王传》抄本世家第三代传承人秋君扎西录音记录。

达成一种"共谋"（或默契），从而对史诗中的一些部本采取回避的态度。这种相信史诗的不同情节会对日常生活造成不同影响的思维以及史诗的叙事结构（即有始有终、首尾圆和）与史诗歌手的生命历程同构的意识，或许是受原逻辑因果律原则的支配，认为操纵或作弄类似的故事情节同样可以招来真实的结果（即拟真即为真）。但同时，就史诗歌手而言，我们认为作为担负史诗传承义务的史诗歌手，在"向外"的史诗表演和"向内"的史诗体悟过程中，似乎产生了一种"自反"① 或内化的化学反应。他们不仅吸收了史诗中英雄果毅的气节和不屈的斗志，在某种程度上也受史诗叙事结构的支配，在生死轮回、周而复始的人生观暗示下，他们相信自己的生命历程与史诗的叙事结构同构。然而，人类本能的求生欲望，又迫使史诗歌手去寻找打破这种"宿命"的方法，最后他们以刻意回避演述史诗的尾声（即《岭与地狱大功告成》）的策略达到趋利避害的目的，并将这一部本视为禁忌，鲜少触及。

需要注意的是，这里似乎存在一个悖论：史诗的神圣属性追求史诗叙事结构的完整性，但史诗歌手"禁唱"《岭与地狱大功告成》以及民众对《霍岭大战·上部》的回避态度，似乎又是对史诗完整性的一种背离。如何解释这一现象呢？

其实在上述中，我们就已强调史诗的完整性以史诗的某一分部本或分章本为参照系，而非史诗的整体叙事内容。史诗受众（包括史诗歌手）对史诗之结尾一部的回避，并不能从根本上瓦解史诗叙事的相关禁忌（如，不能中途停止史诗演述、不能打断史诗演述等）。然而，如果我们将史诗传统中的相关禁忌视为史诗传承链条中的一环，或将其视为构成史诗传承合力的要素之一，那么史诗歌手对史诗某一部本的"禁唱"以及史诗听众对某一部本的回避，显然在某种程度上，削弱了史诗"世代相传"的活力。换言之，我们需要思考在传统调用一切行之有效的手段（如禁忌）来保障史诗传承的同时，史诗受众（包括史诗歌手）有选择地"消费"史诗内容的行为是否背离了传统？

---

① 表演的自发性是指表演者在表演中得以反观传统、反观自我，对自我有更强更深的确认。参见［美］理查德·鲍曼《作为表演的口头艺术》，杨利慧、安德民译，广西师范大学出版社2006年版，第95—97页。

其实，如果我们将史诗歌手的"禁唱"行为以及史诗听众的回避态度放置到整个史诗传统存续的文化空间中，上述问题似乎不难解答。

我们认为人类的求生本能以及人类对"以人的活动为纽带"的社会结构和社会体系的完整性和稳定性的追求是史诗歌手宁愿违"神意"，也要采取"禁唱"或回避态度的根本原因。

"皮之不存，毛将焉附"，没有人类本身的存在，没有人类组成的社会结构的存在，文化或文明又从何谈起？只有保证人类的生命权与社会结构的完整性和稳定性，才能保障文化的正常运作和有效传承。换言之，史诗受众（包括史诗歌手）对史诗神力的笃信和崇拜，促使他们将传承和扩步史诗作为一种天赋的使命。然而，他们无法坐视史诗演述可能带来不祥和不幸（如演述《霍岭大战·上部》可能带来的不祥和演述《岭与地狱大功告成》可能带来的不幸）的后果。因此，为了人类自身以及人类社会的延续和稳定，他们采取"禁唱"和回避史诗某一部本的演述策略。我们认为，正是这一演述策略，恰恰反映了人类对人自身以及社会结构之价值的认可和维护。

（二）以民众对准史诗歌手[①]的退避为主要内容的禁忌规范

在史诗《格萨尔王传》流布地区，与史诗相关的禁忌其实并不局限于史诗的文本内容，相对外在于史诗文本的史诗演述者，即史诗歌手，在特定情境下，也会成为民众的禁忌对象。

玉树藏族自治州玉树县哈秀乡史诗歌手才仁它次与笔者谈起了他获得史诗演述技能的过程（或者说他得到"神灵授记"的仪式过程）：

"哦……大概是我13岁那年的一天，大概就是这个季节（六月份）吧，我去山里放牧，那天天气真的很好，我把牛赶到山脚下，自己爬到山上，这样就可以看到我们家所有牛了（特意解释）。我坐在山上，不知啥时候，我就在我们那的'瓦格拉德'山上睡着了。

---

① 准史诗歌手是指正在经历"神灵授记"仪式过程的史诗歌手（身处该仪式过程中的人既非史诗的消极传承者，又非技艺娴熟、表演自如的史诗歌手，他们处于二者之间，但他们以成为真正的史诗歌手为目标导向）以及尚未得到寺院认证的史诗歌手。

第二章 《格萨尔王传》史诗歌手展演的基本形态 | 93

在山上不能睡觉我是知道的，可是那天不知怎么了就睡着了（大笑）。然后我就做了一个梦哦！嗯（停顿）……在梦里我看到一个骑着白马，全身白色戎装的青年来到我面前，他说快起来我带你去看世界上的神山，我就那么看着他，我没说我要去哦（摇头）。那个白衣少年就用他的长枪把我挑上马，我就和他去了许多地方，游历了许多名山。醒来后，我回到家中把事情讲给家里人听，他们说我已失踪七天了，而在我的记忆中只是外出一天，你说这谁能说清楚（摊开双手、微笑），他们说我疯了，还带我去见喇嘛，让喇嘛帮我驱邪。呵呵（笑声）。""家里人没去找您吗？"（笔者）"找了，没找着嘛，哈哈哈（笑声）！"①

从此以后，才仁它次终日神思混乱、"满口胡言"。乡亲们听说他失踪了七天，还被当地白衣白马的山神带走，加之自他回家后的种种异常举止，大家便不太敢靠近他，对他总是敬而远之②。

在田野调查中我们发现，在史诗流布地区，民众对正在经历"神灵授记"仪式过程的史诗歌手以及尚未得到寺院认证的史诗歌手，表现出恐惧和崇拜的双重复杂心理。在外在行为方面，这种心理则表现为对这类准史诗歌手的回避。换言之，准史诗歌手虽然仍生活在社区中，但实际上却游离于社会活动和社会结构之外。

人作为社会的动物，在社会结构中具有明确的身份定位和角色分工。人只有"各就其位"、"各司其职"、"各守其责"才能保证社会结构的有序和稳固。才仁它次在社会结构中曾拥有明确的身份定位和确定的角色分工。然而，不期而至的"神灵授记"体验以及因此导致的异常精神状态和行为举止，致使其在家庭和社会结构中难以获得明确的角色定位。换言之，处于异常状态的才仁它次，在家庭和社会中几乎不承担任何角色和分工，家庭和社会也无法对其作出适当的角色界定。他处于模棱两可，既非

---

① 才仁它次的叙事不禁让笔者想起我国民间叙事传统中关于"山中方一日，世上已千年"的幻想类故事，这类民间叙事文类与史诗歌手的生命史叙事之间是否存在一定的关联？二者之间的关联是民间叙事文类之间的"互文"，还是互不统辖的巧合？这一问题还有待笔者在今后的研究中进行探讨。2013年6月13日于哈秀乡采访才仁它次录音记录。

② 参见附录四：神授史诗歌手才仁它次生命史叙事。

彼，又非此的状态。我们认为，这种无法在家庭和社会结构中作出准确界定的状态或许是民众对他"敬而远之"并产生禁忌的根本原因。

社会是一个自我延存的体系，个人生活在其中，都要受到社会规范和制度的约束。由于异常状态对人的生活产生了重要影响，不仅影响他们的习俗和日常生活，而且使他们的情感体系也发生变化，为了维持社会的整体性和延续性，他们要采取一些仪式来使这个社会整体保持完整并且延续下去。

在田野调查中我们发现，从准史诗歌手过渡到史诗歌手，或者说准史诗歌手若想顺利度过"阈限"状态，除需依靠其自身强大的意志力外，包括寺院认证、上师喇嘛加持等在内的仪式行为也必不可少。这些仪式至少在两方面具有重要意义。首先，对于史诗歌手而言，这类仪式是准史诗歌手顺利度过"阈限"阶段的心理指导；其次，对于社区民众而言，这类仪式是民众保障其社会存续和稳定的途径之一。

值得一提的是，在史诗流布地区，作为拥有神奇经历、掌握史诗内容并承担演述义务的特殊群体，史诗歌手鲜有拒绝民众演述要求的行为。

> 有时在一个地方演述完了回到家里，家里的亲戚朋友又要求我演唱，再累我也会答应，拒绝是不好的。这时候，我会演述一些故事情节简单、诗行短小的内容。[1]

在史诗歌手的个人状态与史诗的演述传统之间，史诗歌手的选择表现出了一种"牺牲小我"的道德情操。基于此，我们或许可以回归到禁忌的社会本质层面。我们认为，在禁忌蜕去其神秘外壳而以"伦理准则"和"群体福利"的实相再现时，禁忌就是一种社会德范，一种否定性的德范。这种德范"要求人们克制自我，在很多情况下，要求个人为了团体和社会的利益而做出一定的牺牲和忍耐"[2]。

## 三 史诗歌手中的性别构成

即使粗略地统计玉树地区史诗歌手的数量及性别构成，我们就会发现

---

[1] 2010年2月11日上午采访史诗歌手土丁久耐录音。
[2] 高丙中：《民俗文化与民俗生活》，中国社会科学出版社2001年版，第116页。

## 第二章 《格萨尔王传》史诗歌手展演的基本形态

史诗歌手在社区内是极少数的一群人,且其性别结构几乎完全向男性倾斜。相对于男性在史诗歌手中压倒性的比例优势,女性史诗歌手的身影却少之又少。虽然著名的女性史诗歌手玉梅是史诗歌手男性化的反例之一,但却无法改变女性史诗歌手被史诗演述界边缘化的局面。由于女性史诗歌手的缺乏,学界对女性史诗歌手未能进行全面而有益的探讨。在笔者的田野走访中,也未能有幸遇到女性史诗歌手。

我们知道,在民间叙事传统的讲述场中,从来不乏女性讲述人的身影。女性因其社会角色及分工的不同,在家庭结构体系中属于"屋内人"的范畴。由于"屋内人"相对固定的生活空间和较为稳定的生活模式,致使其与民间叙事传统的讲述活动之间存在一种天然的联系和契合。如湖北著名土家族民间故事传承人孙家香,就是一位腹藏大量民间故事的女性故事讲述家。据学者分析:孙家香的生活阅历、角色定位和社会期待促使她切实地关注现实生活本身,并善于通过民间故事来传递生活经验和传统知识[①]。反观藏族女性的生活模式,她们与其他民族女性的生活大体相类。首先,由于社会角色和社会期待对生活空间建构具有重大影响,而传统藏族家庭仍然遵从"男主外、女主内"的性别定位,致使(大部分)藏族女性的生活空间局限于家庭内部,她们主要从事如挤奶、搅拌牛奶、在畜栏里照顾小牛、打扫畜栏、准备作燃料的干牛粪和做饭(农业区的藏族妇女在农忙季节还需参与田间劳作)等家务劳作,而很少参与包括放牧、采购日用品等在内的外出工作。其次,建立在社会角色和社会分工基础上的价值观念仍然根据女性对家务劳作的精熟程度对其做出评价。因此,受集体价值观念的影响,多数藏族女性仍然以"相夫教子"、料理家务作为自己的终极目标。最后,由于女性的生理特性,使得其在外出远行、采购搬运等方面处于劣势。综上所述,传统社会对藏族女性的定位仍然遵从"贤内助"的价值取向。

藏族女性的生活模式与民间叙事传统之间有怎样的联系呢?

将藏族传统女性的生活模式和男性史诗歌手的人生史进行对比,我们或许可以得到一些启示。有学者在总结藏族史诗歌手的基本特征时提到:"在过去,说唱艺人多半没有固定的住处,高原的山山水水,到处都留下

---

[①] 林继富:《孙家香故事讲述传统》,中国社会科学出版社2013年版,第48页。

了他们的足迹；辽阔的牧场农村，都曾荡漾过他们动听的歌声。他们的这一特点，与古希腊吟诵荷马史诗的行吟诗人，与古印度吟诵《罗摩衍那》和《摩诃婆罗》的'伶工'十分相似。一般来讲，艺人们心胸开阔，性格豪爽，阅历丰富，熟悉各地的方言，对藏族地区的风土人情、山川地理，有较多的了解。"① 学者的这一总结是对老一辈史诗歌手人生史的高度概括。老一辈的史诗歌手（说唱艺人）由于生活艰苦，吃住常常朝不保夕，只得四处卖艺，以乞讨为生。而如今年轻一辈的史诗歌手其生存状况有了极大的改善，作为"非物质文化遗产传承人"的史诗歌手每年除牧业所得外，还能定期领取国家津贴，生活基本无忧。然而史诗歌手"四处游方"的特征似乎没有改变，有相当一部分的史诗歌手在被认定后，都会去朝拜各地神山和寺庙。虽然与前辈的生活状况迥异，但他们似乎在循例走前辈走过的山山水水。玉树藏族自治州史诗歌手达瓦扎巴17岁踏上"朝圣之路"："我17岁去拉萨朝佛，后来还去朝拜藏区好多神山，我觉得在朝拜的路上总有很多史诗会降下来"②。西藏著名史诗歌手扎巴，10岁那年就离开家乡，先后到西藏的工布、琼结、萨迦、日喀则、山南等地流浪，途中朝拜了各大寺院和神山。青海省史诗歌手才让旺堆，在他8岁那年，父亲在一次草山纠纷中去世，随即母亲也离开了人世。根据母亲临终前遗嘱，他决定到藏区神山岗底斯山超度父母亡灵。9岁那年他开始了朝觐神山、流浪他乡的生涯。他先后朝觐了岗底斯雪山和念青唐古拉山等神山（根据学者的采访记录，才让旺堆称他是在念青唐古拉山获得演述史诗的技能），后来也朝觐了藏区其他许多神山。年仅21岁的史诗歌手土丁久耐告诉笔者："对的，我要去的，不过孩子还小，自己在结古的生活也还没有稳定下来，大概过个一两年我真的会去转神山。"③可见，史诗歌手的"朝圣之路"对其演述生涯无疑具有举足轻重的意义④。然而，艰苦的"朝圣之路"，对于女性而言，显然是一项很难完成的任务。因为它不仅受到女性生理条件的限制，在藏族传统的家庭观念

---

① 降边嘉措：《仲肯：〈格萨尔〉的传承者》，载《中国民族报》2004年1月9日第1版。
② 2011年4月2日采访史诗歌手达瓦扎巴录音。
③ 2010年2月11日上午采访史诗歌手土丁久耐录音。
④ 朝圣对于史诗歌手的意义，学界已做过相关讨论。学者认为朝圣是史诗歌手学习、实践和提升演述技能的方法之一。

中，女性趋向家庭内部的社会角色定位在无形中也牵引着女性形成"守护家庭"的价值观，同时在传统禁忌方面女性仍须遵守许多规约。如威严的寺院赫然在护法神殿前提示女性止步；很多法事依旧忌讳女性在场；亲人逝后女性不能亲制供品；生理期女性不能踏足寺庙；苯教徒女性至今不能上山系挂经幡等。也就是说，"妇女必须遵守一些直接阻止她们对男子构成可能的危险或伤害的禁忌，她们还得遵守把她们排除在男子的义务或冒险事业之外的另外一些禁忌"①。这些禁忌极有可能将女性挡在史诗表演群体的行列之外。

此外，不同民间叙事传统的受众类型也并非完全重合，某些民间叙事文类就存在性别、年龄及社会角色的规定性。对于史诗演述而言，这种性别的规定则是潜在的，而非约定俗成的禁忌。

笔者：阿达（大姐），你们平时喜欢做些什么？

保索：男的一般去放牧或到县上买东西，我们女的就在家里聊天，也会唱山歌，或者和来串门的亲戚去草滩上玩。

笔者：哦，那你们平时唱仲（史诗）吗？

保索：仲？我们女的吗？我们很少唱仲，仲一般男的唱得比较多吧。我们平时就喜欢唱山歌、讲一些故事和聊天。

笔者：呵呵，不让咱女的唱吗？

保索：也不是不让唱，就是我们女的唱仲的很少。

笔者：那如果仲肯来了，你们会去听他唱仲吗？

保索：有时候会去。我们家一个远房的亲戚就是一个仲肯，他叫朋措。

笔者：女的都去吗？经常去吗？

保索：女的去得不多吧。孩子和男的去得比较多。我们女的去了就是听一会儿就回家了，或者就和身边的人小声聊天，呵呵。

笔者：你们在下面聊天啊，那不会干扰仲肯吗？

保索：我们离仲肯比较远啊。离他近的是那些男人和老人、孩子们。

---

① 高丙中：《民俗文化与民俗生活》，中国社会科学出版社1994年版，第186页。

笔者：哦，那就是说，你们把仲肯围了好几层咯。而且男的、老人和孩子在里圈啦？

保索：嗯，大约是这样。其实我们都听不太懂，但是老人们说听仲可以消灾祈福，自己唱仲还能调伏心性、祛病除痛。可是我觉得唱仲和唱山歌一样啊，哈哈。①

从上述访谈中，我们发现民间叙事传统具有鲜明的倾向性，即根据不同的民间叙事传统的具体内容，接受该叙事传统的受众也会有所差异。对于史诗表演而言，似乎存在这样的现象，即围绕史诗歌手的现场表演，形成了以老人、男子、儿童以及妇女在内的听众圈，其中妇女处于该圈层的最外围。她们对史诗歌手所表演的史诗不甚了解，聆听史诗对她们而言多少有些"凑热闹"的味道。虽然史诗的神力崇拜是她们前去聆听史诗的动因之一，但并非最重要的原因。史诗演述实践中的这种约定俗成，也从某种程度上妨碍女性从消极的史诗传统享用者向积极的史诗文化传承者的转变，从而造成了女性在史诗演述中的角色缺失。

综上所述，导致女性史诗歌手在史诗演述界"被边缘化"的原因是多方面的，我们的分析并不企图得出非此即彼的结论，女性史诗歌手在史诗歌手群体中的"弱势"现象也并非传统社会"男尊女卑"观念的典型案例。笔者从史诗歌手的性别构成比例出发，对女性史诗歌手的关照，旨在探讨女性在传统社会结构中的具体分工及社会对女性的审美期待对女性参与史诗演述的影响，进而打开一道了解女性史诗歌手之"式微"现状的通途。

---

① 2012年8月13日采访杂多县阿多乡牧民妇女保索笔记。

# 第三章

# 史诗歌手的传统文化内质与功能

　　一个民族的文化个性总是凭依其独特的自然和人文环境而存在，而其在当代所呈现的文化形态是在记忆和复述先祖文化传统的基础上与所处时代的一次妥协与让步。虽然在时代的沿革中，文化的本来面貌已很难澄清，但其承继关系是不难发现的。原型批评理论正是在辩证地注意到文化之传承性与变异性的基础上产生的。

　　神话—原型批评源于20世纪初英国的古典学界崛起的仪式学派（又称剑桥学派），大成于加拿大文学批评家诺斯洛普·弗莱的《批评的解剖》（1957年），并成为20世纪五六十年代流行于西方的一个十分重要的批评流派。该学派于20世纪80年代中叶引入中国，90年代成为国内颇具影响力的理论之一。有学者曾指出该理论"在当代中国文化研究中已形成了一股强劲的原型批评思潮，而且这一思潮显然要延续到21世纪。对这一思潮不仅从文学而且从文化视野内予以研究分析是十分必要的"[1]。

　　比较与借鉴是神话—原型批评理论的立足点，它在自觉地借鉴和运用文化人类学研究成果的基础上，同20世纪以来西方文学发展中的神话研究倾向和荣格的集体无意识理论密切结合，试图发现古今文学作品中似曾相识、反复出现的各种意向、叙事结构和人物类型的"民话雏型（特别是神话原型）"。此外，该理论还指出原型的存在制约着人物的行为模式，影响叙述者的叙事视角和节奏。该理论的追随者通过借鉴各自研究领域的调查成果，认为原型是"自远古时代就已存在的普遍意向"。原型作为一

---

[1] 赵宗福：《论当代中国文化研究中的原型批评思潮》，载《西南师范大学学报》2001年第5期。

种"种族记忆被保留下来,是每一个作为个体的人先天就获得的一系列意向和模式",这些意向和模式通过遗传的方式代代相传,作为一种超越时空而存在的禀赋,它可以在不同时代和不同人的身上反复出现,它与集体无意识一样,是与生俱来的"种族记忆"。

有学者认为史诗与历史是并行的叙事载体,然而二者之间既非简单的等量关系,也非毫不相干的无关项,换言之,史诗在某种程度上是历史的变相表达,史诗人物的躯体内拥有历史人物的灵魂(有学者将史诗称为"诗性历史"的观点,概源于此)。

如果我们运用神话—原型批评理论的解释体系去解读史诗,那么史诗中人物、事件或许就是"种族记忆"的再现。事实上,已有学者运用神话—原型批评的相关理论对史诗人物进行分析,仅就史诗主人公——格萨尔王的原型探讨,就有吐蕃赞普说或地方部落首领说等多种观点,然而,遗憾的是,以往运用这一理论解读史诗时,多以史诗中的人物为切入口,鲜少论及史诗的传承者——史诗歌手。

笔者通过对《格萨尔王传》史诗文本中英雄主人公与史诗表演者——史诗歌手的比较,试图借鉴原型批评理论解读史诗主人公格萨尔王与史诗歌手之间的深层关系。

## 第一节 千面英雄——格萨尔王的多面性

"我是播撒善良种子的人,我是拔出罪孽根子的人,我是岭噶布的治国人,我是断鲁赞魔命的行刑人。我是熔化黑铁魔的烈火,我是烧焦霍尔草山的闪电,我是烤干姜国毒海的火焰,我是医治一切疾病的药丸。我是引天上甘露的月光,我是勇武无敌的战神,我是攻破五毒的智慧者,我是引导众生的如来佛。我是击碎魔军的铁锤,我是郭姆妈妈的亲儿,我是岭国的大首领,雄狮大王格萨尔。"[①] 每每读到格萨尔王的这首颂赞词,英雄勇武、睿智、善战、正义的形象就会显现于脑海中。无所不能、无所畏惧的格萨尔王以及他传奇般的一生到底该如何解读?他是怎样的一个人?我们必须强调,这里的"人",并不是单纯地指涉某个物质生命个体。而

---

① 降边嘉措、吴伟:《格萨尔王全传·上》,宝文堂书店出版社1987年版,第228页。

是指通过社会传统的模塑,既得到一个族群对"英雄"这一人物类型的历史积淀的滋养,又具备很强的个人意志的精神个体。格萨尔王作为藏族历史上一位集睿智、勇武、果毅及艺术才华于一身的杰出人物(也有学者认为格萨尔王并非某一特定的历史人物,而是藏民族以本族的历史、人文及审美为基准,在很长一段时间内塑造出的箭垛式人物),他的传奇经历以及他所表现出来的精神气质和行为方式已然在社会中成为模范,成为人们效仿膜拜的对象,成为一种权威,一种社会力量,一种统治的合法性。对于这种权威的解读我们将求助于马克思·韦伯的社会权威理论。下面我们将系统而扼要地介绍马克思·韦伯的权威理论。

西方社会学三杰之一马克思·韦伯曾将社会权威分为三种类型,即传统型权威、卡里斯玛型权威与科层制(或法理型)权威。"法理型权威其合法性基础是理性的、非个人的法律制度、契约和正式职位;传统型权威的基础是相信传统的神圣性,其合法性来源于继承或授予;卡里斯玛型权威的合法性基础是被统治者对统治者的超凡魅力的认同。"① 他认为这三者之间是一种承继关系,卡里斯玛型权威发展的形式是传统型权威,而传统型权威必然走向法理型权威。作为社会权威的初级阶段,韦伯将研究重心放在了对卡里斯玛型权威的深描上。由于这种权威类型与本书的写作内容有着十分重要的联系,笔者将对它进行系统的介绍。

"卡里斯玛"(Charisma)即"天赐恩宠"来自早期基督教词汇。按照韦伯的观点,"卡里斯玛"指的是个人通过对众人福利的创造以获得声望,从而具有一定的支配力量和尊严。它主要表示某种人格特质——"某些人因具有这个特质而被认为是超凡的,禀赋着超自然以及超人的,或至少是特殊的力量或品质。"因此可以简单地将卡里斯玛理解为一种超凡魅力,它是普通人所不具有的。只有那些具有神圣或至少有表率特质的人被视为"领袖"②。韦伯认为在比较原始的社会中,卡里斯玛品质来自巫术,那些宗教先知、能驱邪治病或精通律法的智者、狩猎能手或战争英雄,都被称为卡里斯玛式人物。通过历史比较分析,韦伯总结出四种具有不同类型的"个人魅力"形态特征的主要体现者:"(一)英雄——北

---

① 李连军:《试析韦伯的"卡里斯玛"型权威》,载《陇东学院学报》2009年第6期。
② 同上。

欧神话中的'暴虎之勇'：其特征是勇武的意志和战斗力；（二）先知——'萨满之魔'：其特征是能够'通灵'，因此被视为神灵在人间的信使；（三）救世主——摩门教创始人史密斯：他自称受到天使的宣谕，并在自己的住处附近找到了以象形文字记述的救世福音全文；（四）'文人'或'知识分子'——他们凭借生花之笔或如簧之舌来鼓动或引导群众。"① 马克斯·韦伯认为卡里斯玛型权威的显著特征，换言之，认证一种权威是否是卡里斯玛型的标准有以下几点。

## 一 超凡性

卡里斯玛型权威是非理性的，在其所宣示的领域中，它根本弃绝传统。由于卡里斯玛型权威是"超凡的"，因此它与理性的，特别是与科层制权威形成尖锐的对立；同时它也和传统型权威对立，因为它们都是"日常性"的权威形式。

## 二 反经济性

纯粹的卡里斯玛与经济活动没有任何关系。当卡里斯玛存在时，它构成一项"召唤"、一项"使命"或一项宗教性"任务"。对于利用神赐禀赋（或恩宠）以取得经济收入，卡里斯玛轻视并谴责这种行为。它主要依赖于自愿的奉献来维持，如大规模的献金、捐款、贿赂及谢礼或是募捐，以及战利品或没收物等。因此，"从理性的经济观点来看，韦伯认为卡里斯玛权威满足其物质需要的方式正是典型的反经济的力量，它拒绝与例行的日常生活世界有任何关联"②。

## 三 革命性

卡里斯玛力量是"奠基于对启示与英雄的信仰，对一种宣示——无论其为宗教的、伦理的、艺术的、学问的、政治的或其他各式各样的宣示——之意义与价值的情绪性确信，也奠基于英雄性——无论其为禁欲的英雄性、战

---

① [德]马克斯·韦伯：《新教伦理与资本主义精神》，于晓等译，生活·读书·新知三联书店 1987 年版，第 143 页。
② [德]马克斯·韦伯：《韦伯作品集·卷二》，康乐等译，广西师范大学出版社 2004 年版，第 359 页。

争的英雄性、审判官之睿智的英雄性、巫术性行为的英雄性或其他各类的英雄性。此种信仰，由于人们的苦难、冲突或狂热，却可能在主观上或从内部改变人的心理取向，再依据其革命的意愿来形塑外在事物与秩序"①。

## 四 不稳定性

虽然卡里斯玛型权威轻视逐利，但它对经济并不陌生；因为无论是卡里斯玛个人还是由此形成的共同体组织中的成员，为了生存他们依然会亲自去获取生计手段和社会地位。由此，"纯粹的卡里斯玛支配无法抵挡最终无止境地开放家庭的建立与经济营利的潮流，而于焉告终"②。另外，这种不稳定的原因还在于"支配者本身和其门徒都憧憬将卡里斯玛及被支配的卡里斯玛福气从一种个例的、昙花一现的、随机在非常时刻降临于个人身上的恩宠，转变为一种日常的持久性拥有"③。而对这种"福气"或力量的持久性追求，必然导致"卡里斯玛"型权威的例行化。

卡里斯玛权威理论的确是一个十分富有启发意义的理论构想，而这一构想似乎也得到了民间传统的验证。

藏族史诗《格萨尔王传》作为世界文化艺苑中的一员，虽然史诗的族群个性是吸引世人的重要原因，但我们同样被世界史诗王国中，不同族群的史诗之间不可思议的相似性深深吸引。这种相似性是一种更为深刻的"互文"，使得我们能够更为透彻地理解人性的渴望和不屈。

格萨尔王是藏族人民心目中一切美好事物的代名词。他勇敢、睿智、亲和、无私。他像古今中外众多曾经叱咤风云的英雄一样，在乱世中诞生，经历"苦其心志，劳其筋骨，饿其体肤，空乏其身"的人生历练，在一次改变命运的重要时刻，完成了自身的蜕变，从此成为王者，成为一个无所不能的人。

格萨尔王的传奇性伴随着他的一生。自英雄的母亲孕育格萨尔王起，种种奇异的征兆，都隐喻了格萨尔王其人的超凡性。这种超凡性并非来自世袭或禅让等传统权威。这种超凡性与财富、地位无关，但却必然通向这

---

① [德]马克斯·韦伯：《韦伯作品集·卷三》，康乐等译，广西师范大学出版社 2004 年版，第 272 页。
② 同上书，第 279 页。
③ 李连军：《试析韦伯的"卡里斯玛"型权威》，载《陇东学院学报》2009 年第 6 期。

些世俗的权能。格萨尔王的超凡性与许多神话、传说中的英雄一样都是某种"天命"使然。格萨尔王在史诗中是天界白梵天王的幼子，集万千宠爱于一身，他聪慧、善良、勇敢、武艺高强、以天下为己任，当人间遭受劫难之际，他挺身而出，毅然向天神请缨，担负拯救苍生的重任。接受"天命"来到人间的他，"注定"成为人中龙凤，他在母腹中就曾威吓过前来加害他的恶人，格萨尔王降生不久就能行走、说话、预言自己的未来。三岁斗恶、五岁战妖、八岁斩魔……显然，这是一种普通人所不具有的超凡魅力，一种似乎不能从传统中习得的超凡品质。人们相信这种品质来自于一种神秘的力量。而这种力量是那些宗教先知、能驱邪治病或精通律法的智者、狩猎能手或战争英雄所独有的。也就是说，这种超凡品质是"领袖"的潜在品质。

格萨尔王在史诗中可谓"千面英雄"。

首先，他拥有暴虎之勇。格萨尔王一生经历大大小小近千场战争，而且其中近一半的战争都是他独自前往，攻魔穴、斩魔王、降魔臣都是无畏无惧的英雄在神谕下独自完成的。格萨尔王在征讨霍尔国的途中，曾遭遇霍尔国的寄魂牛长犄野牛，它血红的舌头闪着电火，黑尾巴像涡旋的乌云，吼声像巨大的铙钹相击，大王毫不畏惧地向它唱道：野牛你凭啥耍威风，你怎能敌得过大王我。你若想知道我是谁？我乃岭国雄狮王，是我射杀恶魔鲁赞王。你似乎是霍尔的寄魂牛，在没有征服白帐王前，先将你射死是吉兆。

其次，他是萨满之魔。阅读过《格萨尔王传》史诗的读者，都会对格萨尔王每次征战前如何得到神谕、领受神旨、闭关修行、求卦问卜、在祭祀场合高诵神赞并向天神献祭的场景记忆犹新。此外，在与敌方对弈的过程中，他也擅于运用咒术来达到克敌制胜的目的。正是由于格萨尔王的种种神秘的举动，让我们无法将其视作一个单纯地恃勇而胜的勇者。

史诗中的格萨尔王——崇拜战神威尔玛、通神、执司祭礼、掌握圣典、擅行咒术、能卜医之术、遍知各类法器，是一个兼具勇士和巫师双重身份的人物形象。从人类学等相关学科的研究成果中我们知道，在部族时代，部落中的祭司就是部落的首领，同时他也是部落神话的持有者。

再次，他是"救世主"。格萨尔王在史诗中以拯救苍生的形象出现。格萨尔王的保护神天姑贡玛杰姆曾这样对大王唱道："岭国英雄格萨尔，切勿逗留快动身，霍尔磨刀向岭国，森姜珠牡恐遭殃。你是百姓的救世主，驱除黑暗的红太阳，胜利法童的树立人，征服霍尔的大英雄。"① 这段唱词将格萨尔王拥立为救世主，从而成功地完成了将格萨尔神化的叙事目的。尚在天界的诺布占堆（格萨尔王在天界的名字）也曾向天王承诺以拯救万民为己任。当他投身下界，看到生灵涂炭的人间，更加坚定了自己为民请命的信念。

最后，他是执掌智慧的歌手。在史诗中，我们时常为雄狮大王出口成章的优美唱词动容。出征前的壮威歌、祭祀时的赞辞、对阵中威吓魔怪的唱词……雄狮大王对语言的驾驭能力、对修辞的灵活运用、对典故（神话、传说、谚语）的完美再现，使他成为文武双全、人神同体的超凡个体。巫文化研究专家宋兆麟认为"祭坛就是文坛，祭司就是歌手"②，对语言魔力的敬畏和虔信是初民对掌握部族历史（实际上是巫史结合的巫述历史）的人顶礼膜拜并亦步亦趋的原因之一。

回顾格萨尔王的一生，我们必须注意，这种超人禀赋的获得与家族地位和财富无关（或曰关联性较小）。格萨尔王和他的母亲曾被冷落、遭驱逐而且险些遇害，他在家族中的地位可想而知。然而他却凭借自己的超凡力量和"神"的护佑得到了至高至圣的尊贵地位。格萨尔王的成功是革命性的，他的成功不仅颠覆了传统、颠覆了权威，在某种程度上，甚至彻底改变了一个族群的世界观、价值观、人生观。他是部族时代的祭司、首领、智者三位一体的重要人物，是卡里斯玛型权威的集中体现者。

此外，笔者在田野调查中，也曾见到一些与史诗《格萨尔王传》有关的图像资料。这些图像内容大致可分为两大类：一为叙事类图像；二为画像类图像。叙事类图像又分表现格萨尔王生平的绘画和表现史诗故事情节的绘画两种。我们发现这些史诗图像中的格萨尔王一般以两种形象示人，即文相格萨尔王与武相格萨尔王。文相格萨尔王一袭白衣且头戴一顶锥状白帽，安然静坐于莲花宝座之上。他双眸微闭、盘腿垂臂、仪态安详，智者圣贤之态跃然纸上，全无武相格萨尔王（即战神格萨尔）之威仪。可见，在民间传统中格萨尔王的多面性已深入人心。

---

① 降边嘉措、吴伟：《格萨尔王全传·下》，宝文堂书店出版社1990年版，第271页。
② 宋兆麟：《巫觋——人与鬼神之间》，学苑出版社2001年版，第242页。

我们对于格萨尔王这一人物的分析，是建立在格萨尔王是部族时代首领兼巫师的理论假设上，经过我们的分析，我们认为这个假设是成立的。格萨尔王的确是肩负巫师职能的部族首领（或者说部族时代兼有巫师职能的首领是格萨尔王的原型）。定位格萨尔王在社会结构中的作用具有重要的意义。由于格萨尔王"多面性"的存在，迫使我们重新审视史诗中的某些细节描写，我们认为，这些细节描写并不是简单的场景描写和语境介绍，更为重要的是，它们是史诗文化语境真实内涵的隐喻表达。

在史诗的结尾，格萨尔王在回天庭复命前，除将国事委托给侄儿扎拉泽加和交代岭国的诸项事宜外，还将自己的生命史讲给岭国百姓。这个细节一直以来被学界忽略或误读。我们认为，这一细节并非交接国事那么简单，由于格萨尔王是首领、巫师、歌手三位一体的典型的"卡里斯玛式"人物，从隐喻学角度出发，这一笔带过的细节正是格萨尔王在某次重大的庆典场合高诵自己的丰功伟绩的隐喻表达。据学者考证，在《格萨尔王传·安定三界之部》中，就有：当格萨尔王完成安定三界的使命，即将归天时，向岭国百姓讲述自己一生的经历，并由与自己同时代的诗人敖尔布·却博伯记录下来，该诗人还为英雄格萨尔的传记作吉祥结语的内容[1]。我们知道，这类向自己的追随者讲述个体生命史的情节在世界史诗中并非特例，正如："开战之前，对国王和森加塔的追随者演讲史诗森加塔，这个故事激励它的听众在投入战斗时超越自我，当然不必过于吸引他们同森加塔竞赛，而是使他们感到他们所能做以前只敢想的伟大事情。通过提醒他们森加塔能做什么来提高他们对自己能做什么的估价。"[2] 在重要场合讲述英雄自己的故事，拥有多重意义。希迪波认为："聆听史诗森加塔不仅使人感到热烈的自豪之情，也使他回视自己的人生——他究竟取得怎样的成绩，作为人他是否履行了应尽的责任？他提高家庭声望了吗？或说他虽然没有削弱什么，但他对家庭声望提高了几分？"

此外，当我们回归文本，可以看到在史诗中关于英雄格萨尔王介绍自己的非凡身世、自己的英雄业绩的内容比比皆是。也就是说，英雄本人就是其事迹最初的宣讲者，即最初的歌手，换言之，格萨尔王本人正是史诗

---

[1] 巴兰：《〈格萨尔王传〉点滴抄》，载《四川民间文学论丛》1986 年第 2 辑。
[2] [芬]劳里·航柯：《史诗与认同表达》，孟慧英译，载《民族文学研究》2001 年第2 期。

歌手的原型，而后世的所有史诗歌手不过是英雄的扮演者，是英雄缺席在场的依止，是与英雄的"对应异构"。因为，"故事里的主人公必然是讲述故事者本人"①。不仅如此，我们认为在关于史诗歌手之身世的一则传说中，也极为隐晦地表达了英雄本人就是最初讲述他业绩的歌手的思想：

> 雄狮大王格萨尔闭关修行期间，他的爱妃梅萨被黑魔王鲁赞抢走，为了救回爱妃，降伏妖魔，格萨尔出征魔国。途中，他的宝马江嘎佩布不慎踩死了一只青蛙。格萨尔感到十分痛心，即使是雄狮大王，杀生也是有罪的，他立即跳下马，将青蛙托在掌上，轻轻抚摩，并虔诚地为它祝福，求天神保佑，让这只青蛙来世能投生人间，并让他把我格萨尔降妖伏魔造福百姓的英雄业绩告诉所有的黑发藏民。格萨尔还说，愿我的故事像杂色马的毛一样，在不同的宣讲人口中有不同的内容。然后，他将青蛙的尸体肢解，将血肉向四方撒去。果然，这只青蛙的每一滴血、每一块肉都投生人世，成了"仲肯"——《格萨尔王传》说唱艺人。这便是藏族历史上说唱艺人的历史，他们是与格萨尔有缘分的青蛙的转世。②

这则传说流传甚广，在史诗歌手的生命史叙事中最为人所熟知。该传说中，一生戎马生涯的英雄，竟为被坐骑无意踩死的青蛙伤感不已，这让我们有些难以置信。我们绝不是质疑英雄"绝不滥杀无辜"的品质，只是在大战在即、生死未卜的重要时刻，在史诗中穿插这样的场景感到费解。然而，从隐喻学的角度我们似乎找到了合理的解释：我们认为这是格萨尔王在大战前的某次祭祀场合，手持牺牲（或巫具）进行祭祀的庄严场面的隐喻性描写，并且在这次祭典上格萨尔王以激扬的语调与令人动容的语言讲述了自己的英雄业绩，其目的是希望众将全军以英雄为榜样，英勇作战、同仇敌忾。

据世界各地的民族志记载，在后进族群中，萨满（或巫师）在仪式

---

① ［法］弗朗索瓦·利奥塔：《后现代状态——关于知识的报告》，车瑾山译，生活·读书·新知三联书店1997年版，第125页。

② 降边嘉措：《格萨尔论》，青海人民出版社1987年版，第516—517页。

场合将祭祀牺牲肢解,并把血肉向四方抛撒,以达到物种繁衍目的的记录屡见不鲜。上述所引的传说正是将生活中的巫术手段转化成言语代码中的魔术、魔法情节的典型事例。然而,这种将巫术行为转化为魔法情节的去语境化处理方式,在另一种语境中却意味着再语境化,由于这一过程伴随着一系列的变异,也就是说"当一个文本被根植于一个新的语境中时,至少会在其形式、功能或意义的一些方面发生变化",因此在一系列的去语境化与再语境化过程中,后人很难再理解这一"传说"的真正内涵和现实意义了。

我们知道,原始信仰的维持依仗两个重要元素,即神话和仪式。在仪式场合,为了巩固信仰、维系族群的团结和提高成员的战斗力,由族群中的"超凡"人物讲述神话、高诵神赞、演唱英雄祖先的事迹,在远古族群中是具有现实价值的仪式行为。

综上所述,我们相信第一位史诗歌手正是英雄格萨尔王本人——一个部族时代的千面英雄,一个浸润在本部族深厚的历史和文化积淀中的超凡人物。后世的史诗歌手均为"他者的扮演"。此外,比较史诗歌手的说唱帽与图像中武相格萨尔王之战盔的形制,我们也会发现二者之间的相似之处。这种相似性似乎揭示了二者之间原型与模仿的隐喻学关系。

我们相信,史诗歌手是对英雄的不完全再现,是与英雄的"对应异构",是英雄的缺席在场(史诗歌手对英雄的再现主要通过:占卜打卦、预测吉凶、驱邪御凶、表演部族历史等形式)。在某些史诗歌手的生命史叙事中,也确有歌手宣称自己在梦境中见到格萨尔王本人表演史诗的场景。这或许是史诗歌手与生俱来的"种族记忆"在梦境中被唤醒了。弗莱在其神话—原型理论中,提出了文学原型这一概念,在对该概念进行阐释时,弗莱充分注意到仪式与梦对原型的建构与唤醒作用,他认为"梦是思想的原型方面"。行文至此,当我们反观史诗歌手的人生经历和生活境遇,会发现史诗歌手前期多舛的人生经历、穷困潦倒的生活[①]和得到神

---

[①] 从史诗的活态化传承角度而言,史诗歌手的这种生活境遇或许是有益的。笔者在田野调查中,一些曾经堪称"天才"的史诗歌手,随着生存状态以及生计方式的改变,对史诗表演的热情已大不如前。虽然我们无权干涉史诗歌手的生活方式,也由衷地希望这些民族文化的传承者能够拥有更好的生活,但客观而言,史诗歌手以表演史诗作为谋生手段的表演较之仅将史诗表演作为调剂生活和娱乐大众的生活插曲,前者之精准性和艺术性似乎更胜一筹。

赐禀赋后的"万人敬仰"与英雄格萨尔王的本生史有着惊人的相似之处，这也从另一个侧面印证了我们关于英雄本人是史诗歌手原型的判断。巴维尔·沃尔夫在一篇关于代言神巫与史诗之间的关系的论文中，也提到史诗歌手与英雄的神秘联系："格萨尔的本生史或许可以被代言神巫看成一种模式。在年轻的时候格萨尔穷困潦倒、顽皮捣蛋，直到赛马胜利后他才成了一位伟大的强有力的国王。格萨尔的这些过程一位代言神巫也必须承担——从善恶混合的不吉的密切接触中解脱，忍受艰难困苦的考验，到驱妖灭邪，最后在佛教的保护下助人疗疾。"

在此应特别注意的是，对于史诗歌手的原型探讨我们不能满足于简单的一一对应式的结论。我们应当允许由于"原型的崩溃"而导致的原型群对史诗歌手之有意识或无意识的影响，在追溯史诗歌手原型的过程中，我们也不难发现在其浮出无意识层面的英雄特性背后，仍有未被确证的原型存在（如玉树藏族自治州杂多县神授史诗歌手达瓦扎巴在最初描述其"神灵授记"过程时讲到，是一位白发老人将表演史诗的本领赐予他。在藏族民间叙事作品中老人是智者、贤者和巧言者的代表。可见，达瓦扎巴口中的"白发老人"是民间"智叟"现象的原型表达），也就是说，史诗歌手的原型探讨还可以是多向度和多层次的。

## 第二节　梦的解析——神奇传闻叙事分析

### 一　史诗歌手的说唱经历

21世纪伊始，民俗学与民间文学的研究进入全面反思的阶段，在反思意识的审视下似乎学科自发端到成熟的各个阶段都出现了亟待修正的问题。2004年，一篇反思德国雅各布·格林兄弟童话研究的文章《童话的生产：对格林兄弟的一个知识社会学研究》[①]，引起学界的强烈反响。文章探讨了格林兄弟在"客观真实、原封不动地收集童话"的思想指导下，对来自德国各地的民间故事进行加工和整理的童话再生产过程。文章尖锐地指出格林兄弟对于"民"的忽视甚至是无视，并认为他们所做的工作

---

[①] 卢晓辉：《童话的生产：对格林兄弟的一个知识社会学研究》，载吕微、安德民编《民间叙事的多样性》，学苑出版社2006年版。

纯粹是"腹语者的再现策略"。随着学科反思的进一步深入，早期民间叙事传统的收集整理者所进行的"去粗取精、去伪存真"的民俗学文本制作过程以及由此导致的民间叙事作品的"误读"问题日益突出。在深入民间的田野调查中，我们也常因这种"误读"而失去许多珍贵而真实的田野材料，但同时也因为这种"误读"而得到一些意想不到的收获。

在采访《格萨尔王传》史诗歌手的过程中，笔者发现史诗歌手对自我的分类法则与学界不尽相同。学界对于《格萨尔王传》史诗歌手的分类，即神授史诗歌手、圆光史诗歌手、掘藏史诗歌手等，在民间的史诗歌手面前几乎是失效的，他们大多以自己得到表演史诗这一技能的地点为准绳进行分类，即他们将表演史诗的人分为山授、水授等，而这些分类叙事在以往的研究中从未提及，"换言之，在童话的生产过程中，单个的民间故事讲述人是匿名的，他们的权利是被压抑和剥夺的，从另一个侧面说，这正是现代民间文学或民俗学研究用宏大叙事遮盖甚至取代地方性的或民众个人的叙事的一个典型隐喻"[①]。

笔者：土丁，你好。刚刚听了你演唱的仲（史诗），真是精彩极了。能讲讲你是怎么学会唱仲的吗？

土丁久耐：哦，我没有专门地去学，我是有一年冬天，因为家乡下了好几场大雪，造成了雪灾，还死了好几头牛。奶奶让我去寺庙供灯祈福。我就去了我们那儿的一个寺庙。这座寺庙是我们家乡较大的寺庙之一，它坐落在我家乡一座很有名的神山上，在当地也很有威望。我记得，当时的雪很大，到寺院时已近午时，我把香油钱交给寺管，寺管允许我进入寺院大殿祈福，我进了大殿，在大殿里待了一会儿，不知怎么的就睡着了。睡梦中我听到十分美妙的音乐，我抬头一看，看到很多仙女簇拥着一个青面青衣的神人，在空中俯瞰着我，我有些紧张，但马上缓过神来，我想那一定是菩萨被我诚恳的祈祷感动而给我的某种回应，我双手合十，口诵六字真言仰望着他。这时，他从空中递给我一本书，我伸出双手去接，当我就要触碰到那本书时，

---

[①] 卢晓辉：《童话的生产：对格林兄弟的一个知识社会学研究》，载吕微、安德民编《民间叙事的多样性》，学苑出版社2006年版。

奇怪的事发生了,只见那本书绕过我的双手,从我的胸口隐入我的身体,我想它一定是进入我的心脏了。我被这种奇异的景象镇住了,当我再次抬头去看时,一切景象都消失了。我在疑惑和欣喜中清醒,醒来后看到大殿里空无一人。从那以后,我就会说唱仲了,我没有学过仲,家里也没有人可以教我。

笔者:哦,后来你还做过类似的梦吗?

土丁:嗯,做过。每次有一段新的仲(史诗)时,前一天晚上我都会梦见一个青衣青面的神人,从空中递给我一本书,当我想用双手去接时,这本书就会缓缓地隐入我的胸中。第二天,我就会说唱以前根本不会唱的仲了。

笔者:呵呵,这还真奇了。这大概就是他们说的神授了哦,你就是神授仲堪(史诗歌手)咯。

土丁:我觉得现在唱仲的都是神授的。

笔者:不是还分圆光的、掘藏的那些仲堪吗?

土丁:我们一般是根据自己得到仲的地点为标准划分类型的。

笔者:得到仲的地方,那你是在寺院里得到的咯。

土丁:不是这样,我是在我们那里的神山下得到的,所以我是山授仲堪。

笔者:山授?那还有别的吗?

土丁:有啊,还有水授,就是在神湖边得到仲的人就是水授仲堪。①

通过这次访谈,笔者了解到在史诗歌手群体中,存在着别样于已有学术分类传统的分类法则,为了验证其有效性,笔者采访了圆光史诗歌手丹巴江才:

笔者:丹巴大哥,刚才你演唱的那一段是《卡切玉宗》里格萨尔王的唱段对吗?

丹巴江才:嗯,是的。《卡切玉宗》是我较早接触到的史诗部本

---

① 2010年2月11日采访青年史诗歌手土丁久耐(已故)录音记录。

之一，我很喜欢，所以只要没有主题限制，我是比较喜欢唱这一段的。

笔者：嗯，其实《卡切玉宗》在格萨尔王仲（《格萨尔王传》）里也是很经典的一个故事。

丹巴江才：嗯，是的。小时候父亲让我读得比较多的也是这一部。

笔者：丹巴大哥，我注意到您是看着一张纸进行演述的，我看了一下刚才您拿的那张纸，上面一个字也没有哦。

丹巴江才：你能看到，你就是巴仲（仲堪）啦，哈哈（笑声）。

笔者：哈哈。丹巴大哥，刚才土丁也演唱了，他不用凭借纸或者其他的东西，所以在演唱的时候，从动作幅度到表情语言都比较丰富哦。

丹巴江才：其实我也可以什么都不用的，有时候没有纸，我可在我的指甲盖儿上看到字，有时候也可以什么都不用。

笔者：哦，是这样啊。那您比较喜欢哪一种？有东西可以看的，还是什么都不用的？

丹巴江才：我自己比较喜欢可以看的，我觉得那样更自如。

笔者：您这一类就是圆光仲堪（史诗歌手），对吗？

丹巴江才：嗯，是的。

笔者：刚才我听土丁说他是山授仲堪（史诗歌手），他说他是在家乡的神山脚下被授予史诗说唱能力的，也就是说，他是受神山的加持获得史诗的，您怎么看这种说法？

丹巴江才：嗯，有这种说法。神山和仲堪之间的关系好像是比较密切的。

笔者：如果这种分类方法是被认可的，那你属于这个分类系统中的哪一类呢？

丹巴江才：严格说起来，我也算是山授。我的家乡巴塘，主供神山"贡嘎切吉"，我应该是在这座神山加持下获得史诗演唱能力的。[①]

---

[①] 2010年2月11日采访玉树藏族自治州圆光史诗歌手丹巴江才录音记录。

可见，如果我们秉持"从文化持有者"的角度解读文化的研究视角，这种民间的分类术语系统是具备典型性的。然而，这种典型现象却被现代史诗研究的宏大叙事取代。

我们认为，这种剥夺民间叙事主体话语权的学术逻辑，必然会引起"蝴蝶效应"。它所导致的结果或许并不仅仅是读者对于一个初始问题的认知缺失，更为重要的是，它将阻碍我们对后续许多相关问题的深入了解和正确阐释。这一分类叙事的认知缺失，至少在以下几个方面造成我们对史诗歌手的误读。首先，它将导致我们无法对山授、水授等史诗歌手的个体文化背景进行比较；其次，它将导致学者无法对隶属于该分类体系下的不同类型的史诗歌手的史诗部本进行微观比较；最后，它将导致我们难以发现各类史诗歌手之间在选择、吸收民间叙事传统方面的异同和偏好。此外，史诗歌手的分类标准背后隐藏着的深层传统文化规约也将因分类叙事的缺失而湮灭。

总之，"在乡土社会的内部文化机制中存在着一套前在于外部观察者视野、前在于学者界定或定义的传统法则，质朴的民间社会还同时保存着关于口头创作与表演规范的一整套语汇与表达法，存在着集民众智慧与地方知识之精粹的一套民间术语系统"[1]。在已有的学术传统（这其中包括概念、术语、分类法则等）与民间自足的解释系统之间，横亘着学者们各自不同的学术理想和治学方法。笔者认为，作为一个自足的文化系统，如果我们从"文化持有者的内部眼界"去观察文化的生产过程会更有利于解决一些悬而未决的问题（如神山信仰与史诗生成之间的关系）。

我们有理由相信，随着以史诗歌手的分类叙事为线索的研究的不断深入，史诗歌手将完成从"被叙述者"向"叙述者"角色的转换，而研究者也将达到从文化的"解释者"向文化的"观察者"过渡的学术自觉。

从对史诗歌手的田野调查记录和前人文献资料的记载中，我们不难发现史诗歌手对于自己何以拥有天才般的表演技能有自己的理解和解释，这种解释在史诗歌手及史诗受众的心中被视为真实可信的"事实"，从而成为史诗歌手标定自我身份及个体价值的途径之一。

---

[1] 巴莫曲布嫫：《叙事界域与传统法则——彝族史诗"勒俄"研究》，转引自吕微、安德民编《民间叙事的多样性》，学苑出版社 2004 年版，第 346 页。

为了深入理解史诗歌手的生命史以及史诗歌手脱离"神附"后的不吁请叙事之本质,我们有必要对这一民间口头叙事的文类进行界定。

对于史诗歌手的生命史叙事一直在学界没有得到概念性的界定,尤其是史诗歌手以梦境作为依托的叙事,在以往的研究论著中,都存在范畴错置的缺陷。史诗歌手的梦境到底应该如何界定?民间口头叙事文学中的众多文类中,它们的归宿又在哪儿?"在传统的民间叙事学领域,长期以来主要为研究所关注的,是神话、民间传说、狭义的民间故事、笑话、史诗、叙事歌谣等叙事文类,但近年来,一些一直被民间叙事研究忽视的口头艺术形式,例如个人叙事、都市传说、传闻等,开始越来越多地引起了学者的关注,并由此构成了作为叙事学研究对象的新的文类。"① 我们认为,由于史诗歌手的叙事不涉及起源问题,亦不承担启蒙的责任,同时它不是以具体的历史人物或历史事件为叙事线索的,再者,史诗歌手的叙事"并不一定具有很强的故事性,但都关联着某个具有强烈现实色彩的事件,事件的主人公或发生地点,都是在具体的生活实践中存在的,并且往往是讲述者及听者经常接触和熟知的;事件则大多是作为主人公的现实生活中'这一个'或'那一群'确定的人所亲自经历,或者,至少是其亲眼所见"②。因此史诗歌手的叙事并不属于神话、民间传说和民间故事等民间叙事文类。这类即时性、当代性较强的叙事应当属于神奇传闻一类。

对于史诗歌手而言,他们的故事和经历是真实的,"创编"从来不会成为他们炫耀自己的说辞。在他们看来,对史诗的忠实表演是"神"的旨意,同时对于"神灵授记"经历的描述也应尽量还其原貌,并杜绝加工渲染。由于这些神奇传闻发生的地点是社区民众所熟知的,所以史诗歌手叙事发挥的空间也是有限的。史诗歌手的神奇传闻叙述的不仅是一段人生中的奇特经历,在其叙事中我们还可以看到他们对民族传统文化的隐喻表达以及对信仰的显性再现。"从发生学的角度来看,故事本是人们的行为和思维在所直观感知的空间世界的一种构形,没有这种空间的架构,行

---

① 安德民:《神奇传闻分析》,载吕微、安德民编《民间叙事的多样性》,学苑出版社2004年版,第129页。

② 同上书,第131页。

为和思维便不能得以表现,从而也不能表现为故事。在故事空间架构中,人的行为和空间背景相互作用,相互阐释,从而产生故事的意义。"① 在史诗歌手的神奇传闻中,我们可以看到史诗歌手将周围的生态环境作为神奇传闻得以产生的文化语境。此外,史诗歌手的神奇传闻中隐含着藏族先民对山川、江河等自然物的原始崇拜印记以及在心智的发展过程中,将自然物人格化进行膜拜的信仰实践②。在史诗歌手以奇异经历为核心的神奇传闻叙事中,我们不能忽视神奇传闻本身所具备的仪式性特征。

首先,史诗歌手之神奇传闻发生的地点如山、湖、寺,本身就是举行仪式的首选地点。在藏族民众眼中空间并不是均质的,某些地点拥有无可替代的神圣性,"圣地"的崇高地位以及民众对"朝圣"的热衷恰好反证了民众对空间非均质性的认定(而藏学研究者也从"朝圣实践"的角度去研究藏族神圣与世俗二元对立的宗教哲学观)③。民众认为在神圣之地举行仪式能达到预期的效果,且有些仪式只允许在"神圣之地"举行(并在时间上有特定的要求),否则便被认为是冒渎神灵的行为,还很有可能因此招致灾祸。

其次,正如前述所提,史诗歌手神奇传闻叙事的整个过程都带有极强的仪式色彩,且该仪式缺乏时空的规定性,即仪式的展演的空间以梦境或镜像为依托。此外,该仪式没有持续时间的规定性。较之其他仪式在空间和时间方面的严格限定性(如季节性仪式),史诗歌手神奇传闻叙事中的仪式持续时间有长有短。据青海省玉树藏族自治州神授史诗歌手土丁久耐(已故)介绍,其"神灵授记"的仪式过程并不是一次完成的,土丁久耐称每当要演唱新的史诗部本,前一晚他都会在梦中再次经历"梦授"的过程。

我们知道,仪式的过程主要包括三个阶段:分离阶段、过渡阶段和融

---

① 江帆:《中国口承叙事论》,黑龙江人民出版社2003年版,第157页。

② 在藏族史书及民间传说中,就有著名的冈底斯雪山之山神是一位身穿一袭白衣的英俊少年的记载。

③ 国内外学者对藏族朝圣的研究可谓成果丰硕,例如:赞拉·阿旺措成撰写的《略论藏族朝圣意识的产生》,载《西南民族学院学报》(藏文版)1992年第5期;陈国典撰写的《试析藏传佛教朝圣者的圣地情结》,载《宗教学研究》2006年第1期;《藏民族宗教信徒朝圣初探》,载《西南民族大学学报》2004年第4期;埃里克斯·姆凯撰写的《西藏的朝圣》(Alex Mckay, Pilgrimage in Tibet, Curzon Press, 1998.);等等,这些都是该领域具有代表性的研究成果。

入阶段。范·根纳普用"通过仪式"这个术语来涵盖"仪式的三个阶段"。他认为,"所有的通过仪礼都具有三重结构。第一阶段是与原有的状态、地点、时间或地位的分离,之后是过渡阶段,这个阶段中的人既不是转变前的人,也非在第三阶段经过重新整合的人,而是处于一种模棱两可的状态之中。我们几乎可以在所有的仪式中看到这个基本的模式,在表现为转变或运动的某些类型时尤其如此(从冬天到春天、从出生到死亡、从单身到结婚、从儿童到成年,等等)"①。特纳对范·根纳普的这一理论进行了更为深入的阐发,着重研究了仪式三阶段中的过渡阶段(或通过阶段),他将这一阶段称为"阈限阶段",他将处于这一阶段的集体或个人称为"阈限人"。

在史诗歌手的神奇传闻中,我们看到,他们在获得"神灵授记"前,过着与同龄人基本相同的生活,即他们在家庭或社会中的角色与分工以个体的年龄和性别为准绳进行划分,且具有稳定性和可控性。然而,"突如其来"的"神灵授记"体验,以及由此产生的精神状态和行为举止的非常态化状况,导致其在家庭和社会结构中无法被明确定位。处于该状态的史诗歌手几乎不承担家庭和社会结构中的任何角色和分工,家庭和社会结构也无法对其做出适当的分类。他处于模棱两可的阈限状态,既非彼又非此。此后,史诗歌手渐渐度过"神灵授记"阶段,并顺利完成身份转换,开始以新的身份重新整合到家庭和社会结构中,并获得其在社会结构中新的角色与定位。

史诗歌手的神奇传闻包含仪式的三个阶段,其中,史诗歌手关于其如何获得史诗表演技能的神奇传闻叙事,意在彰显和记取仪式三阶段中的阈限阶段。

我们认为,神奇传闻叙事具有仪式性,即神奇传闻是对史诗歌手"神灵授记"仪式过程的叙事,换言之,史诗歌手意在通过讲述神奇传闻,对以"神灵授记"为核心内容的"通过仪式"进行再现和彰显。

神奇传闻叙事不仅是史诗歌手呈现仪式过程的途径之一,也是其记取民族传统文化记忆的有效尝试。通过讲述神奇传闻叙事,藏族传统的神授、梦兆、圆光、掘藏等文化记忆得以呈现;隐藏在这些文化符号背后的

---

① 岳永逸:《范·根纳普及其〈通过仪礼〉》,载《民俗研究》2008年第1期。

民族文化传统得以强化和传承；依托民族传统文化而存在的地方民间信仰及宗教信仰得以彰显和巩固；以共同地域、共同语言、共同传统和共同信仰等为基础的社会组织得以维系和凝聚。

通过实地的田野调查，我们能弥补文献资料对问题进行静态的刻板化解读的缺陷。三年来，通过对田野调查和文献资料的多次比对，笔者发现：史诗歌手神奇传闻叙事并非一成不变，它不仅随着时间的推移不断丰富，还伴随着"特定情境中的交流资源、个人能力以及参与者的目的"的不同而出现转变。这种由于受到表演的新生性影响而产生的"异文"与史诗的内容形成了"互文"效应。虽然史诗歌手对此"异文"现象矢口否认，但通过比对田野访谈的记录，一切不证自明。以著名的史诗歌手达瓦扎巴为例，笔者与这位著名的神授史诗歌手（或山授史诗歌手）的初次相识是在 2000 年，当时年仅 18 岁的达瓦扎巴，性格腼腆木讷，总有些不合群，当问及他的说唱经历时，他曾这样说：

> 是我 13 岁那年吧（音量很低，始终半低着头），当时，我去我们家附近的神山附近放牧，后来不知怎么的就睡着了。梦中，有一个白发苍苍一身白色衣衫的老人走到我面前，他说我是一个很特别的人，还说想帮帮我。他问我是想听懂飞禽的语言还是想说唱《格萨尔王传》，我当时想，听懂飞禽的语言不过是听它们说三道四，没什么意思，我就说我想说唱《格萨尔王传》，老人说很好，从此以后你就是宣讲史诗的仲肯了。然后他就消失了，我也醒了，事情就是这样。后来我就天天想说唱，不说唱，心理就很难受，我怕他们笑话我，我就在放牧的时候唱，后来才敢在别人面前唱。①

由于他叙述的事件十分新奇，笔者至今记忆犹新。但当笔者时隔十余年再一次与他谈起这段经历时，却发现史诗歌手达瓦扎巴的描述不仅拥有了史诗般的恢宏气势，还颇有几分早有准备的自信。理查德·鲍曼在谈到

---

① 达瓦扎巴的经历在当时仅 13 岁的我听来犹如听童话故事般新奇，所以至今记忆犹新。伴随着羡慕、好奇和近乎崇拜的心情笔者聆听了达瓦扎巴演述的史诗片段，当时虽然对史诗的内容未能详解，但还是被他忘我的表演震撼。

"表演"时说,表演的本质特征之一就是它使表演者和参与者得到经验的升华①。史诗歌手的表演使他具备了满足听众期待的能力,在社会结构和参与者的改变中,他们懂得如何以新生的表演技巧牢牢把握住听众。也就是说"表演的新生性并不是预先决定好的表演的模板,而是情景化社会交往的成果"②。我们看到,这种新生性既表现在外在肢体的语言中,更为重要的是表现在对表演内容的充实和对故事的去矛盾化过程中。需要注意的是,表演的新生性并不是对史诗的一种亵渎,更不会成为史诗歌手神圣地位的威胁,因为他们总是努力将"表演"控制在社会结构和听众期待许可的范围之内,任何有悖传统的表演和叙事都被自觉地剔除。这种发展中的叙事模式,与虚荣和欺骗无关。史诗歌手将史诗中万马奔腾、恢宏壮阔的场面移植到其神奇传闻叙事中,是史诗歌手记取时代印记、回应时代需求的途径之一。对于史诗歌手表演中的新生性特征,我们将在第四节中着重介绍,这里不再赘述。

## 二 史诗歌手的认同表达

"每一个讲述者都是盛满他所代表的社区的传统的容器。"③ 在这个古朴的容器中,我们既能品出传统的陈香,同时还可以体味不同酿造者匠心独具的"新配料"。古老的史诗歌手是盛满藏族古老文化的传世之宝。"群体性约束、历史记忆的深层积淀、历史和地理环境以及传统为保持自己的延续性所形成的传承模式"④ 为史诗歌手这一群体的形成奠定了基础,而这些基础正是史诗歌手表达认同的凭依。"人类之所以需要社会的认同,很重要的一个因素就是想要与众不同,它之所以重要,主要是因为它代表一种虚假的解决方案,是要把人割裂,而不是促成他追求终极的一

---

① [美]理查德·鲍曼:《作为表演的口头艺术》,杨利慧、安德民译,广西师范大学出版社 2008 年版,第 15 页。
② 同上书,第 17 页。
③ Linda degh: folktale and society—storytelling in a Hungarian peasant commuity p. 52 lindiana universitiy press. 1989. 转引自吕微、安德民编《民间叙事的多样性》,学苑出版社 2004 年版,第 295 页。
④ 刘魁立:《刘魁立民俗学论集》,上海文艺出版社 1998 年版,第 97—98 页。

体性。"① 我们认为史诗歌手为了达到"与众不同"的目的，所采取的表达认同的途径是多方面的。在劳里·航柯为认同所下的定义中，我们看到"认同代表着在聚合与归属的现实中，在组成'我们'（从'他们'之中区别开来的'我们'）的空间世界中，经过不断沟通而出现的一套价值观念、符号及联结群体的情感"②。他认为认同具有多样性，或可以从个体、地方、民族、相同认同的族体、自然状态的认同、认同表达系列、认同表现的变化和假的认同表现等方面进行"多方位"的"阅读"③。

就演唱史诗《格萨尔王传》的史诗歌手而言，其表达认同的途径也是多样的。我们拟从表演史诗的个体、表演史诗的区域、史诗歌手认同表达系列和表演的认同现象等方面对其进行解读。

（一）个体认同表达

前述中，我们就学界已有的学术传统与民间术语系统在史诗歌手分类方面的差异或矛盾以及由此可能或已经导致的后果进行了探讨。正如劳里·航柯所言，"在学术分类与土著分类之间，存在着鲜明的区别"④，透析土著或民间分类系统中的民族传统质素，将有助于我们了解史诗在其流布地区的地位及意义。

通过田野调查，我们得知史诗歌手具有以获得表演技能的地点为个体分类法则的传统，即山授、水授等。我们认为这种分类法则，是史诗歌手表达个体认同的途径之一。

生于青海玉树杂多县莫云乡的著名《格萨尔王传》史诗歌手达瓦扎巴，称自己是山授史诗歌手，这位粗犷而朴实的康巴汉子这样描绘自己的说唱经历："我13岁那年，有一天，我到我家附近的著名神山'杂加多杰平措'放牧。那天，我总觉得没有精神，想睡觉。不知道什么时候就睡着了，还做起了梦。梦中我听见许多骏马驰骋嘶鸣的声音，还听到将士们的头盔、铠甲、宝剑、长矛、弓箭等相互碰

---

① ［美］哈罗德·伊罗生：《群氓之族——群体认同与政治变迁》，邓伯宸译，广西师范大学出版社2008年版，第22页。
② ［芬］劳里·航柯：《史诗与认同表达》，孟慧英译，载《民族文学研究》2001年第2期。
③ 同上。
④ 同上。

撞的声音，不仅如此，后来我还看见在广袤无垠的草原上近千位全副武装的战士将领手持各种武器奔跑着（双手在空中比画）。这时，从人群中走出一位身穿白袍的老僧人，他问我在以下三样东西中我想要什么，一种是学会天上飞禽的语言，一种是学会地上走兽的语言，第三种是会说唱《格萨尔》的故事。当时我想，说自己能听懂动物的语言，别人也不会相信，《格萨尔王传》比较好，于是选择了《格萨尔王传》，老僧人对我说很好，然后向远方走去，最后消失了。从此我慢慢地会说唱《格萨尔王传》的故事。在我大约16岁的时候，我又做了一个梦，梦见一个骑白马穿白衣的人带我去见格萨尔大王，这位白衣骑者叫鲁珠，是来自龙界的人（向笔者解释）。在梦中，我被带到一座大帐篷中，见到了崇敬的格萨尔王。我想向格萨尔王做供养，但是自己什么也没带来，于是用自己前世及今世所做的一切善事及善缘做供养献给了格萨尔王。我回到家大病了三天三夜。病好以后，总是想到野外去，在旷野上又想跑到山上去。从那时开始，眼前老是浮现岭国山水的情景，一看到这些我就很激动，眼泪自然就流了下来。从此开始说唱《天界篇》，后来《诞生篇》《霍岭》等一部部增加。那几年（13岁到16岁），我经常跑到山上偷偷地说唱，不让别人知道，但一天不说心里就不舒服。17岁时到拉萨朝佛，途中经过那曲，遇上一位艺人，当他说唱《霍岭》上部的时候，我的故事也降下来了，就跟着一起说。后来我又唱《米努绸缎宗》，大约唱了5个小时。来到下曲卡，住在旅社里，当天夜里，我在梦中又自然地说唱起来，一直说到第二天太阳升到山顶。当我清醒过来时发现很多人在门口、窗口看热闹，而我说得口水流到前胸的衣服上，自己竟一点都没有察觉。那时唱的是《卡切玉宗》，一起去的还有我的表弟和其他同乡。"（达瓦扎巴会说唱《格萨尔王传》的消息不胫而走，1996年他被玉树群艺馆聘用。他说自己可以说唱170余部史诗部本，目前完成录音19部，记录整理了3部，出版了1部）[①]

而在格萨尔学界久负盛名的史诗歌手玉梅，她的表演经历又别有一番

---

[①] 2011年2月10日采访著名史诗歌手达瓦扎巴录音。

洞天。玉梅的表演经历极富戏剧性，梦中所见几乎可以视为一篇构思巧妙的民间幻想故事。

玉梅，西藏那曲专区索县绒布区日堆乡人，是一位能讲70多部史诗《格萨尔王传》的女性史诗歌手。她从小听父亲说唱史诗，但父亲从未专门给她传授过。她说：在她16岁那年的春天，她和女伴次仁姬把牦牛赶到了她家山背后的草场。静谧的草原上，牛群安详地吃着草，四处静极了，只听到牦牛咀嚼的声音。玉梅沐浴着温暖的阳光，躺在草地上睡着了。这时她做了一个奇怪的梦，梦见她面前有两个大湖，一个黑水湖，一个白水湖。只见从黑水湖中跳出一个红脸妖怪，要把她往湖里拖，正当她哭喊挣扎时，从白水湖中走出来一位美丽的仙女，头戴五佛冠，用白哈达缠住她的胳膊与红脸妖争夺。仙女对妖怪说："她是我们格萨尔大王的人，我要教她一句不漏地将格萨尔的英雄业绩传播给全藏的百姓。"黑水湖妖魔无奈，只得放开她钻入了湖中。这时从白水湖中又走来一位白衣少年，他们给她沐浴并赠给她宝石和九根白马的鬃毛，然后对她说："你以后就是我们的人了，可以回家了。"仙女和白衣少年在白水湖中隐去后，飞来了一只神鹰，神鹰把她拖到天葬台，神鹰啄下她肩上的一块肉供神，她在疼痛之中醒来。回家后玉梅便生了一场大病，这期间她满口胡说，两眼发直。在她生病的这一个多月中，眼前一直浮现着格萨尔及其大将四处征战的场面。[①]

就玉梅的神奇传闻，笔者询问了多年从事史诗《格萨尔王传》收集和整理工作的玉树"抄本"世家第三代传承人秋君扎西前辈。

在民间，我们称拥有这种说唱经历的史诗歌手为水授史诗歌手，我们一般是以"神授"的地点作为史诗歌手的分类标准的。当然，神授史诗歌手、圆光史诗歌手、掘藏史诗歌手、撰写史诗歌手等分类

---

① 周爱民：《格萨尔—口头诗学——认同表达与藏族民族民俗文化研究》，博士学位论文，中国社会科学院，2003年，第53页。

方法也兼而有之。①

这位深入民间、多年从事史诗搜集整理工作的前辈与史诗歌手的说法不谋而合。

从上述两则神奇传闻叙事中我们看到，史诗歌手所讲述的神奇传闻中涵括了诸如征战、民间智叟、英雄格萨尔、黑白二元对立、湖中女神和神鹰等在内的一系列叙事母题。这种叙事母题作为一种文化符号，在被史诗歌手挑选的过程中得到强化。它们已不仅仅是某种外部形式和内涵的意义体现，它们蕴含着一种符号意义。"我们能察觉到围绕这些符号的那种神圣气氛。它们涵蕴的意义和情感能使具有同一认同表现的群体更加团结，强化它们的内聚力与一致性。"② 也就是说，神奇传闻讲述活动本身是史诗歌手记忆和复述民族传统文化和价值观念的过程，通过复现神奇传闻叙事中的族群传统文化元素及其意义，可以达到完成史诗歌手个体认同和史诗流布地区群体认同的目的。

此外，史诗歌手对于歌手类型的分类标准，作为其表达认同的途径之一，在史诗歌手的神奇传闻叙事中，具有标定自我的重要作用。史诗歌手以"神灵赐授"地点（如高山、圣湖）作为背景叙述了一段神奇经历。在这些经历中，他们通过"神圣"的个人顿悟完成了从一个普通的平民向信仰的负载者、神的代言人甚至是神本身的根本转变。在神奇传闻的叙事中，他们终于完成了与他人的割裂，成为"与众不同"的一类人：他们被"神"选中，成为"神"的代言人或化身，拥有了"神力"和不可思议的技能。很多学者认为，史诗歌手（指拥有神奇传闻的史诗歌手）都是一些天资极高、悟性极强的人，即"他们具有异乎常人的记忆力、创造力以及艰辛而丰富的生活经验"③。由于这种认识的普遍存在，出现了许多讨论史诗歌手应当具备哪些素质，才能成功地完成史诗表演的论文④。

---

① 2010年2月11日采访秋君扎西前辈录音记录。
② [芬] 劳里·航柯：《史诗与认同表达》，孟慧英译，载《民族文学研究》2001年第2期。
③ 郭晋渊、歌行：《神奇迷离的"巴仲"现象与传统文化的内质》，载《格萨尔研究》1990年第1期。
④ 达瓦：《浅析造就〈格萨尔〉艺人的条件》，载《西藏大学学报》2008年第3期。

诚然，史诗作为民间口头传统中长篇叙事类作品，具有人物多、事件多和故事情节复杂等特点。史诗歌手作为表演史诗的专业人员，若无一定的资质或天分是无论如何不能担当表演史诗的重任的。然而，在实际的田野调查中，我们看到史诗歌手多系纯朴牧民出身，他们性格腼腆、不善交际、识字率低、不善言辞。正如边巴占堆对年轻的史诗歌手斯塔多杰所做的试验所示："我拿了一个初中二年级的藏文课本，从中选了贡唐·丹白卓米的诗文《求学之教言》，请他朗读一遍，预想毕竟是他学过的课文，朗读起来理应比较容易，但他在朗读时却总是吞吞吐吐，诗行的停顿韵律竟没有规律，还读错动词和名词，有些字甚至需要拼读。"[1] 拥有神奇经历的史诗歌手似乎并非都是天赋异禀的"天之骄子"。我们认为，史诗歌手的"超凡"能力（并非全部但至少有一部分）是由社会"赋予"的，也就是说，史诗流布地区的民众先验地认为：既然"神"选择了芸芸众生中的他们，并赐予他们表演史诗的能力，他们就应该是全知或万能的。然而悖论在于：并不是史诗歌手想成为什么样的人，而是社会希望他们变成什么样的人，也就是说，史诗歌手在某种程度上是一个"被叙述者"而非"叙述者"。史诗歌手这一特殊社会群体是社会形塑的结果，是族群成员对于神山圣湖的虔信，对超自然的膜拜才使史诗歌手的身份具备了合法性和权威性。史诗歌手们极富启发意义的分类方法，是他们在族群原始信仰的"庇佑"下抒发个人或群体认同的有效尝试。

（二）地方认同表达

彝族史诗研究专家巴莫曲布嫫在讨论彝族史诗"勒俄"的表演情况时，提到"叙事界域"的概念。她认为在史诗表演活动中，特殊的事件、特定的时间和不同的地点对史诗的表演有不同的要求，史诗的表演并不是随心所欲，想表演哪一段就表演哪一段的。史诗表演是受"叙事界域"和"传统法则"制约的[2]。由此，她援引彝族民间史诗"勒俄"中"公勒俄"、"母勒俄"、"黑勒俄"、"白勒俄"和"花勒俄"等表演类型概念对史诗"勒俄"在不同表演场域的表演规范进行了介绍。虽然，我们运

---

[1] 边巴占堆：《〈格萨尔〉说唱艺人斯塔多杰》，载《西藏研究》2006年第2期。
[2] 巴莫曲布嫫：《叙事界域与传统法则——以诺苏彝族史诗"勒俄"为例》，转引自吕微、安德民编《民间叙事的多样性》，学苑出版社2004年版。

用这一概念的内涵和外延与巴莫曲布嫫的定义不尽相同，但这一概念对于我们理解史诗歌手表演的区域认同是十分有益的。我们所关注的"叙事界域"是指史诗歌手与故土之间的一种天然的联系，一种离开故土便极有可能迷失自我的"地方心结"。在田野调查和民间的口碑资料中，我们搜集到许多有关史诗歌手离开故乡去外地或出国表演史诗时，即在陌生的表演场域进行表演时所出现的表演失常甚至于表演中止的状况，这种现象被史诗流布地区的民众解释为："史诗歌手离开'神授之地'后，遭受'神灵'惩罚或史诗歌手离开保护一方水土的'域拉'（地方神）的势力范围后，遭遇表演失常的情况。"①

笔者：丹巴大哥，您是在巴塘乡长大的，在巴塘乡说唱史诗的次数应该比在其他地方多吧？

丹巴江才：嗯，对。我爸爸喜欢听格萨尔仲（《格萨尔王传》），我们乡里的人闲了也经常来家里听我唱。和家里人、朋友去草滩上玩，也会唱。

笔者：哦，您是什么时候来州上专门唱史诗的？那之前一直在巴塘唱吗？

丹巴江才：2008年吧。2008年，文化局的说要我来州上唱，还给我发工资，从那以后，他们有活动或者有专家老师要听，我就来州上唱。以前在巴塘唱得多，有时候去别的县探亲，有时也会唱。

笔者：在巴塘唱和在其他地方唱感觉有啥不一样吗？

丹巴江才：一样，没啥不一样。就是在家里那些人我都认识，在其他地方我不认识的比较多。

笔者：哦，那在家里人面前唱和在陌生人面前唱，感觉也一样吗？

丹巴江才：哦……也不是一样，在家里那边唱，我比较舒服。唱多长时间是我说了算的，他们都听我的。在家里那边唱也不太紧张，声音也比较好，也不会停太长时间。

笔者：那在外边呢？

---

① 2012年8月15日采访杂多县阿多乡牧民宗萨笔记。

丹巴江才：呵呵，外边有很多是我刚认识的，有些还是专家老师，很多时候会紧张，有些曲调也想不起来。而且有时间的规定。①

多年从事史诗搜集、整理工作的秋君扎西前辈也认为史诗歌手在其熟悉的家乡表演史诗要比在其他地方表演自如流畅许多。

笔者：请问您从事搜集、整理《格萨尔王传》史诗多久了？

秋君前辈：大概有30多年了，其实我祖父就是搜集、整理、抄写史诗的能手，我听父亲说由于祖父整理、抄写的史诗文辞优美、字体隽秀，所以很受史诗爱好者青睐，当时还把祖父嘎鲁整理抄写的史诗称为嘎鲁本。从我记事起，父亲就给我讲许多史诗故事，父亲还喜欢演唱史诗，我是在父亲悠悠的史诗演唱中长大的。

笔者：您大概搜集整理了多少部本的《格萨尔王传》？

秋君前辈：大概20多部了，出版了5部。

笔者：您是从哪儿搜集到这些史诗的？

秋君前辈：我拜访过很多史诗歌手，我带着录音机去他们家，如果他们有足够的空闲时间，就请他们演唱一些他们最为拿手的史诗部本，我把他们录下来，然后回家反复聆听，如果发现这是一个情节曲折、内容丰富且完整的史诗部本，就与史诗歌手商量是否可以在我家居住一段时间，将这一部史诗录完，如果不是赶上换草场、剪羊毛或其他重要的事情，他们一般不会拒绝，因为在他们看来宣讲《格萨尔王传》是在积累功德，如果他们无故拒绝表演，将遭受上天的惩罚。

笔者：哦，那你觉得史诗歌手在不同的地方演唱史诗，环境的变化对史诗歌手有影响吗？

秋君前辈：嗯，有的。有以前听老人讲史诗歌手离开他的家乡去别的地方，他在那里演唱史诗总会有一些问题，有时是内容不连贯，有时是曲调比较单一。在我拜访说唱艺人的过程中，有时也会有这样的情况。有时为了不打扰说唱艺人家人的日常生活，我会邀请说唱艺

---

① 2011年3月2日采访史诗歌手丹巴江才录音记录。

人来我家里小住些日子，这样我们就可以比较自由地安排录制的时间和节奏。但我发现，换了环境的说唱艺人，有的就会出现进入状态比较慢、内容不连贯等问题。我发现了这些问题，所以如果条件允许我会尽量扛着录音机去史诗歌手的牧场或帐房里录音。

笔者：是陌生的环境让史诗歌手有点紧张了吗？

秋君前辈：嗯，有这个因素。但我觉得史诗歌手离开故土对他们演唱史诗还是不利的。老人们常说离开地方神的庇佑，史诗歌手的表演会出现问题。

笔者：故土难离或许就是这个意思吧。地方的山水造就他们表演史诗的本领，离开滋养他们的故土，他们的表演是有可能出现问题的。

秋君前辈：嗯。其实我觉得还是有很多深层的原因，史诗歌手说他们的表演技能是当地有名的神山或"域拉"（地方神）赐予的，他们对当地的神山也充满敬畏之情。离开了赐予他们能力的神山，他们的心理或许就会受到影响。

笔者：嗯，其实国内外许多藏学研究专家把神山信仰作为了解藏族文化的切入点，有些专家认为神山崇拜与区域文化之间有深层的逻辑关系。看来，史诗歌手研究也离不开对神山的探讨。

秋君前辈：我想是这样。藏族有太多神山，太多关于神山的传说和故事，这些传说和故事本身就是藏族传统文化的组成部分。

由此可见，史诗歌手与故土之间存在一种更为深刻而内隐的关系。笔者认为，以往的专家学者之所以一再强调史诗表演无时空的限制性或无叙事界域，意在阐明史诗作为民间叙事传统的文类之一，是集传承性与扩布性于一体的典型叙事。难以否认，史诗确实存在历时的延续性和共时的扩布性。然而实地的田野调查记录却证实了生态环境对文化的控限与制约，或曰，史诗歌手积淀于内心深处的对"一方水土"的眷恋之情对史诗表演以及史诗传播有一定的影响。人类的生活方式、习俗传统和思维观念实际上都与生态环境有着多维度的密切关联①。我们认为以史诗歌手所处的

---

① 江帆：《生态民俗学》，黑龙江人民出版社2003年版，第3页。

生态及人文环境为基础的史诗表演场域不仅是史诗叙事的意义得以生成的凭依，而且是共享史诗传统的民众表述其族群历史记忆的重要场所。也就是说，规约着史诗歌手的"叙事界域"，从另一层面隐含着族群成员对史诗内容之真实性的笃信。其逻辑前提是，当地民众崇拜作为"域拉"（地方神）的保护神，认为其赐授的史诗一定是真实可信的，即史诗是该族群真实的历史记忆的复述和重现。

在史诗《格萨尔王传》的流布地区，史诗歌手的"叙事界域"以神山（圣湖）作为认同的界碑。不同史诗歌手对赐予其史诗表演能力的"神灵"都有地方化的解释，这些解释与当地的神圣空间有着深层的内在联系。换言之，史诗歌手神奇传闻叙事中的神山圣湖在地方文化传统中有着重要的文化地位及象征意义，有时这类神圣空间甚至是模塑地方社会关系结构的依据。史诗歌手以及史诗受众通过强调"地方心结"或"叙事界域"来表达族群的地方认同。从而为维系族群成员情感，团结族群成员和巩固族群信仰获得支持。

（三）蛙（或青蛙）——首要的认同表达

在史诗歌手的神奇传闻叙事中，"青蛙转世"这一文化母题似乎具有无可替代的重要意义。在史诗歌手的认同表达系列中"青蛙转世"作为主要的条目之一，成为史诗歌手表达认同的路径之一。

> 大概是在我 13 岁左右，奇怪的事发生了，有一天，我正给父亲读一本史诗抄本，我自顾自地读着，没有注意到父亲的表情。只见，父亲困惑地站起来，来到我的身边，仔细地看着那本他已经读过无数遍的史诗抄本说："小子，你在读什么呀？我记得史诗里面根本没有那个内容呀。你可不能胡诌呀。"我争辩说："我没糊弄您，您看这不是写着吗？"可是，无论我怎样指给父亲看，父亲看到的内容和我看到的根本不一样，有时当我指给父亲看那些整齐排列的史诗诗文时，父亲却说那明明是抄本的页边，根本没有字。我不服气，大声地念给父亲听，父亲沉思良久，然后让我停了下来。他说：最近你就不要念了。我清楚地记得，不让我念史诗的那几天，我很难过，也很委屈。我无法想象从此不能念史诗的日子，我觉得那简直太糟了。大概一个星期后，父亲让我跟着他去寺院朝见

活佛，我很高兴，就跟着父亲去了。到了寺院，我们见到了活佛，活佛很友善地看着我。记得父亲和活佛聊了很久，然后父亲让我过去，并拿出那本史诗抄本让我念给活佛听，我很高兴，于是忘情地念着，活佛坐在我的身后，逐行地看着我念，等我把那一章念完。活佛笑着对父亲说：不必紧张，他念的不是别的，就是《格萨尔王传》，只是他念的内容你以前没听过而已，以后不要阻止他念史诗，那是你们的功德，他真是个有福的孩子，说罢活佛默默地念了几句经，把供在佛龛上的小佛像请下来，在我头上点了三下。然后，我和父亲就回家了。从那以后，父亲就让我念史诗给他听，我发现只要有空白的纸我就能从上面看到一排排整齐的史诗诗文。有时，我找不到纸张，我甚至可以在手掌和指甲盖上看到诗文。父亲让我念什么我就念什么，不需要史诗抄本，给我一张纸就可以。有时我还会推荐父亲听一些新的史诗部本。有一天，我和负责搜集整理我说唱的史诗的秋君扎西大哥聊到其他说唱艺人的演唱情况。他说我们何不试试看，看能不能从纸上看到你到底为什么会表演史诗？我自己也很好奇，于是答应了他的要求，我看到纸上写着我是与格萨尔王同时代的青蛙七兄弟之一，因为和雄狮大王有特别的"机缘"，所以命定要转世宣讲格萨尔王的事迹。当时，我才知道我在某一世是与格萨尔王同时代的动物，我真的很激动。[1]

圆光史诗歌手丹巴江才的神奇传闻叙事是其对个体经验的理解和深描，其中关于"青蛙转世"母题的叙述作为其表达认同的途径之一，因在此后的访谈中被反复提及，而具有重要的叙事价值。无独有偶，在前人搜集的有关其他史诗歌手的神奇传闻中，关于史诗歌手是"青蛙转世"的说法也屡见不鲜。西藏著名史诗歌手，素有"东方荷马"之称的扎巴老人，在面对研究者提出的如何才能成为演唱史诗的史诗歌手或成为一个史诗歌手需要哪些条件等问题时，强调了"缘分"这一概念。他认为只有与格萨尔王有缘的人，才有可能成为史诗歌手。据扎巴老人讲："史诗歌手（不包括习得史诗歌手）的前世是格萨尔王前往北方魔国降服魔王

---

[1] 2010年2月13日采访玉树藏族自治州圆光史诗歌手丹巴江才录音记录。

鲁赞,搭救王妃梅萨的途中,被其战马不慎踩死的青蛙。格萨尔王悲悯众生,在为这只青蛙超度祈福后,命它转世成为传唱史诗的史诗歌手,这就是史诗歌手的身世来历"①(扎巴老人去世后,命其家人留下自己的头盖骨,其上清晰可辨的马蹄印,成为其神奇传闻真实性的凿凿佐证)。扎巴老人以格萨尔王与青蛙的这段公案诠释史诗歌手与格萨尔王之间"因缘聚合"。

此外,降边嘉措在采访史诗歌手桑珠(西藏墨竹工卡)、才让旺堆(青海唐古拉山)、玉梅(西藏索县)、昂仁(青海果洛)、次多(青海果洛)和次仁扎堆(西藏安多)时,曾写道:

……他们不约而同地讲述了一个古老的传说:雄狮大王格萨尔闭关修行期间,他的爱妃梅萨被黑魔王鲁赞抢走,为了救回爱妃,降伏妖魔,格萨尔出征魔国。途中,他的宝马不慎踩死了一只青蛙。格萨尔感到十分痛心,即使是雄狮大王,杀生也是有罪的,他立即跳下马,将青蛙托在掌上,轻轻抚摸,并虔诚地为它祝福,求天神保佑,让这只青蛙来世能投生人间,并让他把我格萨尔降妖伏魔、造福百姓的英雄业绩告诉所有的黑发藏民。格萨尔还说,愿我的故事像杂色马的毛一样。果然,这只青蛙后来投生人世,成了一名"仲肯"——《格萨尔王传》说唱艺人。这便是藏族历史上第一位说唱艺人的来历,他是与格萨尔有缘分的青蛙的转世。②

从上述田野调查记录以及文献资料中,我们不难发现,以"青蛙转世"作为史诗歌手神奇传闻叙事中的典型情节,已成为史诗歌手认同表达系列中的首选原素。

史诗歌手选择"青蛙"作为其神奇传闻叙事中的典型形象,显然具有深远的自然生态文化背景和民族传统文化意义,我们将在下一章对此进行探讨,这里不再赘述。

我们注意到,在史诗歌手的神奇传闻叙事中,其首选的认同表达原

---

① 杨恩洪:《民间诗神——格萨尔艺人研究》,中国藏学出版社1995年版,第155页。
② 降边嘉措:《格萨尔论》,青海人民出版社1987年版,第516—517页。

素——"青蛙转世"与史诗的具体情节相衔接，换言之，史诗歌手在史诗文本语境（或作品语境）中讲述神奇传闻叙事，且形成了神奇传闻叙事与史诗内容浑然天成、前后连贯的叙事效果。我们认为史诗歌手背靠史诗的宏大叙事传统，讲述关于个体的神奇传闻，其目的在于：

1. 借助史诗的叙事传统来确证其区别于其他类型说唱艺人的特殊身份。

2. 借助史诗的叙事传统，史诗歌手所讲述的神奇传闻叙事超出了其原本的个体生命史属性。在神奇传闻讲述的过程中，叙述者、叙述的事件和观众在特定的时空或语境中，对史诗和史诗歌手存在的意义得到进一步了解，从而使史诗歌手的存在具备了合理性和合法性。

3. 史诗歌手借助史诗的叙事传统，传达个体存在的合法性，其终极目的是希望借助史诗的影响力和权威性，使个体在族群中的地位和价值得到认同和肯定。

（四）表演的认同表达（道具）

正如前面所述，藏族民间不同类型的说唱艺人，都拥有各自不同的认同表达途径。其中有些认同表达通过内在的文本叙事方式得以实现，有些则需借助于外在的表演道具来标定自我。如"堆巴谐巴"（颂赞者）以韵文形式表演赞词，"仲哇"（讲故事者）以韵散结合的表演方式呈现口头传统，"夏"（对歌）以"你来我往"的表演形式合作完成表演，而"折嘎"说唱则凭依一定的表演道具，如五彩神棍、白色羊皮面具和小木碗等标定表演。通过田野调查我们发现，史诗作为藏族民间最具影响力的口头传统，在表演中对上述说唱艺术进行了有益的借鉴，它运用韵散结合的形式呈现史诗内容，也灵活运用"夏"（对歌）的形式表演对口或群口史诗，同时史诗歌手也擅长借助表演道具来升华叙事效果。如何使史诗歌手区别于其他说唱艺人呢？我们认为外在于史诗歌手且具有高度辨识力的表演道具是其标定个体身份的依据之一。

上述中我们曾谈到史诗歌手的表演道具包括"仲夏"（说唱帽）、念珠、格萨尔王的唐卡、铜镜、净水和白石等，它们因有别于其他说唱艺人的表演道具而成为史诗歌手标定自我的凭依。几乎所有的史诗歌手都或多或少地拥有上述表演道具。即便没有，他们也会倾尽所有央求别人做一顶"仲夏"（说唱帽）或画一幅"仲唐"（说唱画），足见表演道具对史诗歌手的重要性。

我们知道,一切戏装、道具都具有强烈的转喻功用,是成全角色的必要条件。史诗歌手戴上"仲夏"的那一刻,就会使人不由自主地联想到头戴战盔的格萨尔王,"仲夏"的多重象征符号及其意义也极易把观众拉回史诗的历史文化背景中,给人以置身其中之感。史诗歌手不仅以神奇传闻叙事作为自己与英雄之间神秘联系的"证词",也善于利用表演道具来外化这种关系。他们运用表演道具牢牢地占据表演场域的剩余空间,成为无可争议的主角,以绝对的"他者"的形象标记出格萨尔王的缺席在场。从而,与在场的听众一同达成对自我身份的认同和升华,即他是史诗歌手,也是英雄本人,因为"认同也就意味着替代"①。

我们看到,史诗歌手借助表演道具所表达的认同意识中,不仅体现了史诗歌手希望通过独特的表演道具达成自我认同的目标,其更为深层的目标在于,史诗歌手希望通过借助表演道具,为观众营造一个特殊的语境,在该语境中史诗歌手、史诗叙事和观众可以回到史诗世界中,与英雄近距离接触,感受史诗叙事发生、发展的过程,切身体会史诗所传达的精神意义,从而巩固族群的信仰、团结族群成员。

综上所述,史诗歌手(无论是拥有神奇传闻的"超凡"史诗歌手,还是通过"口传心授"习得史诗的史诗歌手),都是浸润在藏族民间悠久的传统文化中,背靠藏族丰富的口头传统和表演技巧,通过不断地吸收、借鉴、适应、融合和内化各种传统文化质素来完成自我模塑和自我认同的。也就是说,史诗歌手通过彰显和记取传统文化质素来表达自我认同的努力贯穿在史诗表演的每一个环节,它们时刻提醒着世人有关史诗歌手的"众望所归"和"与众不同"。

## 第三节 远古余响——古老民族的信仰崇拜

### 一 蛙崇拜——史诗歌手的图腾记忆

"我是格萨尔王的坐骑神马踩死的青蛙转世,我奉大王之命来世间

---

① [英]维克多·特纳:《仪式过程——结构与反结构》,黄剑波译,中国人民大学出版社2007年版,第174页。

宣讲大王的事迹，让黑头藏人永远记住雄狮大王格萨尔……"概览许多史诗歌手的神奇传闻叙事，我们在当中几乎都会发现这样一段充满奇幻色彩的"身世"描述。在以往的研究中，研究者大多对这类叙事持莫衷一是的谨慎态度。他们认为："这是史诗歌手为了提高自己的身价和强化自己的神秘感而附会的故事。"[①] 纵然有研究者将这些"故事"写进自己的文章中，其侧重点主要放在了史诗歌手的认同表达和展演合法性的探讨上，而忽略了这类叙事中所蕴含的重要的传统母题和文化质素。

笔者：前辈，我在翻阅有关史诗歌手的相关资料时，发现他们的经历充满奇幻色彩。与其他民间叙事传统的讲述人不同，史诗歌手否认自己的史诗演述技能是通过学习和反复实践获得的。在访谈中，他们说自己得到了神灵或格萨尔王的赐授，才能有缘演述史诗，对这种史诗演述机缘说您怎么看？

秋君：哦，对的。我拜访的很多史诗歌手都会有这些神奇的经历。其中最为人所熟知的故事是，史诗歌手是格萨尔王的神驹不慎踩死的青蛙的转世，他们担负着弘扬格萨尔王英雄业绩的使命。

笔者：这种说法有代表性吗？

秋君：嗯，关于"青蛙转世"这种说法还是有一定的代表性的。西藏著名的说唱艺人扎巴老人你知道吧？（笔者：嗯，我知道。）我听说老人家过世前，嘱咐家人要留下自己的头盖骨，人们看到他头盖骨上有一个马蹄印。我听我的父亲说以前玉树地区有一个很有名的说唱艺人，名字叫嘎拉吾，听说他的背部就有一个很大的马蹄印。

笔者：马蹄印和青蛙转世有什么关联吗？

秋君：老人们和说唱艺人说这就是前世被马蹄踩踏致死的明证。

笔者：哦，还有其他的吗？

秋君：土丁久耐你是认识的。有一次我们闲聊的时候，他就说自己是一只金色蛙的转世，而丹巴（指圆光史诗歌手丹巴江才）说他是青蛙的转世。

---

[①] 徐国琼：《再论〈格萨尔〉艺人的"神授说"》，转引自赵秉理编《格萨尔学集成》1—5卷，甘肃人民出版社1990年版，第1854页。

在访谈中，我们发现史诗歌手以"青蛙转世"为主题的神奇传闻叙事具有一定的普遍性，我们认为对这一主题的细致分析可能是解开史诗歌手神奇传闻叙事生成机制的关键点之一。

（一）藏族民间叙事传统中的"蛙"

为什么在相当一部分史诗歌手的神奇传闻叙事中，都会出现"蛙"这一形象？"蛙"与史诗歌手之间的关系该如何解释？通过访谈我们发现，在史诗歌手的神奇传闻叙事中，"蛙"的形象以史诗歌手前世的身份出现，并在其叙事中具有举足轻重的地位。这段关于"蛙"的叙事内容作为史诗歌手表达认同的首选原素有何文化意义呢？当我们回到藏族民间叙事传统中寻找答案时，我们发现"青蛙"这一形象在民间口头传统中可谓"俯拾皆是"。

流行于康区的民间故事《青蛙骑手》，以其一波三折的故事情节、变幻莫测的人物形象、惩恶扬善的结尾设置而广受民众喜爱。此外，以"青蛙"为主角的藏族民间故事还有《聪明的青蛙》、《青蛙和乌鸦》、《癞蛤蟆蛋》和《青蛙与老虎》等。在这些民间故事中，小小青蛙以弱胜强，以机智勇敢战胜了威风凛凛的老虎、迅捷灵敏的老鹰和狡诈乖滑的乌鸦。

从这些流传甚广的民间故事中，我们提炼出"青蛙"在民间叙事传统中的形象：勇敢、机智、狡黠、幽默、身手敏捷且拥有神奇的超能力。它在民间故事中多以正面形象示人，并代表正义的一方，常常单枪匹马、孤身作战，拥有克敌制胜、万夫不当之勇（参见附录六《青蛙骑手》）。

在杨庆堃所搜集到的藏族先民的神话中，也有关于蛙的记载：

> 据说龙神之湖中的青蛙，被最大的天神抛到天空，落地后蛙体碎裂，脑浆化作白圣山，血液化为13个圣湖，骨骼变成神山圣坛，成为护佑山神。[1]

---

[1] ［美］杨庆堃：《中国社会中的宗教》，范丽珠等译，上海人民出版社2007年版，第69页。

在史诗《格萨尔王传》中，与"蛙"有关的情节设置也较为丰富。如格萨尔王在征战北方魔国的途中被一只青蛙挡住了前往魔国的道路，大王唱道："你这个青蛙真奇怪，拦住道路为哪般？你可是哥哥黄金蟾，你可是弟弟绿玉蟾，大王来了快让路，不要无理胡捣蛋。"[①] 以及格萨尔王在降服霍尔国的途中，遭遇黑蛙挑战并与它展开了一场恶战。

在一则广为流传的史诗歌手神奇传闻叙事中，"青蛙"又一次成为叙事的主角。

> 雄狮大王格萨尔闭关修行期间，他的爱妃梅萨被黑魔王鲁赞抢走，为了救回爱妃，降伏妖魔，格萨尔出征魔国。途中，他的宝马江嘎佩布不慎踩死了一只青蛙。格萨尔感到十分痛心，即使是雄狮大王，杀生也是有罪的，他立即跳下马，将青蛙托在掌上，轻轻抚摩，并虔诚地为它祝福，求天神保佑，让这只青蛙来世能投生人间，并让他把我格萨尔降妖伏魔、造福百姓的英雄业绩告诉所有的黑发藏民。格萨尔还说，愿我的故事像杂色马的毛一样，在不同的宣讲人口中有不同的内容。然后，他将青蛙的尸体肢解，将血肉向四方撒去。[②]

可见，在藏族民间叙事传统中有丰富的"蛙"形象，这些"蛙"集机智动物和神奇动物的特征于一身，且在民间具有十分鲜明的叙事形象。

（二）藏族传统文化中的"蛙"

在上述中，我们通过概述藏族民间叙事传统中的"蛙"形象，看到"蛙"这一叙事对象出现在许多民间叙事文类中，它既出现在神圣叙事——神话中，也出现在日常叙事——故事中，同时它还出现在现实色彩极浓的叙事文类——神奇传闻中。

我们认为，以"蛙"为主题的叙事所涉及的文类之所以如此广泛，与其在藏族传统文化中的特殊地位密切相关。那么，"蛙"在藏民族传统文化中拥有怎样的地位呢？"蛙"在原始先民解释世界的神话中出现，是

---

① 降边嘉措、吴伟：《格萨尔全传·中》，学苑出版社1990年版，第432页。
② 降边嘉措：《格萨尔论》，青海人民出版社1987年版，第516—517页。

否说明在藏民族的观念中，蛙有别于其他动物，且具有一定的神圣性呢？

　　坐落于西藏昌都地区的卡若遗址是"一处具有典型代表意义的西藏史前遗址，一方面，它继承了西藏远古石器文化的传统，另一方面，从中又反映出与黄河、长江上游地区史前新石器时代文化若干相似的文化因素"①。在该遗址中出土了一件双体兽形罐，"该器高19厘米，一个口，双体，四核器耳，一个小平底，双体刻画的折线略有不同，折线纹内填黑色彩绘，形似雌雄双兽立"②。学者认为"该罐绝不是一般的生活用器，它具备了'神器'的特质，可能是礼器，或祭祀时使用的祭器"③。考古专家对罐面所绘的折线纹进行考察时指出，这种纹路与蛙腿部形态非常相似（专家将这种折线纹与世界范围内原始先民所留下的各类图像资料相比照），或许是对蛙形象的抽象表达。也就是说，专家认为这类折线纹的原型或许是蛙的形体，所以考古专家也将该纹称为蛙纹。学者认为在礼器或祭器中出现蛙形纹，绝非出于对祭器进行装饰的单一目的。换言之，祭器绘蛙纹，或许是藏族先民蛙崇拜的显性表达。

　　藏族是否有蛙崇拜，一直以来都是学界争论的焦点。民族学家杨庆堃曾考证过藏族是否有蛙崇拜的习俗。他认为：

　　　　青藏高原的藏族也有崇信神蛙的习俗，据说龙神之湖中的青蛙，被最大的天神抛到天空，落地后蛙体碎裂，脑浆化作白圣山，血液化为13个圣湖，骨骼变成神山圣坛，成为护佑山神。④

　　杨庆堃所搜集到的这则神话中关于"蛙死后，其尸体化为高原万物"的情节描写与其他民族中流传的有关蛙的神话（如云南省墨江县的哈尼族中也流传着创世时青蛙身体各个部分变成天、地、日、月、星辰的神话）非常相似。学者认为，在以某动物为主题的创世神话中，有关该动物牺牲自我，将身体的各个部分化为自然万物，即创造世界的描写是原始

---

① 霍巍：《考古学所见西藏文明的历史轨迹》，载《民族研究》2010年第3期。
② 侯石柱：《卡若遗址发现30年》，载《中国西藏》2007年第5期。
③ 同上。
④ ［美］杨庆堃：《中国社会中的宗教》，范丽珠等译，上海人民出版社2007年版，第69页。

先民对"人类崇拜某动物"的现象所做的合理化解释。也就是说,原始先民对蛙的崇拜,致使该类"神蛙化生"神话的诞生。

如果我们将这则创世神话与上述中所提及的史诗歌手神奇传闻叙事相比照,即

> 雄狮大王格萨尔闭关修行期间,他的爱妃梅萨被黑魔王鲁赞抢走,为了救回爱妃,降伏妖魔,格萨尔出征魔国。途中,他的宝马江嘎佩布不慎踩死了一只青蛙。格萨尔感到十分痛心,即使是雄狮大王,杀生也是有罪的,他立即跳下马,将青蛙托在掌上,轻轻抚摩,并虔诚地为它祝福,求天神保佑,让这只青蛙来世能投生人间,并让他把我格萨尔降妖伏魔、造福百姓的英雄业绩告诉所有的黑发藏民。格萨尔还说,愿我的故事像杂色马的毛一样,在不同的宣讲人口中有不同的内容。然后,他将青蛙的尸体肢解,将血肉向四方撒去。①

我们可以从中提炼出相似的情节,即"将青蛙的尸体肢解,并将碎尸抛撒四方,其目的在于繁衍万物(包括史诗歌手)"。这种相似的情节描写背后是否有相同的文化动因呢?

神话仪式学派认为,神话与仪式之间存在互为阐释的内在关系。简言之,该学派认为神话是仪式的说明书和许可证,仪式是对神话的复述和再现,两者都是维持和传达民间历史记忆的途径之一。人类学大家埃蒙德·利奇曾言:"神话和仪式都属于对同一种信息的不同的交流方式,二者都是关于社会结构的象征性、隐喻性表达。"②

从史诗歌手关于"青蛙转世"的神奇传闻叙事和民族志中所记载的藏族先民的"神蛙化生"神话中,我们提炼出"将青蛙的尸体肢解,并将碎尸抛撒四方,其目的在于繁衍万物(包括史诗歌手)"的情节,这类带有创世神话性质的细节描写,如果从神话仪式学派的角度关照,我们或可从中探出藏族先民以蛙为崇拜对象并对其进行祭祀的古老文化传统

---

① 降边嘉措:《格萨尔论》,青海人民出版社 1987 年版,第 516—517 页。
② 转引自彭兆荣《神话叙事中的"历史真实"——人类学神话理论述评》,载《民族研究》2003 年第 5 期。

（这也是先民为何在祭器上绘制蛙纹的原因）。换言之，藏族关于"神蛙化生"的神话以及史诗歌手关于"青蛙转世"的神奇传闻是对古老祭祀仪式的记忆和复述。

这种祭祀仪式在先民的神话、史诗以及史诗歌手的神奇传闻叙事中被反复提及，我们认为这是原始巫术行为通过言语代码转换为魔法情节的典型案例。换言之，如果从隐喻学的角度去考察这些叙事内容，我们认为民间叙事传统中留存的这些细节，意在表达和彰显一种古老的祭祀仪式，这种祭祀仪式的特殊性在于，它与藏族古老的图腾崇拜习俗有关。

（三）藏族民间信仰中的"蛙"图腾崇拜

图腾一词是北美印第安鄂吉布瓦人的方言，意思是"他的亲族"。图腾信仰者认为人与某种动物、植物或无生物之间有一种特殊的血缘关系，每个氏族都起源于某个图腾，这种图腾就是该氏族的保护神、徽号和象征。

从文化功能主义的角度出发，所有文化事项都为现实的功能服务。换言之，一个族群信仰观念及其实践行为的成因可以从该族群的生存需要中得到解答。以在学界引起热烈讨论的"蛙"图腾崇拜为例：学者认为蛙类动物的高繁殖率和对气候的敏锐反应在远古先民的物质和精神生活中占据着主要地位。对高生育率的渴望和力图正确判断天气以安排农事的愿望成为远古先民将蛙类动物视为图腾并加以崇拜的动因，也就是说"青蛙叫声的变化能预告阴雨或干旱，以农为主的氏族由蛙鸣判断天气阴晴，农作物丰欠，认为蛙能知人情天意，认为青蛙与人有亲缘关系，于是以蛙为图腾"[①]。

藏民族的图腾崇拜则可寻迹于该民族文献及口头资料的相关记载，如对牦牛、猴的崇拜就是图腾崇拜的典型案例。此外，据史诗《格萨尔王传》所书，藏族对"鲁"的崇拜似乎也带有图腾崇拜的性质。我们看到，在史诗中，主人公格萨尔王自称是天神、人类、"鲁"神三种超自然力结合而生的神人（在史诗中，格萨尔王的生母郭姆，是来自"鲁"界的龙女）。也就是说，英雄与异类存在血缘（或亲缘）关系。我们认为这种将个体的生命形态与自然物或超自然物相关联的观念与图腾崇拜传统存在某

---

① 李景江：《图腾崇拜与图腾文化新解》，载《吉林大学社会科学学报》1993年第1期。

种暗合。

在这里有必要对"鲁"做一下解释：藏族的宇宙观认为，世界分为三界，即天界、人界和"鲁"界。简言之，"鲁"界主要指地下及水域的一切生灵，其中包括蛇、蟾蜍、蝌蚪、蛙、蟹、鱼、蝎、蚂蚁、蝴蝶、杂虫、龙等。藏族民众认为，人类与"鲁"界生灵分属不同界域，为了防止灾难的发生，必须禁止人类的任何越界的行为。也就是说，人类需对"鲁"界生灵遵守严格禁忌（在藏区，严格禁止亵渎和捕杀"鲁"界的生灵[①]，藏族民众认为伤害这些生灵，会遭到"鲁"神的惩罚[②]，患上"鲁"病[③]）。

藏族民族崇敬"鲁"界生灵。在民间至今仍流传着妇女梦见蛇、鱼和蛙等动物而生子的传说。在现实生活中，民众相信妇女如果梦见蛇、鱼和蛙等，就会有添丁进口之喜（民间称这类梦为胎梦，且认为胎梦十分灵验）。简言之，藏族民众认为，"鲁"界之生灵具有某种可以操控人类的神力。

此外，在藏族民间还流传着许多人类与"鲁"界生灵（如青蛙、龙等）婚配生子的民间故事，如《龙王的客人》、《龙女三公主》、《龙女与牧人》和《青蛙骑手》等。我们知道并不是所有的动植物崇拜都可以与异类婚叙事相伴成为一种宏大的叙事类型。通过比对拥有图腾崇拜传统的民族的神话，我们发现，异类婚叙事中的异类大多是该民族先民图腾崇拜的对象，换言之，"随着心智的发展，信仰某图腾的民族毕竟不会只停留在人与动物的同质层面，人类必将在社会进程中思考自身不同于动物的本质特性，因此，在仰慕动物的生存本领之时，又终将排斥把自身价值与其他动物等同。由此，人类产生了异类婚叙事，同时人类也在排斥人与异类的结合"[④]。我们认为在藏族民间故事中出现的龙或青蛙与人类的异类婚叙事，是对藏族"鲁"界图腾崇拜的隐喻表达。我们可以以瑶族的犬图

---

[①] 藏族民众禁止捕杀水生动物的禁忌，虽说与后起的佛教的不杀生、不伤害生灵的观念有关，但它只是起到了催化剂的作用。藏族禁止捕杀、捕食水生动物的习俗可以溯源到古老的原始信仰中去。

[②] 从这些禁令中，我们或可看出藏族先民禁止捕杀图腾动物的禁忌遗留。

[③] 民间将水痘、毒疮、皮癣以及其他皮肤类疾病称为"鲁"病，认为身患这类疾病是因为触犯了"鲁"神而遭受的惩罚。

[④] 王晶红：《中国异类婚口传叙事类型的地域性研究》，博士学位论文，华东师范大学，2006年，第32页。

腾与《犬王传说》、哈萨克族的白天鹅图腾与《天鹅仙女传说》以及藏族的猴图腾与《猕猴和魔岩女传说》为佐证来考察异类婚叙事中异类与该民族图腾之间的关系。

基于对藏族传统的三界观念（即天界、人间、"鲁"界）及其相关禁忌的了解以及对异类婚生成机制的认识，我们认为，史诗中英雄格萨尔王自称是天神、人类和"鲁"神结合的神子，是对藏族古老"鲁"界崇拜的信仰表达。"鲁"界之生灵与英雄之间存在亲缘关系的表述，是"鲁"界崇拜具有图腾崇拜性质的隐喻。

在藏民族的宇宙观里，"鲁"界是一个涵盖地下及水域的庞大空间。从藏民族传统文化的角度出发，我们认为对"鲁"界的图腾崇拜传统，具体而言是指对具有水陆两栖、高繁殖率和高气候敏感度等特性的青蛙的崇拜以及对"龙"的崇拜。鉴于后一种崇拜对象与本书的探讨无关，我们将着重介绍前一种崇拜对象。

关于青蛙是藏族先民图腾崇拜对象的观点，或许会有人质疑：青蛙的高繁殖率和对气候的敏感度对以农耕为主要生计的民族而言显然具有重要的生产指导意义，所谓"农家无五行，水旱卜蛙声"就是对蛙之现实功能的高度概括。然而对生活在高原干旱、半干旱地区，主要操持游牧生产方式的藏民族而言，蛙的价值或许并没有那么突出。我们何以认为藏民族的"鲁"界图腾崇拜具体指"蛙"图腾崇拜？解释这个问题其实并不困难。

翻阅前人（埃克瓦尔）书写的有关青藏高原自然风貌的民族志，我们看到："在此地区'高度'是造成人类生态上农牧之分的最主要因素，在牧业上也造成特殊的高原游牧形态。"[①] 也就是说，青藏高原特殊的地理区位和地貌特点致使牧业成为当地民众首选的生产方式。高海拔、高寒以及半干旱、干旱气候也使得该地区牧民偏向于蓄养耐寒、耐旱、抗缺氧的牲畜来维持生计。青藏高原的地理区位和气候条件所造成的在生产方式和畜产构成等方面的差异以及由这一差异性形塑的价值观和审美观，间接地反映在他们的口头传统中，如藏族创世神话《斯巴宰牛歌》中，就将

---

① Robert B. Ekvall, Field on the Hoof: Nexus of Tibetan Nomadic Pastoralism, Prospect Heights, Ⅱ, Waveland press, Inc, 1968, p.5. 转引自王明珂《游牧者的抉择——面对汉帝国的北亚游牧部族》，广西师范大学出版社2008年版，第6页。

藏族的主要驯养牲畜——牛，提升到创世神话主角的高度。此外，在藏民族其他民间口头传统文类中，有许多以牛、马和羊等典型的牧业牲畜为叙事对象的内容。换言之，在青藏高原地区难以稳定地发展农业①是高原先民的生存常识。

总之，青藏高原的先民选择牧业作为其主要的生产方式，究其根本而言，体现了高原人对本地生态环境的一种理性认识和专化适应。换言之，为求生存，青藏高原的原住民擅于利用自然界中一切有助于其获得生存资源和躲避危险状况的事物和现象。

"对于游牧者来说牲畜是其'本金'不能任意宰杀为食，而需以'利息（乳产品）'为主食"②，因此，为了获得更多更好的乳产品，让畜群摄取足够多的食物，水和草就显得尤为重要。牧民发现夏季水、草充足的地方，往往牛蝇滋生，而植被丰富的森林地带除有野兽出没外，还有对食草性动物极为不利的蜈蚣等毒虫。蚊蝇、毒虫的滋扰会直接影响畜群的产奶量，野兽的袭击则会令畜产遭受直接的损失。牧人对于后者造成的损失往往无能为力，而对前者，牧人发现了能够适应干旱环境，以蚊虫、蜈蚣等毒虫为食的蟾蜍，且它们能够起到有效保护畜群的作用。在利己的朴野的原始思维的驱使下，青藏高原的牧民对"利益相关"的蟾蜍充满敬畏之情，并随之将其奉为图腾进行崇拜。这种将蟾蜍视为图腾的观念在英雄史诗《格萨尔王传》中就有体现：格萨尔王在征战途中，被一只黑蛙挡住了前往魔国的道路，大王唱道："你这个青蛙真奇怪，拦住道路为哪般？你可是哥哥黄金蟾，你可是弟弟绿玉蟾，大王来了快让路，不要无理胡捣蛋。"③ 从格萨尔王将蟾蜍视为其亲族的内容看，蟾蜍显然具有图腾崇拜的特质。且在史诗中我们可以看到许多以"蟾"为祥的象征性描写（如岭国的帐篷是蟾型的），这里不再赘述。

蟾蜍在牧业生产中的重要作用促使其成为藏民族口头传统的表现对象，那么青蛙又是如何成为藏民族口头传统的叙事母题，并逐渐成为藏民

---

① 王明珂：《游牧者的抉择——面对汉帝国的北亚游牧部族·序言》，广西师范大学出版社2008年版，第3页。

② 王明珂：《游牧者的抉择——面对汉帝国的北亚游牧部族》，广西师范大学出版社2008年版，第172页。

③ 降边嘉措、吴伟：《格萨尔全传·中》，学苑出版社1990年版，第432页。

族图腾崇拜的对象的呢？

我们知道，在我国南方许多以农为业的民族中，青蛙具有重要的生产指导价值。农谚"农家无五行，水旱卜蛙声"，就是在掌握青蛙的动物学特性的前提下，将其与生产实践相结合的典型事例。民间认为青蛙有灵性，它主管水这一农业生产的命脉。据动物学的相关知识介绍：青蛙肺小而薄，需借助皮肤的帮助才能鸣叫，天气的阴晴旱涝，都会影响它的鸣叫声，而雨前雨后，青蛙的叫声尤为洪壮响亮。古人根据这种直观经验，慢慢将青蛙与降雨联系在一起，由于雨水对传统农业的意义重大，于是人们赋予青蛙以不凡的灵性，甚至加以膜拜。如壮族就认为青蛙是雷神的子女，是雷神派到人间的使者或称为雨水使者，祭祀青蛙的目的就是祈求雨水，为水稻耕作提供前提。同时壮人对青蛙的崇拜还包括另外一层意思，就是希望氏族和果实能具有青蛙那样惊人的繁殖力，而人口和果实对原始壮民族的发展来说是至关重要的[1]。在广西壮族聚集区，民众每年都会定期举行祭祀青蛙的仪式。在当地，这一仪式是最为盛大的公共事件，具有全民参与的性质，民间称这一仪式活动为蛙婆节。从这一节日名称我们或可看出壮人将青蛙视为亲族的图腾崇拜遗存。

然而，壮族文化研究专家认为，青蛙成为壮族先民的图腾经历了曲折的过程。起初，生活在原始森林、河谷盆地等湿热环境中的壮族先民，以渔捕、狩猎和采集为生。特殊的自然环境使他们时刻面临各种毒虫和野兽的侵扰和威胁，而此时专于攻毒、拔毒的蟾蜍就成为先民的生存指靠。在壮族的图腾神话里，蟾蜍就是单枪匹马、抗击侵略的英雄，民众认为它能呼风唤雨甚至能吞掉日月。

关于壮族蛙图腾与蟾蜍的关系，学者认为壮族先民最初是以蟾蜍为图腾的，而由蟾蜍演变为青蛙，则是壮族先民进入原始农业以后的事。壮族先民在农业生产过程中发现，蛙的鸣叫和活动情况与晴雨有很大关系，出于求雨的愿望遂崇拜青蛙。同时"壮人对青蛙的崇拜还包括另外一层意思，就是希望氏族和果实能具有青蛙那样惊人的繁殖力，而人口和果实对原始壮民族的发展来说是至关重要的"[2]。

---

[1] 李景江：《图腾崇拜与图腾文化新解》，载《吉林大学社会科学学报》1993年第1期。
[2] 同上。

我们知道藏族先民以"山牧季移、依随水草"的游牧生产为主要生业,且正如上述所言,在游牧生产中,蟾蜍扮演着重要的角色。然而,我们不能忽视,"中国西部地区虽然山地高度高、纬度低、气候恶劣,但在山顶、山坡和山谷地之间,温湿度具有显著的不同"①,随着生产力的不断进步,藏族先民掌握了一定的农业生产知识,在河谷、山坡地带种植适于在高原生长的作物(如青稞、小麦等),以此来补充牧业不足的农牧混合生产模式逐渐得到发展(青藏高原的个别藏族聚集区甚至完全放弃游牧生产,而进入定居式的农耕生产生活)。由于农耕生产毕竟是一种优于游牧的生产方式,藏族先民以农业补充牧业不足,或者直接从事农业生产的趋势无疑会不断加剧。鉴于青蛙在农业生产中的重要性,在物质决定意识的铁律下,以青蛙崇拜替代蟾蜍崇拜的"运动"在精神领域势必也会缓慢进行,这种趋势反映在民众日常生活的口头传统中,便表现为以青蛙为叙事主体的口头传统作品逐渐多于(或逐渐覆盖)以蟾蜍为表现对象的口头传统作品。

概言之,藏族先民从游牧到农牧结合的生产模式转变过程,促进了藏族先民的图腾崇拜物从蟾蜍到青蛙的转变。反之,藏族先民的图腾崇拜从蟾蜍到青蛙的演变恰恰反映了生产模式的转变。

在藏族先民的口头传统中,青蛙的图腾崇拜观念反映在神话中,则以"神蛙"被"天神"肢解,其身体的各个部分化为世间万物的情节来呈现,即

> 据说龙神之湖中的青蛙,被最大的天神抛到天空,落地后蛙体碎裂,脑浆化作白圣山,血液化为13个圣湖,骨骼变成神山圣坛,成为护佑山神。②

正如维多利亚南部的一些部落所崇拜的,被认为是大地、树木和人类的创造者的楔尾鹰,被奉为该部落的图腾,上述神话所要传达的恰恰也是

---

① 王明珂:《游牧者的抉择——面对汉帝国的北亚游牧部族》,广西师范大学出版社2008年版,第3页。
② [美]杨庆堃:《中国社会中的宗教》,范丽珠等译,上海人民出版社2007年版,第69页。

藏族先民将创造万物的蛙视为图腾，并把它神格化加以崇拜的心理过程。

同时，在其他兄弟民族中流传的《格萨尔王传》史诗异文中，至今还有格萨尔王刚出生时是一只小青蛙，格萨尔王在降服妖魔的关键时刻，以神通变化为青蛙，格萨尔王披上或蜕下青蛙皮以迷惑敌人等细节描写。我们认为这正是"礼失求诸野"的典型事例。也就是说，其他民族史诗异文中的这些细节描写，恰恰是藏民族古老的蛙图腾崇拜习俗在史诗传播的过程中被其他民族保留下来的"文化遗留物"（我们认为《格萨尔王传》在早期传入其他兄弟民族中时，藏族先民朴野的原始信仰与史诗内容一同留在了这些民族的记忆中。虽然在这些民族中，史诗被地方化、时代化、民族化，并产生了《土传格萨尔》《蒙传格萨尔》等史诗异文，但史诗的原始崇拜内核以其顽强的生命力和契合当地民众生存需要的现实功能而得到了保存，如对蛙的崇拜就是其中的典型案例）。

另外，从隐喻学的角度出发对史诗歌手所讲述的关于"青蛙转世"的神奇传闻叙事进行解读时，我们发现，在史诗歌手的叙事中暗含这样的表达："蛙"与史诗歌手之间存在亲缘关系，它的尸体化生为后世的史诗歌手。我们看到，这种表述与始祖创生神话极为相似，如果我们从神话学的角度去解读史诗歌手关于"青蛙转世"的叙事情节，则该内容可理解为：蛙作为史诗歌手的"始祖"，与史诗歌手之间存在亲缘关系，史诗歌手是蛙的后代，蛙是史诗歌手的图腾。也就是说，史诗歌手的神奇传闻叙事是对蛙始祖创生神话的当代性阐释。

如果我们从神话仪式学派的角度去解读"神蛙化生"的神话以及史诗歌手的神奇传闻叙事，会发现蛙所具有的图腾崇拜性质更为明显。

据世界各地的民族志记载，在许多信仰图腾的族群中，图腾作为本族的保护神，拥有至高无上的地位（这些族群围绕本族所崇奉的图腾，形成了一系列与之相关的思想观念、信仰模式和行为禁忌以及由此衍生的生活方式与社会组织，学者将此种种通称为图腾制度），民众认为图腾具有创世和造物的神力，为了获得这些神力，必须对它进行定期的祭祀。祭祀的仪式过程大致为：将平时禁绝伤害和亵渎的图腾作为牺牲，通过对其进行神圣化处理—杀死并肢解—分食或抛撒等一系列程式化操作，来达到获得图腾神力以及繁衍生息的仪式目的。如在壮族的传统节日"蛙婆节"上，民众将捕捉到的青蛙，杀死并进行祭祀的仪式，就被认为具有图腾祭祀仪式的性质。也就是说,"蛙婆节是由一种原始图腾祭祀仪式转变而来的,其目的是祭祀图腾祖先,表达自己的崇敬情绪,并希望能因此'以御田祖,以祈甘雨'求得五谷丰登"①。

在史诗歌手的神奇传闻叙事中,我们看到这样的细节描写:

> ……将青蛙托在掌上,轻轻抚摩,并虔诚地为它祝福,求天神保佑,让这只青蛙来世能投生人间,并让他把我格萨尔降妖伏魔、造福百姓的英雄业绩告诉所有的黑发藏民。愿我的故事像杂色马的毛一样,在不同的宣讲人口中有不同的内容。然后,他将青蛙的尸体肢解,将血肉向四方撒去。②

从神话仪式学派的角度出发,我们认为这是一场由首领兼巫师的部落英雄主持的图腾祭祀仪式,仪式包括将图腾动物肢解并抛撒四方的内容,仪式的目的是:分享图腾神力、团结部族成员、宣扬部族历史和鼓舞部族士气等。也就是说,神奇传闻中"蛙"被格萨尔王肢解,血肉抛撒四方的细节描写,恰恰是图腾祭祀仪式的隐喻性描写。

综合藏族民众对以蛙为主的"鲁"界生灵遵守严格的禁忌和所搜集到的关于民众对梦见"蛙"等"鲁"界生灵预兆生子的民间俗信及与蛙有关的民间叙事具有创世及始祖创生神话的性质以及与蛙有关的民间叙事作品("神蛙化生"神话和"青蛙转世"神奇传闻)具有先民图腾祭祀仪式内涵的总体认识,我们有理由相信:"蛙"在藏民族的信仰系统中具有重要的地位及意义。也就是说,由于蛙不同于其他动物的强大生命力(或生殖力)和气候敏感度在生产力低下的先民眼中是极其重要但却很难获得的生存技能。因此,藏族先民将繁衍人口和预卜天气的愿望寄托于青蛙,将其奉为图腾(即亲族),渴望借此拥有与蛙相同的生命力和生存能力,并由此类图腾崇拜传统延伸和"创造"出许多关于蛙的民间俗信和包括神话等在内的民间叙事。

总结上述,我们从藏族传统文化、藏族民间叙事传统以及藏族民间信

---

① 李湊:《论壮族蛙神崇拜》,载《广西民族研究》2002 年第 1 期。
② 降边嘉措:《格萨尔论》,青海人民出版社 1987 年版,第 516—517 页。

仰三个层面对蛙之民间文化内质做了分析。行文至此，我们或许可以解答本节开篇所提出的问题，即如何理解史诗歌手神奇传闻叙事生成的机制。

我们认为，究其根本而言，藏族先民的蛙图腾崇拜习俗是史诗歌手神奇传闻生成的内部动因，藏民族对蛙的图腾崇拜记忆，为史诗歌手神奇传闻叙事提供了合法性，使该神奇传闻成为史诗歌手表达认同的途径之一。正如在以蛙为图腾的壮族民众中流传着蛙生人，人生蛙，人蛙成婚，妇女梦见青蛙而生子的神话、传说①，在崇拜"蛙"图腾的藏族民众中，也产生了许多关于青蛙的民间传说、故事和相关的神奇传闻叙事。

（四）余论

藏族的蛙图腾崇拜传统在诸如神话、传说、故事和史诗等民间叙事文类中都得到了相应的表达。这些民间叙事传统与史诗歌手的神奇传闻之间有何关联呢？

从笔者搜集到的民间叙事作品②（主要指民间故事）中来看，史诗歌手关于"有一个白发苍苍一身白色衣衫的老人走到我面前，他说我是一个很特别的人，还说想帮帮我。他问我是想听懂飞禽的语言还是想说唱《格萨尔王传》"③的神奇传闻叙事与民间故事《懂鸟兽语的牧羊人》之间确实存在相同或相似的情节。此外，史诗歌手关于"青蛙转世"的神奇传闻叙事不是也极易让我们联想到《青蛙骑手》的相关内容吗？虽然，史诗歌手对这种"互文"现象持怀疑态度，有些史诗歌手甚至否认听过该类民间故事④。但我们认为一个民族的传统文化作为一种文化基因是根植于该民族每一个成员的精神世界中的，它左右着人们的言行举止，影响着人们的思维方式。正如哈布瓦赫所说："记忆需要集体源泉的养料持续不断地滋养，并且是由社会和道德的支柱来维持的。"⑤ 史诗歌手自传式的神奇传闻叙事必须依靠来自民间文化传统的滋养。他无法全然超脱于民

---

① 李岚：《壮族的蛙崇拜文化》，载《广西教育学院学报》2000年第6期。
② 本书的田野调查点为青海省玉树藏族自治州，此处所指的民间故事主要采自田野调查点。
③ 2010年2月10日采访著名史诗歌手达瓦扎巴录音。
④ 2010年2月11日上午，笔者就此访谈玉树年轻的史诗歌手土丁久耐，他很肯定地告诉笔者，他从未听过该类故事，并一再强调自己的神奇传闻叙事与动物故事没有任何关系。
⑤ ［法］莫里斯·哈布瓦赫：《论集体记忆》，毕然、郭金华译，上海人民出版社2002年版，第60页。

间传统文化而肆意"创编",因为共享民间传统文化的群体会随时"监督"他的一言一行,并作出评价。

我们并不赞同"史诗歌手的神奇传闻叙事是对民间叙事传统的套用和附会"这种观点,我们指出二者之间的相似性,也并非暗示两个民间叙事作品之间有临摹和仿照的痕迹。我们认为:神奇传闻叙事是以一种有别于其他民间叙事传统的叙事方式,再现了藏族传统的图腾崇拜传统,它是对古老而朴野的传统文化的继承和摹写;是为藏族传统文化的绵续和社会的团结而"抒写"的必要的叙事文类;是在一种民族"文化迫力"①的作用下,对民间传统文化的一种继承和当代性阐释。

## 二 史诗歌手的"巫"面孔

一顶说唱帽、一面铜镜、一杯净水、几块白石……史诗歌手以烦琐的演唱前的准备标定自己的表演行为。这些表演道具和演唱史诗正文前冗长的神赞和虔诚的降神祷言,究竟在向世人揭示什么?它们是可有可无的作秀,还是"觅母情结"的驱使?由于在当今祛魅化和去仪式化的社会里,这些历史记忆已经失去了其存在的生命场,所以我们只能从史诗歌手身上那些残存的表演道具、偶尔显露的巫医特质以及他们应信众所求传达的神谕中去了解史诗歌手的过去和现在。

关于"神"的起源学界有很多不同的观点,有自然神化说、图腾神化说、祖先神化说、英雄神化说、巫师神化说以及帝王神化说等。虽然学界对"神"的起源莫衷一是,但对"神"具备"人性"的观点,都持赞同态度。"人按照自己的样子创造了神",人有喜怒哀乐、七情六欲,神也有;人有必须得到满足的生理需求,神也同样有世俗的种种需要。"以己度神",人类相信,如果神的需要得不到满足,他就会像人一样发怒,从而降下诸如洪水、多日等天灾来惩罚人类。民众相信世间万物来自"神"的恩赐,"神"的意志决定一切。因此为了达到悦神降福的目的,民众向自然界中无处不在、善恶参半的"神"举行包括献祭在内的各种

---

① 文化迫力:指一切社会团结、文化绵续和社区生存所必须满足的条件。它分为:基本的、生物的、衍生的或手段的、完整的或精神的。这一概念由功能主义学派的奠基人马林诺夫斯基提出,他认为:文化功能产生于对文化迫力的反应。

仪式，就成为原始先民一项重要的活动。古训"国之大事，在祀与戎"扼要地传达了祭祀仪式对先民的重要性。但凡仪式都有主持人，民众将这些主持仪式的人称为"巫"，民众相信他们有沟通"神"与人的能力，并认为只有通过他们才能与神沟通，即"巫"是沟通人与神的媒介。

"巫"是远古时代的文化精英，《史记·屈原贾生列传》引西汉贾谊的话说："吾闻古之圣人，卜居朝廷，必在卜医之中。"这种说法正反映了知识分子来源于巫师的历史事实，因为占卜、医学，最初就是由巫师掌握的。"巫"还掌握了解释人类起源的圣典——神话，他们了解沟通"神"与人的神秘方法，他们甚至可以代表"神"来训教民众。

从文献资料及各地民族志的记载中，我们不难发现"巫"作为一个比较普遍的文化现象，在各个民族中几乎都存在。他们或因地域的差异，具备一些特殊的职能，或因语言的不同，而拥有不同的名字。在本书中，对于史诗歌手的分析，我们将从横向（即与"萨满"的比较）和纵向（即与苯教巫师的承继）两个比较角度对其展开探讨。

在我国北方少数民族中，最能体现巫文化特质的是民间的"萨满"。"萨满"一词首见于南宋徐梦莘《三朝北盟会编》，其中说："姗蛮者，女真语巫妪也。以其变通如神，粘罕以下皆莫能及。"姗蛮即萨满。阿尔泰语系诸民族历来具有萨满教文化传统。据文献记载：肃慎、抱娄、勿吉、靺鞨、渤海、女真、匈奴、鲜卑、乌桓、柔然、契丹、突厥、高车、回鹘、黠戛斯等古代民族均有萨满教信仰。肃慎、抱娄、勿吉等是满、赫哲、鄂伦春等民族的先民。这些民族中，至今仍保留了较完整的萨满教。据记载，匈奴的风俗是："祭天地、鬼神。……单于朝出营，拜日之始生，夕拜月。……举事而候星月，月盛则攻战，月亏则退兵。"[①] 萨满教因满——通古斯语族各部落的巫师称为"萨满"而得名。

在《苏联大百科全书》（1957年第2版）中列出萨满教所具有的特点：（1）特殊的人物——萨满，这一般是一些善于使自己进入特殊昏迷状态的专职人员。（2）特殊的宗教活动仪式——"行巫术"。巫术实际是造作地引起神经上的歇斯底里发作，并促使萨满与精灵"交往"的方式，

---

[①] 司马迁《史记》卷110，转引自汤清琦《论中国萨满教文化带——从东北至西南边地的萨满教》，吉林大学出版社1999年版。

在行巫术时，被认为精灵附在了萨满身上或萨满的灵魂去到精灵世界。巫术的特征就在于萨满本人在进入昏迷状态的同时，用跳舞唱歌、击敲铃鼓等手段对观众施催眠术。萨满所以行巫术，是为了医治疾病，保证渔猎丰收等，完成这些仪式通常是有报酬的。(3) 萨满教的法器通常有带槌的铃鼓、神杖、特殊的神衣、神帽、围腰等。在萨满教徒的心目中，这些物品是神物，也是萨满从心理上感化周围人的工具。(4) 萨满教信仰的各种精灵中，通常有一主要精灵，他是萨满的庇护神，注定要为萨满献身。还有一些为萨满效劳的辅助神以及萨满与之搏斗的恶神[①]。

当我们以充满巫文化色彩的"萨满"作为参照系反观史诗歌手时，我们或许会诧异两者之间诸多的相似之处。神授史诗歌手、圆光史诗歌手、掘藏史诗歌手以及依物史诗歌手，他们各自似乎是萨满的不完满形式，但将他们的特质放在一起，一个完满的"萨满"形象便会跃然纸上。

(一) 梦的启示

"在调查中，一些萨满介绍，自己是在梦中领神的。据传，如果在梦中碰到某个神灵让你领神，这样的人都可能成为萨满。也就是说，他是被超自然的神灵选中为自己服务的人。在这种情况下，他不得拒绝，否则受冷落的神灵会施加给他各种磨难。当然，只要他领神，神灵就答应对他进行庇护和帮助。萨满梦还被看作是获得超自然能力的重要途径。在这个过程中可以获得超视觉、超听觉的能力，从而拥有常人所不知的神秘知识"。[②]

神授史诗歌手称其在梦中被"神"选为宣讲史诗的人，并被授予宣讲长篇史诗的超凡技能。在梦中，他们经历了许多不可思议的授艺过程，如著名史诗歌手桑珠，曾在梦中经历被人用刀剖开肚子，取出内脏，放入许多《格萨尔王传》史诗抄本的恐怖考验。只有经受住考验的人，才能获得"超视觉、超听觉"的能力，获得宣讲史诗的神奇技能。这类史诗歌手在进行史诗表演时，都会进入一种无意识状态，他们甚至宣称自己掌握一种"移魂"术，在进行表演时，他们将自己的"灵魂"转移到拇指根处，然后让神灵进入体内，由神灵来完成表演。

---

① 郑天星：《国外萨满教研究概况》，载《世界宗教资料》1983年第3期。
② 孟慧英：《萨满梦》，载《中国民族报》2004年1月16日第6版。

笔者：达瓦扎巴大哥，您现在是大忙人啦。见你一面很难哦。呵呵……

达瓦扎巴：哦。哈哈哈，去年新疆那边有人来请说要唱仲，今年6月份去了北京。年底可能也要出去。

笔者：是啊，在州上的时间越来越少啦。

达瓦扎巴：最近血压有点高，所以在西宁待的时间比较长。

笔者：哦，血压得多注意哦。不能大意。达扎大哥，上次您给我讲了您是怎么会唱仲的，很有特点，您说当时您是放牧时在山上睡着了是吗？

达瓦扎巴：是的。我当时在家乡的一座山上睡着了，然后就做了梦。梦醒以后我就渐渐会唱仲了。

笔者：嗯。对，您上次说在梦里您看见一个白发苍苍的老人和近千位全副武装的战士将领手持各种武器在奔跑。我想问您会唱仲后，还做过类似的梦吗？

达瓦扎巴：做过。从那以后，我有的时候晚上做梦，内容就是仲里的故事。有一次我还梦到了格萨尔王。

笔者：晚上做的这些梦，第二天具体的情节还记得清楚吗？

达瓦扎巴：有的记得，有的不记得。

笔者：我听土丁说，他每次有新的仲，晚上都会做梦。

达瓦扎巴：哦，这样的也是有的。我不是这样，我会唱的大部分我都知道。不是每次做一个梦，会讲一个。

笔者：哦，我听老人说，仲肯在唱仲时，是不能打断的。

达瓦扎巴：嗯，最好不要打断。可是有时候自己停不下来，只好请人帮忙。

笔者：您是说有停不下来的时候吗？

达瓦扎巴：大多仲肯是可以停下的，他们其实知道什么时候该讲多少。我唱仲的时候如果太投入了，真的停不下来。

笔者：那怎么办呢？

达瓦扎巴：我在唱之前就交代身边的人，如果时间达到了，我还没有停下来，就掐住我拇指根部。这样我就会清醒过来。

笔者：是吗？这有作用吗？

达瓦扎巴：有，我在唱仲之前，把自己的魂锁在拇指中，这样仲可以顺利地降下来，等我要停下来时，我就用自己的食指掐拇指根，或者让别人帮我掐，我就能停下来。

笔者：您的意思是您在唱仲时，有时是不受自己意识控制的，对吗？

达瓦扎巴：嗯。可以这么说。①

梦授、考验、移魂，史诗歌手的这种神奇体验与萨满的赐授经历如出一辙，从而使二者的横向比较成为可能。

（二）身体与精神的失常

"典型的萨满病表现为某种精神异常，这在北方各民族中都是共同的。一个潜在的萨满可以通过他的不正常行为，特别是不安的精神状态被确认。精神失常、歇斯底里、阶段性孤独，或不正常的听觉视觉，或身体上的剧烈痛苦等。"②我们知道，萨满的这些病症不仅发生在其即将成为萨满之时，它们还发生在萨满主持本族群祭祀仪式的各类场合。"在盛大的祭祀乞灵场合，作为神的代言人，萨满（祭司）总是甘愿忍受身心的巨大痛苦而为恐惧无助的民众再现神威、传达神谕。"③有学者认为"萨满"一词，本身具有"激动不安"、"疯狂乱舞"的意思。

神授史诗歌手从初得神谕到首次正式进行公开表演之间，大多要忍受持续高烧、胡言乱语、神志不清、昏迷等程度不同的病痛折磨，我们认为这与学界所称的"萨满病"十分相似。而且史诗歌手的每次表演行为几乎都伴随着迷狂、亢奋和手舞足蹈的行为特征。在史诗歌手的表演中我们隐约看到萨满降神乞灵的仪式场面，换言之，我们认为类似于"萨满"的巫术执行者所操作的以降神乞灵为目的的仪式性行为在某种程度上构成了史诗歌手表演史诗最初的表演模板。

（三）信仰行为

正如费尔巴哈在《宗教的本质》中所说："自然是宗教最初的，原始的对象，这一点是一切宗教，一切民族的历史充分证明了的。"对大自然

---

① 2011年5月5日采访玉树史诗歌手达瓦扎巴录音记录。
② 孟慧英：《萨满梦》，载《中国民族报》2004年1月13日第3版。
③ 汤清琦：《论中国萨满教文化带——从东北至西南边地的萨满教》，载《华中师范大学学报》2008年第1期。

的畏惧和依赖，以及由此产生的对自然万物的崇拜和信仰是萨满教产生的根源。

萨满教中存在大量的自然崇拜（如对天体、树、石头等）、动物崇拜（如熊、鹰、虎、狼等）和其他超自然力崇拜（如萨满神）的对象。萨满在自然崇拜的基础上，通过一定的仪式性行为为民众祈福禳灾、祛病除痛、拘魂摄魄、占卜行医。

史诗歌手对自然、动物以及超自然力的崇拜，我们已在上一章中进行了探讨，这里不再赘述。在访谈中，我们了解到史诗歌手也有通过某种仪式性行为为信众祛邪、卜卦和疗疾的传统，如圆光史诗歌手通过"观铜镜"来为求卜者答疑解惑，或传达如何禳灾祈福的神谕，再如神授史诗歌手通过演唱史诗唱段，为求告者驱邪疗疾等。我们认为这些行为体现了某种类似于"萨满"的巫医特质。

笔者：史诗歌手除了能够演述史诗、讲述民间故事、演唱民间歌谣外，他们还有其他的一些本领吗？民间舞蹈他们会跳吗？

秋君前辈：哈哈。舞蹈啊，这个我好像没问过。他们大部分时间不是坐着吗？那个怎么说？对，"坐而论道"。我好像问过丹巴对民间舞蹈的"多若"（指舞蹈的步伐变换）有什么说法？他也是笑着说，这个他不太了解。

笔者：哦，呵呵。丹巴大哥以前在巴塘乡代表乡里跳过舞的，我问过他。那是别人教他跳的咯？

秋君前辈：嗯。应该是吧。不过他也是爱玩的人，也喜欢跳吧。

笔者：哦，还有其他的吗？

秋君前辈：其实他们还会占卜。乡里有人家里出了事了，比如丢牛、生病之类的，也会向他们求一卦。

笔者：他们怎么占卜呢？

秋君前辈：有的是用念珠占卜，有的得到当晚的梦里寻找答案，也有的是看铜镜、看纸张所显现的情景或字。上次和丹巴聊天，他接了一个电话就是同乡家里有事，让他帮忙卜一卦的。以前，听老人说，史诗歌手替人占卜是比较普遍的事。还有，史诗歌手的"仲夏"（说唱帽）听说对偏头痛等一些无名的疼痛有一定的疗效，以前人们有头疼的毛病,就央求史诗歌手借戴仲夏。

笔者:哦,是吗?仲夏也被认为有治病的功能?

秋君前辈:是的,有这种说法,老一辈的人还是很相信的。

我们知道,在节日或庆典场合表演史诗,不仅能起到渲染节日气氛、凝聚族群力量、维系族群情感的作用,从根本意义上来说,史诗的表演还起到威慑"邪恶"力量,从而驱逐不洁之物的作用。据学者介绍,在著名突厥史诗《玛纳斯》广为传唱的新疆天山以北地区,当家中有人生病时,他们相信是冒犯了某种精灵。他们会请来玛纳斯奇(表演柯尔克孜族史诗《玛纳斯》的史诗歌手)来判断到底是什么精灵在作祟,等到玛纳斯奇给出确切的答案后,就请玛纳斯奇表演英雄玛纳斯斩妖除魔的史诗章节来祛除邪恶精灵。玛纳斯奇挥舞着象征英雄玛纳斯之武器的大刀,模拟英雄斩杀魔怪的场景在病人前跳来跳去,相信这样就可以驱走病人体内的邪恶精灵。① 在史诗《格萨尔王传》流布地区,人们相信聆听史诗、学唱史诗不仅能排遣生活的苦闷、陶冶性情,还能增福、增寿、减少病痛的折磨。可见,史诗歌手在史诗表演中呈现的身体语言使表演行为获得某种巫术意义和社会力量。

(四)表演道具

有学者认为"萨满服是萨满教信仰观念的集中展示。它利用自己的象征形式和象征物显示萨满拥有的各种神灵和萨满沟通能力的界限、方位,表达信仰特点、流派和萨满身份等级。萨满用它表示人与神中介的萨满身份,依据这样的服装实施与神灵沟通的宗教职能。在仪式上,萨满依赖萨满服这种标志,作为非人非神的过渡者,在人神之间进行沟通并实现着人神之间的身份转换。"② 此外,学者还认为:"萨满在进入昏迷状态('下神')时或者在神秘的决斗中,会使用一些实物(法器),如鼓、鼓槌、帽子、大衣、金属响器、杖等,这些道具的特殊材料和形状,被认为对识别萨满的类型和种类,探索其发展很有用处。"③

---

① 阿地里·居玛吐尔地:《口头传统与英雄史诗》,中央民族大学出版社2009年版。
② 孟慧英:《萨满梦》,载《中国民族报》2004年1月20日第3版。
③ 孟慧英:《关于萨满教的认识》,载《满族研究》2000年第2期。

## 第三章 史诗歌手的传统文化内质与功能

在田野访谈中我们发现,史诗歌手对其表演道具(如说唱帽)具有独特的感情。史诗歌手的表演道具包括铜镜(如圆光史诗歌手)、白石(如神授史诗歌手、圆光史诗歌手)、仲夏(说唱帽)等。据巫文化研究专家推测,铜镜在巫术仪式中起到了重现某种重要时刻、预测未来、威慑魔怪的作用(有些圆光史诗歌手不仅借助铜镜来表演史诗,还通过它来预卜吉凶)。而关于白石崇拜,在许多少数民族的原始信仰中也普遍存在。"西南少数民族中也有丰富多彩的石头崇拜,嘉绒藏族、普米族、纳西族、彝族都广泛存在以石头作为崇拜对象的自然崇拜,其中羌族的白石崇拜是最典型的,在羌人的屋顶供有五块白色的石英石,象征天神、地神、山神、山神娘娘和树神,其中以天神地位最高,这种以白石代表天神和各种神灵的思想相当古老。川西南的纳木依人和拍木依人也有祭白石习俗,以白石作为山神象征,并用石头堆成石堆'阿鲁补',是山神的祭场。苯教流行地区则常有以石块堆成的'拉则堆',用于镇妖鬼。"① 我们认为白石在这些民族的原始信仰中发挥着双重功效。它们既是这些民族原始信仰的崇拜对象之一,也是对抽象的神灵实施祭祀的祭品之一。

关于史诗歌手的说唱道具诸如帽子、胡琴等的描述和分析在法国藏学专家石泰安的《西藏史诗与说唱艺人研究》一书中已有提及。在书中,石泰安认为:"如果说唱艺人是神通者,那是由于他的乐器就是能使他骑着到处奔驰的马匹,而且它也是萨满鼓的后继物。在西藏,流浪歌手们均以马头琴伴唱,但他们都不是说唱格萨尔史诗的艺人。说唱艺人只有一根棍子,但他却戴着一顶配驴耳的帽子,……说唱艺人的帽子不是以其帽身而令人联想到这匹马吗?"② "说唱艺人的帽子装饰有不同飞禽的羽翎,这就使他酷似萨满和宁玛巴上师。"③

史诗歌手在表演中所呈现的道具,起到了标定史诗表演传统的作用。其中,头戴说唱帽作为史诗歌手区别于其他民间叙事传统讲述人的显著特

---

① 汤清琦:《论中国萨满教文化带——从东北至西南边地的萨满教》,载《华中师范大学学报》2008 年第 1 期。
② [法]石泰安:《西藏史诗与说唱艺人研究》,耿昇译,陈庆英校订,西藏人民出版社 1993 年版,第 537 页。
③ 同上书,第 548 页。

征之一，在史诗表演中不只是史诗歌手获得表演合法性的条件之一，也是史诗歌手表演的内在意义得以生成的主要凭依。

笔者：丹巴大哥，我看你今年在藏历新年晚会上的一身行头挺抢眼哦。

丹巴江才：哈哈哈，是吗？我觉得达扎（指玉树州神授史诗歌手达瓦扎巴）的那套才好看呐。

笔者：各有特色嘛！你们的帽子最特别哦。在哪儿做的呀？

丹巴江才：仲夏（说唱帽）？这个是我自己在家做的，和我父亲一起。仲肯怎么能没有仲夏呐。达扎的也是他自己做的吧。我听说有的仲肯没有帽子就唱不出来。

笔者：哦？帽子那么重要吗？

丹巴江才：那可不是一般的帽子。一顶仲夏上面有很多意思的。仲夏帽檐的小海螺和贝壳代表大海，仲夏的帽面上要有代表太阳、月亮的小东西。仲夏的两侧要有一对貌似马耳的耳朵作为装饰，还要有各种鸟的翎毛、彩色的小锦旗点缀帽子。一顶仲夏包罗了整个世界，仲夏上的每一样东西都有特定的宗教含义，仲里还有专门的夏赞（帽赞）呐。

笔者：对，我在《格萨尔王传·赛马称王》里看到对格萨尔王帽盔的唱词，那顶帽盔意义真的很丰富哦，还有一大段唱词呐！

丹巴江才：嗯，是的，格萨尔的帽盔是他赛马夺冠后，卦师骨如送给他的。当时，格萨尔王已经成为岭国的君主，且已经显现出他的英名神武，卦师就把这顶汇聚三界奇珍奇宝的帽子敬献给了大王，这个帽子不普通，它是英雄的必备神器。

笔者：嗯，是。我看到很多绘有格萨尔王的唐卡，我觉得其中格萨尔王的战盔和仲夏（说唱帽）好像有点相似哦。

丹巴江才：做仲夏是有一定的规矩的，不能自己想加什么就加什么，像仲夏中两侧的马耳，仲夏上的日、月符号，帽檐的小海螺和帽面上的弓箭都有一定的规矩。戴上仲夏，就说明你是一个仲肯（史诗歌手），没有什么外在的东西比仲夏更能说明你的身份。仲夏也是一个特别神圣的东西，我听说有的仲肯没有它就唱不了史诗。仲夏和格萨尔王战盔啊，我也觉得有很多相似的地方。①

笔者就史诗歌手表演道具的用途询问秋君扎西前辈，他说史诗歌手的表演道具（主要指说唱帽），有的是传自父辈的传家宝，有的是史诗歌手央求能工巧匠为他们制作的，而有的是富足的人家为了嘉奖史诗歌手的出色表演而赠送给他们的。无论史诗歌手通过何种途径得到了这些表演道具，史诗歌手对它们都珍爱有加。拥有神奇经历的史诗歌手还相信这些道具与雄狮大王有着某种神秘的联系，它们一旦被用于史诗表演就具有了神力，即某种可以带给他们智慧、力量、灵性以及趋吉避凶的能力的神奇力量。

通过比较，我们发现史诗歌手所偏好的说唱帽与萨满所执着的萨满服似乎都是民众在外化信仰的过程中，制作出的能够最大限度地集中体现该族群信仰对象之各种属性的文化创造物。通过在仪式中反复使用这些文化创造物，它们的价值不断得到巩固，并最终被永恒化。这些文化创造物在仪式中可能起到某种心理暗示的作用，从而使得驱邪仪式或表演活动顺利进行。

（五）歌手兼萨满

包括萨满在内的中国北方和南方少数民族中的巫师，似乎都具备表演史诗的能力。区别仅在于不同个体掌握本族史诗内容的多寡。"中国南方民族的史诗演唱者，大多数是巫师，巫师是各种祭祀仪式的主持者。例如，云南阿昌族史诗演唱者赵安贤，他本人既是祭司，主持祭祀仪式及行巫术驱鬼治病，他同时又是出色的史诗演唱者。《苗族古歌》演唱者杨勾炎，他本人是巫师，既行巫术，又唱史诗。哈尼族的'贝玛'（巫师）、彝族的'毕摩'（宗教祭司）、纳西族的'东巴'（宗教祭司）、佤族的大魔巴巫师、景颇族的斋瓦（巫师）等，他们的身份是巫师，又是著名的史诗演唱歌手。而在乌兹别克斯坦、土库曼斯坦、卡拉卡勒帕克斯坦突厥语民族，至今称歌手为'巴克西'，称萨满也是'巴克西'。也就是说，在突厥语民族的民众心目中，萨满就是歌手。这是古代突厥社会萨满兼歌

---

① 2011年8月13日采访圆光史诗歌手丹巴江才采访录音。

手的有力例证。"①

根据前人文献资料的记载我们得知，老一辈的史诗歌手都有在仪式场合如诞生礼、成年礼、婚礼、葬礼和其他节庆场合表演史诗的经历，且他们将仪式场合视为史诗表演的首选场域，这也正是史诗研究前辈何以提出"史诗可能起源于祭祀节庆之颂词"②的观点的原因。

在各类仪式场合表演史诗既具有娱人助兴的作用，同时也具有祈福、挡煞和趋吉的功能，尤其在驱邪禳灾等仪式活动中，史诗歌手通过表演史诗中的某一情节，意在达到禳灾趋吉的仪式目的。此时史诗歌手兼有萨满和歌手的双重职能。

如史诗歌手在祛邪禳灾的仪式场合，会反复吟诵史诗中带有程式化特点的英雄格萨尔王的唱词（指格萨尔王与敌交战前介绍自己非凡来历的唱词，英雄格萨尔王唱这一内容的意图在于震慑敌人，而对在仪式中演唱这一内容的史诗歌手而言，这段唱词也起震慑异己力量的作用）：

> 我是播撒善良种子的人，
> 我是拔出罪孽根子的人，
> 我是岭噶布的治国人，
> 我是断鲁赞魔命的行刑人。
> 我是熔化黑铁魔的烈火，
> 我是烧焦霍尔草山的闪电，
> 我是烤干姜国毒海的火焰，
> 我是医治一切疾病的药丸。
> 我是引天上甘露的月光，
> 我是勇武无敌的战神，
> 我是攻破五毒的智慧者，
> 我是引导众生的如来佛。
> 我是击碎魔军的铁锤，

---

① 孟慧英：《萨满与口承文化——萨满文化在口承史诗中的遗存》，载《学术探索》2006年第3期。
② 徐国琼：《〈格萨尔王〉考察纪实》，云南人民出版社1993年版，第1页。

> 我是郭姆妈妈的亲儿,
> 我是岭国的大首领,
> 雄狮大王格萨尔。①

在阅读史诗各部本的过程中,我们看到,这种名词属性形容词是反复出现的,但这种反复似乎并不单纯为了史诗创作的便利或为了符合格律的要求,而是为强化祈祷、强化信仰。这一点与各少数民族凡是重大仪式,都反复唱诵祖先事迹并从不同角度对祖先事迹进行赞颂的行为是相符的。"我们认为可以较妥当地说,其重复最初有两种形式,不是因为格律,也不是为了构筑诗行的方便,而是为了双倍地强化祈祷,以期更为稳妥地完成这种祈祷。而格律的便利,或更确切地讲格律的必要性,很可能是一种后来的现象,是史诗发展的必然,即史诗由最初相对简单的叙事咒语,发展到更加复杂的故事,趋向于更加丰富的娱乐性,这是一种变化,它伴随着向英雄的乃至最后向历史的方向的逐渐转化。很有可能的是直到程式成为创作的手段,后来的阶段才得以发展;而且,也因为其过去的历史,程式永远也不仅仅成为创作的手段。程式的象征意义,其声音、其模式,是为了魔术般的创作效率而诞生的,而不是为美学上的成功。如果程式后来具有了这样的成效,那也只是对那些已经忘掉了程式的真实意义的几代人而言的。在他成为'艺术家'之前,'诗人是神巫、是先知'。他的诗的结构并非抽象的艺术,或为艺术而艺术的东西。在一个更为广阔的意义上,口头传统叙事诗的根并不是艺术而是宗教。"②

此外,我们看到在史诗《格萨尔王传》的赞词中,处处洋溢着对英雄的溢美之词,英雄之睿智、英雄之勇武、英雄之宽宏、英雄之果毅无不成为史诗歌手铺排的内容,神赞表演的根本目的在于悦神,并希望在悦神的过程中得到"神"的加持和护佑,从而使史诗的表演顺利展开并完美收官,最后达到娱人的艺术效果。可见,在神赞表演中,史诗歌手承担了请神仪式的"萨满"职能,在仪式中他以神赞表演作为凭依操弄请神、降神的仪式,并在仪式过程中充当人、神之间的媒介,起到了沟通人、神的作用。

---

① 降边嘉措、吴伟:《格萨尔王全传·上》,宝文堂书店1987年版,第228页。
② [美]阿尔伯特·贝茨·洛德:《故事的歌手》,尹虎彬译,中华书局2004年版,第94页。

上述中，我们将史诗歌手与我国北方民族中的"萨满"进行了跨文化的比较，意在从共时的角度说明史诗歌手的萨满特质。当我们回归到藏族传统文化中去寻找史诗歌手与巫师的关联时，会发现史诗歌手与藏族本土原始宗教苯教中的巫师存在一种历时的承继关系。

首先，在藏文史籍中，苯教巫师出现在宗教仪式场合被看作是神的代言人，在现实生活中他们又往往是民族文化的保存者、传播者。他们掌握古往今来的所有"知识"，在民间也有一定的地位。如在《不分教派总述诸宗教源流智者项严史》中所提到的："凭于人神鬼三界为存亡预示休咎处"的"恰贤"类巫师乃为人们"趋吉避凶，解决难题，预知未来，并考察各种吉凶征兆"[①]的非凡之人。这类苯教巫师占卜吉凶的方式是多种多样的，有观铜镜知得失的巫师，也有通过做梦或降神等预示吉凶的巫师。在田野访谈中我们发现，许多史诗歌手具有包括梦卜、观铜镜等在内的占卜能力以及请神、降神等仪式性行为。此外，他们对地方信仰系统以及民间叙事传统等都有一定的认识，在当地可谓"地方文化精英"。

其次，据学者考察，苯教巫师在民间拥有许多职能，民众根据各种职能把巫师划分为几类，其中包括助人疗疾的巫师、防雹的巫师以及其他具备祈福禳灾能力的巫师。据德国学者阿梅尔·斯切克在拉达克地区的调查发现，在拉达克地区仍有男巫（或少数女巫）用传统的方法行医："他们戴着一种特制的降神用的帽子，鼻子以下用红布遮盖，只露出两只眼睛，有的用木棍一头放在嘴里，另一头放在病人的身体上'吸'病，有的则用嘴直接接触病人的生病部位'吸'病，吸后吐在病人端着的一个平底盆中。"[②]调查中他还提到，在这些巫师中有的人是会演唱史诗的史诗歌手，而有的人则不是。笔者认为，阿梅尔·斯切克在拉达克地区观察到的现象（即有些巫师，既会演唱史诗，又会助人疗疾，而有些巫师只能助人疗疾的现象），是该地区巫师的多种职能出现分化的典型案例。直至20世纪三四十年代（或更晚），藏族民众仍然相信史诗歌手拥有法力，其佩戴过的仲夏具有助人疗疾的神奇效果。

最后，苯教作为藏族的本土原始宗教，带有浓厚的原始自然、动物以及

---

① 格勒：《藏族本教的巫师及其巫术活动》，载《中山大学学报》1984年第1期。
② 转引自杨恩洪《〈格萨尔〉说唱形式与苯教》，载《西藏研究》1991年第3期。

超自然力的崇拜特征。这些信仰外化为苯教巫师的巫术行为，则表现为祭祀、施咒、招魂、祈禳、占卜等仪式行为。在史诗歌手的信仰一节中，我们对史诗歌手信仰体系中有关自然、动物及超自然力的崇拜已做了分析，这些崇拜对象作为苯教的信仰对象之一，在史诗歌手的神奇传闻中都有体现。

其实，在史诗研究领域，关于苯教巫师与史诗歌手之间的关系问题，有些学者已进行过相关的讨论，他们把史诗歌手的说唱道具及社会功能等与苯教巫师的文化特征做了相关性的比较，认为"史诗《格萨尔》说唱艺人的说唱形式及所用道具是多样的，它们或因从属于不同的类型，或因不同的地域而各异，然而却不同程度地反映了藏民族文化的古老形态，主要是原始苯教的某些特征"①。而通过田野访谈所获悉的史诗歌手兼有巫师职能的情况，我们或许可以看到史诗歌手所具备的巫师面孔。只是各种类型的史诗歌手似乎分别对应了巫师多种社会职能（如医疗、卜算、主持仪式、宣讲部族历史等）。

正如中国北方及南方少数民族中现实存在的萨满（或巫师）兼歌手的情况，藏族史诗歌手所具备的苯教巫师职能也得到了学者的认同。然而，在田野调查中，笔者却很难向史诗歌手提及苯教或巫师等字眼。一来，浸润在藏族传统文化中的笔者及受访者（指史诗歌手），对于藏族历史上惨烈的佛苯之争仍心有余悸，且苯教在藏区虽然以藏传佛教的某些仪轨以及地方信仰的遗存等方式普遍存在，但却也无力改变其"大势已去"的现实。对于多数民众而言，苯教在潜意识中已成为"黑暗"、"残忍"或"不祥"的代名词，避之唯恐不及（这种现象与佛教历经几个世纪的努力，在藏地的"正教"地位得以稳固后，施行的一系列"去苯教化"措施有关）。二来，作为藏传佛教徒，许多史诗歌手始终认为他们的表演能力是由有"第二佛陀"之称的莲花生大师赐予的，且史诗中代表正义一方的岭国与他国发生战争的根本原因是为身处魔国、被魔王蹂躏的百姓伸张正义（史诗中对魔国描述多为魔王残暴贪婪、修持邪教，而岭国的格萨尔王则代表佛教）。史诗歌手表演史诗具有宣扬佛教、赞扬代表佛教势力的英雄格萨尔王的性质。若笔者问史诗歌手，他们是否有苯教崇拜，无疑会对之后的访谈造成不可预知的影响。

---

① 杨恩洪：《〈格萨尔〉说唱形式与苯教》，载《西藏研究》1991年第3期。

在中国北方及南方少数民族中,对于萨满兼顾歌手职能,或史诗歌手具有萨满特质的观点似乎无须进行刻意的回避,且这种现象在某种程度上已得到学界的认同。但在藏族史诗歌手的身份认同中,歌手总是着意强调佛教的威严,极少提及苯教或巫师等传统语汇。笔者认为,这是在佛教强势介入藏族社会后,其在意识形态、观念表达以及行为模式等方面对包括史诗在内的藏族民间本土文化进行整编的结果,这种整编经历了几个世纪。在这几个世纪中,藏族传统文化通过与佛教文化相互适应、彼此妥协和互惠调整在史诗歌手的观念形态中已形成了一种平衡,这种平衡使得史诗歌手在保有对佛教的虔诚信仰的同时,可以在其具体行为中仍然保持对天、地、日、月、星辰以及地方的山川、湖泽、冰雹、雷电、土石、草木、动物等的朴野崇拜。

### 三 史诗歌手的神力崇拜

在史诗研究领域,学者们很早就关注到史诗的神力崇拜①,但对于史诗歌手的神力崇拜似乎未曾涉及,或许我们要面对这样的质疑:对史诗的神力崇拜难道不是对史诗歌手之神力崇拜的隐喻表达吗?事情并非如此。我们发现:对史诗歌手的神力崇拜和对史诗的神力崇拜属于不同的层面。

#### (一)"移情"效应

就史诗的神力崇拜而言,"在文学家看来,史诗是文学作品。而对于人民群众来说,史诗是民族的具有神力的'圣经'。人民群众相信,通过杰出史诗演唱家的演唱活动,史诗的神力就会显现出来。相传19世纪有位名叫克里迪别克的玛纳斯奇,他曾以高超的技法演唱《玛纳斯》,使威胁人畜的暴风灾害得以解除"②。我们知道,史诗歌手所表演的史诗,在史诗流布地区并非一部普通的供民众消遣的文学作品,作为一个民族的精神财富,史诗集中体现了该民族的价值取向、审美标准和信仰的旨归。

在史诗表演过程中,史诗流布地区民众的精神需求得到满足。首先,史诗表演行为使听众(观众)经历了勇敢战胜恐惧、坚毅战胜怯懦、美好战胜邪恶、光明战胜黑暗的个人体验;其次,听众(观众)对英雄的

---

① 郎樱:《史诗的神圣性与史诗神力崇拜》,载《民间文学论坛》1998年第4期。
② 同上。

毅力和气节产生了共鸣；第三，听众（观众）把英雄视为智勇双全的"神"的化身，期望与英雄近距离接触。也就是说，史诗歌手高超的表演技能将观众拉回了英雄所处的时代，此时，观众—史诗表演传统—史诗歌手共享史诗的文化空间，在这个文化空间里，民众极易将对英雄的崇拜转移到史诗表演传统的操演者——史诗歌手身上。换言之，在表演史诗过程中，一种"移情"效应（"移情"一词在此处的意义与心理学的定义略有不同，我们所说的移情是指审美主体，即史诗听众将自己对史诗主人公格萨尔王的崇拜之情移置于史诗的表演者，使表演者仿佛拥有了格萨尔王的气质和神力的过程）在听众（观众）与史诗歌手之间产生，听众（观众）将对英雄的敬仰和崇拜之情转移到史诗歌手身上，他们赋予史诗歌手以英雄的人格魅力和神异力量，我们认为这种"移情"效应所导致的结果或许是民众对史诗歌手产生神力崇拜的初因。

（二）"卡里斯玛"型权威例行化

在前述关于史诗主人公格萨尔王的人物分析中，我们谈到"卡里斯玛"型权威崇拜。这种带有宗教性质的领袖崇拜在世界范围内的许多远古族群中都普遍存在，而且在某些偏远和相对落后的族群中至今仍然存在。在对"卡里斯玛"型权威进行阐释的过程中，韦伯谈道：拥有"个人魅力"的"文人"或"知识分子"——他们凭借生花之笔或如簧之舌来鼓动或引导群众[①]，他们和号称能"通灵"的萨满（巫师）一同被认为是"卡里斯玛"精神的体现者之一。通过对史诗主人公格萨尔王之多面性进行分析，我们认为肩负巫师职能且文武双全的英雄格萨尔是史诗歌手的原型，史诗歌手是英雄的扮演者。基于这样的分析，笔者认为民众在将英雄的"卡里斯玛"型权威例行化[②]的过程中（民众出于强化团结意识和维持族群稳定等意愿，希望继承和分享英雄的神异力量和精神气节，这

---

① 李连军：《试析韦伯的"卡里斯玛"型权威》，载《陇东学院学报》2009年第6期。

② 导致卡里斯玛型权威例行化的原因有两个方面，首先是卡里斯玛领袖的消逝以及继承问题的发生。韦伯认为，卡里斯玛支配若想转化为一种持久的制度，其所面临的首要基本问题，就是寻找先知、英雄、导师及政党首脑之后继者的问题。正是这一问题，不可避免地开始将卡里斯玛导入法理规则与传统的轨道。其次是维持追随者的精神力量和物质利益，使共同体不断地再生以及为了强化支配者和追随者之间的关系所需的更强的精神力量和物质利益，因为这些人希望能在继续拥有他们稳定的、日常的需要的基础上，去维持这种关系和参与正常的家庭关系。参见李连军《试析韦伯的"卡里斯玛"型权威》，载《陇东学院学报》2009年第6期。

种期盼使"卡里斯玛"型权威例行化成为可能），通过"以神意来选择新领导者，如神谕、抽签、神示或其他技巧（在这种情况下，新领袖的正当性来自选择技巧的正当性）"① 使史诗歌手继承了这种精神②。也就是说，史诗歌手的神奇传闻使他具备了作为超凡人物的合法性（这些神奇传闻无论是神授、圆光、掘藏都是被传统认可以及被民众信服的），于是在他宣告可以通过与神沟通或通过观看铜镜（或是湖面、空白纸张等）来表演史诗的同时，他就被赋予了一种超凡魅力且继承了史诗英雄的"卡里斯玛"型权威。

史诗歌手熟知族群的传统，并运用了包括神谕、圆光和掘藏等在内的传统，从而得到了信众的承认和支持。"这种承认是由被支配者自由给予并必须由具体事实——起初通常是一项奇迹来保证的。它来源于对某些启示、对英雄崇拜、对领袖绝对信任的完全献身。"③ 史诗歌手继承了这种"卡里斯玛"型权威后，便在民众中运用它所拥有的威慑力，民众相信他们就是拥有"卡里斯玛"型权威的英雄本身，于是对于英雄的神力崇拜被部分（或全部）地转移到对史诗歌手的神力崇拜中去。

必须注意的是，"卡里斯玛"型权威的例行化与上述中所提到的"移情"现象有着本质的区别。"移情"指通过对史诗情节和内容的理解和体悟以及对史诗英雄人格魅力和神奇力量的崇敬，从而对表演该史诗的人产生情感转移的过程。"移情"式的史诗歌手崇拜从本质上来说是建立在民众对史诗文本及史诗人物的高度认同和钟爱之上，以及由此产生的对史诗歌手的"爱屋及乌"。而"卡里斯玛"型权威的转移或例行化则是通过"神谕、抽签、神示等技巧"开启史诗英雄与史诗歌手之间的"神秘"联系。并根据这种联系，建构对史诗歌手的神力崇拜。这种联系类似于民间信仰中民众对祭品供物或神灵替代物产生敬畏和崇拜的心理过程，如对神灵的崇拜直接导致对祭神祈福的巫具与牺牲的崇拜；对"萨满"（巫师）所请之神的崇拜和敬畏直接导致对"萨满"本人的毕恭毕敬。

我们知道，对神灵力量的崇拜转移到与神灵相关物（或人）的崇拜

---

① 李连军：《试析韦伯的"卡里斯玛"型权威》，载《陇东学院学报》2009年第6期。
② 对于史诗歌手而言这种"技巧"是藏族民众所认同的神奇赐授方式。
③ 李连军：《试析韦伯的"卡里斯玛"型权威》，载《陇东学院学报》2009年第6期。

中去的现象在民间信仰中是较为普遍的，这或许是在原逻辑因果律原则的支配下，相信物体一经接触后还会继续远距离的互相作用。

（三）原型的激活

笔者认为，格萨尔王作为史诗歌手的原型，在史诗歌手的潜意识中一旦被激活，就会"让当事人感到一种不寻常的轻松感，仿佛被一种强大的力量运载或超度，在那一瞬间，'我们不再是个人，而是整个族类，全人类的声音在我们心中回响'"。这种"原型"被激活的结果对史诗歌手而言，意味着他将承担守望和发扬民族精神和史诗意义的责任。也就是说，由被激活的原型模塑的"天赋"的使命感使得史诗歌手从一个民族传统文化的被动接受者一跃成为民族传统文化的实践者和传播者，从而使其拥有了一种与众不同的魅力。

笔者：土丁，你在结古生活还习惯吗？

土丁久耐：呵呵（笑声），其他还好，就是很想牛，可是搬到结古前，我家的牛几乎都卖掉了，只剩下几头寄养在亲戚家，去年年底杀了一头牛做过冬的储备肉，现在剩下的也不多了。

笔者：以前家里牛多吗？

土丁久耐：嗯，以前家里有上百头牛，每天凌晨就得起来和家人忙活，家里的女人主要负责打扫牛圈、给牛挤奶和煮早茶，而男人就要带上干粮准备去放牧，那时觉得放牧很麻烦也很累（嘿嘿），可是现在时常梦到以前去放牧时的场景。

笔者：哦。其实放牧只要不碰上黑熊和狼之类的猛兽，不下雨雪，也挺自在的哦。

土丁久耐：是，是。

笔者：你放牧时除了看护牧群，还喜欢做什么？

土丁久耐：如果是一个人就唱山歌，会唱仲了以后，就一个人坐在草地上唱仲。有时候遇到其他牧民，就和他们一起聊天、唱歌，他们知道我会唱仲，就让我唱一段，刚开始我不太敢唱，后来就不怕了，就经常给他们唱，唱完我特别开心、特别轻松，他们也很高兴。

笔者：他们经常让你唱吗？

土丁久耐：嗯，后来他们知道我会唱，我就经常去唱。有时在一个地方唱完了回到家里，家里的亲戚朋友又要求我唱，再累我也会答应，拒绝是不好的。这时候，我就唱一些故事情节简单的、诗行短小的内容。

笔者：唱久了，你也累了，为什么还"有求必应"呢？

土丁久耐：我想我有义务这样做，既然我被赐予这种能力，我就应该唱出来，只要有人想听，我就必须唱。

笔者：哦。那这样连续地唱下来，身体吃不消吧？

土丁久耐：也不会啊。一天连续唱好几个小时是有点累，可是心情真的很好。我觉得唱仲真的是一件功德无量的事，越唱我的心情就越好①，也就不会记得过程中有多累了。②

在史诗歌手的神奇传闻中，我们不难发现，史诗歌手自觉承担起弘扬史诗文化的责任感。他们将传唱史诗视为生命力的本源和"天赋"的使命。也就是说，史诗歌手弘扬史诗文化的过程，经历了从自发走向自觉的心路历程。这段历程在某种程度上模塑了他们的性格气质，从而使其具备一种人格魅力。这种魅力不仅体现在史诗歌手因"使命感"的驱使所做出的保存和弘扬史诗文化的突出贡献中，还体现在史诗歌手因受史诗内容的内在影响，而表现出的个人德性中。也就是说史诗歌手通过长期地表演史诗而受到表演自反性③的影响，这种影响使史诗歌手具备了某种不凡的气质，这种气质被认为是在叙事中成就的个人德性。换言之，"作为一种文化，故事家对故事的接受有一个从被动到主动的过程，乃至发展到人生故事化，自觉地吸取故事中褒扬的观点，以进行自我行为规范，使自己成为生活中的故事人物，从许多故事家身上都可以看到，他们喜爱的故事中提倡的基本精神，已熔铸成为一种定型的精神品格和行为模式，贯穿在他

---

① 如果我们忽略史诗歌手关于"演唱史诗时的喜悦心情"的宗教性解释，在其演唱史诗的过程中，我们也可以观察到由于史诗歌手的专注和投入，他们所经历的类似"天性解放"的过程。演述史诗前的土丁，性格腼腆、不善交际，然而一旦进入演述状态，一个外向开朗、表现力极强的青年歌手形象尽显无疑。史诗演唱作为史诗歌手宣泄情感的途径之一，或许是其在演唱史诗时感到心情愉快的原因之一。

② 2010 年 2 月 11 日上午采访史诗歌手土丁久耐录音。

③ 表演的自反性是指表演者在表演中得以反观传统、反观自我，对自我有更强更深的确认。参见［美］理查德·鲍曼《作为表演的口头艺术》，杨利慧、安德民译，广西师范大学出版社 2006 年版，第 95—97 页。

们的整个人生过程中,故事家同故事主人公的这种互渗和叠印,显示出作为民间口承叙事的传承人同他所接受的这种文化之间的互相占有"①。

才仁它次特殊的"神灵授记"经历和他与民间信仰和民众道德审美息息相关的演述内容模塑了他的人生观、价值观和世界观。采访才仁它次的过程中,他总是忧心忡忡地表达自己对环境恶化问题的关切,他总会时不时地用史诗或其他民间叙事中的警句或故事告诫身边的人要敬畏大自然、保护自然万物②。才仁它次神奇传闻发生的地点"瓦格拉德"山被奉为当地的主供神山,得到当地民众的礼遇。自才仁它次"神授"事件发生后,对该山的崇敬也达到历年的最高值,出于保护神山、礼敬山神的目的,当地民众自觉遵守禁止到该山放牧、游玩,禁止在该山采挖虫草和野生蘑菇的社区规约。这些举措无形中保护了"瓦格拉德"山的生态环境和自然风貌。才仁它次的"神奇传闻"使他拥有了一定的社会控制力,从而在一定程度上起到保护生态环境和自然资源的社会功能。因附着在才仁它次身上的各种神奇经历和他符合民族审美意趣和道德伦理观念的人生志趣,当地(哈秀乡)及周边地区的民众对他可谓礼敬有加,他也会偶尔参与到亲戚邻里民事纠纷的调节活动中,起到恢复社区秩序、平衡社区结构的作用。③

我们不得不承认,这些民间智者对于艺术和人生的高超感悟力和通达力,他们对史诗内容的表演和对史诗精神的实践,已经使他们成为一类特别的人,一类可以在艺术与人生间自由玩味的人。这类人的表演已不再是单纯地满足观众对史诗表演的期待,他们的表演显然具有了某种特殊的潜能。

2013 年 7 月 22 日,青海省玉树藏族自治州文体局召开《关于玉

---

① 江帆:《中国口承叙事论》,黑龙江人民出版社 2005 年版,第 90 页。
② 经过多次访谈,笔者与才仁它次渐渐相熟。才仁它次多次向笔者表达希望能在环保部门(如林业局)工作的愿望。
③ 2013 年 8 月 3 日采访哈秀乡史诗歌手才仁它次田野日志。

树州〈格萨尔〉主题博物馆室内展陈设计方案的研讨会》。笔者有幸参加并采访了与会的专家学者。会议召开期间，最令笔者记忆犹新的是，玉树州著名史诗歌手达瓦扎巴以地方学者的身份参与了该研讨会。会议期间，达瓦扎巴就博物馆馆门的朝向、各展馆之具体主题及展馆陈列内容等发表了自己的观点。此外，他还就各展馆内史诗系列唐卡的具体绘制内容和绘制规范提出看法。

笔者：达扎大哥，您好！今天会议气氛很热烈哦。

达瓦扎巴：是啊。我看各县的专家老师都来了，真的很好。

笔者：您对咱们州兴建格萨尔王博物馆怎么看？

达瓦扎巴：这真的是好事。我觉得我们应该有这种博物馆，西藏、四川还有其他藏区好像都有，咱们这儿是格萨尔仲（《格萨尔王传》）流布的地区，玉树和格萨尔王的缘分也很深，应该有一个的。

笔者：您刚才对馆内的具体陈列和唐卡内容也做了一些说明，您是什么时候开始关注建馆这件事的？

达瓦扎巴：其实一个月前，局长（玉树州文体局局长）就告诉我咱们州有这么一个项目，让我根据史诗内容把格萨尔王及八十大将的具体人物肖像描写出来，以便画师绘制时参考。

笔者：那您做出来了吗？

达瓦扎巴：嗯，我做出来了。让人帮我改了几遍错别字。上周已经交给局里了。

笔者：哦，刚才您在会上提出例如英雄射箭唐卡的绘制要求，您觉得现在的格萨尔王系列唐卡的整体水平怎么样？

达瓦扎巴：哦，我看过很多格萨尔唐卡，我觉得绘得都很好，只是个别唐卡不太传神，有些唐卡的内容不太准确。

笔者：您是著名的史诗歌手，对史诗的相关内容和史诗人物也很熟悉了。您提出的意见和建议应该会得到文体局的高度重视。

达瓦扎巴：呵呵，我也是尽力而为。

笔者：刚才听设计人员讲，咱们博物馆里还会专门开辟表演厅，就是专门供仲肯（史诗歌手）说唱史诗的场所。

达瓦扎巴：对。这个应该是必须的。玉树州特别是我的家乡杂多县仲肯最多。我觉得宣传史诗文化，首先就应该重视仲肯。

笔者：嗯，仲肯确实对保护和发展史诗做出了巨大的贡献。

达瓦扎巴：这是仲肯必须去做的事，就像学生必须学习一样。①

以地方文化事业单位为代表的政府部门对史诗歌手的保护和重视，使史诗歌手能够参与到社会文化事业的建设当中。政府部分重视并认同史诗歌手有关史诗和民间传统文化的知识储备，积极借鉴和运用这些民间知识去指导相关项目的设计规划。可见，拥有高超表演技能的史诗歌手已具备一定的社会控制力。这种控制力由政府机构所赋予，并以史诗歌手所具备的史诗表演能力和"地方性知识"的认知程度为保障，从而使史诗歌手的控制力随着其表演能力的增强和其"地方性知识"的日益丰富而不断加强。在社区中，史诗歌手所获得的崇拜也在某种程度上依赖于这种最初由政府所赋予并被史诗歌手实践的控制力。

综上所述，我们认为造成对史诗歌手的神力崇拜的原因是多方面的。首先，民众对史诗的钟爱消解了史诗歌手与史诗人物之间的界限，从而将民众对史诗人物的崇敬转化为对史诗歌手的崇拜。其次，史诗歌手凭依其神奇传闻叙事，获得了在社区中存在的合法性。该合法性是通过运用当地民众所认同的诸如神授、圆光、掘藏等传统获得的，民众相信史诗歌手继承了史诗英雄的"卡里斯玛"型权威，换言之，民众相信他们就是拥有"卡里斯玛"型权威的英雄本身，于是对于英雄的神力崇拜被部分（或全部）地转移到对史诗歌手的神力崇拜中去。最后，史诗歌手通过梦授等方式拥有表演史诗的能力后，其模仿的原型，即史诗主人公格萨尔王在潜意识中被激活。作为扮演史诗主人公的"他者"，史诗歌手担负着传承史诗的重任，这种责任感使他具备了一种与众不同的魅力。

此外，史诗歌手通过日常的表演行为，吸收和实践了史诗中所传达的精神品格和行为模式。从而使自己不仅成为史诗文化的传播者，同时也成为史诗精神的实践者，并因此获得了一定的道德影响力。在此基础上，史诗歌手借助自身所掌握的表演技能和民间传统知识的储备获得了政府部门的认可和重视，并因此在社区中产生了一定的影响力，这种影响力又从另一个侧面加深了民众对史诗歌手的神力崇拜。

---

① 2013年7月22日采访玉树州著名史诗歌手达瓦扎巴的录音记录。

## 第四节 他者的扮演——史诗歌手的表演艺术

表演的成功与否首先取决于扮演者对角色的塑造是否达到了形似与神似的完美结合。虽然史诗歌手的表演场域有时是模糊的，表演道具与专业道具也有一定的距离，但我们不能否认史诗歌手的表演是在不断接近表演内容和契合英雄本人特质的期待中努力进行的。有感于学界对"表演"的诠释太过狭窄，以理查德·鲍曼为中坚力量的学者对"表演"进行了更为深入的阐释，鲍曼认为："表演在本质上可被视为和界定为一种交流的方式。"[①] 对表演的"交流属性"的认识，从根本上改变了表演者与观（听）众的关系。从而使表演成为一种迎合传统、迎合特殊语境、迎合观众的双向的交流系统。由于"巩固信仰"成了整个社会群体共同和普遍的内在期望，所以史诗歌手关于"神灵梦授"的神奇传闻表演并不是他本人的一种欲望宣泄和情感表达，从本质上来讲，他并非一个自由的行动者，而是公众或信众要求他们这样做。在与信众的交流中，他本人也要努力扮演成一个符合传统要求或者满足其观（听）众之期望的角色。

为了满足听众的期望、升华自己的表演经验，史诗歌手运用了多种表演道具来成全角色，同时他还擅于在表演中运用非言语因素[②]来提升表演的质量。这些表演道具和非语言因素在标定史诗表演行为、认同史诗歌手的身份、区别史诗表演与其他说唱艺术等方面都具有举足轻重的作用。一位民间艺人戴上一顶配有飞禽的翎毛，以日月、弓箭等为构图主题并以贝壳流苏饰边的帽子，等于向听众宣称他是专门演唱史诗《格萨尔王传》的史诗歌手，因为在表演民间故事和赞词等藏族其他民间叙事文类时，是不允许戴这种帽子的，它是专属于史诗歌手、专属于《格萨尔王传》史诗的。换言之，"……每一个言语共同体都会从其各种资源中，通过那些已经成为文化惯例和具有文化特殊性的方式，使用一套结构化的特殊交流方式，来标定表演的框架，以便使该框架中发生的所有交流，都能在该社

---

[①] [美] 理查德·鲍曼：《作为表演的口头艺术》，杨利慧、安德民译，广西师范大学出版社 2005 年版，第 8 页。

[②] 非言语因素是指人们在交际活动中，除了语言因素以外的对交际有影响作用的因素，包括眼神、手势、微笑等面部表情以及服装打扮、身体的接触等。

区中被理解为表演"①。通过统计和比对，在藏族民间叙事文类中，史诗表演是借助表演道具和非言语因素最多的表演行为之一，也就是说史诗的表演是"惯常期待以表演的方式来呈现的"②。而在史诗歌手以个人的生命史为线索的神奇传闻叙事中，他们很少运用这些表演技巧。在田野调查中我们发现，史诗歌手在讲述自己的说唱经历时，明显表现出脱离吁请叙事的生活常态性与合逻辑性。但我们不能说史诗歌手的神奇传闻叙事中，不存在"表演"。"使个人叙事呈现为表演，并且决定着其作为表演的有效性的主要因素之一，在于叙事当中包含着评价的因素，它显示了讲述者对于自己所讲述的经历所怀有的情感的性质和强烈的程度——也就是说，为何讲述者认为这一经历是值得讲述的。"③ 在史诗歌手的不吁请叙事中，我们看到的是一种更为深沉、更为忘我的表演行为。这种表演行为浸润在忠诚、笃定的信仰中并渗透着史诗歌手对于超自然力的敬畏之情。

> 我想这是我与世界雄狮格萨尔王的一种缘分，才让我具备了演唱史诗的能力，我是文盲，连自己的名字都不会写，又怎么能在这么短的时间内学会讲这么多故事呐？我自己都觉得不可思议！④

采访中，当问及史诗歌手对表演经历的看法时，他们的回答是如此接近，以至于笔者不得不再三确认几个采访对象之间的家庭和社会关系。史诗歌手否认个人意志在史诗表演中的参与，强调表演行为完全是某种超自然力的赋予。这种有别于其他民间叙事类型对"表演的否定"方式，似乎还未引起学界的关注。理查德·鲍曼对表演的否认做出了这样的界定："传统上用以标示表演的手段也可能是表面上的否认自己具有任何真正的交流能力。"⑤ 我们认为史诗歌手以超自然力作为凭依的"表演的否定"，是一种更为彻底的表演行为。他们将自己真正地融入到"剧情"当中，

---

① [美] 理查德·鲍曼：《作为表演的口头艺术》，杨利慧、安德民译，广西师范大学出版社 2005 年版，第 17 页。
② 同上书，第 25 页。
③ 同上书，第 30 页。
④ 2012 年 8 月 14 日采访史诗歌手多丁录音。
⑤ [美] 理查德·鲍曼：《作为表演的口头艺术》，杨利慧、安德民译，广西师范大学出版社 2005 年版，第 25 页。

为达到扮演的有效性目的，他们在表演中将自己深深地隐藏起来，并最终将自己消解于角色当中，他们宣称自己不过是代神而言的"傀儡"。笔者认为这种对表演的"完全否认"是史诗歌手区别于其他民间故事讲述者的本质属性之一。虽然史诗歌手对表演的否认确实使他们避免了"承担表演的有效性和展示技巧的责任"①，但我们认为史诗歌手对于表演的否认并不是（或并不完全是）为了规避责任。其实，"在这样的情况下，对表演的否认既是一种道德姿态，用以平衡表演所引起的对表演者的高度关注，同时其本身也是对表演的一种标定方式"②。从更为隐晦的角度解读，作为"行动中的宗教"，史诗歌手在内外因的作用下成为一类"与众不同"的人之后，在族群中或主动或被动地承担着外化信仰、实践信仰的重任，他们对于表演的否认恰恰强化了对英雄的超自然神力的崇拜，宣告了英雄格萨尔王的缺席在场。

我们注意到，史诗歌手的神奇传闻会伴随着"特定情境中的交流资源、个人能力以及参与者的目的"③ 的转变而出现"异文"。而这种由于受到表演的"新生性"影响而产生的"异文"与史诗的内容形成了某种程度上的"互文"效应，从而使史诗歌手的神奇传闻具备了如史诗般宏大叙事的潜力，史诗歌手也最终凭借这种潜力在社会中赢得了"神圣"的地位。学界认为这种"表演的新生性"是理解"一个社区普遍文化体系的表演语境中特定表演的独特性的"④ 关键，其产生的原因主要是表演者之间的竞争意识。我们在针对史诗歌手表演现状的田野调查中也发现史诗歌手之间潜在的竞争意识。但这种竞争意识主要体现在对史诗内容的互动表演中，反观史诗歌手神奇传闻中的新生"异文"，其叙事生产过程更多的是受外在语境的影响。

## 一 政府层面的影响

以地方文化主管部门为代表的政府层面，在史诗歌手神奇传闻的生产

---

① ［美］理查德·鲍曼：《作为表演的口头艺术》，杨利慧、安德民译，广西师范大学出版社2005年版，第153页。
② 同上书，第26页。
③ ［美］理查德·鲍曼：《表演的新生性》，杨利慧译，载《民俗研究》2008年第2期。
④ 同上。

过程中发挥着导向性的显性作用。

　　从政府层面对民间传统文化进行积极干预是在近十年来全球"非物质文化遗产保护"的语境下催生的。自"非遗"成为考量一个国家软实力的重要指标以来，政府通过文化普查、记录归档和保护传承人等方式对民族民间传统文化进行保护、继承和发扬。以青海省玉树藏族自治州为例，该地凭依其特殊的地理位置和人文语境成为西北地区多元文化的富矿区[1]。在玉树地区，史诗《格萨尔王传》是其标志性的民间叙事类型，掌握史诗表演技巧并能表演其他民间叙事类型的史诗歌手作为地方文化精英，成为政府保护的对象之一。据笔者统计，玉树地区现有已被鉴定为《格萨尔王传》史诗歌手的传承人共19人[2]，其中18人享受省级非物质文化遗产传承人津贴，1人享受国家级非物质文化遗产传承人津贴。该州于2013年兴建的《雪域格萨尔王博物馆》，馆内除陈列史诗主人公格萨尔王及其他史诗人物的唐卡、雕塑和史诗抄本、刻本外，还专门设立了"表演厅"，为史诗歌手表演史诗独辟场地，并计划每周请一位史诗歌手在该厅表演史诗约两小时，借此弘扬玉树地区史诗文化。政府机构对史诗歌手的鉴定和认可，以及随之而来的礼遇和邀演对来自民间、质朴谦卑的史诗歌手而言无疑是一种殊荣，他们的人生轨迹也因此发生了改变。有些史诗歌手甚至在政府机构的帮助下举家搬迁来到城市，过上城里人的生活[3]。且不谈史诗歌手生活方式和生存环境的改变对其史诗表演的潜在影响。史诗歌手来到城里，其境遇的改变显然是巨大的。第一，他们脱离了游牧的生活方式，摆脱了繁重的牧业劳作；第二，他们得到了一份稳定的收入（津贴），其家庭收支结构发生了根本改变；第三，伴随其身份的转变而产生的优于其他牧民的优越感，使得史诗歌手的叙事常常带有"反思"和"总结"的特质。

---

[1]　位于青海省西南部的玉树藏族自治州，自古是连接西藏、四川、西宁的交通要道。它是唐蕃古道的必经之路，也是茶马互市的重镇。青藏高原的古代文化——南部的卡若文化与北部卡约文化交汇于此，而来自中原的华夏文化也在这里留下了印记。多元文化的交融使得玉树成为传统文化的富矿区。

[2]　除经政府组织专家学者鉴定的19位史诗歌手外，玉树地区仍有一些因个人性格及其他原因未经专家鉴定的史诗歌手。

[3]　玉树地区青年史诗歌手土丁久耐（已故）。

笔者：阿达，你们那儿的仲肯到其他地方唱仲的多吗？

保索：年轻一点的比较喜欢出去，去年我们乡（杂多县阿多乡）的那些仲肯还有其他地方的仲肯还一起到县里（杂多县）唱仲，听说还赚了不少钱。

笔者：是被政府请去的？

保索：好像不是。是他们自己约好一起去县里唱（指杂多县县府所在地萨乎腾镇）。

笔者：哦，那你们那里的仲肯有被政府请去的吗？

保索：有啊。有的还主动去找政府。他们不是有个考试吗？（指政府组织的史诗歌手鉴定活动）仲肯就去考那个。（笔者：都去吗？）有的仲肯不去。（笔者：为什么？）估计是年纪大了，也有的是家里太忙了或许是不好意思吧。我也不知道啊。

笔者：那您觉得政府的考试对那些仲肯重要吗？

保索：当然啦。考试通过了，他们就是干部了，而且有工资了。通过考试的仲肯好像都不回乡里了，他们和我们不一样了，他们可能觉得自己很厉害吧，哈哈。①

史诗歌手为了改善生活条件、改变生存环境和谋求自我发展，积极参与到政府组织的史诗歌手鉴定活动中。为了在众多的史诗歌手中脱颖而出对其神奇传闻或生命史进行铺排和润饰等修辞处理也情有可原。我们发现在史诗歌手针对政府的鉴定工作而讲述的神奇传闻中，主要突出其弘扬史诗文化、传播英雄业绩的使命感和责任感以及他们对社会现实的关注。

我叫才仁它次，生于玉树县哈秀乡，33岁。主要生计是放牧和挖虫草。在我13岁那年的夏天，我去放牧，为了看好牧区，我爬上"瓦格拉德"山，在山上看着牧群，看累了我就躺一会儿，不知不觉中我睡着了，在梦里我看到一个骑着白色骏马，一身白色戎装的青年来到我面前。他对我说他是"瓦格拉德"山神，要我和他一起去巡游世界名山，然后不由分说地用长枪把我挑上了马，于是我和他去了

---

① 2012年8月13日采访杂多县阿多乡牧民妇女保索笔记。

很多地方,他给我讲了很多关于各地神山和山神的故事,也告诉我许多格萨尔"仲"(即史诗《格萨尔王传》)。后来我醒了,觉得这个梦很奇怪,又觉得害怕,于是就很快跑回了家。回到家里,家人说我已经失踪七天了,还问我去了哪里,我说我在山上睡了一天,梦里梦见奇怪的人带我去了很多地方,他们不相信我说的话,说我一定是疯了。后来,我的精神状态一直不好,常常复述白衣少年给我讲的故事,人多的时候这种倾诉的愿望更加强烈。我觉得我一定是被"瓦格拉德"山神选中宣讲神山故事、史诗和其他故事的人,我有义务把这些讲给所有人听。我在梦里看到的那些名山大川那么美,来到现实世界中却看到自然遭到破坏、山林遭到砍伐觉得很心痛,想通过自己的努力保护环境。①

从这段叙述中,一个热爱自然、向往自然并富有环保责任感,一个希望通过讲述民间叙事以及自己的经历影响他人道德行为的民间智者形象跃然纸上。也就是说,"记忆需要来自集体源泉的养料持续不断地滋养,并且是由社会和道德的支柱来维持"②。史诗歌手在政府介入的"史诗歌手鉴定和认证工作"中所做出的顺应国家生态保护政策的表述,让我们看到政府层面的介入对史诗歌手神奇传闻生产过程或神奇传闻"异文"生成过程的影响。

我们相信具备高超史诗表演技能的史诗歌手对其经历细致生动的描述其本意是出于对民间文化的热爱和对当地民间信仰的一次实践,其中因为政府的参与而出现的"异文"与史诗歌手"本真"的神奇传闻之间到底有多大差异我们无从知晓,也就是说,"'社会事实'并不等同于'事实',这是需要特别注意的,如果我们可以看到呈现'社会事实'的立场与意图,在'社会事实'与事实之间就会出现一条明显的裂纹"③。仅就史诗歌手的这段叙述与笔者于 2012 年 4 月 19 日对其进行的现场采访录音

---

① 引自玉树藏族自治州群众艺术馆内部资料。
② [法] 莫里斯·哈布瓦赫:《论集体记忆》,毕然、郭金华译,上海人民出版社 2002 年版,第 43 页。
③ [英] 保尔·汤普逊:《过去的声音——口述史》,覃方明、渠东、张旅平译,辽宁教育出版社 2000 年版,第 21 页。

加以比较，二者在情节方面的差异是显著的。

  笔者：才仁大哥，我听他们叫您"日谐"（"说山人"），能讲讲为什么吗？
  才仁它次：嗯，我对藏区的所有神山的历史和山神们目前的情况都很了解，哪座神山的山神威武，哪座神山的山神温和，哪座神山的山神富裕，哪座神山的山神生活简朴，我都知道，我还在梦里去过他们的宴会现场呐。
  笔者：哦，是吗？嘿嘿，那结古镇的普措达则山的情况能给我讲讲吗？我家就在山脚下哦。
  才仁它次：他是一个特别富有的山神，真的，当时我看到他时他真的是一身绫罗绸缎、珠光宝气的山神哦。别的山神都没法比的。
  笔者：哦，是吗？呵呵。那您是从什么时候可以看到这些的？
  才仁它次：哦……大概是我十三岁那年的一天，大概就是这个季节（六月份）吧，我去山里放牧，那天天气真的很好，我把牛赶到山脚下，自己爬到山上，这样就可以看到我们家所有牛了（特意解释）。我坐在山上，不知啥时候，我就在我们那的"瓦格拉德"山上睡着了。在山上不能睡觉我是知道的，可是那天不知怎么了就睡着了（大笑）。然后我就做了一个梦哦！嗯（停顿）……在梦里我看到一个骑着白马，全身白色戎装的青年来到我面前，他说快起来我带你去看世界上的神山，我就那么看着他，我没说我要去哦（摇头）。那个白衣少年就用他的长枪把我挑上马，我就和他去了许多地方，游历了许多名山。醒来后，我回到家中把事情讲给家里人听，他们说我已失踪七天了，而在我的记忆中只是外出一天，你说这谁能说清楚（摊开双手、微笑），他们说我疯了，还带我去见喇嘛，让喇嘛帮我驱邪。呵呵（笑声）。
  笔者：家里人没去找您吗？
  才仁它次：找了，没找着嘛，哈哈哈（笑声）！

  两个文本之间的差异除体现在访谈者记录方式的不同外，史诗歌手的两份神奇传闻之间也存在明显的情节上的缺失，如"请喇嘛驱邪"在当地群艺馆内部资料中的缺失，以及有关环境保护等内容在笔者第一次访谈记录中的缺失。"请喇嘛驱邪"情节的缺失似乎说明了由于政府层面的介入，史诗歌手受到的国家意识形态的影响而将该部分内容人为地忽略或剔除，而"环保理念"在当地群艺馆内部资料中的凸显以及在笔者访谈录音中的缺失，则说明了一位民间叙事传统的传承人对国家相关政策的积极借鉴与运用，以及史诗歌手作为"民"与文化事业单位为代表的"官"之间的对话。

**二 文化研究及咨询机构的影响**

以学者为先锋的文化研究及咨询机构，在史诗歌手神奇传闻的生产过程中发挥着承上启下的沟通作用。

20世纪80年代，民间叙事传统的研究视角和研究方法出现巨大转折，学者们纷纷从书斋和图书馆走向田野，试图从可触可感的田野调查中了解民间叙事传统的现状和民间叙事传统传承—承传的载体。随着针对民间叙事传统传承人的访谈不断深入，有关传承人的研究方法和理论也日益丰富，传承人的文化价值和历史地位也逐渐受到重视。对于史诗歌手的关注和研究也在同一时期进入史诗研究者的视野，并以"后来者居上"的态势成为史诗研究界的热点课题。史诗歌手作为史诗文化的储备库和实践者受到各方关注，他们摆脱了曾经被讽为"乞丐的喧嚣"的历史身份，成为当代"非物质文化遗产保护"的主要对象之一。史诗歌手文化价值以及社会地位的提升得益于学者专家的研究、呼吁和宣传。专家学者在"非物质文化遗产保护"的语境中处于政府和史诗歌手两极的中端，起到"上情下达"和"为民请命"的作用。政府聘请专家学者鉴定和测评史诗歌手，史诗歌手通过与专家的互动交流，得到认同和标定并得到相应的称号。专家学者对史诗歌手的访谈和研究主要从学理的角度出发，侧重于对其获得史诗表演技能的过程、完善史诗表演技能的个人努力和史诗表演传统与民间叙事传统之间的内在关系等问题的梳理和分析。2010年2月10日，在笔者与著名史诗歌手达瓦扎巴的一次访谈中，笔者发现面对一个具备民俗学和民间文艺学理论和田野调查知识，以撰写涉及史诗歌手展演机制的学位论文为目的的"学者"（笔者），达瓦扎巴叙述的神奇传闻逻辑清晰、内容丰富。

我十三岁那年，有一天，我到我家附近的著名神山"杂加多杰平措"放牧。那天，我总觉得没有精神，想睡觉。不知道什么时候就睡着了。还做起了梦。梦中我听见许多骏马驰骋嘶鸣的声音，还听到将士们的头盔、铠甲、宝剑、长矛、弓箭等相互碰撞的声音，不仅如此，后来我还看见在广袤无垠的草原上近千位全副武装的战士将领手持各种武器奔跑着（双手在空中比画）。这时，从人群中走出一位身穿白袍的老僧人，他问我在以下三样东西中我想要什么，一种是学会天上飞禽的语言，一种是学会地上走兽的语言，第三种是会说唱《格萨尔王传》的故事。当时我想，说自己能听懂动物的语言，别人也不会相信，《格萨尔王传》比较好，于是选择了《格萨尔王传》，老僧人对我说很好，然后向远方走去，最后消失了。从此我慢慢地会说唱《格萨尔王传》的故事。在我大约16岁的时候，我又做了一个梦，梦见一个骑白马穿白衣的人带我去见格萨尔大王，这位白衣骑者叫鲁珠，是来自龙界的人（向笔者解释）。在梦中，我被带到一座大帐篷中，见到了崇敬的格萨尔王。我想向格萨尔王做供养，但是自己什么也没带来，于是用自己前世及今世所做的一切善事及善缘做供养献给了格萨尔王。我回到家大病了三天三夜。病好以后，总是想到野外去，在旷野上又想跑到山上去。从那时开始，眼前老是浮现岭国山水的情景，一看到这些我就很激动，眼泪自然就流了下来。从此开始说唱《天界篇》，后来《诞生篇》、《霍岭》等一部部增加。13—17岁时我经常跑到山上偷偷地说唱，不让别人知道，但一天不说心里就不舒服。17岁时到拉萨朝佛，途中经过那曲，遇上一位艺人，当他说唱《霍岭》上部的时候，我的故事也降下来了，就跟着一起说。后来我又唱《米努绸缎宗》，大约唱了5个小时。来到下曲卡，住在旅社里，当天夜里，我在梦中又自然地说唱起来，一直说到第二天太阳升到山顶。当我清醒过来时发现很多人在门口、窗口看热闹，而我说得口水流到前胸的衣服上，自己竟一点都没有察觉。那时唱的是《卡切玉宗》，一起去的还有我的表弟和其他同乡①（达瓦扎巴会说唱《格萨尔王传》的消息不胫而走，1996年他被玉树群艺馆聘用。他说自己可以说唱170余部史诗部本，目前完成录音19部，记录整理了3部，出版了1部）。

---

① 2010年2月10日采访著名史诗歌手达瓦扎巴录音。

从这段叙述中，一个浸润在游牧文化的广阔海洋中并具备当地民间信仰知识的少年形象映入眼帘。这一形象不仅为叙事增添了一抹庄重的色彩，也为后来事态的发展埋下伏笔。在达瓦扎巴的叙述中，进入梦境的他看到在广袤无垠的草原上有战士、战马、武器以及壮观的征战场面（这些叙事情节极易将听众带入史诗情境中，将达瓦扎巴的叙事与史诗情节做对应解读）。接着梦境中出现白袍老僧人，他以"民间智叟"的形象考验达瓦扎巴，让其在三种超凡本领中进行选择，选择的结果显然是令老者满意的。随着叙事情节的发展，16 岁的达瓦扎巴在梦境中见到了史诗的主人公英雄格萨尔王。梦境中的内容十分丰富，除有引荐人白衣骑者外，还有达瓦扎巴对格萨尔王进行供养等情节。17 岁那年的朝圣之旅激发了达瓦扎巴的所有潜能，在一次不间断的连续数小时表演史诗的经历中，一个技艺纯熟、曲库丰富、套用史诗程式灵活自如的史诗歌手形象呈现在我们面前。达瓦扎巴的神奇传闻中陆续出现"梦境赐授"、"民间智叟"、"考验"、"格萨尔王"、"供养"和"朝圣"等民间叙事传统母题，这让笔者十分震惊。这段神奇传闻是史诗歌手受史诗情节及民间叙事传统的影响而对史诗内容的化用，还是史诗歌手为了提升自己在史诗歌手群体中的威信和学术研究价值而精心创编的内容？笔者无从知晓。然而通过回忆十几年前达瓦扎巴讲述其"神授"过程的一次对话，笔者发现其神奇传闻无论是在内容方面还是叙事逻辑方面都发生了改变，这些改变主要体现在其叙事内容的不断丰富和去矛盾化中。

我 13 岁那年吧（音量很低，始终半低着头），当时，我去我们家附近的神山附近放牧，后来不知怎么的就睡着了。梦中，有一个白发苍苍一身白色衣衫的老人走到我面前，他说我是一个很特别的人，还说想帮帮我。他问我是想听懂飞禽的语言还是想说唱《格萨尔王传》，我当时想，听懂飞禽的语言不过是听他们说三道四，没什么意思，我就说我想说唱《格萨尔王传》，老人说很好，从此以后你就是宣讲史诗的仲肯了。然后他就消失了，我也醒了，事情就是这样。后来我就天天想说唱，不说唱，心理就很难受，我怕他们笑话我，我就在放牧的时候唱,后来才敢在别人面前唱。①

这段回忆性的记录文本,是笔者在尽最大可能还原当时场景和达瓦扎巴叙事语言的基础上记录的。回忆当时的场景,达瓦扎巴确实没有向笔者提及"广袤无垠的大草原"、"战士"、"战马"、"武器"以及"壮观的征战场面"等情节。对于当时充满好奇心的笔者来讲,如果他提到上述情节,那么它们应该是笔者最记忆犹新的部分,而非毫无意义的赘述。随着笔者身份的转变,其神奇传闻也出现了"异文",这类异文与史诗内容似乎存在某种暗合的"互文"现象。这该如何解释呢?史学专家在对口述史生产过程的相关研究中指出:"他(她)们所陈述的'过去'也是相当有选择性、重复性与现实取向的。采访者'选择'适当的'过去',来回应问题。再者,对于一位一生经历有'历史价值'的受访者而言,他(她)们经常能体认自己的社会角色(知道自己为何受访,或采访者已说明对他或她的期望),或者,他(她)们揣测访问者的社会角色的态度,因此相对地在访谈中表现自己应有的社会角色与态度。如此,'过去'常常被选择性重建(混合本身记忆,以及与他人共同建立的记忆),来使某种现实状况合理化,或解释过去与现在的因果关系,并同时满足访问者的需要。"② 历史学家对于口述史的阐释对我们的研究具有借鉴意义,在与达瓦扎巴的访谈中(近期),他已被认定为史诗歌手,并拥有"国家级非物质文化遗产传承人"、"说不完的神授说唱艺人"等头衔,他频频出席各类史诗宣讲活动和史诗研讨会,还多次应邀参加国内外藏学研究大会,并在大会上表演史诗。笔者认为这些经历不仅使达瓦扎巴的史诗表演技能得到提升,还加深了其对史诗表演之文化价值和学术价值的认识,在对史诗歌手这一身份有了比较清晰的认识后,面对不同的访问者,他有意无意地"选择"、"剔除"和"重建"一些关于自己神奇传闻的细节,以迎合社会现实和访问者的需要,从而进一步提升其研究价值并获得学者专家的认可。

---

① 达瓦扎巴的经历在当时仅13岁的我听来犹如听童话故事般新奇,所以至今记忆犹新。伴随着羡慕、好奇和近乎崇拜的心情笔者聆听了达瓦扎巴演述的史诗片段,当时虽然对史诗的内容未能详解,但还是被他忘我的表演震撼。

② 定宜庄:《口述史读本》,北京大学出版社2011年版,第65页。

### 三 民间传统文化保护组织的影响

以民间传统文化爱好者为核心的民间传统文化保护组织（如基金会等），在史诗歌手神奇传闻的生产过程中发挥着文化宣传及文化"异化"的双重功效。

民间传统文化爱好者对史诗歌手的记录建立在一种诗性的、富有浪漫主义情结的、怀着对民族传统文化无限热爱之情的个人体验之上。他们选择史诗歌手某次表演经历，通过借助多媒体设备（如摄像机），进行实况录像。然后再经电影后期制作的方式对录像画面和声音进行包括选择、整理、剪裁和顺序组接等在内的影片制作处理。最后通过与藏族其他文化质素摄影短片进行剪辑和排列组合，制作出包含摄影者个人审美意识、情感表达和价值理念的视频作品。民间传统文化爱好者的"文化产品"对于不了解藏族民间传统和史诗文化的观众而言，无疑是具有扫盲性质的异文化体验，而对于希望通过视频短片了解史诗歌手表演机制的观者而言，其价值则有待检验。

史诗歌手应摄像者要求穿戴一新，独具文化象征意义的说唱帽、藏装及藏族佩饰等与其"民族文化瑰宝"的身份相得益彰。他们在摄像机的"监督下"完成神奇传闻及史诗的表演过程。虽然史诗表演的视频记录较之书面记录更具立体性和现场感，也能够最大限度地把握"这一次"表演的所有要素，但该表演在现代多媒体技术的阐释框架下，其原本自足的史诗表演体系被"扭曲"和"异化"了[①]，且经上述视频生产过程记录的史诗歌手神奇传闻，也存在淡化史诗歌手"神授"的心路历程，放大其神奇传闻的"传奇"色彩的制作倾向，有学者甚至将这种民俗学文本制作过程称为"刻意的造作"[②]。

学者在研究口述史以及其他民间叙事类型的生成过程时，也曾谈到现在多媒体技术（如录音设备、录像设备等）对访谈的潜在影响，如叙述者在特定环境下表演，迫于某种社会压力有意无意地隐去一些细微

---

① 我们并不否认民间传统文化爱好者出于对史诗和民族文化的热爱，精心制作"文化产品"的美好初衷，笔者也多次被他们不辞辛劳的义举打动。

② 对于不具备民俗学文本制作知识的民间传统文化爱好者而言这种批评显然过于严厉。我们也应该看到这些视频作品仍具备供后辈学者参考的资料复查价值。

的私人的体验，转而描述可供议论和交流的部分。换言之："这样一幅肖像的某些组成部分从来都是太过私下的或者太过矛盾的，难以被公开的。其他部分也是私人的，但是依赖于心境，它们还可以被讲给非常亲密和亲爱的人听。另外的其他部分才是供公众消费的。"[①] 我们在以史诗歌手为主题的视频资料中，也发现视频资料的文字说明和配音主要体现视频作者（群）对民族文化质素的主观化解读，他们很少去探究史诗歌手在叙事中删减了哪些部分，为何会出现删减的情况，这与以互联网为传输媒介，且具备高速复制和传播能力的视频短片的庞大消费群是否有关等问题。此外，由于视频资料记录方式本身存在的时空规定性，导致针对史诗歌手的民族文化背景和深度个人体验的记录无法达到整体性和个性化呈现的目标。

**四 以民众为基础的文化共同体的影响**

以民众为基础的共享当地民间叙事传统的文化共同体，在史诗歌手神奇传闻的生产过程中以判断其叙事是否合法的裁判身份出现，对史诗歌手的神奇传闻发挥着传统的监督职能。

表演作为"一种交流方式"，其张力部分地取决于它对传统的化用，也只有通过"求助于传统"，表演的交流属性才能彰显。在史诗歌手的表演中，民众作为传统的表征之一，究竟扮演着怎样的角色？史诗歌手面对"熟人社会"，其神奇传闻的生产过程是在不断适应传统、适应民众心理的过程中得以完成的。史诗歌手完成其从普通人到"神授艺人"的过渡，期间不仅伴随着史诗歌手对自我身份的认同，也关涉民众对他认可与接纳的程度，因此，对于史诗歌手而言，得到学界和政府的认可固然重要，但当地民众对他的看法和期许则是他能否得到社区权威和社区潜在控制力的关键[②]。玉树州玉树县哈秀乡史诗歌手才仁它次，在其神奇传闻中，曾多次提到坐落于哈秀乡北端的"瓦格拉德"神山以及该山的山神（一位骑乘白马、身穿白袍、手持长枪的英俊少年）。该神山在哈秀乡民心中拥有

---

① [英] 保尔·汤普逊：《过去的声音——口述史》，覃方明、渠东、张旅平译，辽宁教育出版社2000年版，第67页。
② 史诗歌手社区权威的建立不仅需要当地民众的信任和支持，同时政府部门的保护和宣传也是其获得权威的条件之一。

很高的地位,并被誉为哈秀乡的命山(即当地乡民依托该山的护佑而繁衍生息)①。在当地关于该山的各类传说可谓妇孺皆知,并被乡民津津乐道。其中一则相传发生在20世纪五六十年代的传说,表达了乡民对该山的感激和崇敬之情。

  哦……我给你讲啊,这是真的,我们这里人人都知道(眼神坚定)。那时候,我们和隆宝部(指玉树县隆宝乡,位于哈秀乡南面,与哈秀乡相距13公里。哈秀乡与隆宝乡关系较为复杂。因比邻而居,他们常因草山问题发生纠纷,但同时二者又处于彼此的婚姻圈内,关系甚密。笔者按)因为草山问题发生械斗。当时啊,我们快要打输啦,后来听说从我们乡的方向来了一个骑着白马、穿着白衣服的少年,单枪匹马地冲到隆宝部的人群里,拉起缰绳,用马蹄击退了隆宝部的人,最后我们赢啦,隆宝乡的人到现在都很怕我们的。(笔者:那个骑白马的少年是谁啊?)骑白马的就是"瓦格拉德"山神啊。它是我们的命山呐。(笔者:哦,那后来骑白马的山神去哪啦?你们也不拉住他,看看山神到底长啥样?哈哈)听他们说,后来白衣少年不知去向,人们也不知道他是谁,老人们说是山神显圣,而且是"瓦格拉德"山神。②

  在这则传说中,事件发生的背景、参与事件的人物和事件发生的时间都无不向听众传达这是"事实"的表演目的。笔者在采访中,也会有乡民主动讲述这段传说以示对神山的崇拜之情。可见,关于神山"瓦格拉德"的灵验传说在当地已具备相当的民众基础,成为当地民间叙事传统的有力支撑和"民间武库"。在才仁它次的神奇传闻中,我们发现其叙事的时空背景依托于当地命山"瓦格拉德",并以"瓦格拉德"山神作为其

---

① 有感于当地民众对"瓦格拉德"山的崇敬之情,笔者于2012年曾专程前往哈秀乡"访名山"。笔者来到坐落于该乡西北隅的群山脚下,看到乡民所指的"瓦格拉德"神山,竟一时语塞。该山占地面积并不大,没有绵延的山脊,与周围耸立的高山形成鲜明的对比,山体垂直高度不足百米,在群山的怀抱中,仿佛是一个还未经历"沧海桑田"的小山丘。经过笔者再三确认,"瓦格拉德"神山以其"山不在高,有仙则灵"的整体印象刻在笔者的心中。
② 2012年4月15日访谈哈秀乡中心技校老师达瓦才仁录音。

叙事的中心人物，从而使其叙事具备了有效性和传统性。由于他将当地民间叙事传统中的特殊代码和象征化用到自己的叙事中，改变原初普通牧民的身份，并升格为史诗歌手的才仁它次才得以顺利融入到当地民众的生活世界中，并被当地民众认可和接纳（如果才仁它次的神奇传闻缺乏对当地传统文化的"套用"，缺少对当地民众熟知的民间叙事传统的吸收、借鉴和继承，其神奇传闻便失去了传播的内在动力）。史诗歌手充分地意识到对当地"掌故"的了解和化用对于扩大和提高其影响力和公信力的作用，所以在面对当地人叙述其神奇传闻时，他们尤其注重对"地方性知识"的运用。2012年4月，笔者前往哈秀乡田野调查，看到不少乡民胸前都别着一枚或一对别针，乡民向笔者介绍说这是一种辟邪的方法（别两枚据说功效加倍）。经笔者细问，才知别别针驱邪是才仁它次的建议。事情的起因要追溯到2010年4月14日发生在玉树的里氏7.1级强烈地震。由于此次地震造成玉树州结古镇以及周边乡镇房屋全部倒塌以及逾3000人死亡的重大人员财产损失，当地民众对这段经历有着刻骨铭心的记忆。在当地，民众十分忌讳每年"4·14"这一天或临近"4.14"的几天，并认为这是不祥之日。2012年，当笔者到达哈秀乡时，正值4月份。当时该乡盛传将有地震发生，民众非常恐慌。而在当地已具备一定影响力的才仁它次便建议人们在胸前别一枚别针以免遭厄运并规劝乡民多行善举，他声称这是山神的授意。虽然，我们无法验证这类为躲避天灾而进行的辟邪仪式的灵验程度。但从该事件中我们看到了才仁它次通过不断摄取和化用民间传统文化以巩固自己在民众当中的影响力，并通过这种影响力维持社区日常秩序、安抚社区民众情绪和控制社区行为方式的努力。

除国家意志、记录手段和听众类型等影响因素外，致导史诗歌手神奇传闻产生变异或"新生"的因素仍是多方面的。这些因素有意无意地将史诗歌手的表演引向一个多义的叙事空间，使史诗歌手的神奇传闻从单向叙事走向互动建构的史诗传承—承传体系中。难以否认，在史诗歌手以神奇传闻为主要内容的记忆场中，记忆不仅是来自过去的回忆，同时也是面向未来的叙事，它具有历史性和未来性两个维度。在记忆建构的过程中，叙事内容通过选择、剔除和添加等方法变得愈加丰富，并在与不同语境的交流、碰撞、妥协和适应过程中，成为在某种层面上反映当代社会民间文化生产和再生产复杂图景的一个缩影。

从上述关于史诗歌手的神奇传闻伴随"特定情境中的交流资源、个人能力以及参与者的目的"[①] 不同而出现变异的探讨中，我们不难看出，史诗歌手的成长过程受多方因素的影响。基于对形塑史诗歌手的内、外因素具有多样性特征的认识，我们对史诗歌手的保护也应摆脱单一的模式。换言之，我们应当反思以往将史诗歌手抽离出其所属的文化空间，进行"孤立式"研究和保护的做法，正视史诗歌手与所属文化空间之间的内在联系，制定有助于对史诗歌手及其所属文化进行整体性保护的保护措施，进而将对史诗歌手及其所属文化空间的保护上升到生态性保护的高度。

---

[①] ［美］理查德·鲍曼：《表演的新生性》，杨利慧译，载《民俗研究》2008 年第 2 期。

# 第四章

# 史诗歌手面对的困境与未来

## 第一节 史诗歌手面临的挑战与危机

在现代多媒体技术精心制作的电影与民间故事讲述人现场演绎故事之间,当代人会作何选择?答案或许是不言而喻的。我们看到,经现代多媒体技术制作的电影不仅拥有跌宕起伏的故事情节,其中精准的特技表演、逼真的场景再现、唯美的动画制作以及成功的角色塑造更是将影像叙事的优势发挥到极致。难以否认,以多维影像的方式演绎历史、重塑记忆和表现当下已成为当代人首选的文化消费方式。而以口耳相传为主要表达和传播路径的民间故事及其民间故事讲述者(包括史诗歌手)都在面临"下课"的危险。在笔者以玉树州民族职业高中高二年级为对象的问卷调查中,81%的青少年倾向于以电视和电影等多媒体方式接收信息,5%的调查对象表示愿意通过阅读原著的形式来补充知识,只有5%的学生表示对史诗演述感兴趣,喜欢聆听史诗演述。其余9%的学生则表示既不排斥也不热衷于以说唱的形式呈现史诗内容的方式。虽然这项调查主要针对城市中的在校青少年(调查尚未覆盖到农牧区),但通过对该问卷进行结果分析,我们对于史诗表演和史诗歌手的未来仍充满担忧。马克斯·韦伯曾不无遗憾地谈到继承卡里斯玛精神的人在一个"祛魅"的社会里必然会"从狂热的、情感性的、无经济关怀的生活,走向在物质关注的重压下慢慢窒息而死的道路——他存在的分分秒秒都不断地加速向死亡前进。其最终的归宿便是,披在圣徒肩上的、作为身外之物的那件随时可甩掉的轻飘飘的斗篷，命中注定会变成一只铁笼"① 的结局。我们在卡里斯玛型权威的继任者的身上隐约看到了史诗歌手的未来之路。

综观全世界曾拥有气势磅礴的史诗和优秀史诗歌手的族群，现如今仍以活态的形式（即通过史诗歌手的现场表演来传播和弘扬史诗）传承史诗的已寥寥无几。据学者调查，全世界每年大约有20种语言消失，其速度之快令人吃惊。一个族群曾经赖以生存的交流工具尚且无法逃脱时间的荡涤，更何况时代久远、影响渐衰的史诗？

造成口耳相传的史诗表演传统式微的因素是多方面的。在拥有尖端通信技术和多元咨询途径等优势的信息高速路时代，传统文化的栖身之所日益减少。在信息时代，多元文化的多选性和单一文化的内在发展需求必然迫使传统文化作出相应的改变。这种改变有时会致导单一文化类型吸收、借鉴和融合多元文化因子，以便能满足发展的需要；有时则会造成单一文化中某一文化质素的消亡。我们无法断言这种文化的汰选过程，对于文化的发展是有益无害的。毕竟作为故事讲述传统而言，现代多媒体的叙事方式是从外部对其施加影响的，而非前者本身对文化发展做出的回应与调整。作为原本自足的某一文化类型而言，其中一个文化质素的消失必然会导致整个文化结构在某种程度上的失衡，从而引起社会结构的震动。

在针对史诗歌手现状的田野调查中，我们发现史诗歌手在藏区仍然具有一定的影响力，其传统的观众类型（如牧民、老人等）仍然数量可观。虽然卫星电视的入户率在藏区已达到相当的比例，但民众对由史诗歌手现场表演史诗的传统叙事方式仍然乐此不疲。在藏区社会结构中史诗仍然具有禳灾驱邪、趋吉避凶和娱乐消闲等功能，史诗歌手也因史诗具备的神力而拥有不可忽视的社会地位（史诗歌手的社会地位是其获得史诗表演技能后，通过寺院认证、喇嘛加持以及政府保护等一系列方式得以巩固的）。

笔者：阿吾（大叔），您今年多大岁数啦？
杂多县牧民洛阳：哦，我今年51（岁）了。
笔者：那您平时在家主要忙些什么呀？您要去放牧吧？
洛阳：我不去放牧。我有三个儿子，两个女儿，大儿子和大女儿结婚了。放牧主要靠我的二儿子和小儿子。他们年纪小跑得快，我主

---

① 李连军：《试析韦伯的"卡里斯玛"型权威》，载《陇东学院学报》2009年第6期。

要在家做些家务。

笔者：哦。阿吾，那你在家平时看电视吗？喜欢看什么节目啊？

洛阳：嗯，我们家有太阳能，可以看电视。孩子们从县里买来DVD碟子，我们就看那个。我比较喜欢看和日本鬼子打仗的（指抗战剧）。

笔者：哦，呵呵。每天都看鬼子啊？不玩别的啊？

洛阳：也玩，太阳能没充上电的时候，我们晚上就坐在一起讲最近听到的新事，也讲故事。

笔者：我听说越到晚上，大家越爱讲鬼故事哦。你们最常讲什么故事啊？

洛阳：我们也讲啊。讲那些故事孩子睡得反而香呐（哈哈）。

笔者：你们不讲格萨尔仲（指《格萨尔王传》）吗？

洛阳：格萨尔仲那么多，我们不会讲哦，有时会讲一些比较熟悉的，其他的容易记错就不讲。

笔者：哦，那你们喜不喜欢格萨尔仲啊？

洛阳：当然喜欢啦。我们怕讲错了，不好。我们县里有很多仲肯（史诗歌手），有时家里或邻居家里来了仲肯或会唱"仲"的，我都会去的，孩子要是在也会来的。

笔者：孩子们听得懂吗？去听的人多吗？

洛阳：他们好像似懂非懂的，哈哈。听的人多不多看仲肯有没有名气吧。曲调好、声音好的仲肯听众就多。

笔者：我觉得现在谁家都有电视，去听格萨尔仲的应该会越来越少了吧？

洛阳：孩子们肯定喜欢电视哦。我们年纪稍微大的觉得听格萨尔仲好啊。还可以得到格萨尔的加持，多好。孩子们听不太懂，所以不去。

笔者：呵呵，估计觉得坐在那里听一个人讲没有看电视有意思哦。那您觉得以后听格萨尔仲的人会越来越少吗？

洛阳：这个不好说吧。不过现在电视也多了，孩子们去哪里都方便了，听仲的人也许会少吧。不过，我年轻的时候也不太爱听，年纪大了反而喜欢听了，孩子们或许也这样吧，我也不知道哦。[1]

---

[1] 2011年11月20日采访杂多县莫云乡牧民洛阳录音记录节选。

在藏族牧区及农牧结合等地区，聆听史诗仍然是民众获取知识和文化消费的途径之一，史诗及其表演者——史诗歌手在藏区社会结构中仍然发挥着作用。然而，现代信息技术革命对史诗表演造成的冲击，在一定程度上对促进史诗文化平衡稳健地发展具有不可忽视的影响。在史诗文化的传承—承传网络中，史诗歌手扮演着重要的角色，从某种程度上来讲，对史诗歌手的保护，直接关系到史诗文化传统能否得到有效的继承和发扬[①]。我们认为，对史诗歌手的保护是对其承载的史诗文化最为基础同时也是最为重要的保护途径。

## 第二节 史诗歌手的保护与未来

以往对《格萨尔王传》史诗歌手的研究，言必称史诗歌手的表演不受时间、地域、环境的限制云云，但在笔者的田野调查中，却发现史诗歌手与故土的联系不仅表现在其神奇传闻叙事中所流露出的对故乡的深深眷恋，尤为重要的是史诗歌手离开"生于斯，长于斯"的故土后，所表现出的表演不自信甚至是表演中止的现象。就此现象，笔者询问了著名的圆光史诗歌手丹巴江才以及资料提供者秋君扎西前辈，他们的回答是肯定的，他们认为史诗歌手在不同语境下，表演的有效性是不同的。语境的巨大差异，必然导致史诗歌手表演的不确定性。

笔者：丹巴大哥，您是在巴塘乡长大的，在巴塘乡说唱史诗的次数应该比在其他地方多吧？

丹巴江才：嗯，对。我爸爸喜欢听格萨尔仲（《格萨尔王传》），我们乡里的人闲了也经常来家里听我唱。和家里人、朋友去草滩上玩，也会唱。

笔者：哦，您是什么时候来州上专门唱史诗的？那之前一直在巴塘唱吗？

---

① 活态的史诗传承模式显然是传递民族文化精髓的最佳方式，但这并不表示我们固守史诗"口承叙事"的表演方式，而否定其他的史诗展演形态，我们仍然希望在不久的将来史诗的呈现方式是多角度、多媒体的。

丹巴江才：2008年吧。2008年，文化局的说要我来州上唱，还给我发工资，从那以后，他们有活动或者有专家老师要听，我就来州上唱。以前在巴塘唱得多，有时候去别的县探亲也会唱。

笔者：在巴塘唱和在其他地方唱感觉有啥不一样吗？

丹巴江才：一样，没啥不一样。就是在家里那些人我都认识，在其他地方我不认识的比较多。

笔者：哦，那在家里人面前唱和在陌生人面前唱，感觉也一样吗？

丹巴江才：哦……，也不是一样，在家里那边唱，我比较舒服。唱多长时间是我说了算的，他们都听我的。在家里那边唱也不太紧张，声音也比较好，也不会停太长时间。

笔者：那在外边呢？

丹巴江才：呵呵，外边有很多是我刚认识的，有些还是专家老师，很多时候会紧张，有些曲调也想不起来，而且有时间的规定。①

我们不知道以往的史诗歌手研究是基于怎样的考虑忽略了这一现象，抑或是我们的考察角度分属不同的层面。但对于"叙事界域"或对于民俗语境的忽略以及对史诗歌手表演自由度的过度渲染，导致的后果似乎是学者们没有意料到的。

对"史诗歌手的演述无时空限制"②这一观念的笃定以及在这种观念的指导下进行的所有不当做法中，最为严重的或许是将史诗歌手接到城市中，并以提高其物质生活条件为由，将其"圈养"在城市中供专家学者调研使用的行为。我们相信这种做法的初衷是为了更好地保护史诗歌手，但事实上这种做法的结果是造成史诗歌手的变相"流失"③。叙事、叙事

---

① 2011年3月2日采访史诗歌手丹巴江才录音记录。
② 这种观点在史诗研究领域一直占主导地位，以至于在针对史诗歌手的保护措施中，出现将歌手抽离出其所属地域，进行"孤立式"保护的做法。
③ 笔者一直在思考，年轻而极富潜力的史诗歌手土丁久耐在4·14地震中不幸罹难是否与他被接到玉树州州府结古镇有间接的关系。如果当初他未被接到镇里，而是在辽阔自由的草原上与畜群和牧人为伴，为他们演唱史诗，或许今天我们仍然能够见到这位真诚而富有才华的史诗歌手。当然，史诗歌手被接到城里的原因是多方面的，城市生活对史诗歌手的吸引力、"干部"这一头衔对世代身为牧民的史诗歌手的诱惑和文化主管部门对史诗歌手"求才若渴"的心态，凡此种种最终促成了史诗歌手"弃牧离乡"的结果。

者和叙事情景是三位一体的,它们构成了口承故事的传播场域。离开了广袤无垠的大草原、苍茫壮阔的高山峡谷、热情豁达的忠实听众,史诗歌手的表演在某种程度上是无效的。史诗歌手与民俗语境的脱离,导致其在专家学者前的"正规表演"经常遭遇故事内容衔接不连贯、唱词曲调搭配不协调、表演因紧张等心理因素被迫中断等尴尬。

"总之,民俗学语境关注人在民俗场内的全面活动,尤其关注人们彼此相遇和彼此互动的情景。民俗表演具有一个社区中最广为人知的表演语境,诸如表演包括依照顺序而发生的事件、场合的限定、表演的形式等。表演者往往在正规化的、共享性的表演形式和日常生活中自发的、非既定的、具有选择性的表演语境之间产生矛盾。"[1] 对"叙事界域"的忽视和无视,导致的后果或许并不是学者们所期盼的"让史诗歌手走向世界",恰恰相反,"江郎才尽"的悲剧已经在个别史诗歌手身上重演了。杨恩洪在其后期采访西藏著名史诗歌手玉梅的调查笔记中谈道:时隔数年,当她再次来到西藏拜访被接到拉萨市多年的著名神授史诗歌手玉梅时,玉梅的状况让她大失所望。曾经在《格萨尔王传》史诗歌手表演大会上表现不俗的藏北姑娘玉梅,在被接到拉萨市以后,由于脱离了牧业生产劳动,加之除了为学者专家演唱史诗之外没有其他的业余生活,她终日沉迷于饮酒。长期饮酒导致玉梅记忆力大不如前且思维也有些不连贯,对史诗的演述更是力不从心。没有统计数字显示史诗歌手的这种"冰冻现象"[2] 在所有史诗歌手中所占的比例,但在青海玉树地区,在笔者所知的六位史诗歌手中,已有两人出现不同程度的演述能力萎缩的现象,其中一位史诗歌手甚至已不能再进行史诗演述了。对语境的重视(无论是文化语境、社会语境还是历史语境)不仅决定了对史诗歌手个性与共性分析的相对准确性,同时对史诗歌手的保护和对史诗的良性发展都具有重要意义。我们知道,语境对史诗演述的意义在于它的确证功能、简约功能和意义生成功能[3]。离开语境,史诗演述的意义将大打折扣。石泰安在他的论著《西藏

---

[1] 林继富、王丹:《解释民俗学》,华中师范大学出版社2006年版,第184页。

[2] 冰冻现象:对于讲述者已经具备进行民间叙事传承的素质条件,自身也具备进行民间叙事传承的精神需求,而被迫中止了民间叙事传承活动这一现象,我们可以将其视为故事传承中的"冰冻现象"。参见江帆《民间口承叙事论》,黑龙江人民出版社2005年版,第135页。

[3] 林继富、王丹:《解释民俗学》,华中师范大学出版社2006年版,第185—188页。

史诗与说唱艺人研究》中曾就史诗歌手与社会的关系进行了简要的论述，他认为一个诗人（指史诗歌手）受三种人保护：苯教徒、故事源、地方官吏。这三类保护方同时对社区加以保护。讲故事的人是一个社会的保护者，故事涉及的是过去的历史，他是一个社区的意识之母[①]。我们不难看出，史诗歌手与社区（语境）之间显然是一种互为依存的关系。但就我国目前对于史诗保护的现状而言，对史诗歌手仍然采取政府主导的保护模式。我们并不否认政府在保护民间文化和文化传承人方面所作出的贡献，各国政府对《非物质文化遗产保护公约》的重视正是政府尊重民间文化的明证。但我们认为对于史诗歌手的保护应该改变以往以政府为主导的保护模式，而采用主要依靠民间力量，发挥民间性地方组织的积极性，政府则在法律、税收、资金等方面进行辅助性支持的保护策略。回顾以往对史诗歌手的保护模式，在地方政府主导下的保护行为明显带有强烈的脱离传统、抽离语境的史诗歌手保护孤立化色彩。我们坚信史诗歌手与孕育他的社区环境有着密不可分的联系，本着非物质文化遗产整体性保护的原则，对于史诗歌手的保护应该采取委托地方性民间组织托管的方式进行。具体来讲，对于史诗歌手的保护应由三大职能部分组成，即中央政府的职能、咨询机构的职能和民间组织的职能。此外，社区民众的自发保护，在史诗歌手的新型保护模式中也应扮演重要的角色。

## 一 中央政府的职能

中央政府对非物质文化遗产及其传承人的保护应着眼于宏观方面，如颁布针对非物质文化遗产保护的相关法律法规、完善非物质文化遗产的保护细则、组织大规模的文化大普查等。

对于史诗歌手保护而言，中央政府应组织专业人员进行史诗歌手大普查，对国内史诗歌手的基本情况进行整体把握。然后根据具体情况制定相关法律法规。这些法律法规应包括史诗歌手认定程序及保护措施的可行性政策、有利于提高史诗歌手社会和生活地位的优惠性政策、对保护或损害史诗歌手权益的单位或个人给予奖励或惩处的奖惩政策以及为史诗歌手表

---

① ［法］石泰安：《西藏史诗与说唱艺人研究》，耿昇译，陈庆英校订，西藏人民出版社1993年版，第188页。

演及研究基地建设提供财政支持等。

在微观方面，对具体地区某一史诗歌手的保护，中央政府应放权于地方政府。当地政府应发挥地方优势，注重立足于当地特殊的自然、人文语境。制定出因地、因人制宜的保护及发展措施，避免因缺乏实地考察而导致史诗歌手"流失"或史诗歌手陷入"冰冻现象"的问题再次发生。

### 二 咨询机构的职能

咨询机构就其组建方而言，应属于中央政府的职能范围。中央政府在对国内文化现状有宏观上的了解的同时，应注重借鉴和吸收国外文化遗产保护的相关举措，成立或组建文化咨询机构，如文化遗产委员会、文化研究高级顾问团、文化遗产保护学院，以培养文化遗产保护与管理工作的专门性人才。

就史诗歌手而言，普通民众对他们的了解仍不够深入，史诗歌手仍然被视为一类被重重谜团包裹的特殊群体。民众把他们当成"活在过去、抓住传统的尾巴不肯松手"的人群，一些人甚至对他们持嗤之以鼻的态度。我们认为咨询机构的职能就是认真探讨和研究史诗歌手的过去、现在和未来，在知其"所以然"的基础上，积极宣传史诗歌手在社会中的积极作用和重要的历史、文化意义。并通过举办研讨会、史诗文化节和史诗文化宣传周等活动，为展示史诗文化、展现史诗歌手风采搭建平台。咨询机构的职能与中央政府的职能在一定程度上是重叠的，但绝不能互相取代，因为中央政府对史诗歌手的保护主要体现在史诗歌手的物质生活和政策保障层面，而咨询机构则志在展现史诗歌手的历史和文化价值。我们认为，史诗歌手的历史、文化价值以及社会地位的提升应当凭依咨询机构中专家学者的研究、呼吁和宣传。咨询机构在史诗歌手保护工程中处于政府和史诗歌手两极的中端，应起到"上情下达"和"为民请命"的作用，从而为政府机构制定具体可行的保护措施提供智力支持。

### 三 民间组织的职能

我们认为，对于史诗歌手的保护，民间组织应是主力军。由于民间组织注重从整体上保护史诗歌手，且他们将史诗歌手与孕育史诗歌手的语境视为一个整体，并拒绝孤立化的传统保护模式，因此，民间组织在保护史诗歌手方面只有天然的优势。我们认为民间组织除承担保护和宣传民间传统文化及其传承人的使命外，还应兼顾对其生境的保护和宣传（这类民间组织如文化遗产保护协会、文化遗产保护基金会等）。

随着我国民间组织的不断发展成熟，其在民间传统文化保护中发挥的作用也日益凸显，数量众多的音频和视频宣传材料的相继问世，不仅从不同角度对民间传统文化进行了展示和弘扬，其图文并茂的宣传材料，还将史诗文化所凭依的人文、生态背景进行全方位的介绍。民间组织的这些策略对于保护传统文化、保护孕育传统文化的生境显然具有积极的作用。

笔者：达瓦才仁老师，您好。您是咱们乡（玉树县哈秀乡）中心技校的老师对吗？

达瓦老师：是的。我是乡技校小学四年级的班主任，主要教数学和美术。

笔者：您是本地人吗？当老师几年了？

达瓦老师：我是哈秀人，当老师13年了。

笔者：哦。我看到您的办公室里有很多精美的绘画作品，那都是您自己的作品吗？

达瓦老师：呵呵，是的。我喜欢画画，以前和一位老僧人学过画唐卡。

笔者：您喜欢画唐卡？

达瓦老师：嗯，我喜欢画唐卡，但比较喜欢画风景。夏天的哈秀很美，我喜欢带着孩子们去写生。我们乡是"山水基金会"的基地之一，我去年加入该基金会。

笔者：哦。能给我介绍一下这个基金会吗？

达瓦老师：好的，其实从这个基金会的名称就可以看出，"山水基金会"主要宗旨是青藏高原生态保护。基金会成员有生命地理环境专业的学者专家、藏族民俗研究专家和民俗文化爱好者、绘画专业的学生和爱好者及摄影爱好者，其实只要珍惜资源、爱护环境，有意于保护环境和传统文化的人都可以参与。

笔者：哦，真不错。那"山水基金会"主要从哪些方面开展保护工作呢？

达瓦老师：其实这个基金会成立时间不长。我们前段时间开会，全面介绍基金会的宗旨和成员的基本情况。现在，我们还处于高原生态环境了解和数据统计阶段，制作了一些短片。过些日子会有一个小型的摄影和绘画作品展。

笔者：哦。主要侧重点还是在生态环境方面，对吗？

达瓦老师：目前是这样。但我们的摄影和绘画作品很多以传统文化为主题。比如，唐卡、壁画、藏装、节日和宗教生活等。我们想把生态环境和文化作为一个整体共同呈现。

笔者：是的。我也比较赞同将文化保护与生态保护结合起来。这样不仅能体现生态环境对文化存续的重要性，也能规避割裂生态与文化的保护模式所导致的后果。

达瓦老师：对，对。[①]

民间性保护具有较强的制度灵活性和组织能动性，其成员始终扎根民间，与大自然保持亲密的联系。他们对文化与生态之间的关系、自然生态对民间文化存续的影响有较为深刻的体会，并注重将"生于斯，长于斯"的民间传统文化传承人放置于区域内的生态环境中，对其进行整体性的保护。这种保护策略对浸润于民间传统文化、承载民间传统文化的传承人而言，显然是更为合理和有效的。

然而，我们不得不承认这些民间传统文化保护组织长期面对项目资金和专业人才短缺等困难，使得其在民间文化保护方面的优势难以体现。我们应呼吁社会各界关注这类民间组织，适时转变观念，从人力和财力两方面支援民间组织。

就史诗歌手的保护而言，我们认为民间组织应继续秉承"就地保护"的思想原则，坚持对史诗歌手和史诗语境进行全面整体的保护。此外，民间组织还应积极举办史诗文化展览活动，将平面的图像、视频展览与立体的史诗歌手现场表演相结合，增进公众对史诗的全面了解。此外，在保持史诗文化精髓和真谛的前提下，有限度地开发与史诗有关的文化创意产品，通过在史诗展演场所附近开设茶馆、咖啡馆、书店和风情园等文化消

---

[①] 2012年4月12日采访玉树县哈秀乡中心技校老师达瓦才仁田野笔记。

费场所等方式，加深本地民众与外地游客对史诗及史诗歌手的了解。需要注意的是，民间保护组织应注重提高组织内部对文化素养的认知水平，注重对文化本真性的把握，杜绝"扭曲"和"异化"民间文化传统的行为，确保最大限度地呈现民间文化传统的生活性、常态性和真实感，使民间文化传统始终贴近生活、贴近民众，而非通过"刻意的造作"，将原本自足的文化传统，组装为似是而非的"伪民俗"。

我们必须再次声明，提倡对史诗和史诗歌手进行原真性和活态化的保护并不表示我们固守史诗"口承叙事"的表演方式，而拒绝其他的史诗展演方式。我们仍然希望在不久的将来史诗的呈现方式是多角度、多媒体的。据报道，2010年我国国产电影票房再创新高并已突破百亿大关，这说明我国的电影产业正在进入一个新的发展阶段，我国电影拍摄团队已具备了相当的专业素质。然而遗憾的是，现阶段我国的电影产业由于受到国外大片大规模引进与国内电影投资产业效益优先观念的双重影响，无奈选择制作一些"场面宏大，内容空洞"的影片，这些影片失去了电影本该具备的文化和社会价值，从而导致外界对国产影片产生"影片多，获奖少。投资多，好评少"的质疑。试想，如果国内电影制片商将目光投向现阶段少有人问津的少数民族神话、传说、史诗、故事等文化质素，一定会有意想不到的收获。通过借鉴和吸收民族民间传统文化母题来制作影片，并得到经济和社会双重效益的例子在国外比比皆是。如美国好莱坞就曾将希腊神话、荷马史诗、冰岛神话和英国史诗《贝奥武夫》搬上银幕。这些影片在将3D特效与传统文化完美交融的同时，注重表达对现实生活的观照，使得影片成为叫好又叫座的经典之作。

### 四 社区民众的自发保护

表演作为一种交流的方式，十分注重表演者与受众之间的互动交流。也正是通过交流互动，表演才得以顺利进行。在史诗传唱地区，史诗歌手与民众之间形成一种不可分割的联系。这种不可分割性除体现在史诗歌手作为民众中的一员，与民众共同享用当地的民间文化传统外，作为继承并传承史诗传统的文化精英，史诗歌手的表演还必须获得当地民众的认同，才能具备表演的合法性。民众在史诗歌手的表演中所扮演的角色不仅是信息的被动接受者，他们还是成全史诗表演意义、确证史诗表演功能的表演参与者。在前述中，我们也曾谈到民众对史诗歌手神奇传闻叙事产生的影响的例证，以及在史诗歌手的表演中，由于受到潜在的竞争意识的影响，他们面对在场民众所呈现出的高潮迭起的精彩表演。可见，当地民众在史诗歌手的演述生涯中具有重要作用。

以往对民间非物质文化遗产传承人的保护主要以政府或文化事业单位等具有组织化和制度化性质的集体为主要力量，往往忽视了民众作为一个具有强大内聚力的群体所具有的文化传承力。对于史诗歌手的保护而言，在协调地方政府、咨询机构以及民间组织保护作用的同时，如果能唤醒民众自身的保护意识，发掘民众在保护史诗歌手方面的独特优势，将会获得事半功倍的效果。

我们认为，高速发展的现代多媒体技术以及信息交流技术在宣传民间传统文化方面具有显著的优势。政府、文化咨询机构和民间组织可以运用多媒体技术制作出优质的民间传统文化宣传片或民间传统文化档案资料，并借助信息交流平台共享、传播这些宣传片和档案资料。具备高速复制和传播力的信息交流平台可以起到宣传民间传统文化、唤醒民众的文化自觉意识和巩固民众的文化自强观念的作用，从而使民众自发自觉地保护民间传统文化及民间文化传承人。

应该说，中央政府、咨询机构与民间组织这三大职能机构是密不可分、缺一不可的。咨询机构和民间组织的组建必须依靠中央政府的政策支持和法律保护；咨询机构与民间组织可以有效地弥补中央政府在史诗歌手保护方面的缺陷，同时弥补中央政府的监管死角，在中央政府、咨询机构和民间组织通力合作的基础上，民众作为基层的最为根本的保护力量发挥其文化保护和文化承继的功能，从而使民间传统文化及其传承人的保护从自发走向自觉。

在这里值得一提的是，史诗歌手所能演述的民间叙事类型并非仅史诗一类。以往对史诗歌手的认识与保护只是建立在对其表演史诗这一民间叙事文类的基础上，往往忽视了史诗歌手对民间神话、民间传说、民间故事、谚语、谜语和民间歌谣等叙事类型的掌握和表演能力。这种"重史诗轻故事"的单一保护方法无意中将史诗歌手所掌握的其他民间叙事传统遮蔽了，这对继承和发扬其他民间叙事文类显然是极为不利的。在上述中我们谈到对史诗歌手的保护必须在整体性保护的原则下进行，我们认为这种整体性保护也应体现在对史诗歌手所掌握的其他民间叙事传统文类的保护中，从而达到史诗与其他叙事文类共同保护和发展的目标。史诗《格萨尔王传》虽然是以英雄格萨尔王为中心人物，并以其生命史为线索讲述藏族先民征服自然、协调社会的民族发展历程，但其中却涵盖了藏民族几乎所有的生存策略、生活智慧和生命思考，它被称为藏族文化的"百科全书"并非谬赞。在这部史诗中，那些奇幻的场景、优美的唱词、丰富的修辞和曲折的情节无一不是通过吸取众多藏族民间叙事文类的养分而得以完美呈现的，所以只有对史诗歌手所掌握的其他民间叙事文类进行整理性保护，才能保证史诗演述传统的生命力经久不衰。然而，遗憾的是，至今民间叙事传统的研究专家还未对史诗歌手所掌握的多种民间叙事传统展开搜集、整理和研究等工作，对史诗歌手的研究始终停留在对其表演的史诗的发掘和探索中。史诗歌手作为掌握史诗表演技能的特殊人群，在社区中的数量本属少数，随着现代多媒体技术的冲击，其未来的发展走向也未可知，一个史诗歌手的"流失"，不仅意味着其表演的史诗的消失，也意味着其掌握的其他民间叙事传统的消失，这对民族民间传统文化的全面传承而言十分不利。所以，在田野调查中，我们应当有意识地将史诗歌手视为掌握多种民间叙事文类的地方文化精英，对其所掌握的多种民间叙事文类进行搜集、整理和研究，从而对民族民间传统文化进行整体的、全面的保护和继承。

# 结　　论

　　史诗研究专家认为，对于拥有史诗传统的民族而言，走近他们、了解他们的根本途径是研究他们的史诗。研究证明，各国各民族的史诗也确实集中反映了该民族的历史和传统文化。鉴于史诗对民族文化研究的重大价值，古今中外许多学者对各民族的史诗研究事业倾注了大量的心血，他们的研究角度和研究志趣也因此展现出"百花齐放、百家争鸣"的良好态势。

　　被誉为藏文化"百科全书"的史诗《格萨尔王传》，包罗了藏族许多纷繁复杂的传统文化。藏族的神话、传说、故事、民歌、民谚、寓言和笑话等民间叙事传统在史诗中得到集中的表达，藏族传统的生产生活方式、民间信仰及禁忌、伦理观念和民间制度等民间文化在史诗中得以保存和传承。此外，该史诗通过其诗意的表述方式反映了藏族历史文化的演进过程和藏族宗教信仰的转变过程。可以说，史诗《格萨尔王传》是"他者"了解藏族和藏族文化的一本"活字典"。

　　基于史诗《格萨尔王传》的重大研究价值，史诗爱好者、搜集者、整理者和研究者为保护和发展《格萨尔王传》做出了许多贡献。前人的资料建设工作和学术研究成果对中国乃至世界《格萨尔王传》史诗研究事业奠定了坚实的基础。《格萨尔王传》研究在国际国内藏学研究领域的重要地位和在世界史诗研究中的特殊价值与前人的贡献是密不可分的。

　　然而，漫长的史诗研究史以及丰硕的史诗研究成果使史诗研究成为一个热门且成熟的研究领域的同时，也使其成为一个极难有突破的研究领域。面对浩繁的史诗研究著述和论文，笔者的研究总是陷入"难有创新和突破点"的困境。

然而，出于对史诗的热爱，也因古训"后进追取而非晚"的鞭策。笔者深入史诗流布地区，通过田野调查和文献资料相结合的方法，尝试从传承史诗的主体——史诗歌手身上寻找突破口，在近三年的田野调查实践中，笔者与至今仍活跃在青海省玉树藏族自治州的多位史诗歌手建立了友谊，纯朴善良的他们对笔者提出的问题（有时甚至是不合时宜的问题）耐心解答。在与他们的交谈中，深邃而神秘的史诗文化在笔者面前慢慢揭开面纱。可以说是史诗歌手和地方文化精英（主要指史诗的搜集、整理者）将笔者带入了史诗的世界，也是他们启发笔者去寻找史诗文化的传承密码。

在访谈中，笔者采用"质的研究方法"①，在明确自己的研究目的的情况下，通过认真分析史诗歌手所处的自然环境和社会文化语境，采用开放型访谈的形式，与史诗歌手进行互动和交流，并对史诗歌手神奇传闻叙事进行重点记录和誊抄。在史诗歌手表演史诗时，对表演行为展开非参与型观察，以此了解史诗歌手在吁请叙事与非吁请叙事的不同情境下，截然不同的表演风格和表演态度。

通过与史诗歌手的交流，笔者发现，史诗歌手作为史诗传承的主体，他们与史诗之间并非单纯的叙述者与被叙述者之间的关系，也就是说，史诗歌手对史诗以及史诗传唱者有一定的理论层面的理解和解释。通过"理解他们的理解，解释他们的解释"，笔者认为，从史诗歌手的角度去分析史诗歌手的传统文化内质与功能将是一个全新的突破口。必须注意的是，在对史诗的表演主体进行研究时，我们希望达到的目的并不是证实，也不是证伪，因为在以史诗歌手为主体的访谈实践中，我们只可能判断某一个行为或某一种想法是否达到了访谈者的预期，而无法知道它们是否"真实"。我们预设的采访目的也并非得出任何关于史诗歌手的"确凿无疑"的定论，而是希望消除包括采访人在内的参与者的无知和误解。以

---

① 质的研究方法：是一个具有漫长建构过程的研究方法，它受到很多不同思潮、理论和方法的影响，起源于很多不同的学科。它同时跨越人文科学和社会科学具有多重面相和多种焦点的特色。质的研究是一个跨学科、超学科，有时甚至是反学科的研究领域。学界认为质的研究是这样一种研究方法："它以研究者本人作为研究工具，在自然情境下采用多种资料收集方法对社会现象进行整体性探究，使用归纳法分析资料和形成理论，通过与研究对象互动，从而对其行为和意义建构获得解释性理解的一种活动。"转引自陈向明《质的研究方法与社会科学研究》，教育科学出版社 2000 年版，第 12 页。

下是笔者通过对田野调查结果的分析，并结合相关文献资料的记载，在相关理论和方法的支撑下，所阐述的关于史诗歌手文化内质及功能的几点个人浅见：

第一，笔者通过对藏族传统说唱艺术和说唱艺人的分类和分析，认为：《格萨尔王传》史诗歌手是在底蕴深厚的民族文化母体中孕育、成长并渐趋成熟的文化质素。不同史诗歌手标定表演的方式，无论其在今天看来多么神秘、多么难解都是其通过记忆与复述民族传统文化，进而实现自我和群体认同的途径之一。

第二，在田野调查中，笔者尝试以座谈会的形式，与多位史诗歌手交流，并邀请他们共同进行史诗表演。通过现场观察，笔者发现史诗歌手的表演类型并非一成不变的单人表演，其表演类型是具有多样化特征的。笔者拟将《格萨尔王传》史诗歌手的表演类型分为单口史诗表演、对口史诗表演和群口史诗表演三类。由于史诗歌手在社区中的比例极少，所以在这三类史诗表演类型中，单口史诗表演最为常见，在民间很难见到群口史诗表演类型（政府组织的史诗歌手表演大会属特例）。在对口（即两人分饰两角进行表演）和群口（即众史诗歌手以酷似舞台剧的方式进行表演）史诗表演中，史诗歌手之间是在"一决高下"的竞争意识的驱使下共同承担史诗表演任务的，也恰恰是在对口及群口史诗表演中，才能最大限度地观察史诗歌手的优劣和激发史诗歌手的表演潜能。

第三，笔者通过认真梳理和分析史诗歌手的生命史叙事，认为史诗歌手的生命史叙事应属于民间文学文类中的神奇传闻一类。在搜集史诗歌手神奇传闻的过程中，笔者发现他们的神奇传闻讲述是情景化的，也就是说，史诗歌手讲述的神奇传闻叙事会随着参与者和场景的变化而发生变化。在田野调查中笔者还发现，史诗歌手的神奇传闻叙事会随着歌手表演经验的升华而发生深刻变化，那些最初非常朴野的神奇传闻叙事会在实践的历练中具备史诗般宏大的叙事潜力，笔者认为其原因不排除史诗的结构和内容影响史诗歌手神奇传闻叙事的可能。此外，笔者还发现，史诗歌手的神奇传闻叙事与当地的民间故事与传说之间存在"互文"的内在关系，笔者认为，这种"互文"效益并非神奇传闻叙事对其他民间叙事作品的套用和附会，史诗歌手的神奇传闻叙事与其他民间叙事传统之间的相似性状况，是受二者产生的母体——藏族民间传统文化的影响和渗透。

第四，笔者通过借鉴马克思·韦伯的卡里斯玛型人格分析理论，对史诗的主人公格萨尔王之特质进行了剖析。在此过程中，笔者发现史诗的主人公是一个兼有巫师和部族首领特质的卡里斯玛型人物，也就是说，格萨尔王既拥有"暴虎之勇"，他还是"萨满之魔"和"救世主"，最为主要的是他是执掌智慧的歌手。笔者在格萨尔王人物分析结果的基础上，通过将格萨尔王与史诗歌手的特质进行比对，并以史诗中具有隐喻意义的情节为佐证，提出史诗的主人公格萨尔王正是史诗歌手的原型，他具备作为"史诗歌手"的所有特质的观点；并认为史诗歌手是英雄的扮演者，在史诗歌手表演的过程中，格萨尔王始终"缺席在场"。

我们认为，作为史诗的表演者，史诗歌手继承了英雄的特质，这些特质包括：如簧之舌、生花之笔、神奇的经历和神秘的超凡力量。笔者通过分析史诗歌手关于地域、身份、神奇经历和表演道具等方面的认同表达，认为史诗歌手具有"巫"的特质，不同类型的史诗歌手是部族时代"巫"的不完全表现形式。并通过运用隐喻学的相关理论，认为史诗歌手的表演模板正是"巫"在部族的"公共事件"中所表现出的异乎寻常的仪式性行为。且在他们的精神世界中仍保存着包括图腾在内的原始信仰以及相关禁忌。

第五，本书在梳理前人的研究成果的过程中发现研究者注重探讨各民族史诗的神力崇拜，对于史诗歌手的神力崇拜似乎从未涉及。本书从"移情"效应、原型的激活、"卡里斯玛"型权威例行化以及表演的"自反性"等四个角度对史诗流布地区的民众何以对史诗歌手产生神力崇拜进行阐释，并认为以文化事业单位为代表的政府部门对史诗歌手的保护和重视也是史诗歌手在民间得到崇拜的原因之一。

第六，鉴于史诗歌手对史诗传统传承的重要意义，笔者认为对史诗歌手进行整体性保护刻不容缓。具体而言，对史诗歌手的保护我们应本着"民间事民间办"的原则，采取以民间组织为主导力量，政府在法律、税收等方面进行支持的保护模式；并通过教育宣讲等方式，提高史诗流布地区民众的保护意识，通过鼓励民众自发的保护行动形成民众—民间组织—政府相结合的史诗歌手保护网。在此基础上，为了使史诗传统得到更好的传承和发展，可以对史诗文化进行有限度的可控性开发，从而形成在保护中发展、在发展中保护的新型模式。

最后，我们认为对史诗歌手的认识不应停留在"史诗表演者"的初级阶段。在田野调查中笔者发现，一个优秀的史诗歌手，不仅能表演史诗，他对民间故事、民间歌谣以及民间谚语等民间叙事传统都有很好的把握，他们是民间传统文化的集大成者。笔者认为，在今后的史诗歌手研究中，我们不仅要搜集整理史诗歌手所演唱的史诗，也要记录和搜集史诗歌手所表演的其他民间叙事传统，从而达到对民间传统文化进行全面保护的目的。

由于能力和篇幅有限，书中仍有许多应该涉及但并未深入探讨的问题，比如，史诗歌手的社会关系网络对其演述生涯的影响、女性史诗歌手在史诗传承中的作用和地位以及她们的神奇传闻叙事与男性史诗歌手之间的差异及其原因等。

此外，本书主要的田野调查地点是青海省玉树藏族自治州。作为康巴文化辐射区的玉树州，以文化多源性和多元性的特质闻名于广大藏区。玉树康巴文化开放、兼容和厚重的文化精神与流传于该地的史诗《格萨尔王传》之间存在怎样的内在关系、史诗在该地区的流传凭依哪些条件以及玉树地区的史诗歌手与其他藏族的史诗歌手之间存在哪些差异及其原因，也是笔者未能着墨的部分，只能留待日后做补充研究。

# 附 录

## 附 录 一

采访时间：2010年2月11日

采访对象：增达·秋君扎西（以下简称秋）。从事《格萨尔王传》史诗搜集整理工作多年，《格萨尔王传》玉树抄本第三代传承人，曾整理出版《格萨尔王传·卡切玉宗》、《格萨尔王传·勒赤查宗》、《格萨尔王传·梅日霹雳宗》、《格萨尔王传·托岭之战》、《格萨尔王传·达宝犬宗》。

采访地点：增达·秋君扎西前辈家中。

采访人：央吉卓玛（以下简称央）。

央：前辈您好，我是青海师范大学研究生部民俗学专业研三的一名学生，我想就《格萨尔王传》史诗歌手向您提一些问题，希望您能解答。

秋：好的，好的。

央：请问您从事搜集、整理《格萨尔王传》史诗多久了？

秋：大概有30多年了，其实我祖父就是搜集、整理、抄写史诗的能手，我听父亲说由于祖父整理、抄写的史诗文辞优美而字体隽秀所以很受史诗爱好者青睐，当时还把祖父嘎鲁整理抄写的史诗称为嘎鲁本。从我记事起，父亲就给我讲许多史诗故事，父亲还喜欢演唱史诗，我是在父亲的史诗演唱中长大的。

央：您大概搜集整理了多少部本的《格萨尔王传》？

秋：大概二十多部了，出版了五部。

央：您是从哪儿搜集到这些史诗的？

秋：我拜访过很多说唱艺人，我带着录音机去他们家，如果他们有足够的空闲，就请他们演唱一些最为拿手的史诗部本，我把它们录下来，然后回家反复聆听，如果发现这是一个情节曲折、内容丰富且完整的史诗部本，就与史诗歌手商量是否可以在我家居住一段时间，将这一部史诗录完，如果不是赶上换草场、剪羊毛或其他重要的事情，他们一般不会拒绝，因为在他们看来宣讲《格萨尔王传》是在积累功德，如果他们无故拒绝演述，将遭受上天的惩罚。

央：这么说您拜访过很多说唱艺人咯？您对他们怎么看？

秋：他们都是很淳朴的牧民或农牧民，生活条件不是很好，但他们似乎并没有为此过分介怀，他们很坦然地接受生活的历练，他们相信这一切自有它的原因。

央：哦，那你觉得史诗歌手在不同的地方演唱史诗，环境的变化对说唱艺人有影响吗？

秋：嗯，有的。以前听老人讲说唱艺人离开他的家乡去别的地方，他在新地方演唱史诗总会有一些问题，有时是内容不连贯，有时是曲调比较单一。在我拜访说唱艺人的过程中，有时也会有这样的情况。有时为了不打扰说唱艺人家人的日常生活，我会邀请说唱艺人来我家里小住些日子，这样我们就可以比较自由地安排录制的时间和节奏。但我发现，换了环境的说唱艺人，有的就会出现进入状态比较慢、内容不连贯等问题。我发现了这些问题，所以如果条件允许我会尽量扛着录音机去说唱艺人的牧场或帐房里录音。

央：您觉得是陌生的环境让说唱艺人有点紧张了吗？

秋：嗯，有这个因素。我觉得史诗歌手离开故土对他们的演唱是不利的。老人们常说离开地方神的庇佑，说唱艺人的演述会出现问题。

央：故土难离或许就是这个意思吧。地方的山水造就他们演述史诗的本领，离开滋养他们的故土，他们的表演是有可能出现问题的。

秋：嗯。其实我觉得还是有很多深层的原因，说唱艺人说他们的演述技能是当地有名的山神赐予的，他们对当地的神山也充满敬畏之情。离开了赐予他们能力的神山，他们的心理或许就会受到影响。

央：嗯，其实国内外许多藏学研究专家把神山信仰作为了解藏族文化的切入点，有些专家认为神山崇拜与区域文化之间有深层的逻辑关系。看来，史诗说唱艺人研究也离不开对神山的探讨。

秋：我想是这样。藏族有太多神山，太多关于神山的传说和故事，这些传说和故事本身就是藏族传统文化的组成部分。

央：您是否曾询问过他们关于为何会在一夜之间判若两人且会宣讲大部头史诗的原因？

秋：嗯，我问过很多史诗歌手这个问题。我想这是大部分人为之困惑并想找出答案的焦点。三十多年来我结识了几十个史诗歌手，当我们熟络了以后，我总会问一些关于他们在会演述史诗前是怎样的情况、是如何会演述史诗的、演述史诗时又是怎样等问题。我发现他们的回答各有不同，但就像同一个故事，在不同的地区有不同的讲法，他们的故事虽然有些细节、人物上的差异，其主题是相似的。

央：哦？您能具体地讲讲吗？

秋：好的，你知道，有"说不完的史诗歌手"之称的玉树州杂多县史诗歌手达瓦扎巴，我是最早认识他的人，当时我听在杂多县的老乡说，有一个年仅18岁的说唱艺人，很会演唱史诗。我就马上赶到那里。我记得当时他很腼腆、不太讲话，问什么答什么，从不多说。我就问他明天可不可以和他一起去放牧，他很高兴地答应了。要知道，在牧区牧人是独处时间最多的一类人。为了让牛羊有足够的草料吃，他们必须把牛羊赶到很远的草场上。广袤无垠的草原上牧人之间很少有碰面的机会，而豪迈单纯的他们却希望在单调的放牧生活中遇到知己，聊天调侃，讲古说今。也恰恰是在这个时候，他们会将心中真实的想法毫无顾虑地讲出来。

第二天，天刚蒙蒙亮的时候，我们便出发了，大概走了两个多小时，然后在一个牧草丰美的地方停了下来，他说我们可以在这儿休息一下，于是我们席地而坐，有一搭没一搭地聊了起来，他说很小的时候就总听父亲说唱史诗，听大人们说说唱史诗是学不会的，只有与格萨尔王有缘的人才有可能在某种机缘的促使下具备说唱史诗的能力。他在讲这些的时候脸上浮现出无限神往的表情，我就问他是不是特别羡慕父亲拥有这种技艺，他给出了肯定的答案。他说牧区的牧民都很尊重父亲，有时遇到疑难的事也会千里迢迢地赶来，问计于父亲。或许真的应了那句话：兴趣是最好的老师！儿时的达瓦扎巴对说唱史诗的巨大兴趣或许就是促成他成为现在家喻户晓的著名说唱艺人的原因之一吧。

央：您是说，要具备演述史诗的能力，首先必须要有对史诗的一腔热忱？

秋：可以这样说，但这并不绝对，在我认识的几个说唱艺人中也有从未听说过史诗内容，但一夜之间就会说唱大部头史诗的人。

央：您对这些"一夜成名"的人怎么看？您认为他们是如何具备这些能力的？

秋：其实我和许多说唱艺人相交甚深，比如玉树州治多县的才仁索南，我在很早的时候就与他结识，现在他已经进入不惑之年，我发现随着年龄的增长，说唱艺人的演唱技艺也得到不断地完善。虽然，他们一直坚信自己的技艺是神灵所赋予的，他们不敢有任何删减和改动，但确实存在说唱艺人多次演述同一个史诗部本内容时，在演述时间和具体内容上出现差异的情况。当我就这一现象向他们发问时，他们同样诉诸神灵，他们认为这是神灵的眷顾，从而使他们所演述的史诗内容具备了变异的特点。

央：就您对史诗歌手的了解，您认为他们的"超凡"技艺是如何练就的呢？

秋：其实，关于说唱艺人的这些让人匪夷所思的能力，现在有很多解释，我认为将他们完全归结于神灵的说法值得商榷，但面对一些目不识丁的牧民一夜之间就能演述上百部史诗的事实，我认为一些人具有"特异功能"似乎是无法否认的，无论这些功能是表现在记忆力方面还是表现在视力方面。

央：是的，其实现在国内外对这些说唱艺人的研究也将着重点放在他们是如何具备演述能力的问题上，关于这一问题的解释也是各有千秋。好！让我们回到您和达瓦扎巴的那次谈话中，您说那些说唱艺人都有一些内容相似却极富个性化、地方色彩的故事，您能具体地讲讲吗？

秋：哦！好的！对，你说的很对，他们的故事如果剔除那些标志性自然景观（如神山、神湖）或人文景观（如庙宇），再将故事中的人物类型化，那么，内容确实是基本相同或相似的。比如，我们刚刚说起的达瓦扎巴，记得我们第一次谈及他的说唱经历时他看着远处优哉游哉地吃着青草的畜群，平静地讲了起来：当时的我是在家乡（即玉树州杂多县）的一个很有名的神山脚下放牧。午后的阳光，懒懒地照着一望无垠的草原，牛羊咀嚼嫩草的声音在耳际隐约可闻，我躺在草地上，仰望着蔚蓝的天空和在天边不断变换形状的云朵，不觉间睡着了。真的分不清是在梦中还是在现实世界里，我看见从不远处有一个白发苍苍的老者向我走来，我知道，他一定是想对我说什么，于是耐心地等着他慢慢地靠近。等到老者走近我，他说：孩子，你是一个很特别的人，我想给你一样东西，你是想拥有遍知世间飞禽走兽语言的能力，还是说唱《格萨尔王传》的能力？我看了看老者，他慈爱的眼神没有丝毫欺骗的意味，我想学会飞禽走兽的语言不过是听完人类说三道四，然后再去听那些动物的闲言碎语，没什么意思，还不如会说唱史诗。于是，我告诉老者我想说唱《格萨尔王传》，老者似乎很满意我的回答，他说：很好，从此以后你就是说唱我们圣王格萨尔事迹的仲肯了。你一定要为所有愿意聆听史诗的人们宣讲史诗，要尽全力将格萨尔王的圣迹传到所有有黑头藏人的地方，你将会拥有无上的功德和福报。说完，老者转身向山中走去，不多一会儿人就不见了。而我也醒了。当时我也没多想，就赶着牛羊群回家了。可是，从那以后，我就觉得自己和以前不一样了，总是想说想唱，不吐不快。我怕在父亲面前冒失，就试着在放牧的时候唱，唱完以后整个人就很舒服，后来一个老乡看到我在山上如痴如醉地说唱，就告诉了父亲，记得那天我放牧回到家，父亲把我叫到一边问我是不是在牧场说唱，我说是，就把最近发生的事一五一十地告诉了父亲，父亲要求我演唱一段，我就随意演唱了一段，父亲很高兴，说我演唱的正是《格萨尔王传》，这是一件好事。

央：哦？这确实是一件很有趣的事，在他的讲述中有一个在当地人心目中十分殊胜的所在；有一个身份不明的人或者说神出现；这个人出现的意义在于授予了他演述史诗的"超能力"，而从此以后他就拥有了这种技艺。您刚才说，除了人物和地点之外，说唱艺人的经历之间有相似性，您能再举一个例子吗？

秋：好的！嗯……比如，玉树州杂多县年轻的说唱艺人土丁久耐，他是去年我去杂多探亲访友的过程中，老乡们介绍给我认识的一个十分纯朴善良的年轻人，当时的他仅20岁，当时他正在我亲戚家做客，我就和他聊了起来，他也是一个典型的藏族牧民，腼腆、羞涩、寡言少语。在交谈中，只要有别人插话就会马上脸红。我跟他断断续续聊了一整天，从他熟悉的放牧生活、喜欢的游戏、家庭情况聊起，直到他确定我真的愿意了解他的生活，才开始放下防备聊起那段有些"诡异"的经历：当时家乡（玉树州杂多县）下了好大的一场雪，这种大雪对于像他们那种以畜牧为生的家庭来说，是很可怕的，没有办法，他只好去坐落于离家不远的神山上的一座寺庙去祈愿，他说当时他走了很久，将近下午才到寺院，他找到寺管捐了祖母给的香油钱，寺管让他去寺院大殿里祈福，在燃着近千盏酥油灯、飘着浓浓酥油味的经堂里，他坐了很久，后来就睡着了，朦胧之间在经堂回荡着十分美妙的乐声，他环顾四周寻找声源，然后被他上空的景象迷住了，他看见无数曼妙天女簇拥着一位青面青衣、威武无比的神人，在空中看着他，他想一定是佛祖被我的诚心祈祷打动，在对他做出某种回应。他马上双手合十，默默颂祷，只见那位神人从空中递给他一本书，他伸出手去接，可是当他的手就要碰到那本书时，那本书竟然越过他的手直接进入他身体里，就在那儿消失了，当他再次抬头看时，刚才空中的那些奇幻景象都消失了，然后他就醒了。他还说，当时他的身体非但没有任何不舒服的感觉，相反一种莫名的兴奋感和满足感涌遍全身。

央：哦，您是说这两位说唱艺人在"神灵授记"这一点上有相似之处吗？

秋：是，他们接受神赐的地点都是在神山附近，都是由一些相貌奇异的人授予的。其实，在说唱艺人自己对这一特殊群体的分类中，我发现就有山授、水授这种分类方法，这显然是根据说唱者得到技能的地点作为标准进行分类的。

央：您是说在说唱艺人这一群体内部有不同于学界分类方法的民间语汇？

秋：是，这种分类方法确实是存在的，但说唱艺人也认同神授艺人、圆光艺人、掘藏艺人等分类方法。

央：哦！这确实是一个值得注意的现象，我在采访神授说唱艺人土丁久耐时，他也曾提起。您觉得说唱艺人的分类标准具有典型性吗？

秋：是的！其实圆光艺人看似无须用这些梦境的协助就能从铜镜中看到史诗的诗行，但我曾就此询问过著名圆光说唱艺人阿冲·丹巴江才，他说自己是山授说唱艺人。

央：您是说这种分类方法也适用于除神授说唱艺人以外的其他类型的说唱艺人？

秋：我想是的。

央：看来这些说唱艺人并不是一味地被动接受别人的品评，他们还会主动将自己的生命意志融入到为之疯狂的事业中。我想这种从说唱艺人的角度去理解他们自己的生命史观的研究方法，正是我们现阶段所欠缺的。

秋：我想是这样。其实，在聆听宏大的史诗叙事之余，听听说唱艺人说说自己的经历、见闻和认识也是非常有趣的。

央：嗯！我也阅读过一些前人记载的说唱艺人生命史。真的很神奇，因为他们的神奇经历发生的地点都是我们熟悉的，并且在现实生活中实际存在的地方，所以他们的故事更让人神往。前辈，我想知道说唱艺人在演唱史诗的时候是一种什么样的状态，他们是完全进入一种类似"神游"的状态吗？

秋：在我接触的说唱艺人中，演唱前和演唱中的说唱艺人有时差异是比较大的。比如咱们州（青海玉树州）神授说唱艺人土丁久耐，平时就是一个极其腼腆内向的人，我也是和他有过很多接触后，才能和他比较自由地交谈。但是只要让他演唱史诗，他就会变成一个情感和肢体语言非常丰富的人，他演述史诗时声音洪亮、曲调优美。可能是由于年纪还小，他所演述的史诗内容有时会不太连贯、叙事内容偶尔也会前后颠倒。但我相信只要假以时日，他一定会成长为优秀的说唱艺人。

央：哦，您的意思是，神授说唱艺人的演述并非一开始就那么完美，而是需要通过不断地演述实践来完善自己的演述技能？

秋：嗯。我想是这样。

央：哦，那说唱艺人在演述时，需要注意什么问题或遵循哪些规矩呢？

秋：规矩当然是有的。说唱艺人在演述时，虽然可以任意选取史诗中的一个部本来进行演述，但故事的基本框架结构是不能改变的，他是要遵循故事发生、发展的基本顺序的，不能擅自增减或改变史诗的内容。对于观众而言，我们很少去打断说唱艺人的演述，这样做不好的。该什么时候停，说唱艺人自己是很清楚的。外力的干扰反而不好。

央：为什么呢？

秋：我听一些说唱艺人讲，他们的演述如果被别人打断，他们会很难受，有时还会因此生病，情绪也会受到影响。其实，说唱艺人在不同的人群面前演唱史诗时，会自己去判断是该详尽地长时间地演唱，还是以概括的形式快速完成演唱。为什么要去打断他呢？其实我们很少这样做。

央：您是说说唱艺人在演述中不喜欢被别人打断，是因为这样会对他的身心健康造成影响吗？

秋：对。他们是不愿被打断的，我想演述被中止，可能会对他们的心理造成影响，继而影响他们的身体健康。不到一定年龄不能演述。

央：哦。我想在说唱艺人眼里，史诗演述与一般的民间故事讲述一定有所差别，他们或许把史诗表演当做一件神圣的事，在史诗演述伊始就有一定的演述压力和心理压力。

秋：史诗演述在史诗流布地区确实是一件神圣的事，人们认为史诗演述可以祈福禳灾。其实，在民间还有一种说法，民众认为在史诗演述现场，除可见的人类观众外，还有不可见的四方之神，这些神灵被史诗演述吸引，也如人类般从四面八方赶来，围坐在说唱艺人周围聆听史诗。如果有人打断了史诗演述，岂不是惹怒这些远道而来的神灵？！其实，在民间还有一种说法，就是有些说唱艺人在被神授以后，不会马上演述，会过几年甚至是十几年才会开始在众人面前演述。据说，这种推迟演述的做法是说唱艺人害怕自己在刚刚拥有史诗演述能力时，因为不能很好地演述而触怒神灵，遭遇惩罚或不测。

央：对的，我想这或许就是说唱艺人在演述史诗时，内心充满压力的原因。毕竟在人神共享的史诗演述空间里，说唱艺人担负的责任比在场的任何人都大。在歌手演述史诗的过程中，这种心理压力一旦被放大并超出了歌手的心理承受力，就有可能作用到其身体上，从而影响他们的身体健康。

秋：嗯！其实，在史诗流布地区，民众也会尽量不去打断史诗演述，他们会坚持听完完整的一部史诗。据说，在史诗演述过程中或史诗演述结束前，去做别的事或离开史诗演述现场会遭遇不好的事，甚至会折寿。反过来，如果说唱艺人能完整唱完一部史诗，听众也能完整地听完，就是一件很好的事，可以消灾驱邪、招福纳吉。

央：嗯。史诗的神力崇拜也是通过践行这些规矩实现。前辈，您对目前史诗《格萨尔王传》说唱艺人的研究现状有什么看法？

秋：你知道现在对于《格萨尔王传》说唱艺人的研究，将侧重点放在史诗叙事上，很少关注他们在其他口头传统方面的非凡能力。在我认识的说唱艺人中，大部分人不仅能演述史诗，还能讲述神话、传说和民间故事，还会演唱很多民间歌谣。有些说唱艺人所讲述的故事甚至是失传已久的，但是目前的研究似乎只关注说唱艺人在史诗方面的才能，对他们所掌握的其他民间文学作品关注很少,这是一件很遗憾的事。

央:嗯,这种现象是比较普遍的,其实史诗的宏大叙事,有时很容易遮蔽其他民间叙事文类。

秋:是的,是的。

央:好!前辈,谢谢您接受我的采访,很感谢您为民族文化的传承和发展所作出的贡献。祝您身体康健,扎西德勒。

秋:谢谢你,谢谢你。

——整理:央吉卓玛

# 附 录 二

著名圆光史诗歌手阿冲·丹巴江才神奇传闻叙事：

我叫阿冲·丹巴江才，今年35岁，出身于青海省玉树州玉树县巴塘乡一个普通的牧民家中。我的父亲是一位朴实而传统的康巴老人，他像许多乡民一样，对《格萨尔王传》有着深厚的感情。在我认字之前，父亲一有时间总是捧着《格萨尔王传》读着，读到兴起时，甚至达到废寝忘食的程度。儿时的我是在父亲激扬的史诗演唱声中度过的。这样说起来，我父亲也是史诗歌手呀。（呵呵！）到我八岁时，父亲决定教我学藏文，父亲手把手地教我写字，逐字逐句地纠正我的发音，大约一年后，我就可以独立阅读了。自此之后，父亲就让我为他阅读史诗，虽然家中的这些史诗文本父亲已经反复读过很多遍了，但每次我为父亲读史诗时，读到故事的高潮处父亲还是紧张地睁大眼睛，而每每读到颂赞和格萨尔大王宣讲佛法等情节时，父亲总是虔诚地双手合十，默诵着六字箴言。

大概是在我13岁左右，奇怪的事发生了，有一天，我正给父亲读一本史诗抄本，我自顾自地读着，没有注意到父亲的表情。只见，父亲困惑地站起来，来到我的身边，仔细地看着那本他已经读过无数遍的史诗抄本说："小子，你在读什么呀？我记得史诗里面根本没有那个内容呀。你可不能胡诌呀。"我争辩说："我没糊弄您，您看这不是写着吗？"可是，无论我怎样指给父亲看，父亲看到的内容和我看到的根本不一样，有时当我指给父亲看那些整齐排列的史诗诗文时，父亲却说那明明是抄本的页边，根本没有字。我不服气，大声地念给父亲听，父亲沉思良久，然后让我停了下来。他说："最近你就不要念了。"我清楚地记得，不让我念史诗的那几天，我很难过，也很委屈。我无法想象从此不能念史诗的日子，我觉得那简直太糟了。大概一个星期后，父亲让我跟着他去寺院朝见活佛，我很高兴，就跟着父亲去了。到了寺院，我们见到了活佛，活佛很友善地看着我。记得父亲和活佛聊了很久，然后父亲让我过去，并拿出那本史诗抄本让我念给活佛听，我很高兴，于是忘情地念着，活佛坐在我的身后，逐行地看着我念，等我把那一章念完。活佛笑着对父亲说："不必紧张，他念的不是别的，就是《格萨尔王传》，只是他念的内容你以前没听过而已，以后不要阻止他念史诗，那是你们的功德，他真是个有福的孩子。"说罢活佛默默地念了几句经，把供在佛龛上的小佛像请下来，在我头上点了三下。然后，我和父亲就回家了。从那以后，父亲就让我念史诗给他听，我发现只要有空白的纸我就能从上面看到一排排整齐的史诗诗文。有时，找不到纸张，我甚至可以在手掌和指甲盖上看到诗文。父亲让我念什么我就念什么，不需要史诗抄本，给我一张纸就可以。有时我还会推荐父亲听一些新的史诗部本。有一天，我和负责搜集整理我说唱的史诗的秋君扎西大哥聊到其他说唱艺人的演唱情况。他说我们何不试试看，看能不能从纸张中看到你到底为什么会演述史诗？我自己也很好奇，于是答应了他的要求，我看到纸上写着我是与格萨尔王同时代的青蛙七兄弟之一，因为和雄狮大王有特别的"机缘"，所以命定要转世宣讲格萨尔王的事迹。当时，我才知道我在某一世是与格萨尔王同时代的动物，我真的很激动。

现在的我，已经成家立业，有五个孩子，靠开出租车养家，2008年，我被玉树州文化局聘用，为搜集整理史诗的工作者演唱史诗，为来自各地的史诗爱好者表演史诗，文化局按月给我发工资。现在的我不必再为生计发愁，有时我也会被请去为一些喜欢史诗的家庭说唱史诗，他们会把我视为贵客，不仅很热情地招待我，演唱结束以后，还会给我相应的报酬。当然，有时那些有疑难的人会问我一些关于运势、吉凶之类的问题，我也尽量为他们占卜、为他们排难。其实，这些占卜的结果有的很准，有的也会有偏差。这些都是由很多因素共同作用的，不能断言。

我觉得既然格萨尔王选择了我，让我宣讲史诗，我就应该尽我所能，为所有愿意聆听的人演唱，我觉得这不仅是我的荣耀也是我的功德，我相信只要我尽我所能宣讲大王的圣迹，我就会得到大王的眷顾和庇佑，会无病无灾、无忧无虑地快乐生活。

——口述：阿冲·丹巴江才
——整理：央吉卓玛

# 附 录 三

青年史诗歌手土丁久耐神奇传闻叙事：

我叫土丁久耐，22岁，出生于玉树州杂多县莫云乡。在我很小的时候就失去了双亲，我和比我小三岁的弟弟被一个毫无血缘关系的善良的牧民妇女收养，她人很好，对我们视如己出。我记得当时她家也是以放牧为生，她的丈夫很早以前就去世了，她一个人拉扯着几个儿女。虽然辛劳，但家道还算殷实，她让我们叫她奶奶，不让其他哥哥姐姐欺负我们。儿时的我们是在她的呵护下长大的。随着年龄的增长，家里的哥哥姐姐各自组织家庭，奶奶执意要让我守着她，不愿和哥哥姐姐同住。奶奶陆续为哥哥姐姐置办了丰厚的聘礼和嫁妆，然后很郑重地宣布以后这是我和她的家。经历过几次婚礼的投入，虽然家中牛羊的数量锐减，但却足以供应我和奶奶的生活。2006年，在奶奶的催促下，我也开始筹备自己的婚礼，并于当年夏天与同是牧民出身的妻子完婚。在忙碌的牧业生活中，奶奶和我们夫妻俩过着衣食无忧的生活，后来弟弟也到了结婚的年龄，2007年底，弟弟完婚。我和妻子以及弟弟、弟媳共同经营一个还算富裕的家庭。牧民的生活是很忙碌的，我们就在这种忙碌的生活中过着无忧无虑的生活，或许是奶奶坚毅的性格影响了我，每当家里有一些无法预知的困难，我都相信一切都会过去，离家不远的寺庙党拉仓寺是我经常诉说无助、排遣烦恼的地方。

2008年的冬天，家乡下了好几场大雪。有几次大雪过膝，几乎封死了帐门。我们都很担心这场大雪会对畜群造成威胁。在奶奶的建议下，我揣着奶奶给我的一些香油钱，踏着雪前往党拉仓寺祈福。这座寺庙是我们家乡最大的庙宇之一，它坐落于家乡一座久负盛名的神山杂杰神山附近，在当地很有威望。我记得，当时的雪很大，到寺院时已近午时，我把香油钱交给寺管，寺管允许我进入寺院大殿祈福，我进入大殿，大殿里暖暖的气息与寺外的寒冷形成对比，那浓浓的酥油味、淡淡的藏香味以及大殿里肃穆安详的氛围让我有些不愿离开，双手合十祈祷、默诵。我临时决定在大殿里念诵箴言，晚些时候再回家。

静静的佛堂里，酥油灯燃烧的声音隐约可闻，几座巨大的金身佛像，拉开了与恐惧的距离，一种被众佛宠爱和庇佑的感觉涌遍全身，在喃喃的诵经声中，我睡着了。

睡梦中的景象，是我一辈子都不会忘记的。我记得在梦中，我听到十分美妙的音乐，我四下寻找声源，在我抬头的一瞬间，我被空中的景象震撼了：只见，空中花雨纷纷、仙乐齐鸣，无数曼妙天女簇拥着一个青面青衣的神人，在空中俯瞰我，我有些紧张，但马上缓过神来，我想那一定是菩萨被我诚恳的祈祷感动而给我的某种回应，我双手合十，口诵箴言仰望着他。这时，他从空中递给我一本书，我伸出双手去接，当我就要触碰到那本书时，奇怪的事发生了，只见那本书绕过我的双手，从我的胸口隐入我的身体，我想它一定是进入我的心脏了。我被这种奇异的景象镇住了，当我再次抬头去看时，一切景象都消失了。我在疑惑和欣喜中清醒，醒来后看到大殿里空无一人，酥油灯静静地燃烧着。

我回到家中，想告诉奶奶所发生的一切，却不知从何说起。只是自那以后，我总有一种想要倾诉的欲望，无论那是什么，我都想讲出来。于是，在放牧的途中，在剪羊毛的间隙，总之茶余饭后，只要有时间我就会说唱，我知道我说唱的内容是《格萨尔王传》。虽然我从未聆听过史诗的说唱，但我相信这就是藏族史诗《格萨尔王传》。我也不知自己能说唱多少史诗部本，但只要我晚上做梦，梦见一些征战的场面或那个青衣青面的人，第二天我就会演述新的部本。

后来，一个专门搜集整理史诗的人（指增达·秋君扎西前辈）找到了我，他说希望我能把我会说唱的史诗部本告诉他，他想尽他所能把其中的一些整理出来，我就把我知道的史诗部本告诉了他，并约定一有时间就开始录制。从那以后，我就被请去参加一些活动，有时他们也会邀请我演唱一小段，活动结束后还会给我相应的报酬。我经常去拜访秋君大叔，我们一起录制史诗，录制间隙谈天说地。后来，我经常受邀参加一些大型的活动，比如赛马节、春节联欢会等。那段时间经常往返于家乡和结古镇之间，身体太过劳累，也影响演述的质量。于是我决定在结古镇定居。秋君大叔给我找了房子，离他家不足百米，我把妻子和刚满月的孩子接到了结古镇，开始了脱离牧业的城市生活，但我并不必为生计担忧，说唱史诗会给我带来一些收益，但我想能为想要了解史诗、传承史诗的人演唱，是一件功德无量的事，神灵让我具备演唱史诗的能力，也是想让我将史诗传播开来，为更多人所熟知。

——口述：土丁久耐
——整理：央吉卓玛

**笔者按**：2010年4月14日，青年史诗歌手土丁久耐在玉树地震中不幸罹难，年仅22岁。而就在地震前不久，玉树州群众艺术馆和玉树州文化局决定聘任他为在编工作人员，为传承和研究史诗的专业人员演唱史诗。他的离开是藏族史诗《格萨尔王传》研究事业的一个无法弥补的损失。

# 附录四

**神授史诗歌手才仁它次神奇传闻叙事：**

我叫才仁它次，生于玉树县哈秀乡，33岁。主要生计是放牧和挖虫草。家里有5口人，有一个上小学的儿子。大概是我13岁那年的一天，我去山里放牧，那天天气很好，我把牛赶到山脚下，自己爬到山上，这样就可以看到我们家所有牛了。我坐在山上，不知啥时候，我就在我们那的"瓦格拉德"山上睡着了。然后我就做了一个梦！在梦里我看到一个骑着白马，全身白色戎装的青年来到我面前，他说快起来我带你去看世界上的神山，我就那么看着他。那个白衣少年就用他的长枪把我挑上马，我就和他去了许多地方，游历了许多名山。醒来后，我回到家中把事情讲给家里人听，他们说我已失踪七天了，而在我的记忆中只是外出一天，我跟他们说我只是在山上睡了一觉，他们说我一定是疯了，还带我去见喇嘛，让喇嘛帮我驱邪。

自我从山上回来以后，就觉得很奇怪，我可以看到很多以前看不到的东西。咱们乡附近和其他地方的依德、域拉（地方神）我都能看到。他们的形象、一举一动我都能看到，他们的来历、贫富及地位悬殊、神通高低我都无师自通。只有我能看到这些，别人看不到，我就想把这些讲给身边的人听，可是大家似乎都不太敢靠近我，小孩见了我就绕着走。我觉得很孤独，时常一个人。这种情况持续了好几年，有时候看到太多不可思议的事，我自己都觉得目不暇接，有时也会觉得很累。他们说那几年我整个人都处于疯癫状态，给人很神秘和很恐怖的感觉。

这些年，我的意识也清醒多了，习惯了那些神奇的景象，也可以自如地把它们讲出来。大家知道我对山的情况比较了解，就叫我"说山人"。

有时候，我看到"依德"（地方神）对人们滥砍滥伐、污染水源的行为很震怒，就会劝大家保护环境。

现在，我时常被人请去参加一些婚礼，他们让我在婚礼上表演史诗或其他的，比如唱赞，大家觉得我唱得很好，就经常来我家里听我唱，我还会讲很多故事，有时讲给老婆孩子听，有时讲给朋友们听，这几年身边的朋友也渐渐多了。他们把我的事情讲给其他人听，就这样我的情况就传到了州上（玉树州），州上的专家来采访我，我就把我知道的告诉他们。其实，我特别想去环保单位上班，这样我就可以为保护神山和环境尽一点力。

——口述：才仁它次
——整理：央吉卓玛

# 附 录 五

《青蛙骑手》
有个老妇人，又穷又孤单。她一生病，就要哭着合掌祈祷：

仁慈的菩萨呀，
赐给我一个儿子吧！
马儿生来可怜，
驮重还要挨鞭，
马儿也有幸福的时候，
它有马驹跟它做伴！
牛儿生来可怜，
耕地还要挨鞭，
牛儿也有幸福的时候，
它有牛犊跟它做伴！
但愿我有一个小小的儿子，
他丑得像青蛙我也喜欢！

有一天，老妇人的腿肚子痛，越来越痛得厉害，她呻吟一阵，就昏过去了。这时候，她的腿肚子裂开了，一只小小的青蛙蹦了出来。它跳到老妇人腿上，连声唤"阿妈"。老妇人醒过来了，听见青蛙说话，高兴得泪水打湿了毪衫。青蛙呱啦呱啦地说：

"阿妈呀，从此不忧愁，

渴了有香茶,闷了有美酒!
阿妈呀,从此不操劳,
儿子媳妇伴您到白头!"
老妇人叹了一口气:
"我的小小的儿子呀,
有了你我就满足了!
你那样小又那样丑,
谁会嫁给你做妻子呀!
山羊毛织的'乌朵'①,
装石头会打在山羊头上;
愚蠢人胡思乱想,
会把灾祸惹到自己头上!
我的又小又丑的儿子呀,
你只有伴着阿妈度时光!"
青蛙呱啦呱啦地笑起来,说:
"阿妈您高高兴兴,
阿妈您不用担心,
等着您的儿子,
把媳妇给您领进门!"

它说完,一蹦一跳地出门去了。它一直跳到王宫里,对国王说:

"天上飞来五彩云,
凤凰落在紫檀林,
小小青蛙来求亲,
美貌公主配天神!"
国王又惊又喜,问:
"你的主人是哪位神?
你为何替他来求亲?

---

① 乌朵:用羊毛编织而成的、驱赶牲畜的抛石工具。

详详细细说一遍,
香茶美酒把你敬!"
青蛙说:
"我不为别人不为神,
为我自己来求亲,
请把你的女儿嫁给我,
幸福快乐过终生!"

国王听了,高声下令,快把青蛙打出去。青蛙跳跳蹦蹦,忽东忽西,追它的人跟斗扑爬,大叫大喊,怎么也打不着它。国王气得干瞪眼,青蛙又说话了:

"国王你若不答应,我就要开始笑啦!"
国王说:
"你若不怕我的刀,
要笑就尽管笑吧!"

青蛙呱啦呱啦、呱啦呱啦地大笑起来。啊啧啧,它的笑声像高山瀑布那样奔放,像青龙长吟那样雄壮哩!笑声越来越响亮,国王心惊肉跳,从宝座上滚下来;大臣们站立不稳,一个个东倒西歪;武士们宫女们,更是跌跌撞撞,尖声大叫,"呼啦"压过来一片,"轰隆"滚过去一堆。房屋摇晃,经幡翻卷,好像人世间所有的风,一眨眼都吹到这儿来了。国王害怕得很,摇着双手大声说:

青蛙青蛙,
快别笑了,
大女儿嫁给你,
快带她回家吧!

大公主走时,要了一把扫帚,说带回婆家去用哩。她骑在骏马上,双手握着扫帚;青蛙牵着马,一蹦一跳跑在前头,走着走着,大公主使劲用扫帚向青蛙打去。青蛙跳到路边，捡起扫帚扛在肩上。它掉过头，牵着马儿又到了王宫。国王见大女儿回来了，正在欢喜，青蛙气呼呼地说话了：

"肚里再饥饿，
也不吃有毒的巴桑果！
你这大女儿心肠太狠，
快把你二女儿嫁给我！"
国王听了，气得双手发抖。青蛙说：
"国王你若不答应，
我就要开始哭啦！"
国王骂道：
"你若不怕扯破肚，
要哭就尽管哭吧！"

青蛙咕呱呱、咕呱呱地大哭起来。啊哩哩，它的眼泪像大河一样奔流，像山洪一样汹涌。眼看着宫殿很快积了水，水越涨越高，淹没了宝座，宫里哭声、喊声直冲云天，里里外外，浪涌波翻，乱成一团。国王服输了，大喊：

青蛙青蛙，
快别哭了，
二女儿嫁给你，
快带她回家吧！

二公主走时，要了一盘手磨，也说带回婆家去用哩。她坐在马背上，怀里抱着手磨；青蛙牵着马，蹦蹦跳跳很快活，走着走着，二公主用力拿手磨向青蛙砸去。青蛙跳到路边，捡起手磨背在背上。它转过身，牵着马儿回到王宫。国王见二女儿也回来了，正在吃惊，青蛙却怒气冲冲地说话了：

"嘴里再干渴，
也不把肮脏的泥水喝！
你这二女儿心肠太毒，

快把你的三女儿嫁给我!"
国王听了,气得头昏眼花。青蛙说:
"国王你若不答应,
我就要开始跳啦!"
国王吼道:
"你若不怕脚爪掉,
要跳就尽管跳吧!"

青蛙呱哒哒、呱哒哒地大跳起来。啊咔咔,它哪来这么大的劲儿呀,震得房屋掉泥土,踏得地下裂大缝。吱吱嘎嘎,宫殿摇摇晃晃要倒了,乒乒乓乓,山峰歪歪斜斜要垮了!国王吓得瘫倒在地上,哭道:

青蛙青蛙,
快别跳了,
三女儿嫁给你,快带她回家吧!

三公主没有像她大姐那样唠唠叨叨,也没有像她二姐那样哭哭吵吵,她安安静静、温温和和地跨上了骏马。一路上,她还唱着歌儿:

"别人出嫁喜喜欢欢,
三姐出嫁孤孤单单,
前看后看没有一个伴,
翻山时只有塔子做伴!"
青蛙也唱起来:
"三姐你也要喜喜欢欢,
谁说你出嫁孤孤单单,
我永远不离开你呀,
谁说只有塔子是伴?"
三姐又唱:
"别人出嫁高高兴兴,
三姐出嫁冷冷清清,

左找右找没有送亲人，
爬坡时只有经幡表同情！"
青蛙唱道：
"三姐你也要高高兴兴，
别去想有没有送亲人，
我们自由自在过日子，
哪里稀罕别人来同情！"
三姐又唱：
"别人的丈夫能干又快活，
三姐把小小青蛙当阿哥，
往后的日子到底怎么过，
过河时波浪也在唱悲歌！"
青蛙唱道：
"三姐你也要快快活活，
最能干的人是你阿哥，
千千万万的人怕国王，
威风的国王却害怕我！"

　　三姐笑了起来，她想起青蛙一笑二哭三跳，的确是有本事。它还那么机灵，唱起歌来又那么动听。她心里一轻松，就不觉得它丑了。她和它欢欢喜喜地回了家。从此，安安心心跟着青蛙母子过日子。
　　赛马节到了，三姐要到草原去看热闹，青蛙也要去，三姐就把它放在袖笼里，青蛙说：

三姐你看这丛白色的花，
我想在这里休息一下，
前边人多怕踩着我呀，
让我独自在这里玩耍！

　　三姐就把青蛙放在白色的花丛边，自己一个人看赛马去了。回家时，青蛙在花丛边等她，它问三姐，今天谁得了第一名，三姐说：

> 有个美少年,
> 不像凡人像神仙,
> 骑白马穿白衣,
> 一直跑在最前面!

第二天,青蛙又跟三姐一道去。还没到赛马场呢,青蛙又说话了:

> 三姐你看这丛紫色的花,
> 我想在这里休息一下,
> 前边人多怕踩死我呀,
> 让我独自在这里玩耍!

三姐就把青蛙放在紫色的花丛边了。等她玩够了回来,青蛙又问她,谁跑在最前面。三姐叹一口气,说:

> 还是那个美少年,
> 不像凡人像神仙,
> 他今天骑着枣红马,
> 穿着紫色的衣衫。
> 欢呼的人们把他拦,
> 争着把哈达和花儿献,
> 挤得少年绊一跤,
> 被一垄刺芭剐破了脸!

青蛙听到这里,"扑哧"一声笑起来。三姐瞧它,吓了一跳,青蛙脸上两三条细细的血痕哩,三姐心里疑惑,嘴上不作声。

第三天,青蛙还是要去,到了一丛黄色的花丛边,它又请求道:

> 三姐你看这丛黄色的花,
> 我想在这里休息一下,

前边人多怕踩着我呀，
让我独自在这里玩耍！

　　三姐就让它留在黄色的花丛边，她也不去赛马场了，悄悄在一边藏了起来。阿啦啦，三姐看见些啥呀？她看见，青蛙打了三个滚，变成一个穿黄衣的美少年。美少年四下望望，飞身跨上一匹青色的骏马，往赛马场飞驰而去了！三姐又哭又笑，她跑过来，找到青蛙皮，连忙揣在怀里，连跑带跳地奔回家去了。

　　回到家里，三姐拿出青蛙皮，丢在炉灶里烧起来。"哒哒哒"，"哒哒哒"，马蹄声响得好急呀！三姐抬头望，黄衣少年已跨进了家门，三姐迎上去，扑在他怀里，幸福的泪水打湿了衣襟。少年抚摸着她的头发，说：

性急的三姐啊，
快把皮灰拿去撒，
撒时要说三句话：
山不再矮的矮高的高，
水不再浊的浊清的清，
人不再富的富贫的贫！

　　三姐太高兴，高兴得脑壳发昏；三姐太快乐，快乐得话语不清。她呀，把三句话全听错了！她啪哒啪哒跑上屋顶①边撒皮灰边叽叽呱呱地嚷道：

山要矮的矮高的高，
水要浊的浊清的清，
人要富的富贫的贫，
我和阿哥永远相爱相亲！

　　都怪这个三姐呀，要不是她说错话，人世间该是多么美好哇！②

----

① 屋顶：藏式房屋屋顶平坦，藏胞喜在上边晒青稞、扬青稞，老人们爱在上面晒太阳。
② 七尖初口述：《青蛙骑手》，参见程圣民搜集整理《跑马山下的传说——青蛙骑手》，民族出版社2004年版，第143—156页。

# 附 录 六

《聪明的青蛙》

有一只青蛙,它在水池里吃饱后,跑到岸边的一块大石头上晒太阳、睡大觉,一只老鹰一个俯冲将它捉住后飞上了高空。在高空,老鹰骄傲地唱道:

"小青蛙,小青蛙,
你将成为我的美味佳肴,
现在我问你,你希望我在哪里吃你?
你希望死在哪里?"
小青蛙听了后装出很高兴的样子唱道:
"老鹰啊,老鹰,
山中乱石处,
是我的故乡,
那儿到处有我的亲朋好友,
若能死在那里,那就是我的莫大福分。"
紧接着青蛙又装出很伤心的样子唱道:
"老鹰啊,老鹰,
河边的沼泽地,
是我最陌生最忌讳的地方,
那儿我举目无亲,
死后没有谁来收尸,没有谁来超度,
我不希望在那儿死。"

老鹰听了后想，如果我把小青蛙拿到山中吃，它的亲朋好友一定会出来救它，我还是到河边放心地享用吧。于是老鹰就飞到河边，落在一块石头上，把青蛙放在上面，并且很大意地松开爪子，伸伸脖子，抖抖翅膀，想慢慢地吃。而这时青蛙瞅准机会"扑通"一声，跳进了河里，转眼之间便无影无踪了。老鹰这才知道上了小青蛙的当[1]。

---

[1] 玉树州志编纂委员会编：《玉树州志》，三秦出版社2005年版，第699页。

# 附 录 七

田野日志节选

2010年2月11日　多云转晴

今天是农历大年初二，一早家里便来了很多拜年的亲朋。最近才从杂多县牧区搬来，与我家成为邻居的青年神授史诗歌手土丁久耐也捧着哈达和礼盒来家里拜年。土丁久耐年纪比我小，今年才22岁的他却已有一个满周岁的孩子。父亲和我陪着腼腆的土丁在客厅说话，他说牧区过年没有结古热闹，父亲饶有兴致地跟他讲起结古镇的年节习俗。土丁很认真地听着，由于杂多县和玉树县的方言略有差异，遇到听不懂的语词，他还不时地提问。我问土丁在结古生活还习惯吗？他笑了笑说，其他还好，就是很想牛，可是搬到结古前，自家的牛几乎都卖掉了，只剩下几头寄养在亲戚家，去年年底杀了一头牛做过冬的储备肉，现在剩下的也不多了。他还说以前家里有上百头牛，每天凌晨就得起来和家人忙活，家里的女人主要负责打扫牛圈、给牛挤奶和煮早茶，而男人则带上干粮准备去放牧，那时觉得放牧很麻烦也很累，可是现在时常梦到以前去放牧时的场景。我问土丁放牧时除了看护牧群，还喜欢做什么？他说："如果是一个人就唱山歌，会唱仲了以后，就一个人坐在草地上唱仲。有时候遇到其他牧民，就和他们一起聊天、唱歌，他们知道我会唱仲，就让我唱一段，刚开始我不太敢唱，后来就不怕了，就经常给他们唱，唱完我特别开心和轻松，他们也很高兴。"节日的喜庆气氛，让平时腼腆的土丁，变得开朗了许多。我们在客厅里聊了很久。

土丁在结古认识的人不多，所以除了和父亲一同录制史诗，还时常来家聊天打趣。在外很少主动和人攀谈的他，在我家总是有说不完的话。夜幕降临，土丁准备回家了，父亲和我邀请他明天来家里做客，因为明天巴塘乡的圆光史诗歌手丹巴江才会来家里拜年，我们想两位史诗歌手难得相聚，可以借此机会介绍他们认识。同时两位不同类型的史诗歌手相遇，或许会擦出不一样的表演火花。土丁欣然答应，告辞离去。

2010年2月12日　多云转晴

一大清早，我和妈妈为迎接两位史诗歌手的到来，煮奶茶、备美酒、烹制牛肉和摆放干果。早上10点多钟土丁就到了，他和父亲在客厅聊天，我和妈妈在厨房忙活。中午时分，丹巴大哥开着他的小面包出租车来了，进了家门我们互贺新年。两位史诗歌手经父亲介绍也触额问好。有不熟悉的人在场，土丁的话明显变少了，他只是静静地听着父亲和丹巴大哥聊天。丹巴大哥身体健硕、性格开朗、不乏幽默，和他聊天总是被他的风趣诙谐打动。我和妈妈把备齐的午餐摆上桌，两位史诗歌手和我们一家就边吃边聊起来。席间，我们谈起仲肯（史诗歌手）的神授经历，对那些不乏传奇色彩的故事啧啧称奇。我邀请土丁讲讲他的神授经历，大概是有丹巴在场，土丁有些不好意思。但是他还是简明扼要地讲述了他的经历。丹巴在一旁听着，时而点头时而思索。我问丹巴大哥对土丁的经历怎么看，他笑了笑说："赐授的方式应该是多种多样的吧，大概都是根据自己与格萨尔王不同的机缘而定的。"土丁在旁点了点头。吃完午饭，我和父亲就邀请两位史诗歌手演述史诗的片段，父亲笑着说新年演唱史诗寓意非凡，一来是为新年赐福，恭祝全家团圆和美，幸福安康，二来也是为新的一年禳灾驱邪，趋吉避凶。两位史诗歌手答应了我们的邀请。两位史诗歌手互相谦让了一番，最终由丹巴大哥领衔表演。丹巴大哥从口袋里掏出一本手掌大小的电话本，随意翻开其中一页，看着上面密密麻麻的电话号码，在念诵完颂赞格萨尔王的赞词后，说唱起史诗来。丹巴大哥演述史诗时声音浑厚、音调迟缓、发音清晰，但律动感较弱，整个演述行为在一种平和、稳定的氛围中进行。我猜想丹巴大哥的这种演述风格大概和他"照本宣科"的表演方式有关。丹巴大哥的演述持续了半个多小时。演述结束后，我们和丹巴大哥一起回顾演述的内容，所有人都沉浸在史诗英雄的传奇事迹中，异常激动。随后，土丁也进行了史诗演述。他的史诗演述有别于丹巴大哥，只见他端坐在沙发上，闭目片刻，然后念诵起颂赞格萨尔王的赞词。念诵赞词结束后，土丁开始演述史诗。土丁演述史诗时声音洪亮、表情丰富、极富感染力。土丁的演述律动感极强，曲调也较为丰富，演述到高潮处，他还会不由自主地挥动双臂、摇头晃脑、顿足捶胸。在土丁的演述过程中，我们被他的演述技巧和风格深深吸引。将近一个小时的演述结束后，土丁似乎意犹未尽，仍然沉浸在精彩的史诗世界中。

暮色渐浓，考虑到丹巴大哥还要开车回巴塘乡，我们只得就此作罢。丹巴大哥似乎也为今天的热烈场面所打动，主动提出明天还要来家里听史诗。

晚上，坐在电脑旁写田野日志，发现今天收获颇丰。在平时的田野调查中，遇到两位史诗歌手的情况是很少的。何况两位史诗歌手还依次进行了史诗表演，更让我始料未及。近距离地观察两位史诗歌手的演述技巧和演述风格，才能更为深刻地了解二者之间的异同和造成这种异同的各种因素。虽然我只目击了一次表演现场，还不能对不同类型的史诗歌手进行深入细致的比较分析，但圆光史诗歌手和神授史诗歌手在表演过程中确实存在一定的差异是毋庸置疑的，且这些差异不仅体现在史诗歌手的演述方式和演述风格上，还体现在具体的史诗曲调的数量和种类上。

2010年2月13日　小雪

今天是大年初四，为了使昨天精彩的史诗表演场面继续进行，我和妈妈忙活了一早上。姨奶奶和表叔来家里拜年，听说史诗歌手会来，他们都很兴奋。姨奶奶已经77岁高龄，她说以前史诗歌手在当地是很受欢迎的。在她年轻的时候，聆听史诗不仅是一种休闲娱乐的方式，民众还认为聆听史诗、学唱史诗可以排遣生活的苦闷、陶冶性情，此外人们还相信聆听史诗可以增福、增寿、减少病痛的折磨。我问姨奶奶会不会唱史诗，她说我们女的唱山歌的比较多，很少唱史诗。但也知道史诗的一些曲调。男的听史诗、学史诗和唱史诗的比较多。我问姨奶奶她年轻的时候史诗歌手是不是地位很高，她说因为史诗歌手会唱史诗，而且他们是被格萨尔王钦定的，所以大家都比较尊敬他们。

上午十一点钟，土丁就来了，父亲向姨奶奶介绍土丁，姨奶奶忙站起来与土丁行触额礼。姨奶奶问土丁家里的情况，以及牧区现在的生活，土丁都认真地回答她。大概下午一点多，丹巴大哥就到了。我对姨奶奶说这位也是史诗歌手，她很吃惊，似乎是没有意料到可以同时见到两个史诗歌手。她和丹巴大哥互拜新年、行触额礼，然后各自坐下。土丁和丹巴大哥已经是第二次见面了，交流明显比昨天多了些，二人也互贺新年。丹巴大哥不改幽默的本色，讲了一段他在来的路上如何被交警拦下检查驾照，自己又是如何应对的事。大家被丹巴大哥的幽默逗得前仰后合，客厅里洋溢着新年快乐的气氛。

我和妈妈把准备好的佳肴摆上桌，丹巴大哥不住地夸赞着桌上的菜肴。客厅里好不热闹。吃罢午餐，我们就开始为两位史诗歌手的表演布置场地。两个相对而坐的椅子以及放置茶果和水杯的桌子。一切准备妥当，他们的史诗表演就开始了。

首先是丹巴大哥的表演，他演唱的是《格萨尔王传·门岭之战》。今天丹巴大哥表演，较之昨天更为精彩。不同的史诗人物，有不同的演唱曲调，曲曲婉转动听。丹巴大哥的演唱持续了47分钟。然后是土丁表演，他演唱的是《格萨尔王传·吉让绵羊宗》，土丁的变化是我始料未及的，他的演唱较之昨天，在动作幅度、音量变化、曲调变化等方面都有很大的变化。土丁的年纪比丹巴大哥小，所以在表演过程中可谓渐入佳境，从开始的不稳定到后来的收放自如，让我们欣喜不已，土丁演唱了大约一个小时。他停下来以后，似乎自己也觉得今天的演唱比较成功，很开心地笑着。我想难得两位史诗歌手聚首，就请他们共同演唱，他们没有拒绝。我发现，他们的史诗表演更像是对歌，且表演内容以韵文为主（在表演史诗前，他们首先以民歌的对唱作为铺垫或热身）。在"你来我往"式的对唱表演中，两位史诗歌手的特点得到了体现。丹巴大哥的演唱很稳定，他的音域始终保持在一个较为稳定的区间。而土丁则在较为多元的音域间转换，声音时而高亢，时而低沉。两人的演唱有时呈现为类似于彼此感染式的相似性，有时又截然不同。他们的演述大约持续了40多分钟。在场的人都很高兴，姨奶奶说很久没有听到这样的演唱了。下午五点多，土丁和丹巴大哥都要回家了，我们都有些不舍，这种机会实在难得。

2010年4月21日　晴

还未从地震的噩耗中回过神来，已是震后第七天。身在北京的我，很想回到家乡，尽自己的绵力去抚慰受伤的玉树。亲人在地震中幸存的消息，对我而言已是最大的安慰，不奢求其他。只愿：逝者安息，生者坚强。

今天是玉树地震遇难者的头七，新闻报道上说，家乡举办了许多悼念活动，藏区各大寺院也举办了大法事，超度亡灵。看着新闻背景里的结古镇已是满目疮痍，曾经的富饶和安宁似乎只能在梦中回忆。听家人打来电话说，救灾帐篷已按户发放，食物和饮水也还充足时，悬着的心终于放了下来。我问父亲结古镇的伤亡情况，他说很难统计，走到哪里都能看到倒塌的房屋和不幸罹难的人。父亲叹息着说：土丁也走了，一家九口都走了。我一时语塞：眼前闪过土丁古铜色的脸庞和永远带着笑意的双眼，他才21岁。记得今年藏历新年，我们还一起过年，全家围坐在一起听他唱史诗，听他讲家乡的趣事逸闻。他说自己会讲藏语版的三国和水浒，还兴致盎然地讲了一段武松打虎。看着年纪轻轻就具有深厚的史诗演述和其他民间叙事演述功底的土丁，我仿佛看到十几年后，奔走于各大史诗演述会场和史诗研究论坛的著名史诗歌手。不忍再问土丁一家后事处理的具体情况，我沉默良久。父亲似乎明白了我的担忧，他说土丁的岳母从杂多赶来，料理了后事。一应所需，家里能提供的也尽力帮忙，一切已安排妥当。我想这是作为邻居的我们能为土丁做的最后的事了。

土丁走得太仓促，我甚至来不及向他正式地道谢，感谢他次次答应我的访谈要求，感谢他不厌其烦地讲述我已不知问过多少遍的神奇传闻，感谢他每次都积极配合我不同形式的访谈方式，感谢他为史诗的传承所作出的贡献。我本打算论文完成后，拿着倾注了我们大家共同心血的稿子去向他道谢。可是一切还未正式开始，主角就已仓促退场。我不知道上苍是出于怎样的考虑，带走了年轻而才华横溢的土丁，不想也不愿再去揣度天意。唯愿土丁：一路走好！

2011年8月11日　晴

一年中的七八月份被认为是玉树最美丽的季节。民众会在这期间选一良辰吉日，举家前往附近的草滩露营野炊，共享夏日草原的花香鸟语。震后一年的结古镇，仍处在百废待兴的紧张时刻。往年的这个季节，本是结古镇居民最期盼和最闲适的时刻。我决定去玉树虫草之乡、藏獒之乡——杂多县做田野调查。从目前掌握的史诗歌手的分布情况来看，杂多县是史诗歌手最为集中的地方。

8月的杂多已过了采挖虫草的季节，草原恢复了平静，两天前我坐上开往杂多县县城萨乎腾镇的长途汽车，一路颠簸来到这个被称为"富饶之乡"的高原古城。以游牧经济为主的杂多县，有许多关于史诗《格萨尔王传》的传说、故事。《格萨尔王·达瑟牦牛宗》据说就发生在这个地方，这里是藏区史诗歌手最为集中的地方，称杂多县为"史诗歌手之乡"毫不夸张。著名史诗歌手达瓦扎巴是杂多县人，不幸在地震中罹难的史诗歌手土丁久耐也是杂多县人。此外，杂多县还有很多未经政府认证但仍活跃在民间的史诗歌手朋措、多丁等人。杂多县无人不知史诗《格萨尔王传》，无论老少，只要你说起格萨尔王，大家都会给你讲上一段。说到这，杂多县又可被誉为"史诗之乡"。

说起来，我也算半个杂多人，因为母亲是杂多人，所以刚下客车，就有亲戚来接。我被杂多人的热情善良打动，被他们一路簇拥着往县城里走去。县城虽然不大，但各类商铺一应俱全。因为正在铺设地下管道，县城的一些路段已禁止汽车通行，亲戚们说管道总不见铺好，都快一年了，出行很不方便。由于电力供应不足，这里民众需在供电时及时洗衣、打水。大家为了调侃县城的这种情况，还编了一则民谣：马路是一边的，供电是一时的，措施是应急的，执行是缓慢的。这就是杂多人，苦中作乐，乐观豁达。

**2011年8月13日　小雨转晴**

今天，杂多县下起了小雨。雨帘外的远山绿原格外动人。我住在表姐家，听表姐夫说，这种天气去县城里，不仅会溅一身泥，还有可能滑到管道坑里。他笑着说："你要是一定要去，就得带一个救命绳。如果掉下去了，可以把绳子甩出来，让人把你拽上去。"思量再三，为求安全，我只好待在家里，想到今天没有田野收获，不免有点沮丧。

中午一点多钟，一个远房亲戚来家里做客，她叫保索，42岁，是表舅扎西的妻子。她家在牧区，来县城是为了看病。她说最近总是头疼，去县医院才知道自己得了高血压。医生让她在县城待几天，稳定了再回牧区。我问她今天感觉怎么样，她说还是不太舒服。我拿出表姐家的血压仪给她量血压，140/100mmHg测量结果虽然比正常值偏高，但也没有预期那么糟。我把情况告诉她，她似乎放心了不少，开心地和我聊起来。我告诉她我是来县里采访仲肯（史诗歌手）的，她吃惊地说："你要去牧区吗？"我不知如何作答，虽然知道杂多县有很多史诗歌手，但具体分布在哪些乡，我还没来得及细究。我问她史诗歌手是不是都在牧区，她说她知道的仲肯都是牧区的，而且都是比较偏远的牧区，如结扎乡、莫云乡都是既偏远又寒冷的地方。如果保索婶婶所言非虚，那么为什么史诗歌手都分布在偏远的牧区呢？我向保索婶婶提出我的疑问，她说：听老人讲，结扎乡和莫云乡与西藏接壤，可以看到念青唐古拉山，凡是在这座神山周围或可以看到这座神山的地区都会有史诗歌手。听到这样的回答，我喜出望外。这又是史诗歌手与神山之间存在难以言说的"神秘"联系的地方性解释。失之东隅，收之桑榆。虽然今天没能按计划去县城街头感受这里的风土人情，了解人们茶余饭后的谈资，但却得到当地牧民对史诗歌手以及神山的看法，也算有所收获，我和保索婶婶聊了很久，期间表姐和表姐夫宗萨也和我们围坐在桌前，聊起县里的史诗歌手和关于他们的趣闻。保索婶婶说：史诗歌手在被认证后要更名、吃斋、戒烟酒，其中比较有"远见"的史诗歌手还会主动去州上考试（即史诗歌手鉴定面试）。我问她对通过考试的史诗歌手怎么看，她笑着说："他们出去了就很少回来啦，他们应该觉得自己很牛吧。"史诗歌手生于民间、长于民间，藏族民族传统文化是表演艺术的根脉，也是其是否能"飞得更高，走得更远"的凭依，我们无法预期史诗歌手离开乡土，来到城市对其演述能力所造成的影响，但我们可以肯定的是，这种与原乡故土割裂的"发展"行为对史诗歌手而言无疑是一把双刃剑。

2011年8月15日　多云转晴

"高原的天，小孩的脸。"生活在青藏高原的民众用这句生动诙谐的谣谚形容高原变幻莫测的天气。

今天一早起来，乌云密布的天空大有降一场暴雨的势头。可是临近中午，云开见日，朗朗晴空又让人不由地想去近郊的草原上野餐。

难得的好天气，我决定去小县城转转，带着碰运气的心情，我踏上去县城寻找史诗演唱现场的"征途"。杂多县县府所在地萨乎腾镇，占地面积并不大，城市布局以由西向东的带状分布为总格局。沿着东西向的主干道，分布着大大小小的商铺。琳琅满目的商品让人难以将这个高原古城与落后、不发达等词相联系。

县镇角落的空旷地，聚集着一群一群似在席地兜售土特产的人，走近一看，原来是当地人在买卖虫草，大家聚在一起席地而坐，拨弄着摊在空地上或装在袋子里的虫草，你一言、我一语地品鉴着虫草。我在旁观察许久，发现在这种交易场所，买卖双方当场成交的极少，与其说这里是虫草交易场所，莫如说这里是学习虫草鉴别知识的公开课堂。在虫草交易场所的人多为男性，大家时而争辩虫草的优劣，时而商讨虫草的价格，好不热闹。不知道从哪儿蹿出一个大哥，很讶异地看着我说："你要买虫草吗？"我被他一问，一时不知道如何作答，对着他尴尬地笑笑就从这个小市场出来了。

我沿着千疮百孔的马路一路东行，不时被不知从哪儿蹿出来的狗吓出一身冷汗。杂多是玉树州著名的藏獒之乡，当地民众认为杂多县的藏獒，品种纯、毛色佳、异常凶猛且极为忠诚，是看家护院、放牧狩猎的最佳助手。藏獒的秉性和威猛的外形也得到内地民众的青睐，每年有许多来自全国各地的爱犬人士来玉树，特别是来杂多购买藏獒。近十年来，藏獒的价格一路飙涨，一条纯种的藏獒甚至可以卖到上千万，一时间养殖藏獒蔚然成风。然而，这种投机式的养殖经济，存在巨大的风险，随着近年来因藏獒不能适应内地的气候而死亡甚至性情大变，频频伤人的事件日益频繁，藏獒买卖热潮，迅速冷却。杂多县城中曾经风头正劲的藏獒养殖老板，近两年来正在减少养殖数量、汰选养殖品种。由于狗被藏族民众视为具有灵性的动物，且佛教禁忌杀生，藏獒老板只得将淘汰的藏獒放归山林，然而习惯了拘系驯养生活且嗅觉极为敏感的藏獒，不久就会找到回家的路，或在家附近的地方游荡觅食。其结果是，杂多街头三三两两的藏獒，不仅影响了市容，也对民众的生命安全造成威胁。前几日，政府出台相关政策，决定捕杀流浪的獒犬，遭到民众的一致反对。其实，大规模养殖藏獒，导致藏獒泛滥的结果是人类受经济利益的驱使所造成的，为什么要让无辜的藏獒为人类的贪婪买单，且让一个素有崇犬习俗的族群眼看着藏獒被捕杀又何其残忍，这似乎又是一个无解的难题。其实，如果在藏獒养殖业兴起之初，政府就因势利导、注重规划，如今或许就不会出现这种令人头疼的问题。

2011 年 8 月 17 日　暴雨

昨天和今天，杂多县城都在暴雨的侵袭中度过。听说县城中积水严重，沿街商铺也被洪水所淹。表姐家住在山脚下，地势较高，所以幸免于难。然而一旦山洪暴发，我们必定首当其冲。表姐有五个孩子，最大的也不过 16 岁，最小的才 1 岁，所以表姐夫显得格外担心。他一直在屋檐下站着，这样一来可以观察雨势的变化，二来可以俯瞰县城的情况。表姐建议表姐夫给多丁打电话，问问吉凶，表姐夫像是被点醒一般，以手叩额，不住地骂自己糊涂。他拿起身边的电话给表姐说的那个人拨过去，电话接通了，他把县城的情况简单地介绍了一下，然后问对方吉凶。看表姐夫的表情，占卜的结果应该是好的。他放下电话，如释重负地坐在沙发上，喝了一杯热茶。然后安抚表姐说，不会有事。然后站在门口向外望，凝重的表情一扫而光。我问表姐，多丁是谁，表姐说多丁也是我们的亲戚，是二姨妈女儿的丈夫，是一个仲肯。以前很能唱仲，最近两年很少唱了。我记起几年前有一个中年男人来家里做客，父亲请他唱仲，他唱了很久，声音洪亮，表情丰富。当时的我被他的表情动作吸引，还央求他教我，记得当时他笑着对我说：格萨尔王仲（《格萨尔王传》）不是他学来的，他也不懂怎么教别人。我问表姐是不是那个人，表姐说就是那个会唱仲的叔叔。我问表姐为什么他近两年不唱了。表姐似乎也不太清楚，他说多丁家养了很多纯种的藏獒，销路也很好，现在是杂多县小有名气的老板，所以应该是无暇唱仲了。又是一个史诗歌手脱离传统生产生活方式，演述技能枯竭的典型案例。

下午三点多，雨势渐弱，到傍晚五点左右，雨停了。我们站在院子里，看着夕阳斜挂在山巅，西天的一片火烧云奋力燃烧。我问表姐夫，刚才多丁怎么说。表姐夫说："多丁说，我们会平安度过，不必担心，不要让孩子们出门就会没事。"我才明白表姐夫为什么后来一直站在门口，原来是为了防止孩子们跑出门。

天灾面前，人类的力量是渺小的。无助的人们又不甘于坐等灾难的降临，只好寄希望于可以预卜吉凶、禳解灾难，可以与神沟通的人，以获得逃脱灾难的方法。信仰的力量或许就在于赋予人们面对困难的勇气和斗志。我问表姐夫，多丁唱仲的情况，他说多丁唱仲很厉害，在县里也是远近闻名的。只是近几年很少听他唱了。我问原因，他说："大概是因为藏獒生意太忙，没时间唱吧。"我说如果自己喜欢唱，怎么会没时间。表姐夫想了想说："我听老人们讲，多丁非常擅长打猎，且枪法极准，弹无虚发。他打的猎太多了，触怒了神灵，所以不太会唱仲了。老人们说，山间的动物是统归神山所有的，有些动物可能还是神的坐骑或家畜，有时'神'本身会幻化为某种动物出现。"

史诗歌手作为社区中特殊的人群，必须遵守一些特定的禁忌。民众认为被神灵赐予超能力的他,如果触怒了神灵,自然会遭受惩罚。此外,民众相信山间的动物统归神山所有,不允许随意射杀,多丁的狩猎行为,被当地人视为触犯神灵的违禁行为。

我决定在杂多县做田野调查期间,一定要找机会采访多丁。

2011年8月18日　阴

昨天和二表姐约好,今天到她家拜访。二表姐和二表姐夫十几年前就把家里的牛羊出售,举家搬到县城里。记得以前他们还来结古镇生活过一段时间,不知道后来为什么又回去了。

有一年,二表姐的孩子生病,来结古镇看医生。我和母亲去医院探望,我问她为什么没在结古常住,她笑着说:"牧人过不惯农民的生活(玉树结古镇属农牧结合区,且当地人偏向于经营农业,而杂多县属纯牧业区),而且你们'嘎哇'的话我们也听不懂。"玉树州玉树县(包括结古镇)、治多县和称多县等地,自称"嘎域"(藏语音译,意为:"嘎"地区),当地人自称"嘎哇"(意为:生活在"嘎域"地方的人)。结古镇等地缘何被称为"嘎域",在当地有两种解释。一种认为,"嘎"做马鞍解,由于上述地方的地形呈马鞍状(藏语中马鞍,读作"嘎"),所以"嘎域",意为状若马鞍的地方。一种认为,"嘎"是玉树地区最早的头人的姓氏,即"嘎嘉洛"的简称(史诗《格萨尔王传》中珠牡王妃的母家)。所以,生活在上述地方的人,认为自己的是"嘎嘉洛"家族的后裔,自称"嘎哇"。

操持不同生计的人,在各自生活方式的模塑下形成了不同的语言特色和价值观念,有时候这些差异可以被兼容,而有时则不得不做出选择。

二表姐家住在县城的北区,从南北朝向的干道望去,那四间一字排开的整齐的藏式平房就是二表姐家,平房依山而建,坐北朝南、前院后山的房屋构造,可以看出建房者的用心。生活在青藏高原的藏族民众对房屋的采光有较高的要求。这种对采光的高要求在康巴藏区尤为突出。康区建筑多为平顶,人们戏称康区房顶为跑马场,折射出康区房屋的独特构造。康区房顶被设计为平顶与其所处的生态环境有密不可分的联系,康区多山脉、少降雨,日照时间充足,这就使得平顶式建筑不会有积水渗漏的危险,同时可以很好地利用房顶日照充足、无遮蔽和防踩踏等优势进行晒茶、晒青稞等作业。

我和大表姐沿着小路，向二表姐家走去。远远地就看见二表姐和二表姐夫站在家门口，向我们挥手示意。我们紧走几步迎上前去，二表姐拉着我的手进了家门。二表姐家果然如大表姐夫所说，家底殷实。走进客厅，木质地板、松木家具、大电视柜和液晶电视等一应俱全，客厅的墙面以金色为主，悬挂着各种唐卡佛像。我们坐下后，二表姐忙前忙后，为我们端茶备饭。二表姐夫已不是记忆中的那个干练精瘦的模样，大腹便便的他坐在我们对面的沙发上，笑盈盈地看着我们。大表姐说："多丁，央（笔者）可是专门来拜访你的。"他笑着说："最近几年事太多，没抽出时间去结古，很久没去看结古的亲戚了。"我笑着对他说："阿吾多丁（藏语，对较自己大的男性的尊称），我在结古听说，杂多县有一个很有名的藏獒老板，原来就是您呀？"他笑着说："杂多县藏獒老板比我厉害很多哦，你这样说，别人可要笑话你啦。"我和多丁就这样打开了话匣子。

笔者：阿吾，我记得您以前来结古住过一段时间，后来咋又回县里了？

多丁：不习惯，当时在牧区刚把牛羊卖了，本来就不适应，然后又一下子搬到结古，结古和牧区的生活环境差别太大，而且讲究也比较多，所以待了半年就回县里了。

笔者：那您当时把牛羊都卖了，搬到结古，打算在那儿靠什么生活呢？

多丁：我家牛羊比较多，当时卖牛羊得的钱也比较多，我想先在结古安顿好，再看看能做什么，因为我是杂多人，夏天也可以回来挖虫草。

笔者：后来因为不适应就回来了？

多丁：嗯，是的。虽然在结古有亲戚，但还是不太适应，也不知道自己在那儿能干什么，就回来了。

笔者：我记得您会唱仲的，不能靠这个养家吗？

多丁：当时仲肯还没有像现在这样受重视哦。而且唱仲都是在亲戚朋友面前唱，怎么能问他们要钱呢？

笔者：您是说，当时靠唱仲赚钱的很少，对吗？

多丁：我听说以前有一些仲肯把唱仲作为生计，可是当时我家里牛羊也很多，不用靠唱仲赚钱，而且都是亲戚朋友在一起时，他们要我唱，怎么会问他们要钱呢？

笔者：来结古了以后，您经常唱仲吗？

多丁：亲戚朋友来家里，大家聊得高兴了，就要我唱仲，我就唱几段。然后去拜访结古的亲戚，有喜欢听的就唱。

笔者：嗯，当时您来我家时，我就听您唱过，印象很深刻。

多丁：嗯，当时年轻，也喜欢唱，唱得也好。

笔者：那您现在不唱了吗？

多丁：这几年，家里事太多，孩子也多，操心的事太多了。

笔者：家里有四个孩子对吧？都是男孩吗？

多丁：嗯，一个比一个调皮。哈哈。

笔者：我听过您的大儿子沃宝，唱歌很好听。他会唱仲吗？

多丁：他唱歌还可以，还会弹六弦琴。他喜欢唱现在那种流行歌曲。很少唱仲。

笔者：您没培养一下吗？

多丁：呵呵，这种事情我也勉强不了。

笔者：您是巴仲（神授史诗歌手）还是洛仲（习得史诗歌手）啊？

多丁：我是巴仲。

笔者：能讲讲您的神授经历吗？

多丁：哦，是这样的，我当时经常在山里放牧，就是"杂杰"神山附近。后来不知道怎么的就会说了。我刚开始会说的不是格萨尔仲（《格萨尔王传》），我也不知道我在说什么，就是到了人多的地方就有想说的欲望。后来自己也觉得奇怪，就听了家人的意见去寺院问喇嘛。喇嘛让我唱唱看，我就唱了大概半个小时，他说我唱的是"希绰"（《文武百宗》——概为讲述各路神行踪和神通的故事）。后来，我又会唱比较长的，他们说我唱的是《格萨尔王传·地狱救母》，然后我会唱的格萨尔仲越来越多。

笔者：您就是在山里走着就会了吗？

多丁：嗯。

笔者：没做别的事？比如休息、睡觉之类的？

多丁：没有。嗯，应该没有。

笔者：哦，呵呵。光听仲肯的神授经历就是一件特别有趣的事。您还是比较特别的那种，我听咱们县的其他仲肯说，是在哪里睡着了，醒了以后就会说了。梦里的情景还挺好玩呐。

多丁：呵呵。我没有，有的话我肯定告诉你。

笔者：我听说您挺擅长打猎的？

多丁：嗯，年轻的时候，我不知道好坏，常和朋友约好一起去灌木林里打猎。哎，挺造孽的。

笔者：哦，现在不打了？

多丁：不打了，不打了。身体也越来越不好，真是因果业报。当时打了很多鹿、羚羊，还打过几只狼，拔下狼牙和狼皮，就把尸体丢在山里，真是作孽。

笔者：拔狼牙？

多丁：狼牙是可以辟邪的，据说也可以防止被动物袭击。狼特别狡猾，很难打到，所以狼牙也很少，当时得了很多狼牙，还觉得自己挺厉害，就经常去打猎。现在想想，自己的业障太深了。

笔者：最近很少听说您唱仲哦？

多丁：身体大不如前了。哎，年轻的时候太不懂事了，现在哪儿都有病，好多仲都记不住了，也没有力气唱了。

笔者：养好身体，以后也可以唱啊。

多丁：不知道有没有机会了。

我和多丁聊了很久，印象最深的是每每谈到自己年轻时"不懂事"的经历，多丁都表现得追悔莫及。生活在青藏高原的藏民族对大自然有天然的敬畏，他们相信破坏自然的秩序、肆意杀害自然界的生灵，一定会遭到自然的惩罚。这是最为朴野的生态保护观念，也是最为原始的自然崇拜遗留。

在二表姐和多丁家待了很久，不时有熟人引着外地商人来看藏獒，多丁显得很忙碌，但客人一走，他就会坐下来和我聊这聊那。我和多丁约好下次来结古时来我家唱仲，他腼腆地笑着说：看来最近要好好回忆了。

辞别多丁一家，我和大表姐回到家里。我想此次杂多之行，还是很有收获的。和史诗之乡的人们谈着他们对史诗的认识，和久未演述史诗的史诗歌手聊着他的遗憾和对史诗的不舍，我被史诗之乡淳朴率真的气质深深感动。

明天，我将要收拾行囊离开这个美丽的西康小镇，望着夕阳下的杂多县城，恬静安详。

2012年4月10日　晴

今天是姐姐和姐夫回哈秀乡上班的日子。哈秀乡距离玉树州州府结古镇150公里，约两个小时的车程。虽然每次去哈秀，都被一路的晕车反应折磨得痛不欲生，但每每想到静静的隆宝湖、奇峻的山川、沿路连绵的草原山丘就会忍不住想再去看看。这次去哈秀，是有任务在身的。听姐夫说哈秀乡有一个既会演唱史诗，又会讲民间故事，还能历数藏区很多神山之来龙去脉的"说山人"，为了积累田野素材，拜访这位"声名在外"的"说山人"势在必行。

早上九点多，我和姐姐、姐夫一起开车前往哈秀。四月的玉树，春寒料峭。远处高山之巅积雪未消，连绵的山峰犹如一条迎风飘扬的哈达。汽车沿着公路在初春的草原上驰骋，不时看到车窗外牧人的背影和成群的牦牛向草天相接处走去。大约行驶了一个多小时，我们来到了玉树黑颈鹤保护区——隆宝湖畔，隆宝湖与公路的距离近千米，远远地看着这一潭湖水，内心马上平静下来，晕车的反应似乎也没那么强烈了。远处蓝色的湖水与高原蔚蓝的天空如一对相互映照的宝镜在天地间相互凝望，给草色未青、寒意漫漫的雪域高原，平添了几分壮美的色调。在玉树，说起隆宝湖就会想到黑颈鹤。藏族民众俗称黑颈鹤为"格萨达孜"，意为格萨尔王的马夫。在史诗《格萨尔王传》中，黑颈鹤是格萨尔王的战马神驹江嘎普布的马夫，由于格萨尔王的战马非凡间之物，它是随英雄一同来世间解救生灵，最后随英雄一同返回天界的神灵的化身，所以负责照顾江嘎神驹的黑颈鹤在藏族民众的心目中也拥有重要的地位。加之黑颈鹤款款的步态和傲视一切的仪表总是不由得让人肃然起敬。在玉树，有很多关于与史诗内容相关的传说和"遗迹"，那些美丽的传说、故事与史诗一同在美丽的西康小镇流传。

告别隆宝湖，汽车开始沿着盘山公路在蜿蜒的大山间穿行，越过几座大山，哈秀乡展现在我们面前。这个被群山环绕的小乡村，似乎是被喧嚣的世界遗忘的一片净土，奇山、秀水、乡民、牧群，悠悠然。我一直觉得哈秀乡棱角分明的山峦和哈秀乡民的气质之间有一种道不明的关联，他们果敢、爽朗，康巴人的豪爽在言行间展露无遗。我和姐姐、姐夫来到住处，简单地收拾了一下，赶着饭点去乡政府食堂吃饭。食堂里三三两两坐满了人，我们打好饭和哈秀乡中心寄校的几位老师坐下一起吃饭，席间大家天南海北地聊着，不觉到了下午两点多，我们回到住处。姐姐去上班，姐夫去学校准备开学的事。我知道离乡医院不远的地方，有一个小型玛尼堆，打算去那看看。坐落于哈秀乡西北隅的石经堆，是当地民众转经祈福的地方，也是中老年人聚集的场所，在那儿可以听到老人们讲一些时代久远的故事。来到石经堆，看着凿刻着经文的白石板、青石板层层堆积，石板间存有转经人计算转经数的小石子，石经堆上竖起各色经幡，远远看去倒像一顶顶顶盖华美、帷幕古朴的藏族传统帐篷。我跟在几位老奶奶身后，和他们一起转着经，石经堆旁有人搭起简易帐篷，凿刻石经，看上去像一家人。我坐在他们身边看着他们在一块块石板上，刻上六字箴言和其他经文，我问其中一位大叔为什么要刻石，他说家里有人往生，凿刻经石是为超度他，助他早登极乐。看着一家人，有的运石，有的选石，有的打磨工具，有的端茶倒水，有的专心凿石，我被这深沉的亲情打动，在他们身边静静地坐下。

傍晚将至，未免家人担忧，我辞别这一家人，沿着小径走回家去。衷心祝愿他们平安健康。

2012年4月14日　多云

今天是来哈秀的第5天。也是每一个玉树人难以忘却的4月14日。早上8点多钟，我想去乡中心寄校阅览室找哈秀乡地图。一路上看到很多乡民都有些惶恐不安、行色匆匆。几乎每一个乡民都手持念珠，口中默诵着经文。是啊，4月14日对于每一个玉树人而言都是一段无法磨灭的痛苦记忆。听说州府结古镇今天会举行悼念活动，我给朋友打电话，让她帮我送几盏酥油灯到寺里。酥油灯是藏传佛教的传统宗教祭祀供品之一，佛教信徒相信点燃酥油灯可以为亡者照亮黑暗的中阴之界。作为中阴界的慧光，酥油灯被认为可以为亡者扫除恐惧与迷茫，同时，酥油灯也是为亡者祈福的供品。

来了五天，还是没能见到"说山人"，听说他已经搬去牧场，很少来乡里。我有些气馁，就去乡医院找姐姐商量回结古的事，来到医院，看到看病的人很多，姐一个人没有护士的帮忙，既要看病开药，又要负责取药打针，有些忙乱，我就临时充当起护士，维持诊断室的秩序并负责取药。我看到有些乡民胸前别着别针，且别针并没有起到固定任何佩饰的作用，它们本身似乎就是佩饰。后来，佩戴别针的人越来越多，我就好奇地问一个老爷爷，他说别别针是为了避灾。我问这是传统吗？他说算不上传统，是上次听才仁它次（"说山人"）说的。听说上次才仁它次来乡里说"4·14"将至，为了避灾，最好别一枚别针在身上，这样就可以挡住鬼煞（自从他被据说是当地山神的"人"带走以后，就会传达一些神意，有些是劝诫性的，有时是建议性的）。我问老爷爷别针为什么能避灾，他似乎也不明就里。我猜想世界上许多民族都曾有过避忌铁器的历史，他们认为铁器不洁或不祥，在神庙等宗教祭祀场所都忌讳铁质建材的使用。只是后来，禁忌对象演变为崇拜对象，对铁器的避忌，则逐渐演变为对铁器之神秘力量的崇拜。但这只是推测，具体原因只能等见到"说山人"才能见分晓。

下午和姐姐一起回到家里，我说可能这次见不到才仁它次了，想明天回结古镇。姐夫说"说山人"的儿子在中心寄校上学，"说山人"很宠他的独子，过些天一定会来看他，到时再一起去拜访，我似乎又看到了希望。

2012年4月17日　中雪

今天一早，打开房门，哈秀乡尽显其银装素裹的淡雅气质。山峦、草原都被厚厚的积雪覆盖，下了一夜的雪，到清晨，雪势稍减。乡民踏雪忙着一天的活计。很多牧民都带着墨镜去放牧，听人说戴墨镜可以防止雪盲，是牧人雪天放牧的必备装备。看着帅气十足的牧人赶着牧群潮味十足地向牧场走去，我似乎看到几年后牧人开着山地车去放牧的场景，现代文明的气息果然不是高山、沟壑能够阻隔的。

我和乡食堂厨师的女儿结伴去打水，看到厚厚的积雪，我们兴致勃勃地堆起雪人。几个乡民看到我们堆雪人都过来看热闹，看着看着还不时地指挥起来，哪里应该多加点雪，应该用什么做眼睛和嘴巴，有的人还说雪人没有手不吉利，应该找两个树枝……堆了一上午，雪人大功告成。我们都拿手机照相，乡民不时蹿到镜头里抢镜，好不可爱。

打好水回到家，姐夫说明天就能见到"说山人"，兴奋得我一夜未眠。

2012年4月19日　晴

来哈秀乡第九天，终于可以见到这位神秘莫测的"说山人"。一早，我准备好录音笔、笔记本，准备做一个不设问题的开放式访谈。

下午，我按约定去哈秀乡中心寄校找姐夫。在学校数学教研室，姐夫和"说山人"取得联系，我们找了一间安静的教室等待"说山人"的驾临。大约下午两点多，这位声名在外的"说山人"终于出现了。"说山人"约175厘米的个头，黝黑的面庞，稍微有些驼背，穿着一件夹袄皮衣，足蹬一双棉皮鞋，见到姐夫忙握手问好。姐夫是"说山人"独子的数学老师及班主任，所以他对姐夫格外尊重。姐夫向"说山人"介绍我，说我是来采访他的，他看上去很高兴，忙和我握手。我把专门为他准备的礼物送上，他接过去，不住地道谢。我们在这间初春暖阳照射的教室里，足足谈了三个多小时，从"说山人"的人生经历、未来理想到自己对所讲唱的民间叙事传统的看法。我对"说山人"才仁它次的第一印象是，他是一个性格开朗、热情真诚、乐观豁达的人。一下午的访谈在他爽朗的笑声中，愉快地进行。

笔者：才仁大哥，我听他们叫您"日谐"（"说山人"），能讲讲为什么吗？

才仁它次：嗯，我对藏区的所有神山的历史和山神们目前的情况都很了解，哪座神山的山神威武，哪座神山的山神温和，哪座神山的山神富裕，哪座神山的山神生活简朴，我都知道，我还在梦里去过他们的宴会现场呐。

笔者：哦，是吗？嘿嘿，那结古镇的普措达则山的情况能给我讲讲吗？我家就在山脚下哦。

才仁它次：他是一个特别富有的山神，真的，当时我看到他时真的是一身绫罗绸缎、珠光宝气的山神哦。别的山神都没法比的。

笔者：哦，是吗？呵呵。那您是从什么时候可以看到这些的？

才仁它次：哦……大概是我13岁那年的一天，大概就是这个季节（六月份）吧，我去山里放牧，那天天气真的很好，我把牛赶到山脚下，自己爬到山上，这样就可以看到我们家所有牛了（特意解释）。我坐在山上，不知啥时候，我就在我们那的"瓦格拉德"山上睡着了。在山上不能睡觉我是知道的，可是那天不知怎么了就睡着了（大笑）。然后我就做了一个梦哦！嗯（停顿）……在梦里我看到一个骑着白马，全身白色戎装的青年来到我面前，他说快起来我带你去看世界上的神山，我就那么看着他，我没说我要去哦（摇头）。那个白衣少年就用他的长枪把我挑上马，我就和他去了许多地方，游历了许多名山。醒来后，我回到家中把事情讲给家里人听，他们说我已失踪七天了，而在我的记忆中只是外出一天，你说这谁能说清楚（摊开双手、微笑），他们说我疯了，还带我去见喇嘛，让喇嘛帮我驱邪。呵呵（笑声）。

　　笔者：家里人没去找您吗？

　　才仁它次：找了，没找着嘛，哈哈哈（笑声）！

　　对才仁它次生命史的记录，无疑是今天下午最大的收获。期间他还说他想去环保单位上班，这样他就可为保护神山和环境尽一点力。我为这位具有环保意识的民间传统文化继承者感动。他还不了解去环保部门供职，要经过层层考核、层层筛选，还要有一定学历要求，对于一个牧民出身、识字率不高的牧人来讲这无疑是一个永远无法跨越的门槛。我不知道该怎么向他解释这其中的规则，只好不置可否地听他讲着自己的理想、自己的抱负。

　　下午六点多，才仁它次起身告辞，我对他说以后还要去讨扰。他说随时可以来找他，自己也会隔一段时间来看在中心寄校寄宿上学的儿子，这样我就不用去大山里的牧区找他了。他和姐夫握手告别，再三感谢姐夫对孩子的照顾和教育，还说孩子若是不听话，可以打、可以骂，还引用了藏族的一则育儿谚语"孩子要学好，巴掌别藏着"，我们都被这个幽默的牧人逗得前仰后合。

　　**2012年4月21日　多云转晴**

　　昨天整理好了访谈笔记和哈秀乡见闻笔记，今天我动身回到了结古镇。姐夫要上课，所以不能送我。早上，他帮我找了一辆回结古的车，司机是乡政府的公务员，结古本地人，还有两个乡寄校的女老师。没有语言障碍，一路上我们聊着自己的生活和工作，他们问我是学什么专业的，我说是很接地气的民俗。司机不无遗憾地说，现在传统民俗越来越少了，以前过节至少得提前准备一个月，现在年夜饭在饭馆一订，是省了不少事，但是以前家人一起包饺子、包包子的日子就再也没有了，过年越来越没意思，民俗就没有啦。我笑着反驳：难道到饭店订餐吃年夜饭不是民俗吗？吃饭上桌前不是还得按长幼尊卑排座次吗？那也是民俗啊。民俗不仅仅是那些以前传下的传统，现当代形成的一些模式化的集体参与的反复出现的生活惯习也可以是民俗啊。他笑着说，这样的话，那民俗就多了。大年初一不是不能出门拜年吗？我们家每年都在这一天举办家庭唱歌比赛哦。有代表学校的，代表单位的，代表个人的。我说这也算啊。一路的欢声笑语，大约中午十一时许，我们到了结古，他们把我送到家门口，没有进门喝杯茶，就匆匆各自赶回家了，我们相约好下次到哈秀，一定一起去爬山、踏青。

2012年7月27日　晴转多云

前些天听说哈秀乡将有一个盛大的法会。我想"说山人"才仁它次或许会来参加法会，所以决定去碰碰运气。昨天找了一辆去哈秀的便车，今天早上九点钟，我们出发了。七月的玉树绿意盎然，熟悉的路线、熟悉的景色，我们一路西行，驶向哈秀乡。

汽车沿着盘山公路飞驰，沿途偶有贩卖野生蘑菇的乡民，招手叫卖。司机停车去买蘑菇，我和其他三个乘客也下车去看蘑菇的品相。当地人把这种蘑菇称为"色袖"，意为金色的蘑菇。这类生长在海拔4000千米以上、寒带干旱地区的蘑菇体积小，适宜采摘的季节很短。过了采摘季，这类蘑菇就会因寄生虫的大量繁殖而无法食用。所以，这种蘑菇在当地及全州都非常紧俏，价格也较贵，一盆蘑菇可以从采摘旺季的50元，涨到后来的100元左右。"色袖"味道鲜美，是高原地区民众炒菜、做包子、熬汤的提味首选。

买完"色袖"，我们继续前行。越过高山、途经隆宝湖，大约两个小时后，我们来到了哈秀乡。司机一直把我送到乡医院门口，这让我十分感动。我去乡医院找姐姐，姐把我安顿好后，就匆匆回去上班了。我整理好行李，就去打听法会的举办地。来哈秀已不是第一次，和许多乡民也比较熟悉。我一路打听，来到法会举办的地点。在哈秀乡西南角的群山间，有一个巨大的岩壁，岩壁上凿刻着一幅巨幅释迦牟尼像，释迦像两侧还凿刻有文殊菩萨和普贤菩萨像。壁刻前建有一座高约一米的高台，高台描金绘彩，从其规格判断应是法会期间为活佛专设的坐床。凿刻有释迦像的岩壁位于该山的山腰，从山脚仰望，恰似释迦牟尼佛慈悲俯视山下万民，法会举办点以山腰与山脚间的缓坡为天然会场。山脚溪水由西向东潺潺流淌，背靠群山、面朝清溪，这里确实是举办法会的最佳地点。踩好田野点，已近傍晚，盛夏时节，高原的晚风却带有丝丝寒意，我匆匆下山赶回家去。

  2012年8月3日 晴

  今天是哈秀乡寺院举办大法会的日子，上午九点左右乡民们陆续向法会现场走去。我背起书包，辞别姐姐，跟着乡民一起向会场走去。

  我们来到法会现场，法会现场已被熙熙攘攘的人群挤得水泄不通，看来临近其他乡的乡民也闻讯前来参加法会了。上午十点钟，哈秀乡主供寺院的活佛在上百名僧人的陪同下，来到法会现场。活佛坐上坐床，与众僧一同诵经祈福，参会乡民也同僧众一起诵经祈福，一时间，整个会场沉浸在一种庄严、肃穆的氛围中。我在人群中寻找才仁它次的身影。在离活佛坐床不远的地方看到了他们一家人。寺院的僧人在壁刻前的煨桑台燃点松柏和桑料。高扬的诵经声和袅袅的桑烟一同在群山间回荡，为高原古乡平添了一层神秘的气息。

  我穿过人群，来到才仁它次一家身边。才仁它次事先并不知道我要来哈秀，看到我不免感到吃惊。他忙让我坐下，从随身带着的暖水壶中斟了满满一碗奶茶，让我喝。才仁它次的妻子打开布包，取出点心和酸奶让我吃。热情好客的一家人为招待我，忙这忙那，我却为自己的唐突感到后悔不已。才仁它次问我是不是来参加法会的，我笑着说主要是来碰运气看能不能抓到他，他大笑不止。我和才仁它次在法会现场聊了很长时间，看着会场三三两两的人群有的虔心祝祷、有的会集三五好友相谈甚欢，我想善男信女参与法会的目的或许并不单纯只为祈福和祝祷。

  法会大约持续到下午三点多，便宣告结束。乡民纷纷排起长队等待活佛摸顶赐福，我站在才仁它次一家人身后，随他们一起缓缓走过活佛坐榻前，活佛在用右手轻轻触碰才仁它次头顶的一刻，他双手合十、微闭双目、诵经祈祷。摸顶过后，才仁它次献上一幅哈达。活佛接过哈达，递给身边的侍僧，侍僧将哈达搭在活佛的供桌旁。我们一起下山，沿着哈秀乡的小溪来到乡政府前，才仁它次说要去亲戚家拜访，我们挥手告别。看着才仁它次夫妻牵着儿子慢慢走远，我不觉有些失落，不知道什么时候才能见到这位大忙人。

  2013年7月22日 晴转小雨

  今年是玉树灾后重建的最后一年。随着国庆节的临近，全州各项建设工程都在如火如荼地进行。玉树州民俗博物馆已基本竣工，走在玉树的大街小巷总是不免让人感慨。三年前，一片废墟下的玉树，在冬雪、夏雨和秋寒中叹息。三年后，玉树似乎又充满了生机。两年前，在规划新玉树建设方案时，经多方征求意见和反复协商，新玉树被定位为生态旅游城市。两年后，玉树州十大标志性建筑的雏形已慢慢呈现。作为玉树州最为人称道的格萨尔王广场，将以其原有的英雄铜像为核心，建设一座以英雄格萨尔王为主题的博物馆。该馆以铜像之基座为顶，向地下延伸建造而成。全馆共两层，十余间独立展馆。

昨天听说，今天要在玉树州文体局召开《关于玉树州〈格萨尔〉主题博物馆室内展陈设计方案的研讨会》。我和父亲就一起赶到州文体局震后临时办公地点参加会议。会议请来了来自玉树各县的专家学者和地方文化精英。平时很少有机会相聚的他们，因为大会聚在了一起。大家显得异常开心。"说不完的史诗歌手"达瓦扎巴也来参会。大家在大会上就该主题博物馆的具体展陈内容展开热烈的讨论。史诗歌手达瓦扎巴也以史诗中的具体描写为根据对史诗系列人物唐卡的具体绘制规范和绘制内容提出了自己的建议。会议结束后，大家相约去聚餐。便一起来到离文体局不远的一家川菜馆，川菜馆并不大，却被隔出了许多独立的小包间。我们走进其中的一间。大家似乎还未从研讨会的氛围中走出，刚一落座，又讨论起来。川菜馆的老板娘几进几出，始终没有找到插话的时机。父亲和故交旧友相谈甚欢，我来到史诗歌手达瓦扎巴身边和他聊起了天。聊天的过程中，我了解到达瓦扎巴对州上兴建格萨尔王博物馆的事情十分上心，他还应文体局局长的要求整理、誊抄了史诗中格萨尔王八十大将的肖像描写，为绘制格萨尔王及八十大将唐卡做资料准备。看着前辈们对史诗的热爱和全情投入，我深受感动。

# 参考文献

**（一）民间文学及民俗学**

[1] 钟敬文主编：《民间文学概论》，上海文艺出版社1980年版。

[2] 钟敬文主编：《民俗学概论》，上海文艺出版社1998年版。

[3] ［美］阿兰·邓迪斯：《世界民俗学》，陈建宪、彭海斌译，上海文艺出版社1990年版。

[4] 许钰：《口承故事论》，北京师范大学出版社1999年版。

[5] 季羡林：《比较文学与民间文学》，北京大学出版社1991年版。

[6] ［美］理查德·鲍曼：《作为表演的口头艺术》，杨利慧、安德民译，广西师范大学出版社2008年版。

[7] 陈中梅：《神圣的荷马：荷马史诗研究》，北京大学出版社2008年版。

[8] 孟慧英：《中国北方的萨满教》，社会科学文献出版社2000年版。

[9] 郎樱：《〈玛纳斯〉论》，内蒙古大学出版社1999年版。

[10] 林继富：《灵性高原——西藏民间信仰研究》，华东师范大学出版社2002年版。

[11] 索次：《藏族说唱艺术》，西藏人民出版社2006年版。

[12] 刘亚虎：《南方史诗论》，内蒙古大学出版社1999年版。

[13] 阿地里·居玛图尔地：《口头传统与英雄史诗》，中央民族大学出版社2009年版。

[14] 叶舒宪：《神话——原型批评》，陕西师范大学出版社1987年版。

[15] 黄淑娉、龚佩华：《文化人类学理论方法研究》，广东高等教育出版社1998年版。

[16] 乌日·古木勒：《蒙古——突厥史诗人生礼仪原型》，民族出版社 2006 年版。

[17] [美] 阿尔伯特·洛德：《故事的歌手》，尹虎彬译，中华书局 2004 年版。

[18] [英] 马林诺夫斯基：《巫术科学宗教与神话》，李安宅译，中国民间文艺出版社 1987 年版。

[19] [法] 利奥塔：《后现代状态——关于知识的报告》，车瑾山译，生活·读书·新知三联书店出版社 1997 年版。

[20] [法] 马塞尔·莫斯：《巫术的一般理论》，杨渝等译，广西师范大学出版社 2007 年版。

[21] [苏] 梅列金斯基：《英雄史诗的起源》，陈岗龙译，商务印书馆 2007 年版。

[22] [法] 列维·布留尔：《原始思维》，丁由译，商务印书馆 1997 年版。

[23] [英] 弗雷泽：《金枝》，徐育新等译，中国民间文学出版社 1987 年版。

[24] [英] 马林诺夫斯基《文化论》，费孝通译，中国民间文艺出版社 1987 年版。

[25] [匈] 纳吉：《荷马诸问题》，巴莫曲布嫫译，广西师范大学出版社 2008 年版。

[26] 吕薇、安德明编：《民间叙事的多样性》，学苑出版社 2006 年版。

[27] 林继富、王丹：《解释民俗学》，华中师范大学出版社 2006 年版。

[28] 江帆：《中国口承叙事论》，黑龙江人民出版社 2003 年版。

[29] 陈向明：《质的研究方法与社会科学研究》，教育科学出版社 2000 年版。

[30] 谭君强：《叙事学导论——从经典叙事到后经典叙事》，高等教育出版社 2008 年版。

[31] 杨庆堃：《中国社会中的宗教》，范丽珠等译，上海人民出版社 2007 年版。

[32] [英] 维克多·特纳：《仪式过程——结构与反结构》，黄剑波译，中国人民大学出版社 2007 年版。

[33] 王明珂：《游牧者的抉择》，广西师范大学出版社2008年版。
[34] 江帆：《生态民俗学》，黑龙江人民出版社2003年版。

### （二）史诗论著

[1] 降边嘉措：《〈格萨尔〉初探》，青海人民出版社1986年版。
[2] 降边嘉措：《〈格萨尔〉的历史命运》，四川民族出版社1989年版。
[3] 徐国琼：《〈格萨尔〉考察纪实》，云南人民出版社1993年版。
[4] 降边嘉措：《〈格萨尔〉与藏族文化》，内蒙古大学出版社1994年版。
[5] 杨恩洪：《中国少数民族英雄史诗〈格萨尔〉》，浙江教育出版社1995年版。
[6] 杨恩洪：《民间诗神——格萨尔艺人研究》，中国藏学出版社1995年版。
[7] 降边嘉措：《〈格萨尔〉论》，内蒙古大学出版社1999年版。
[8] 恰嘎·多杰才让、角巴东周：《神奇的〈格萨尔〉艺人》，北京民族出版社2002年版。
[9] 赵秉理编：《格萨尔学集成》1—5卷，甘肃人民出版社1990年版。
[10] ［法］石泰安：《西藏史诗与说唱艺人研究》，耿昇译，陈庆英校订，西藏人民出版社1993年版。
[11] ［法］大卫·妮尔：《岭超人格萨尔王传》，陈宗祥译，杨元芳校，西南民族学院民族研究所1984年铅印本。
[12] 扎西东珠、王兴先：《〈格萨尔〉学史稿》，甘肃民族出版社2002年版。
[13] 萨仁格日勒：《蒙古史诗生成论》，中央民族大学出版社2001年版。
[14] 朝戈金：《口传史诗诗学——冉皮勒〈江格尔〉程式句法研究》，广西人民出版社2000年版。

### （三）期刊论文

[1] 降边嘉措：《杰出的民间艺术家——浅谈〈格萨尔〉说唱艺人》，载《西藏研究》1984年第4期。
[2] 徐国琼：《关于〈格萨尔〉史诗的作者和整理者》，载《西藏研究》1984年第4期。

[3] 晓阳:《〈格萨尔〉民间艺人演唱会在拉萨举行》,载《民间文学论坛》1985年第1期。

[4] 杨恩洪:《国外〈格萨尔〉研究述评》,载《民间文学论坛》1985年第1期。

[5] 朱小兵:《〈格萨尔王传〉和他的传人》,载《瞭望周刊》1985年第1期。

[6] 李知宝:《说唱〈格萨尔王传〉的民间艺人》,载《邦锦梅朵》1985年第9期。

[7] 降边嘉措:《论格萨尔说唱艺人》,载《甘肃民族研究》1986年第1期。

[8] 杨恩洪:《浪迹高原的民间艺人——玉珠》,载《格萨尔研究》1986年第2期。

[9] 闫振中:《〈格萨尔王〉说唱艺人神授说浅析》,载《西藏研究》1987年第3期。

[10] 顿珠:《神奇的〈格萨尔〉艺人》,载《西藏研究》1998年第2期。

[11] 徐国琼:《论〈格萨尔〉"仲肯"的"博仲"》,转引自《格萨尔学集成》1—5卷,甘肃人民出版社1990年版。

[12] 徐国琼:《再论〈格萨尔〉艺人的"神授说"》,转引自《格萨尔学集成》1—5卷,甘肃人民出版社1990年版。

[13] 杨恩洪:《〈格萨尔〉艺人论析》,转引自《格萨尔学集成》1—5卷,甘肃人民出版社1990年版。

[14] 杨恩洪:《格萨尔艺人"托梦神授"的实质及其他》,转引自《格萨尔学集成》1—5卷,甘肃人民出版社1990年版。

[15] 官却杰:《略论〈格萨尔〉史诗说唱艺人才让旺堆演唱形式及特点》,转引自《格萨尔学集成》1—5卷,甘肃人民出版社1990年版。

[16] 郭晋渊、歌行:《神奇迷离的"巴仲"现象与传统文化的内质》,载《格萨尔研究》1990年第1期。

[17] 恰噶·多杰才让:《评价新发现的二位年轻的〈格萨尔〉艺人》,载《西藏艺术研究》1996年第2期。

[18] 高宁:《〈格萨尔〉艺人"神授"之谜》,载《西藏研究》1998年

第1期。

[19] 平措：《一个令人困惑的现象——谈谈〈格萨尔〉说唱艺人》，载《西藏大学学报》1999年第2期。

[20] 陈岗龙：《评〈格萨尔史诗和说唱艺人研究〉》，载《中国藏学》1996年第2期。

[21] 降边嘉措：《东方荷马——扎巴老人》，载《中国藏学》1996年第5期。

[22] 仁增：《略谈〈格萨尔〉艺人》，载《西藏研究》1997年第1期。

[23] 唯色：《伏藏与伏藏师》，载《香格里拉》1998年第1期。

[24] 索昂格来：《西藏对〈格萨尔〉说唱艺人的发现和保护》，载《中国西藏》2002年第6期。

[25] 诺布旺丹：《〈格萨尔〉伏藏文本中的"智态化"叙事模式——丹增扎巴文本解析》，载《西藏研究》2009年第6期。

[26] 何天慧：《浅谈〈格萨尔〉中的三界神灵祭祀》，载《中国藏学》1997年第4期。

[27] 伦珠旺姆：《史诗〈格萨尔王传〉的禁忌民俗》，载《西藏研究》1996年第3期。

[28] 闫振中：《〈格萨尔〉艺人神奇的十三岁》，载《西藏民俗》2001年第2期。

[29] 索南道吉：《浅析〈霍岭大战〉中寄魂物的文化现象》，载《西藏艺术研究》2002年第2期。

[30] 坚赞才让：《略谈〈格萨尔〉中与人生有关的民俗部分》，载《西藏艺术研究》2002年第2期。

[31] 高宁：《〈格萨尔〉图腾崇拜以及文化内涵》，载《群文天地》1996年第1期。

[32] 何天慧：《〈格萨尔〉中原始文化特征》，载《甘肃社会科学》1995年第2期。

[33] 徐国琼：《论英雄史诗的"母题结构"及〈格萨尔〉中的幻变母题》，载《西藏研究》1996年第4期。

[34] 索南拉杰：《格萨尔王传中的图腾崇拜》，载《雪域文化》1996年第2期。

[35] 班玛扎西:《藏族〈格萨尔〉与土族〈格萨尔〉若干母题的比较研究》,载《西藏研究》2005年第2期。

[36] 杨虎彪:《格萨尔说唱探秘》,载《西藏艺术研究》2003年第2期。

[37] 边巴占堆:《〈格萨尔〉说唱艺人斯塔多杰》,载《西藏研究》2006年第2期。

[38] 杨恩洪:《关于史诗〈格萨尔王传〉的叙事结构研究》,载《格萨尔研究集刊》1990年第5辑。

[39] 郎樱:《史诗的神圣性与史诗的神力崇拜》,载《民间文学论坛》1998年第4期。

[40] 郎樱:《史诗的母题研究》,载《民间文学论坛》1999年第4期。

[41] 李连军:《试析韦伯的"卡里斯玛"型权威》,载《陇东学院学报》2009年第6期。

[42] 李景江:《图腾崇拜与图腾文化新解》,载《吉林大学社会科学学报》1993年第1期。

[43] 巴莫曲布嫫:《叙事界域与传统法则——以诺苏彝族史诗"勒俄"为例》,转引自吕微、安德民编《民间叙事的多样性》,学苑出版社2004年版。

[44] 马都尕吉:《论〈格萨尔〉的程式化结构特点及其传承规律》,载《西藏研究》2005年第1期。

## (四) 硕博论文

[1] 李连荣:《中国〈格萨尔〉史诗学的形成与发展》,博士学位论文,中国社会科学院,2000年。

[2] 周爱民:《格萨尔—口头诗学——认同表达与藏族民族民俗文化研究》,博士学位论文,中国社会科学院,2003年。

[3] 王晶红:《中国异类婚口传叙事类型的地域性研究》,博士学位论文,华东师范大学,2006年。

[4] 巴莫曲布嫫:《史诗传统的田野研究:以诺苏彝族史诗"勒俄"为个案》,博士学位论文,北京师范大学,2003年。

# 后 记

时光荏苒,转眼从青海师范大学毕业已一年有余。在师大读硕期间的时光至今仍历历在目,那是一段无比充实而又充满挑战的日子。

2008年7月,我从青海师范大学中文系本科毕业,同年考入青海师大人文学院民俗学专业攻读硕士学位,师从赵宗福教授。问业于先生门下,寒暑三载,恩师在治学和为人方面的言传身教,让我获益匪浅。

在师大读硕期间,导师始终要求我们在撰写论文方面做到理论新、观点新和资料新。他督促我们做实地的田野调查,勉励我们学习学科前沿理论。随着学位论文撰写工作的开始,导师在拟定论文题目、指导论文开题和督导论文写作等方面都给予了我很多帮助和指导,没有导师的鼓励和鞭策,我想自己很难完成一篇合格的硕士论文,在此深深感谢我的导师赵宗福教授。

硕士毕业后,我选择了回家乡就业。在准备各类招聘考试的那段时间,导师始终关心我的就业状况,还多次鼓励我继续修改和补充硕士论文。在导师的督促下,我再次投入到硕士论文的修改和补充工作中。虽然在这期间,常常会感到思绪混乱、信心不足,但导师的鼓励和督促最终让我重拾信心坚持完成了本书的写作。这本书是我在硕士论文的基础上,经导师的启发、指导、修改、补充和提炼完成的。正是由于恩师的督促和指导,这本"小册子"才能顺利完成。常言道:"经师易得,人师难求。"是赵老师带领我走进民俗学的大门,三年来一直耐心细致地指导我的学习,并身体力行地教会我治学为人的道理。再次感谢我的导师——赵宗福教授,谢谢您!

此外,感谢青海师范大学的米海萍老师、文忠祥老师、贺喜焱老师以及青海民族大学的唐仲山老师，在课堂内外给予我许多启发和指导。

　　谈到本书的选题，不得不提及我与史诗之间的一份特殊的缘分。出生于史诗之乡——玉树的我，从小就在爷爷和父亲录制和抄写史诗的生活中度过。据爷爷讲，他的爷爷就以为贵族和百户抄写史诗为业，养活一家老小。爷爷常说，他的爷爷"嘎鲁"，因为写得一手好字，且对史诗的情节结构和人物关系了解颇深，而成为玉树地区家喻户晓的抄诗行家，经他手抄写的史诗也很受民众欢迎。爷爷说，自己的爷爷就是他的启蒙老师，是他手把手教会爷爷认字、作文。

　　因缘际会，爷爷的儿子——我的父亲继承了曾祖父和爷爷的衣钵。数十年来，搜集、整理了二十余部史诗，累计抄录了上百万诗行的史诗。我的童年记忆也总离不开父亲伏案抄写、整理史诗的情景。由于藏文功底太浅，我曾经认为自己不会有机会继承父辈的事业，但硕士论文的选题，再次指引我回到史诗的大家庭中，让我有机会从另一个角度欣赏史诗的魅力。感谢我的爷爷，虽然他在2012年的冬季离开了我们，但我相信他会在天堂见证我人生的每一步，借此书稿，以告慰他的在天之灵。感谢我的父亲，虽然在爷爷过世后的日子里，您的身体状况一直不好，但您还是为我提供了许多难得的第一手资料，并鼓励我迎难而上。感谢我的母亲，谢谢您始终相信我的选择，支持我的决定，永远站在我的身后，包容我、理解我。谢谢您！

　　本书的写作终于完成，因学识浅薄，虽力避谬误，想来仍不能令导师满意。一念至此，我不禁面红耳赤。希望我能在今后的学习和工作中，进一步提升自己的学术素养和专业水平，以谢恩师和父母之恩。

央吉卓玛<br>
2013年6月于玉树结古